ハイパーハードボイルドグルメリポート

親を殺され銃を取った、元兵士の娼婦は言った。
「億万長者になりたいの」

人を殺して一家を成した、マフィアの首領は言った。
「殺しちゃいけない人は殺さない」

新興宗教の村で生まれ育った少年は言った。
「僕たちはただ幸せに暮らしたいだけなんだ」

人を傷つけ、世間を脅かし、ルールを破って生きている。
罪を作って生きている。

あなたも、僕も。

ゴミ山に暮らす青年。

燃えるプラスチックで米を炊く彼の背後に、大きな虹が二本架かった。

「あなたに会えて幸せだよ」

肺を蝕む煙の中で、彼は笑ってそう言った。


そして僕たちは、食べることから逃れられない。

まえがき

その始まりは、ゲリラじみた深夜の放送だった。

本来、テレビの新番組というのは制作部（番組を制作する工場）の人間（僕）が企画書を提出し、編成部（放送する番組のラインナップを決めるテレビ局の中枢）がそこから〝売れる商品〟を選定して作られる。

テレビ東京に入社して6年が経っていたこのとき、僕の書く企画書が日の目を見たことはまだなかった。

「撮れ高の保証がない」「どこが面白いのかわからない」

――そう言われて企画書を突き返されるたび、僕は着々と自信を失っていった。

そんな時、不意にチャンスが訪れた。

編成部が深夜の一枠を我々制作部に明け渡したのだ。それは僕のようなうだつの上がらない若手制作者への、一度きりの温情措置にも近かった。

そして『ハイパーハードボイルドグルメリポート』は生まれた。

我々工場の自治において、局内の誰も期待しない小さな枠でひっそりと。

予想を超えて、その小さな狼煙は一部の人の目に狂熱を伴って捉えられた。危険な取材方法ゆえに制作を躊躇(ためら)う局も、その熱を鎮める手立てを持たず、続編の制作に続き深夜帯からゴールデンタイムへの進出と相成った。東北にも沖縄にも電波の届かぬ〝東京ローカル局〟にあって、この番組に限ってはありとあらゆる言語に翻訳され、世界中で観られている。

なお、残念ながら入社10年目の今になっても、僕の企画書が編成部の目に止まったことは一度としてない。

「ヤバい世界のヤバい奴らは何食ってんだ?」

番組の掲げる旗印はたったひとつ。普通は踏み込めないようなヤバい世界に突っ込んで、そこに生きる人々の飯を撮りに行く。いかにも粗暴、いかにも俗悪。

しかし、実際に見たヤバい奴らの食卓は、ヤバいくらいの美しさに満ちていた。

食卓には、文化、宗教、経済、地理、気候、生い立ち、性格その他人間を取り巻く有象無象が現れる。食は多種多様な「生活」の写し鏡だ。それなのに、食い物を口に放り込んだらそこには万国共通の表情がある。至福。安堵。希望。時に絶望。

善悪を越えて、人は食う。生きるために食い、食うために生きる。人間の振る舞いの何もかもが、その日の「飯」につながっている。だから「飯」は世界を見せてくれる。

彼らの食卓に、我々は何を見るのか。世の中に黙殺されているヤバいものの蓋を剝ぎ取って、その中身を日本の食卓に投げつける。自分とは無関係の、裏の世界を見ているはずなのに、いつしかそこに自分自身の姿が立ち現れる。そんな体験がここにはある。

この本は、たんなる番組の書籍版ではない。世界中でカメラを回しながら、頭の中にはこの本がその終着点として想像されていた。だからこれは、『ハイパーハードボイルドグルメリポート』の最終型でもある。

番組で放送したのは僕が見たものの千分の一。
だからこの本では、その千まで書こうと思う。

あなたをこの旅にお連れできることを、心から嬉しく思います。

目次

ケニア　ゴミ山スカベンジャー飯

リベリア　人食い少年兵の廃墟飯

飛行機の揺れるキャビンで盛大な拍手が沸き起こった。オランダ・アムステルダムの国際空港を離れた機体が長いフライトを終えアフリカの地に着陸したのだ。そう、ここじゃ飛行機の着陸は万感に値する。日本にいては飛行機が落ちるなんて前代未聞だと思い込む。けれど国を一歩出れば、比較的頻繁に飛行機が墜落していることに気がつくだろう。僕も他の乗客たちも、この飛行機だけは落ちまいという希望的観測に縋って乗り込んだ。自分だけは大丈夫。人間はいつもそう思いながら命を落としてきたはずだけれど。

満席だった客室から、続々と乗客が降りていく。見事にアフリカ人しか乗っていない機内で、僕の存在は異様に目立って感じる。慌ただしく荷物を手に飛行機から降りようとすると、恐ろしく無愛想で恰幅(かっぷく)のいい黒人女性の添乗員に呼び止められた。

「どちらまで?」

どちらまでも何も…と意味がわからずあたふたしていると、彼女は続けて言った。

「ここはフリータウンです」

さぁーっと音を立てて血の気が引いた。フリータウンはシエラレオネ共和国の首都だ。シエラレオネは僕が目指すリベリアの隣国。何度も煩雑な乗り換えを経ているうちに、最後の最後で飛行機を乗り間違えてしまったのか——。

いや、飛行機の乗り間違いなんて聞いたことがない。搭乗時にチケットをチェックされているはずだし、ほとんど満員の客席の中でたまたま僕の席だけが空いていたなんてことはないだろう。

石像のように硬直した僕に、彼女はぶっきらぼうに言った。

「席にお戻りください」

あぁ、せっかく7時間もかけてここまで来たのに、オランダに逆戻り。どうして搭乗時に呼び止めてくれなかったのか。チケットを取り直したらいくらかかるだろう。

不満と不安に心を支配されたままキャビンを振り返ると、なぜか半分以上の客が席に座ったままでいる。先ほどの添乗員が背後で言った。

「本機はこれより、リベリア共和国の首都・モンロビアへ向かいます――」

とんだ早とちりであった。この飛行機で間違いなかったのだ。

〝リベリア行き〟だと思っていたこの飛行機は、〝シエラレオネ経由のリベリア行き〟だったのだ。そんなことチケットのどこにも書いていない。きっと癖の強いリベリア英語の機内アナウンスで言っていたのだろうが、全く耳に届いていなかった。途中下車ならぬ飛行機の途中下機はあまりにも馴染みがない。それにしても、呼び止めてくれてよかった。あのまま間違えて降りてしまっていたら、きっとシエラレオネに取り残されていたに違いない。無愛想な添乗員を抱きしめたい気持ちを押し殺し、涼しい顔で礼を言った。彼女は不機嫌そうな顔のまま、パチッとウインクを投げてくれた。

自由の国　リベリア

番組の放送が決定してからちょうど2ヶ月。片道2日半の旅を経て、僕は西アフリカの小国、リベリア共和国に降り立った。タラップに出ると、雨季の湿気を含んだ粘っこい熱気が体にまとわりつく。アフリカを感じる。

雑然とした空気。汗と香水の匂い。明確でないルール。気怠そうにスタンプを押す入国管理官。僕に向けられる好奇の目。

手荷物を預けない僕は、永遠に荷物の現れないベルトコンベアを見つめることなく、入国審査を終えると一直線に空港を出た。

「久しぶりだね！　よく来た！」

50歳になるリベリア人ガイドのアーメッドが真っ赤に充血した目で迎えてくれた。そうだ、この人の目はなぜかいつも充血しているのだった。そのウサギのような赤い目が、この地に来た1年前の記憶を蘇らせてくれた。

僕は過去に一度リベリアに来たことがある。

それは〝珍しい国に住んでいる日本人〟を紹介する番組のロケだった。

番組の主題は異国に移り住んだ日本人の暮らしであって、けっして国の暗部をあぶり出すことではない。しかし、リベリアは凄まじかった。国の持つ引力が、否応（いやおう）なく僕の意識を引きずり込んだ。目の前で突如繰り広げられる容赦のない殴り合い――実際にリベリアでは飽きるほど目にした――すらも簡単に霞（かす）んでしまうド級のワードが、日本人を追いかける僕の視界の端々を駆け抜けていった。

「人食い少年兵――」

聞いたこともない言葉。その響きだけで身の毛もよだつ言葉。

ほんの十数年前まで、この国では血で血を洗う内戦が続いていた。

それは「血で血を洗う」なんて表現じゃとても表せないほど凄惨を極めた。

政府軍と反乱軍のどちらもが兵力を増強すべく、村々を襲撃して子どもを拐（さら）った。子の目の前で親を殺し、あるいは子に銃を渡しその場で親を殺させ、家を焼き、「これでお前も兵士だ」と囁いた。

連れ去られた子どもたちは束の間の訓練を施され、コカインを与えられ戦いの最前線に投じられた。このとき子どもたちは、思い思いの仮装を纏った。獣の仮面をつける子、かつらを被る子、ウエディングドレスを着る子。それは〝自分でない誰か〟になる必要があったからだと言われる。そして彼らは殺した敵の肉を食った。

そう言われている。

少年兵たちの生き残りは今20代後半になり、街の廃墟に暮らしている。

語弊を恐れず言えば、と言うか語弊もクソもなく明確に思ったのだが、リベリアは「世界中の不幸の盛り合わせ」みたいな国だった。この国を襲ったのは内戦だけではない。世界中を恐怖に陥れたエボラ出血熱の爆発はここで起こった。極度の貧困はなお続いているし、役人の汚職だっていっこうになくならない。街で最もよく目にする立て看板は「エボラを防ぐため、排泄物や遺体に触ってはいけません」と「警察に賄賂を渡さないでください」だ。

この国には、我々が見たことのない、そしてここで目を瞑れば今後一生目にすることもない何かがある。同時代にあるこの目も眩むような異世界を、可能な限り見尽くしたい。台本をなぞるようなテレビとは決別して、今ここに我々が本来やるべきことがある。

そして何より、今廃墟に暮らしているという僕と同年代の元少年兵と会ってみたい。

そうして、気もそぞろで日本人のVTRを作った1年後、二度目のリベリアにやって来たのだった。

空港を出たアーメッドと僕は、タクシーでホテルへ向かった。テレビのロケクルーと言えばたいてい5人から10人ほどだから、大型のバンで移動するものだけれど、このロケはアーメッドと僕のふたりだけ。僕はスーツケースすら持ってきていないから荷物もほとんどないし、車を借りたりドライバーを雇ったりする金もない。必要なときにタクシーを呼べば十分だ。

「夜中に何度も起こして申し訳ありませんでした」アーメッドに謝った。

「全然構わないよ。こちらこそすまない。これがリベリアだから」アーメッドは申し訳なさそうに、ちょっと自嘲するように言った。

僕がアーメッドの睡眠を邪魔したのは、日本を発つ直前に起こった「報道許可証偽造疑惑事件」の所為で渡航そのものが危ぶまれていたからだ。

◆

背筋の凍るような電話がかかってきたのは、出発前日だった。その日、僕は日本国民の誰もが知るお笑い芸人が自転車で旅をする番組のロケをしていた。出演者が自転車用品店でサイクルウェアを選んでいた時、僕の携帯電話が鳴った。見慣れない番号だったので無視していると、執念深く何度もかかってくる。

「しつこい」とひとこと言ってやろうと思った電話口で、僕の何倍も苛立った女性が何やらまくし立ててきた。それは在日本リベリア大使館からの電話だった。これはただ事ではなさそうだと思ったら、やはり不穏な英語が耳に飛び込んできた。

「Your press permission is a fake.（あなたの報道許可証は偽物です）」

「We cannot give you a Visa.（ビザを発給できません）」

事前に提出していた、ビザ発給に必要な報道許可証が偽物だと言うのだ。

ちょっと待ってくれ、出発は明日だ。航空券も買っているし、宿も予約している。放送日が決まっているから、また何週間もかけてビザの申請なんてしていられない。アーメッドも大使館職員も〝ギリギリになるが間に合う〟と数日前には言っていたのに。想像だにしなかった報道許可証偽造疑惑が勃発したのだ。

一方、電話のこちらの世界では、自転車用ヘルメットを頭ではなく顔に付けて戯ける出演者に手を叩いて喜ぶスタッフの大きな笑い声が聞こえてくる。電話口ではリベリア人女性が致命的なメッセージを送りつけてくる。冗談みたいな温度差に、背筋は震えて電話を持つ手に汗が滲む。

「とにかく、この報道許可証の手続きをしたリベリアのコーディネーターに今すぐ連絡して、本物の報道許可証を取得し直しなさい」と大使館の女性は言い放った。

もうマナーもへったくれもなかった。大使館からの電話を切るや否や、深夜1時のリベリアで大家族と眠っているはずのアーメッドに電話をかけた。幸運にも、彼はすぐに電話に応じてくれた。

「アーメッド、深夜に申し訳ないんですが大事件です」僕は拙い英語で伝える。

「あなたが送ってくれた報道許可証が偽物だと言われて、ビザを出してもらえない」

「なんだって?」電話の向こうで、アーメッドがベッドから飛び起きるのがわかった。

報道許可証は、僕が事前にアーメッドに送ったパスポートのコピーや、取材したい内容を記載したレターなどをリベリアの情報局に持ち込み、発行されたものだ。

「さっき東京のリベリア大使館から電話が来てそう伝えられました」

「そんなはずはない。俺は間違いのないルートで取得した。今までも同じやり方でやってきている」

「だけど偽物だったらしいです。どうしたらいいでしょう」

アーメッドはしばらく考えてから「俺から東京の大使館に電話するからちょっと待っていてくれ」と言って電話を切った。

次のロケ地に移動するバスの中で、再び電話が鳴った。アーメッドだった。

「ダメだ。あれは偽物だの一点張りでどうにもならない。おまけに、俺が偽物の許可証を出す悪徳業者だと言われた。責任を追及することもあると」

思いの外、状況はどんどん悪くなっているようだ。

2時間後、我々はいつの間にか土砂降りになった山梨県道志渓谷の一本道に到着した。ここから山中湖に向かって自転車旅が始まる。10メートル先の見通しもない。道路は川のようだ。そこで何度目かの電話が鳴った。

「すまない。情報局の担当者に電話をしたが出てくれない。寝ているんだろう」それはそうだよな、と思った。向こうは朝の4時前だ。アーメッドの声に疲れが滲む。

「担当者の家に行くのは無理なのかな?」僕は不躾(ぶしつけ)を承知で聞いた。

35時間後には出発なのだ。リベリアの役所が動き出すのはリベリア時間の朝10時。その時日本はもう夜の7時。日本のリベリア大使館は開館時間を過ぎている。そうなったらもう渡航は不可能だ。初めて時差が憎く感じる。

「そうだね、夜が明けたら担当者の家に行ってみよう。絶対にビザを出せるようにする。安心してくれ。きっとオーケーだ」

なんと力強い言葉だろうか。こんな危機的状況にもかかわらず、〝絶対に大丈夫〟と言い切るリベリアの男。

電話を終えると、あたりに静けさを感じた。さっきまで親の仇のように地面を打ち鳴らしていた雨が上がっていた。しかし空にはまだ分厚い雲が腰を据えている。

雨に濡れた道で、自転車旅が始まった。その場の全員が目の前の自転車旅の成功を案じている中、僕だけがひとり、はるか遠いリベリアで駆けずり回るアーメッドの立ち回りが奏功することを切に願っていた。

旅のゴール直前、山中湖へ一気に下る坂に差し掛かったところで突然雲が切れた。

湖の向こう岸に、陽光を燦々と浴びた富士山が驚いたように顔を見せた。あまりにも出来すぎた展開に、魑魅魍魎（ちみもうりょう）が跋扈（ばっこ）する日本の芸能界で確固たる地位を築いた男の〝引き〟の強さを感じざるをえなかった。そして僕はその〝引き〟を今だけほんの少し分けてほしいと、雲の切れ間の太陽に願った。

湖畔の温泉で旅のエンディングトークを撮っている頃、アーメッドから電話で「リベリアの担当者が古いフォーマットで報道許可証を発行したらしい」と報告を受けた。

聞けば、本当は前年から書式が新しくなっていた報道許可証を、担当者が面倒臭がって手元にあった古い書式で作成し、発給したのだという。

なんと杜撰（ずさん）な仕事だろうか。怠惰が度を超している。そもそもフォーマットを簡単に変更するな。変更したなら世界中で共有しろ。前のものを突然取扱い不可にするな。ゆっくり移行しろ。それにしたって「偽物」と断定するな。口には出さない不満が次から次へと湧いては、目の前で立ち上る温泉の湯気とともに消えた。

翌朝、出発の当日。

開館時間と同時にインターホンを押すと、大使館の扉が開いた。

「昨日は申し訳なかったわね」と大柄な大使が僕のパスポートを手渡してくれた。

開くと、ページいっぱいにビザのスタンプが押されている。

アーメッドのおかげだ。リベリアはまだ夜明け前。メッセージだけ送っておくことにした。

「I got!!（取れた！）」

するとすぐに、アーメッドから返事が来た。

「Great. Welcome to Liberia.（よかった。ようこそリベリアへ）」

そうして僕は、小さなリュックサックとボストンバッグを担ぎ、ポケットに格安航空券をねじ込んで、羽田空港へ向かったのだった。


アーメッドと僕を乗せたタクシーはすぐにひどい渋滞にはまった。空港から街までは完全な一本道で抜け道はない。誰かがクラクションを鳴らすと、呼応するように周囲の車も耳障りな音を撒き散らして喧(かまびす)しい。


「リベリア」の語源はラテン語の「Liber」、英語では「Liberty（リバティー）」つまり「自由」である。

19世紀前半にアメリカから解放された黒人奴隷たちが〝再移住〟して作った国がリベリア共和国だ。

「エチオピアに次いでアフリカで二番目に古い国」と言われるが、もちろんそれよりずっと前から人々はここに暮らしていた。一度アメリカに連れていかれた奴隷たちが解放されて元居た土地に戻った際に、アメリカのルールに則って国を作ったことを〝建国〟だと呼んだだけのことだ。アメリカでの奴隷生活で〝文明化〟された黒人奴隷とその子孫が、「アメリコ・ライベリアン」として実権を握り、〝文明化〟されていない先住民族を蔑視した。その後勃発した凄惨を極める内戦の原因はここにある。

リベリア国旗はアメリカ星条旗の星の数をひとつに減らしたようなデザイン。首都「モンロビア」は当時のモンロー米大統領から取られた名前だし、目抜き通りは「マクドナルドストリート」で通貨は「リベリアドル」。

解放されてもなお、自分たちの自由を奪ったアメリカに縛られている——いかにも不幸なことだと思ったら、国民感情はそう悲観的でもない。なんとも不思議なことに、リベリア国民の大多数が「アメリカ大好き」なのだ。町を走る路線バスはアメリカの黄色いスクールバスそのままで、タクシーはもれなくニューヨーク風イエローキャブ。車内のルームミラーには、得意げにリベリアとアメリカの国旗が交差するように突き刺さっている。ちょっと見回せばアメリカ星条旗のTシャツを着ている人や、アメリカ星条旗の短パンを穿く人。丘の上にある町一番の結婚式場の名前は「ホワイトハウス」だし、ビデオ屋は「オバマビデオ」。とはいえ美味いハンバーガーを出す店も、立派な白亜の建物もない。ハリウッドもないしマンハッタンもない。強いて言うなら、あるのは「部族の坩堝（るつぼ）」くらいのものか。人々は口々に「アメリカは俺たちのビッグブラザーさ！」と言うが、その一方でこの国の法律は〝非黒人〟に市民権を認めていない。リベリア人以外は私有財産を持つことができない。「白人はリベリア人を奴隷にする」からだという。複雑な国民感情が垣間見える。

「最近仕事はどうですか？」

渋滞でやきもきする気を紛らわせたくてアーメッドに聞いた。

「まずまずだね。小さな仕事を少しずつやってるよ」

アーメッドは報道カメラマンだ。その前は結婚式の記念写真を撮って生計を立てていた。しかしこの国が秩序を失った時、彼はカメラを戦地に向けた。その選択は正しかった。戦況があまりにも苛烈な時には国外に避難することもあったが、この国が次から次へと迎えた不幸な事件は、アーメッドにささやかな富をもたらした。彼は幸運にもヨーロッパの通信社と契約を結ぶことに成功し、オンラインで写真とリポートを送ることで金を稼いでいる。

「でも、最近膝に水が溜まって走れないんだ」

50年酷使した膝を撫でながら、アーメッドは言った。

走って逃げるようなロケは避けないといけないな——頭に不安がよぎった。


ホテルに着いたのは深夜0時を過ぎた頃。

明日の集合時間を確認して、アーメッドは家路についた。

腹が減った——。
気が抜けると突然空腹感がやって来る。饑神(ひだるかみ)に憑かれたみたいだ。階段ひとつ上がるエネルギーさえ残されていない気がする。レストランなんて開いていないし24時間営業のコンビニなんて存在しない。ホテルのロビーの隅に置いてあるガラスケースが目に入った。

「あれ、まだ食べられますか？」中毒じみた目でスマートフォンを弄っているフロントの女性に聞くと、「どうぞ」とその画面から目を離さずに言った。

電気の消されたガラスケースの中には、べったりと砂糖に覆われたシナモンロールがいくつか残っていた。ひとつ150リベリアドル（約150円）。他に選択肢はない。手に取るとずっしりと重い。いつの間にか女性の姿の消えたカウンターに1ドル札を二枚置いて部屋に入った。

どこを探してもシナモンの香りなんてしない、ただ甘いだけの小麦粉の塊をベッドの上で噛みしだきながら、僕は眠りの底に落ちていった。

混沌市場

iPhoneのアラームで目が覚める。

この小さな機械がありとあらゆる役割を担うようになった現在、世界のどこにいても、いつもと同じ音で目覚めることができてしまう。

起き抜けに、部屋中のコンセントに接続している撮影機材の充電状況を確認する。これが十分でなければロケは始められない。

一般的なロケには「技術」と呼ばれるスタッフが同行する。我々ディレクターやアシスタントディレクターなど演出に関わるスタッフを「制作」。対してカメラマンや音声など撮影に関わるスタッフを「技術」と呼ぶ。カメラやマイク、照明などの機材はこの「技術」のスタッフが管理するのが常だ。

しかしこのロケには僕しかいない。カメラマンもアシスタントディレクターもいない。だから僕が全ての機材を運び、管理し、充電し、使用する。5年前なら不可能だったが、日進月歩の技術革新のおかげで今は可能だ。

僕の使用機材は全て家電量販店で購入できる。カメラは計4台。右手に手のひらサイズのハンディカム、左手にさらに小さなGopro、首にコンパクトな一眼レフカメラを下げて、背中には小型ドローンを忍ばせる。そのひとつひとつは家族を撮るのが好きなお父さんが使っているのとなんら変わらない。これらを鍵付きの小さなボストンバッグとバックパックに入れて持ち運ぶ。

ロストバゲッジ（預けた手荷物が行方不明になること）は日常茶飯事だから、飛行機の客室に持ち込めるサイズであることが必須だ。そのため、撮影に関わらない自分の衣類や医薬品などはほとんど持たない。

替えのパンツ、Tシャツ、靴下を二枚ずつ持って、ズボンとシャツは毎日同じ。当然、毎晩ホテルのシンクか盥(たらい)で粛々と洗濯をすることになる。

朝8時。もうとっくに日は昇っている。

荷物をまとめホテルを出ると、夏の茂みで草いきれに噎(む)せるように、油と土の合わさったにおいに包まれた。

昨日と同じタクシーに乗ってアーメッドがやって来た。

このドライバーなら信用できると判断したのだろう。あるいは値段の交渉がうまくいったのかもしれない。今回のロケはこの20代後半と思しきドライバーと僕とアーメッドの三人編成で進めていくことになる。「よろしくお願いします」と手を差し出すと、ドライバーは陽気な表情で「ゔゔゔゔ」と応えて握手を返した。いや、正確には彼も「よろしく」的なことを言ったはずなのだが、〝生ける伝説〟天龍源一郎に勝るとも劣らないしゃがれ声とリベリア訛りが合わさって、僕には到底聞き取れない言語となっていた。三度聞き返しても名前ひとつ聞き取れなかったが、表情はやけに陽気なので大丈夫そうだ。名前がないのは不便だから、仮に彼を若天龍と名付けることにした。

僕たちはまず、リベリア最大の市場「レッドライト」に向かった。

市場には国民の生活が詰まっている。ここに足を運べば、物価、台所事情、国民性など、その国の生きた情報を全身で感じとることができる。

市場を目指す車は、人でごった返すエリアに入った。どれだけゆっくり走っても通行人がボカボカとぶつかってくる。首都モンロビアのど真ん中だ。すると人混みの中の所々に、こんもりとした緑色の山があるのに気づいた。何かと思ってよくよく見ると、植物の茎だ。その中に目をかっ開いた子ヤギの死骸が紛れていたのでちょっと驚いた。聞くと、それはキャッサバの茎だという。キャッサバといえばタピオカの原料となる、でんぷん質の根菜だ。この国ではその葉を食すのだという。そして道々に山を築くほどの消費量。国民的食材であることは想像に難くない。「煮ても炒めてもなんでも美味い」とアーメッドが言う。

市場の近くに車を停め、ＲＥＣ状態のＧｏｐｒｏだけを手に車を降りる。車に乗っている時から録画はしたまま。いつ何が起こるかわからないロケでは、カメラを止めない。テープ収録しかできなかった頃は、必要だと思うときにだけ録画ボタンを押していた。当然ながら、それでは突発的に起こることこそ面白いのにそれが撮れない。何度後悔したかわからない。「あの時カメラを回していれば…」というのは、ドキュメンタリーのディレクターを最も苦しませてきた慚愧（ざんき）の念である。

技術は進歩し、切手サイズのメモリーカードでテープ何本分もの映像を収録できるようになった。バッテリーの小型化もとどまるところを知らず、我々ディレクターやカメラマンの根性次第で、大切な瞬間を撮り逃がすことはなくなった。

アフリカ諸国の首都には、概ね二種の市場がある。ひとつは露天にずらりと屋台が並んだ市場。テントで屋根が建てられていれば上出来だが、多くは殺人的とも言える直射日光の下でおばさんたちが気怠そうに服や靴（ほとんどがナイキやアディダスの偽物だ）、野菜を売っている。もうひとつは、だいたい50メートル四方のコンクリートの建物の中に、同じくコンクリートの陳列台が並び、そこで肉や魚などが売られている市場。建造物とは言っても壁と屋根があるだけで、特段市場としての設備があるわけではない。この室内型の市場の方がにおいはきつく、入って15分もすればいても立ってもいられなくなり、一度外に出て深呼吸をすることになる。

レッドライトは露天の市場だ。

目立たぬように腰の位置でＧｏＰｒｏを回し、人ごみをかき分けながら一歩一歩進む。

多くの場合、カメラは敵視されている。

もちろん、不躾に人を撮ろうとする我々が悪い。けれど「撮影させてもらえませんか？」と問いかけ、番組の説明をし、条件の交渉をしてから始めた撮影で撮れる画は、大摑みに言ってつまらない。だから我々は失礼を承知で、剝き出しのエゴでカメラを回しながら近づいていく。許可を取るのはその後だ。最初から好意的に取材を受けてくれる人もいる。しかし貧しい国々では多くの場合、カメラに気づいたその瞬間から中指と親指をこすり合わせる仕草を見せて「マニー！（金！）マニー！（金！）」となるのが通常だ。

アフリカでは「カメラを向けられる＝金をもらえる」という等式が人々の頭にしっかり根を張っている。この感覚がアフリカ大陸の隅々にまで蔓延（はびこ）っているのは、長い歴史の帰結だろう。

幾度金をせびられても、彼らを「卑しい人たちだ」とは思わない。

僕は彼らの映像を日本に持ち帰り、編集して放送し、彼らには想像もできないほど（経済的には）豊かな暮らしを手にしている。彼らにカメラを向けるたび、僕たちは金を払うべきなのかと逡巡する。払わなければフェアじゃない。しかしきっと我々が金を払えば、彼らの要求はどんどん高くなる。彼らにカメラを向ける者がいなくなるのは、悲劇の始まりだ。彼らの置かれた状況は世の中に知られざるものとなり、いっそう隠され、為政者は意のままに声なき国民を蹂躙（じゅうりん）できるようになってしまう。だから僕は取材を受けてくれた人に、我々の基準ではなく、現地の相場での時間に見合った額を支払うことにしている。商店の店主に1分インタビューしただけなら、その店の商品を買って帰る（どうせその値段もふっかけてきているから、十分な支払いになっているはずだ）。丸一日付き合ってくれた人がいれば、現地の相場で1日分。これまでこの基準でトラブルになったことはほとんどない。

芋の子を洗うようにごった返す目抜き通りを抜け、僕とアーメッドは逃げるように路地に入った。そこで迎えてくれたのは、何万匹もの蠅（はえ）。道が狭くなると途端に蠅の密度が増す。大口開けて呼吸することもままならない。

東南アジアや南米の、いわゆるほどほどの途上国の市場では店主が一生懸命タタキで蠅を払ったり、扇風機を回して近寄らないようにしたりもするが、リベリアともなると誰も気にもとめない。卵産みつけ放題、蛆湧き放題。そんな市場で就中（なかんずく）蠅に愛されていたのが魚の燻製たちである。

　最も頻繁に目にするのは現地でパイプフィッシュと呼ばれる魚だ。それは体全体が名前の通りの筒型をした、カマスの胴体を太くしたような直径5センチ、長さ20センチ程度の魚だ。これをドーナツ型に丸め、尻尾を眼孔に突き刺して固定し燻す。そもそもが恐竜のような顔立ちで恐ろしいのに、自らの尾で眼球ぶち抜かれ口をかっ開いたその表情はなかなか地獄を極めている。なぜわざわざドーナツ型にするのかはわからないが、とにかくこれがこの国の常識なのだ。

　さらに目を引く光景がある。腰ほどの高さの竜巻のような物体。近づいてよく見ると、手のひら大の鯵（あじ）に似た平たい魚が積み重なって作られた、茶色い塔。一棟に何尾必要か見当もつかない。少し触れば崩れてしまいそうな危ういバランスを保っている。店番のおばさんによると、夜明け前から2時間以上かけて慎重に積み上げるのだという。なぜそんな手をかけるのか聞けば「だってこのほうが大きく見えるでしょう」とのことだった。「スイミーみたいですね」と口走ったけれど、彼女はどうやらレオ・レオニを知らない。売り物を大きく見せるためだけに何時間も費やすなんて馬鹿馬鹿しいと思った。けれどふと、時給にしたら何時間分になるか想像もつかないブランド品をぶら下げて自分を大きく見せようとする我々日本人の滑稽さが頭をよぎった。

　そしてこのあと僕は、自分の常識がごろりとひっくり返るような、おぞましい陰謀論と遭遇したのだった。

◆

市場の外れで、得体の知れない黒く干からびた肉を置く店を見つけた。表面を覆うように蠅がたかって、余計黒く見える。

猿だった。頭からつま先まで体を縦にまっぷたつに割られた小型の猿。よくもまあそんな割り方をしたなと思ったけれど、よく考えたら他の動物を捌くときも魚を捌くときもいずれも左右にまっぷたつが定石だ。しかし、人間と同じ形だからそう思うのか、その様はどうにも不気味だ。そしてその左右まっぷたつの気持ち悪さにも増して、僕はジメジメとした悪寒を背に感じていた。この国ではブッシュミート、すなわち野生獣の肉の取引は禁止されているはずなのだ。それにもかかわらず、この露店では猿に限らずアルマジロやネズミの類、コウモリまで陳列されている。何もその無規範で憚らない態度を嫌悪したわけではない。僕がゾッとしたのは、それらの肉がエボラ出血熱のウィルスを媒介すると言われているからだ。

致死率実に90％とも言われる——感染者の体液などに触れることで感染するエボラウイルス。予防できるワクチンも、治療薬も未だない。発症すると急な発熱、頭痛、筋肉痛や喉の痛みなど、風邪に似た症状が現れ、身体中から出血が起こり、死に至る。WHO（世界保健機関）が制定した病原体の危険性を示す「リスクグループ」において、最高レベルのグループ４に位置づけられている。これが２０１４年、リベリア、ギニア、シエラレオネを中心とする西アフリカで爆発した。〝アウトブレイク〟だ。２０１５年までのわずか1年間で、死者は1万1千人以上。

大流行の原因のひとつと言われているのが野生獣食文化だ。エボラの自然宿主であるコウモリや、ウイルスに感染した猿の体液からも感染する。だから政府はブッシュミートの取引を禁止した。

エボラ出血熱はかくも恐ろしい病だ。しかし市場で平然と売られている。死のウイルスを媒介するため取引が禁止されているコウモリや猿が。

「これ大丈夫なんですか？」と僕が聞くと「何？」とおばさんは答える。何？　はないだろうと内心思いながら聞く。「エボラは大丈夫？」。すると呆れ果てたような顔で彼女は言った。

「エボラなんて無いんだよ。私たちはしょっちゅう猿でもコウモリでも食べてる。エボラっていうのは、外国の連中が勝手に言ってるだけなんだから、心配いらないんだよ」

国中が混乱し、国境まで封鎖し、道はまさしく死屍累々だった1年前の光景をもってして、外国の嘘とする。気の触れたおばさんに出会ってしまったと思ったのも束の間、僕が話しているそばからそれを買いに来る客がいる。その客もまた、「エボラなんて存在しない」と言うではないか。

夢でも見ている気分だった。自分が何かに化かされているのか、それともこの人たちが化かされているのか。狐につままれたような気分でその場を離れた僕は、なんとその後もしばしば「エボラは存在しない」言説を聞くことになった。

それらが示すのは、壮大な陰謀論の存在だった。何種もの説が渾然一体となり、何がなんだかわからないまま国民は疑心暗鬼に陥っていた。西アフリカ諸国で採れるダイヤモンドや石油資源を奪うべく、先進国が軍隊を投入する正当な理由を作るためにウイルスをばらまいたとする説や、〝食人儀式のための口実（それが何を意味するのか僕にもわからない）〟のためにウイルスをばらまいたとする説など様々だが、共通していたのはエボラが〝その治療としての投薬によってのみ感染する生物兵器〟であると主張する点だ。この現象はかつて世界を凍りつかせたエイズ陰謀論によく似て見える。ただしエボラ陰謀論がそれと違ったのは、多くの国民が迷妄に囚われて積極的かつ具体的な行動をとったことだろう。

エボラの患者はしばしば病院から脱走した。街に出たエボラ感染者を防護服姿の役人たちが取り押さえる光景は日常茶飯事だった。

人々が逆に隔離施設を襲撃した事件もある。

首都モンロビア最大のスラム街・ウェストポイント。この地区唯一の高校が、エボラ出血熱の臨時隔離施設となっていた。ある日、スラムに暮らす若者たち数百人が棍棒などで武装し施設を襲撃。「エボラは存在しない」と口々に叫びながら、血のついたマットレスや医療機器を収奪した。この時、施設に収容されていた感染者17人は逃亡し、そのまま行方を晦(くら)ませた。現地当局の発表によれば、当初合計29人が入所していたが、事件の4日前に9人が死亡し、3人が事件の前日に家族によって無理やり連れ出された。そしてその残り全員がこの事件に紛れて逃走したという。行方を晦ませた患者たちが、感染を拡大させた可能性は高い。

血を流した医療スタッフだけを残した施設を思い浮かべると、誰がいったいなんのために何をしているのか、理解が追いつかず頭がぼんやりしてくる。しかも、21世紀にもなって棍棒で武装して襲撃だなんて。叫びながら収奪だなんて。ここが日本とは全く違う世界だということを改めて思い出させてくれる。

そして何より、ビッグブラザーだなんて言ってあんなにアメリカラブなはずの国民も、根っこには先進国に対する深刻な不信感を抱いていることが見て取れた。被害者意識が内在化して、拗(こじ)らせて強者に縋(すが)りつつ、同時にいつ裏切られるかも知れぬと怯えている。それがこの国の人々の姿なのかもし

WENTO

L
VE

れない。

一方で、この陰謀言説を〝100％事実無根である〟とは言えないとも思う。いや、少なくとも彼らは疑わなければならない。これまで先進国にどれだけ翻弄されてきたか。それらの国が自国の利益のために放った何枚舌かが信じられないほどの人々を殺戮の現場に追いやり、横暴な論理で踏み切った爆撃は何年経ってもその連鎖を終わらせない。いつも割を食わされてきた彼らが国の危難ですらそんなふうに受け止めざるをえない原因は、確かに存在するのだ。

横流しされた日の丸

休む間もなく次々に気になる物が現れてしまうのが市場である。

肉のエリア、野菜のエリアに雑貨のエリアなど、市場は細かく区分けされている。しかしそのどれにも属さず、たまにポツンと現れるのが粉の店だ。店舗数が少ないためどこかに紛れるようにあり、麦やクスクスなどの穀類や様々な調味料を扱う。どれもこれもが袋に詰められ器用に高く積まれている。まるで高く積めば売れるという信仰があるように。

そんな粉の塔の中に、今度はなんと日の丸を見つけた。初めは似た何かかとも思ったが、やはり紛れもなく日本国旗だった。四角い銀色のパウチにプリントされている。国旗の下には大きく「NOT FOR SALE（非売品）」の文字。売られてはいけない日本の何かが売られている。「日本の国旗ですね！」と店番のお兄ちゃんに嬉しさ溢れる満面の笑みで聞いてみると、「そうだよ！」予想を裏切る陽気さで答えてくれた。

「日本のことをご存知なんですか?」

「もちろん!　ビッグカントリーだろ!」

どこまで知ってくれているのかわからないが、大きなイメージがあるらしい。

パウチの説明書きを見てみると「塩や砂糖、小麦などを合わせたコーンミール（トウモロコシの粉）」とある。イラストから乳幼児に与えるためのものだということがわかった。日本国旗の下に「From the People of Japan（日本の人々から）」。そしてWFP（国連世界食糧計画）の文字。

日本から支援物資として送られた離乳食が、どこかから横流しされて市場で売られている。「非売品って書いてありますね」と聞くと「そうだよ!　日本から送ってもらったやつ!　俺たちが食うんだよ!」

「ひとついくらですか?」

「1個500グラムで200円!」悪びれる様子や、隠そうとする様子が毛ほどもない。ありがたい。たまに遭遇する、なんでも答えてくれるタイプの陽気なアフリカ人だ。けれど引き際を間違えるところが怪我をする。「金になるよ」と誰かが囁けば、その瞬間から僕たちは打ち出の小槌に映るだろう。その可能性を忘れてはならない。

最後に、それをどこから仕入れているのかと聞くと、彼は相変わらずの陽気さで答えてくれる。

「早朝、卸市場で仕入れてくるんだ。1ダースで2千円」

大量に仕入れ、小売してその利ざやを稼ぐ。至極真っ当な商売に聞こえるけれど、本来このトウモロコシの粉は、その日の離乳食もままならない母子に無償で渡るはずのもの。しかしそれで誰かが金を儲けている。我々日本人の税金の行く先が、なんだか少しおかしなことになっている。本来のルートからどこかでこぼれ落ちた支援物資。故意か過失か。組織ぐるみの不正か、それとも個人の小さなルール違反か。

200円払ってパウチをひとつ受け取り、僕はようやく市場を離れた。

その日のうちに訪れたWFPリベリア事務所——件のコーンミールに表記のあった国連食料計画事務所だ——の建物は大きく立派だった。高い壁に囲まれ、その周りに国連関係のごつい車両が並んで停めてある。壁の一部がくり抜かれた小さな入り口に、自動小銃を持った警備員がひとり。建物周辺を巡回する警備の者もまた、防弾チョッキを着て、重そうな銃を手にしている。

市場でコーンミールを見つけてすぐ、この事務所に電話をかけた。ことのあらましを説明し、話を聞かせてもらえないかと尋ねたところ大いに渋られたが、なんと所長との面会の約束を取り付けることができた。断った方がややこしいことになると判断したのかもしれない。

中に入ると、この国では珍しく破れていないソファが置かれた待合室に通された。驚くべきことに、部屋の隅にはタンクを交換するタイプのウォーターサーバーまである。いったいこの国のどこにそんな贅沢なサービスを提供する業者があるのだろう。

WFPリベリア事務所の所長は、目を見張るほどの大男だった。地球儀や国旗が並べられた机の向こうで、窮屈そうに椅子に収まっている。久しぶりに目にする清潔感にあふれたシャツが、この空間がこの国では異質であることをいっそう感じさせる。

「お時間いただきありがとうございます」握手をしながら感謝を伝える。

「ようこそいらっしゃいました。リベリアはいかがですか？」

お決まりのやりとりだ。握手した手を離す瞬間、彼の中指が僕の中指を強く引いた。僕の指はそれを捉え切れずに滑って離れた。

「あぁ、すいません。もう一度」と僕は言って、再度握手を求めた。離れ際に互いの中指を引っ掛け、自分の手のひらに打ち付けてパチンと音を鳴らす。これがリベリアの握手の流儀だ。

「市場のお話ですよね」どうやら所長はこのインタビューにあまり時間を割きたくないらしい。単刀直入に本題だ。僕は持ってきたコーンミールの銀色のパウチを取り出した。

「これを市場で見つけたんです。見たところ、ＷＦＰを通してリベリアに送られた日本からの支援物資のようですが、ご存知ですか？」

所長は少し考えてから口を開いた。

「いくらで売られていましたか？」

「ひとつ２００円でした。５００グラム入りで」

そう答えると、所長は頷くような仕草をして言った。

「市場に出されていることは知っていましたが、値段までは知りませんでした。ひとつ２００円ですか。真っ当と言えば真っ当でしょうか」

意外にも所長は知っていた。僕は日本を代表してここまで来たんだと言わんばかりに、問いただした。

「野放しにしていいんですか？」

所長ははっきりとした口調で答えた。

「生きていくのに必要なのは、食べ物だけではありません」

そして続ける。

「病気を治す薬が必要なこともある。寒さを凌ぐ洋服が必要なこともある。ご飯を作る薪や、喉を潤す水だって必要です。わかるでしょう?」

英雄気取りで問い詰めた僕に言えることは、もうひとつも残っていなかった。

本当にその通りだと思った。

日本が支援だと言って食料を提供する。しかし現地で人々が必要としているのは必ずしも食料だけではない。もちろん、食料は貧しさの中で真っ先に必要になるもののひとつだ。しかし、必要なのはそれだけではない。当たり前だ。だから彼らの腹が満たされているときに手に入った支援物資が食料だった場合、それを金に換えて必要な他のものを買う。つまり、支援物資が末端の貧しい家庭に届かなかったのではなく、届いたものが市場に出されたのかもしれないということだ。

しかし、あることに気がついた。コーンミールを売っていた男性は、「ダースで買って転売する」と言っていた。となると、支援の最下流に位置する個人が売ったのではなく、流れの中腹で、組織立って横流しがされているのではないか。だとすれば、どこかの権力者が支援物資を使って私腹を肥やし、本当に支援が必要な人々にはやはり行き届いていないかもしれない。

「けれど、市場ではダース単位で取引されているそうです。組織ぐるみで儲けているという可能性はないんですか?」

所長は露骨に苦虫を嚙み潰したような顔をして、

「それはないと思います」と言い切った。

それはそうだ。そんなことを認めたら、組織の管理体制の杜撰さを認めたことになる。あらゆることの責任は、末端にあるべきだ。

先進国による途上国の支援はことほどさように難しい。

結局、核心には辿り着けないままWFPの事務所を後にした時、すれ違いでいかにも高級そうなレンジローバーが門をくぐって入ってきた。いったいこの国のどこをこんな車が走っていたのだろう。この国のどこかに、見えざるものがあることを明確に予感させた。

「炭買ってきてちょうだい」

そろそろ40歳になろうかというヘレンが言った。コーンローに編み込んだ髪の娘が裸足で駆け出す。「サンダル履いていきなさい！」ヘレンが叫ぶと、娘はどちらの面が底か判然としないほど汚れたサンダルをつっかけて、人混みに消えていった。

ここはリベリア最大のスラム、ウェストポイントの雑貨屋だ。

細胞分裂さながら、バラックが増殖を繰り返し形成された海辺のスラム。露店の並ぶ大通りから少し入れば、汚水が流れる幅1メートルほどの小道が毛細血管のように広がる。少し進んだだけでもう元居た場所へ戻ってくるのはほとんど不可能だ。

その目抜き通り沿いにある雑貨屋を営むヘレンが件の支援物資コーンミールをよく食べるというので、その食べ方を見せてもらいに来たのだ。

コンクリートでできた箱のような雑貨屋。道側には土間のようなスペース。壁も扉も青いペンキでべったりと塗られている。

４畳ほどの店内にはガラスのショーケースがひとつ置かれ、ノートや鉛筆、その他売り物かどうかわからない物がギチギチに詰まっている。ショーケースの裏から物音が聞こえて覗き込むと、布団にくるまった女児が小さなアナログテレビを食い入るように見ていた。ここが彼女の寝床らしい。

仕事に出ているのか、父親の姿はない。

娘を遣（つか）いに出したヘレンも魚を買いに出かけるというので、一緒にウェストポイントを歩くことにした。

地べたにずらりと並んだパームオイル（アブラヤシの実を搾って得られる赤い油。西アフリカの必須食材で、ほとんどの料理にこの油の強い匂いが感じられる）を売る女性たちが訝（いぶか）しそうな目でこちらを見ている。

それにしても、あんなに幼い娘をひとりで行かせて危険はないのだろうか。

このスラムで起こった胸糞悪い事件を思い出していた。

それはある学校で起こった事件だった。

２０１３年にアメリカのある慈善団体が、この地区に〝少女を性的な搾取から守るための学校〟を設立した。しかしその5年後、この団体はある事実を認めた。

団体の創設者である男がこの学校に通う少女たちを何年にもわたってレイプしていたのだ。

頭がこんがらがる事件だ。

リベリアの貧困街の少女たちを性的な搾取から守るために、アメリカの慈善団体（様々な機関から9億円もの支援金を受け取っていた）が学校を建て、その慈善団体の創設者が、リベリアの少女たちの性を搾取していたのだ。

　この国はどこまで世の中の悪夢を吸い寄せるのか。

　この悪魔的な男はエイズで死んだ。レイプの被害に遭った少女たちがＨＩＶに感染した可能性は高いという。こんな事件が起こる世の中で、何をどう信じたらいいのだろうか。まともそうに見える奴ほど、まともじゃないのだ。

「エボラは西洋が捏造した偽の病気だ！」と叫ぶ者たちを嘲笑うことなんてどうしてできようか。


　ヘレンは魚屋で日本のシロムツによく似た生の魚を買った。ここウェストポイントは小さな半島のように海に突き出ているから鮮魚がよく売りに出る。

　雑貨屋への帰り道、視界の隅で何度も気になる光景を目にした。

　10歳にも満たない少年や少女が、椅子を抱えて歩いている。プラスチックの椅子を頭に乗せる子。一目見て重そうな木製の椅子をズルズルと引きずる子。

　ヘレンにひとこと断って、少しだけ子どもたちの後をつけてみることにした。右へ左へ、汚水の小川を越え、スラムの迷路を歩いた先にあったのは、小さな学校だった。スラムを貫く川辺に作られた少し大き目の倉庫のような建物。学校に必要な要素が先生と生徒と黒板だとしたら、ここは十分に学校だった。

　校舎の前で裸の男児が3人並び、全身を泡だらけにして体を洗っている。それぞれの傍らに大きなバケツがひとつ置かれ、その水を使って器用に体を流す。公共のシャワーみたいなものだろうか。

　椅子を持った子どもたちが次々と校舎に吸い込まれていく。

　なんで椅子を持って通っているのか聞くと、置いておくと盗まれるからと事もなげに答えた。

校舎の中を覗き込む。

走り回る子、椅子を振り回す子、声を張り上げ歌う子。エネルギーが渦巻いて、耳も頭も痛くなる。

朝礼が始まった。めったに見られるものではないから、僕は食い入るようにその朝礼を観察した。

指名された児童が、最近起こったことを報告するようだ。

「お母さんと市場に買い物に行きました」

「弟とサッカーをしました」

日本の子どもたちと変わらない、なんでもない日常が羅列されていく時間は、肩の力がすっと抜けて幸せな気持ちにさせてくれた。

しかし、10歳にも満たない女の子が言った。

「昨日、おじいちゃんがコーンミールを喉に詰まらせて死にました。皆さんも気をつけましょう」

おじいさんが亡くなったことを、朝礼で淡々と紹介している。

「はい、次は○○君」

先生は特に反応することもない。他の子も当たり前のような顔をしている。

聞き違いでもしたのかと思って、近くにいたアーメッドに聞いた。

「あの子のおじいさんが亡くなったの？」

「そうみたいだね」

「コーンミールを詰まらせて？」

「そう言ってたね」

冗談を言い合う雰囲気でもない。

「買い物に行った」ことと「おじいさんが死んだ」ことが並列で語られることが恐ろしかった。しかも今から食べようとしているコーンミール。

校舎の中にいるのが途端にしんどくなって、外に出た。

いつの間にか1時間近く経っていた。

迷子になりながらも急いで雑貨屋に戻ると、ヘレンが土間にアフリカの七輪（鉄板と鉄パイプを溶接して作られたもの）を出して、調理の準備を始めていた。

戻るのが遅くなったことを詫びようとすると、ヘレンはにっこり笑って「始めていい？」と言った。

「遅くなってすいません。お願いします」僕はほっとしてカメラを構えた。

料理は最も身近な魔法だ。

そのままでは固かったり臭かったり、口に運ぼうなんて思えないような諸々が、様々な知恵と工夫で香り立つご馳走に変わる。僻地に行けば行くほどに、その魔法はビビッドだ。

ヘレンはまず、娘が買ってきた炭を七輪に山盛りにした。そして中心に窪みを作ると、青いゴミ袋を取り出し、ちぎって丸めてその窪みに置いた。マッチを擦ってゴミ袋に火をつける。すぐに緑色の炎が立ち上がり、いかにも体に悪そうなにおいが広がった。わっと燃え上がったゴミ袋は、キュルキュルと収縮してマッチ箱サイズの塊になり、じんわりとした炎を上げ続けた。見事な着火剤だ。石油由来のものはよく燃える。

火を囲うように炭を積んで、手早く炭のドームを作る。炭の隙間からちらちらと見える緑の炎が美しい。

炭に十分火が行き渡ったところで、分厚いアルミの板を叩いて作った鍋をその上に直接乗せ、底2

センチほどの深さまで油を注ぐ。油を熱している間に食材の下ごしらえだ。買ったばかりの魚の鱗をナイフの背でこそぎ落とし、腹を割く。かき出した内臓を土間の脇を流れる細いドブ川にひょいひょいと投げ捨てると、流されてたまるかと鶏が追いかけてついばんだ。

捌いた魚はざっくりと塩をふって下ごしらえは完了。

続いて、部屋の奥から見慣れない木製の道具を出してきた。

直径20センチほどの小さな臼と、1・5メートルほどある突き棒（杵とは言えない、ただの棒）のセットだ。この臼に、まな板は使わず小玉ねぎ、シシトウ、ニンニク、ピーマンを刻みながら投入する。足の間に臼を挟み込み、突き棒に体重をかけてすりつぶしていく。そこに塩、胡椒、トマトピューレを入れてかき混ぜる。

油がふつふつと気泡を出し始めた。

魚を放り入れる。ギリギリ全身が浸かる程度の油の中で、パチパチと威勢よく揚がる。シンプルを極めた魚の素揚げだ。

揚がった魚をマーブル模様のプラスチックの洗面器——アフリカではこの洗面器が炊事洗濯などありとあらゆる場面で使われる——に上げると、今度はそのたっぷりの油にすりつぶした野菜を豪快に放り込んだ。

ジュワーっという大きな音とともに、真っ白な湯気が上がる。

シシトウとニンニクの刺すような香りに、食欲が俄然沸き立ってくる。

固形ブイヨンを投入し、魚の旨味を吸った油と野菜をかき混ぜ、ひとつのソースともスープとも言える液体にしていく。魚を揚げた油を全部食べ尽くそうという魂胆なのだ。そのソースだかスープだかわからないトマトベースの赤い液体を一旦洗面器にあける。どう見たってその洗面器は高温に対応した代物ではないから、何かしらの、おそらく人体に有害な物質が溶け出しているに違いない。

同じ鍋で今度は湯を沸かす。

ここでようやく日本の国旗がついたコーンミールの出番だ。

粉を別の洗面器にあけ、少しずつ湯を足しながら混ぜる。ほんのりトウモロコシの甘い香りが漂ってくる。ある程度捏ねたところで水を沸かしていた鍋に入れ、水を加えてかき混ぜながら煮る。一旦洗面器で捏ねる必要があったのかどうかは小さな疑問だが、意味があるのだろう。

洗面器にこびりついたコーンミールを3人の子どもたちが顔を突っ込み奪い合って舐めている。鍋の中では、すっかり滑らかなコーンポタージュができていた。

大ぶりな金属の皿に薄くコーンポタージュを満たし、その中心にトマトベースの野菜ソースを流し込む。さらにその上に魚の素揚げをそっと乗せて、完成だ。

「この料理の名前は？」と聞くと、首を傾げた。日々作る料理にいちいち名前なんてつけていられない。

家族4人で、一皿をつつく。

僕はその様子を撮る。

3人の娘は口の周りにポタージュをたくさんつけながら無我夢中で食べる。

ヘレンが魚を崩す。娘が食べる。

「食べないの？」

ヘレンが僕に聞いた。

僕の顔が物欲しげに見えたのだろう。なにせ美味そうな香りがずっと漂っているのだ。

僕は、半分ほどになったそれを一口いただいた。

おいしい。

とてもおいしい。

ポタージュの優しい甘み、トマトソースのあっさりとした酸味、ニンニクとシシトウの刺激的な辛味、油のもったりとした旨味。それぞれが完璧に近い調和を見せている。濃厚なハヤシライスのルウを思わせる。

魚を一欠片(かけら)だけいただく。

パリッと弾ける皮目と、油の少ない締まった身は噛めば噛むほど滋味が溢れる。

一皿にこれほどの悦(よろこ)びを盛れるなら、この家族はきっと幸せだと思った。


「ここでの暮らしはどうですか?」

「見たままだよ」ヘレンは答える。

「家族もOKだしね」と彼女は続けて言った。

「でも、ちょっと前はハッピーじゃなかったんだ」

「どうしてですか?」

「夫がいなくなっちゃったんだ。エボラで死んだの」

「そうだったんですか」——その先に続ける言葉が出てこない。

「夫が残してくれたのはこの店だけ。この店が子どもたちの生活を支えてくれているんだ。この店が、私の心に平穏を与えてくれる」

雑多なガラスケースの中の何かをじっと見つめて彼女は言った。

しばらくの沈黙の後、何をしゃべればいいかもわからず、思いつくままに聞いた。

「この一帯にもエボラは蔓延したんですね」

「そうだね。それどころかここがエボラの中心だった。たくさん死んだよ」

腹を満たした子どもたちは当て所なく外へ出ていった。

「そうですか」

僕はまた言葉を失っていた。

するとヘレンは「生き残った人もいる」と言う。

「本当に？」

驚いて聞き返してから、はたと気づく。生還した者がいるのは当たり前だ。どんなに高い致死率であっても100％ではない。死の淵を彷徨ってからこちらに帰ってきた人が存在するのだ。

「近所の女の子がそうだった」ヘレンは言った。

話を聞きたい、と思った。死の淵から生きて帰った生還者の話を聞きたい。話を聞いて、何を食っているのか見せてもらいたい。

「住所を教えてもらえませんか」と聞くと、彼女は「案内するよ」と立ち上がった。

日本の田舎町でロケをしているかのような錯覚に陥る。みんなが親切にしてくれて、人が人をつないでくれて、いつの間にか心も腹も満たされている。

銀の皿はすっかり空けられた。

小さな娘に「お腹いっぱい？」と聞くと、彼女は「うん」と言って恥ずかしそうにヘレンに笑いかけた。

◆

スラムには住所なんて存在しない。

特定の場所を地図に描くことも不可能だ。あまりにも入り組んでいるし、言語化できるような目印がない。道のカーブの雰囲気、十字路の色合い、傾斜の具合――何度も何度も歩いて、ようやく体に記憶される。

僕の先を歩くヘレンが一軒の民家に入っていった。躊躇なく扉を開けて入ったので、よほど気の置けない仲なのだろう。

しばらく外で待っていると、彼女が出てきた。中にどうぞ、とジェスチャーで伝えてくれる。カメラ大丈夫かな？　とこちらもカメラを持ち上げて伝えると、もちろんと答えてくれた。

この場所で確かにエボラウイルスが猛威を振るったのだ。それが2年前だったとしても、自然と肩に力が入る。

少しだけ気を引き締めて扉を開けると、ターバンを巻いた若い女性がひとり立っていた。

「突然申し訳ありません」と言ったが、女性は困った顔をしている。

すると後ろからヘレンが言った。

「その子、耳があまり聞こえないの。病気の後遺症で」

エボラ出血熱に後遺症があるなんて知りもしなかった。それもそうだ、致死率の高さに気を取られて、回復する者に思いを馳せたことなんてなかったのだから。

「突然申し訳ありません」大きな声でもう一度言うと、女性は「大丈夫」と喉を手で押さえながら、ひどくかすれた声で言った。きっと声帯にも何かの後遺症があるのだろう。

「インタビューさせてもらうことはできますか？」と聞くと、ウンウンと笑顔で大きく頷いてくれた。

名前はジェシカ。22歳。

「エボラに罹（かか）ったって聞いたんですが、本当？」

「うん。Ｓｕｒｖｉｖｏｒ（生き残り）だよ」

私は生き残り、サバイバー。

浮世離れした、チープな作り話に登場するような言葉。

しかし、この人はそうじゃない。彼女は罹ればほぼ死ぬと言われるエボラ出血熱を発症し、生きて帰ってきたのだ。

当時のことを聞かせてほしいと頼むと、彼女は玄関口に立ったまま話し始めた。

「最初は私がエボラだなんて思わなかった。突然救急車が来て連れていかれたんだ。誰かが通報したんだと思う」

エボラが流行し隔離が始まった時、体調に異変が現れた者は家の奥に隠れた。しかし、隣の家屋と1メートルの距離もないスラムでは隠れきることなどできない。

「祖母も母も死んだ。妹も死んだ。みんな死んで、自分だけ生き残った」

人差し指を立てて、自分の胸に当てる。自分だけが生き残ったと。

わけのわからない内戦で生き残った家族を、わけのわからない疫病で殺された。

ここは母親の妹の家だという。後遺症でジェシカの聴力と視力は著しく衰えた。今は仕事に就くことができず、叔母の家に居候している。

どうしてジェシカだけ生き残ることができたのだろう？

「私だけは、病院で出された薬を飲まなかったんだ」

「拒否したってこと？」

「飲んだふりをして、全て捨てた」

「それで生き残ったの？　薬が悪いっていうこと？」

「絶対そうだよ。祖母も母も妹も、みんな医者に言われるまま薬を飲んで死んでいったんだ」

自分がひとり生き残った理由があるとしたら、それは自分が薬を飲まなかったこと以外にありえない。彼女はそう確信していた。

奥から叔母が出てきて付け加えるように言う。

「エボラで死ぬなんていうのは嘘。私はエボラなんて怖くない」

口調が次第に強くなる。

「私は姉の看病もした。ずっと一緒にいたし、トイレの世話もしたけどなんともなかった。だけど姉は病院に連れていかれて死んだんだ」

諦めとも、嘆きともつかない声色と表情。

陰謀論はここでも強く信じられていた。

エボラ出血熱などという病気は存在しない。あるいは、西洋から持ち込まれた病気である。また、病気そのもので死ぬことはなく、治療という名目で投与された薬剤によって死に至る。その裏には、醜悪な思惑がある――。

何が本当かは誰にもわからない。ただ、あまりにも理不尽な思いばかりをしてきたリベリアの国民たちは、次々と降りかかる不幸が誰かの陰謀であると結論づけなければ、現実と心との折り合いがつかない。

僕だってそう思う。

それに、共に倒れた家族がみな死に、与えられた薬を飲まなかった自分だけが生き残ったとするならば、その薬は疑わしい。ジェシカの言葉に偽りがないとするならば、ではあるけれど。

しかし、とにかく彼女は生き延びたのだ。

奥の土間の隅で、七輪に置かれた鍋が湯気を吐いているのが見えた。

「あれ、ご飯ですか？」

何を言い出すんだろう、という目で「そう」とジェシカは答える。

「見せてもらえませんか？」

ジェシカは頷き、鍋の蓋を開けた。モワッと白い湯気が立ち上って中がよく見えない。グツグツと沸騰した、薄く黄色がかった粥のようにも見える。

「これは何？」と聞くと「オクラだよ」と彼女は答えた。

アルミの柄杓で中をかき回すと確かに輪切りのオクラが大量に姿を現した。

さらにぐるりとかき回した時、僕は思わず声を上げた。オクラの沼の中から、ぬるりと巨大な恐竜が顔を出したのだ。

「パイプフィッシュだよ」彼女が教えてくれた。

なるほど、あのパイプフィッシュの燻製がそのまま放り込まれているのだ。身をほぐしてからとか、そういうことではないのだ。もうそのまま放り込むのだ。食べるときにほぐすのだ。鯛飯と同じ考えである。

このオクラ地獄に粉末のチキンブイヨンを入れ、真っ赤なパームオイルを加える。これを米が入った金属のボウルに移し、かき混ぜる。

ネバネバとした黄色いご飯の完成だ。

日本のオクラとトロロと納豆を乗せた「爆弾丼」に近いだろうか。

家の外に椅子を並べて、叔母とジェシカがふたりでボウルをつつく。叔母はアルミの柄杓で食べ、ジェシカは手で食べる。この国の〝手で食べる〟作法はインドやネパールのそれとはいささか異なる。インドやネパールでは、米を手に取ったら口元へ運び、指先から口へ米を運ぶ。我々日本人が手で食べろと言われたときにやるとしたらこの要領だ。

しかし、アフリカでは違う。彼らは米を手に取ったら、その手を丸ごと口の中に入れるのだ。指の第3関節、つまり拳まで口の中に咥え込み、手を丸ごとねぶってからまた米を手に取る。真似しようとしても、指が喉に当たるから噎せてしかたがない。

瞬く間にボウルは空になってしまった。

ジェシカは手のひらでボウルの内側をきれいに拭い、その手を舐める。


「おいしい？」と聞くと、まぁね、というように首を振る。

「エボラに罹って生還してから、何か変わりました？」

どうしても聞いてみたかったことだ。

「何も変わらない」

ジェシカは表情を変えずに答えた。

え？　何も変わらないって、死の淵を彷徨って帰って、何も変わらない？

「本当に何も変わらない？」

「変わらない。昔も今も、食べ物も十分に食べられない。叔母さんがご飯をくれるけど、毎日食べられるわけじゃない」

　叔母の方を振り返ると、なんとも難しい表情をしている。

「私はずっと不幸。生まれた時からずっと不幸で今も不幸」

　ジェシカは僕の目を見ずそう言い放った。

　ボウルの中はすっかりきれいになっていたのに、ジェシカの足元には何十粒もの米が落ちていた。

　命があれば幸せ。命さえあれば幸せ。何があっても命拾いしたからとても幸せ。

　日本ではそれが定型だ。

「不運＋命拾い＝幸せ」

　だから僕の「エボラから生還して何か変わった？」という質問には「はい。辛いことも悲しいこともたくさんあるけれど、でも生きているだけで幸せだって、改めて思っています」という答えが当然想定されていた。なぜならそれが日本の、もしくは日本のテレビをはじめとしたエンターテインメントの決まりごとだから。

　しかし彼女は相変わらず不幸だった。生まれた時からずっと不幸だった。

　自ら命を絶つこともなく、ずっと不幸だった。

　彼女が経験している現実は、僕たちが期待した都合のいい答えなんて露ほども寄せつけない。それほどに不幸だった。

　日が傾き始めたスラムを出て、車に乗る。

ドライバーの若天龍がにこりと笑って、いつものしゃがれ声で「生きて帰ってきてよかった」と冗談を言った。

十分な幸せを感じたことのある人間だけが、命を大切だと思える。命でさえ、無条件に尊いものではないのかもしれないと思った。

留置場のショータイム

入国して3日目の深夜0時。アーメッドと僕は静まり返った警察署内を彷徨(うろつ)いていた。待合室の椅子はどれも壊れて座っていられない。もう6時間以上、人を待っている。

留置場の飯を見せてもらう約束をしているリベリア警察の広報局長、サム・コリンズがなかなか現れないのだ。

4時間ほど前にサム・コリンズに電話した際、一度だけ話ができた。

「後で行くからちょっと待っててくれ」彼はそう言ったのだ。

待っていてくれと言われたら、待っていないわけにはいかない。僕らが音を上げここを去ってから彼が現れたら大変だ。「あいつら約束を破りやがった」と、彼は臍(へそ)を曲げるに違いない。そう思っているうちに6時間も経ったのだ。

「明日また出直そう」アーメッドが言いにくそうにポツリと言った。

「申し訳ないけど、これがリベリアだ」何度聞いたかわからない台詞（せりふ）だ。彼はこうして約束を反故にされるたび、外国の人間に頭を下げてきたのだろう。

言葉少なに警察署を出た。誰かを待つという行為が、ここまで人を疲弊させるものかと心底驚いた。門の外で待っていてくれた若天龍は、タクシーの中で子どものようにスヤスヤと寝息を立てていた。

ひとりホテルに戻った僕は、また食事をし損ねたことに思い当たった。もう間もなく深夜1時。街のレストランはとうの昔に閉店している。今夜もあのシナモンロールを食べるのはごめんだ。

一念発起してホテルの外へ出ると、道を挟んだ向かいにネオンが光っている。

「――長城酒店 Greatwall-Hotel ――」

日本語にすれば「万里の長城旅館」。中国人が営むホテルだ。建物の周囲はいかにも頑強そうな鉄格子で囲われ、外界との隔たりを際立たせている。中には食堂もあるはずだ。小さな入り口にはリベリア人の警備員が座っていた。

道を渡り、声をかける。

「まだやってますか？」

すると警備員は予想以上に親しげな表情を浮かべて僕を通してくれた。雇い主と同郷の客が来たと思ったのだろうか。

中はだだっ広い空間に、わかりやすい中華料理屋の円卓が八つ並べられている。予想通りだ。50代と思しき小柄で恰幅のいい女性と、その息子と思しき角刈りのやはり恰幅のいい男が店番をしていた。厨房にいるのは十中八九、華奢（きゃしゃ）で体の小さいこの家の主人だろう。僻地の中華料理屋の一家はそんな構成と相場が決まっている。

メニューに青島啤酒（チンタオビール）の文字を見つけた。

「May I have a Qingdao?（青島ビール1本いただけますか?）」

必要最低限の単語量で言ったものの、角刈りのお兄さんは頭にハテナを浮かべて、おばさんに助けを求めるように視線を送る。おばさんは明日の餃子を包むのに夢中でこちらに気づかない。

今度は、片言の中国語で言ってみる。

「給我青島啤酒（私に青島ビールをください）」

角刈り兄さんにパッと笑顔が咲いて「青島一本！」と威勢よく声を張り上げた。

実はこの、中華料理屋の中国人が現地語を全く話さないという現象は全然珍しい話ではない。先進国はもちろん、世界中のどんな途上国にも必ず中華料理屋がある。間違いなくある。僕は取材中、極力現地の飯を食べたいとは思いつつも、ロケの2日目か3日目には決まって中華料理屋を探してしまう。世界のどこへ行っても同じ雰囲気に同じ味。加えて、遠い異国でルーツの近しいアジア人に囲まれている安心感。日本で中国人と出会ったときと、遠くアフリカの中華料理屋で中国人に囲まれたときの気持ちはどこか異なる。

閑話休題。そんなどこの国にもある中華料理屋、そこで働く中国人たちは現地の言葉を一言も喋らない。英語圏のリベリアにおいては、ぎりぎり「Hello.（こんにちは）」や「Good Morning.（おはよう）」がわかるくらいで、「How much is this?（これはいくら?）」ともなるともうお手上げという具合だ。冗談でも大げさに言っているわけでもなく、本当にそうなのだ。

それが示すのは、それほど中国人コミュニティが独立して機能しているという事実だ。客はほとんど現地の中国人。食材を仕入れる業者も中国人。買い物に行くのも中国人が経営する商店。彼らが英語を必要とする場面はせいぜいビザの手続きをするときくらいだろう。

角刈りの兄さんがよく冷えた青島の緑色の瓶とグラスを持ってきてくれた。グラスを断って、瓶の口を紙ナプキンで拭いキュッと一口あおれば、疲れが一息にどこかへ飛んでいく。もう止まらない。今度は料理のメニューを眺める。眺めはするものの、僕が頼むのは決まっている。麻婆豆腐に、Ｓｉｚｚｌｉｎｇ-Ｂｅｅｆ（シズリングビーフ）とライス。この三つと青島ビールを合わせたのが、何十カ国の中華料理屋を経て編成された黄金のカルテットだ。

麻婆豆腐は説明不要だろう。一方のシズリングビーフはなんと訳すべきか。直訳すれば「ジュージュー牛肉」。日本以外の中華料理屋では定番のメニューだ。ざく切りにして軽く炒めた牛肉を、オイスターソースや醬油をベースにした調味液にくぐらせ小麦粉をまぶし、パプリカや玉ねぎとともに再び炒め、カンカンに熱した鉄板に乗せて提供する一皿。その名に違わず、食卓に運ばれてからしばらくは肉汁とオイスターソースがジュージューパチパチと鉄板で弾けて、芳醇な香りが辺りを支配する。これと青島の相性は抜群だ。もちろん、麻婆豆腐とライスのペアは言わずもがなだろう。

麻婆豆腐で舌を火傷しビールで冷やす。牛肉と米をかっこみ喉を詰まらせビールで流す。あっという間に、全ての料理を食べ終える。まだまだ食えそうだと追加のメニューを眺めるも、冷静に考えれば腹はパンパンだ。

支払いを済ませ、店を出る。鉄格子をくぐり抜けると、においが僕をアフリカへ連れ戻す。あぁそうだ、僕はリベリアにいるのだ。中華料理屋は時空の裂け目のように、どんな場所からだって僕を束の間の安息の地へ連れていってくれるのだった。

ホテルに帰り、自室に戻ると電気をつけて部屋の様子を隈なく見る。朝部屋を出た時と変わらないことを確認してほっとする。清掃を頼むことはない。誰もこの部屋に立ち入れないようにするためだ。快適さとセキュリティはトレードオフである。

荷物を下ろし、ポケットの中のものを全て机に広げる。ベッドのフレームにくくりつけてあるボストンバッグの南京錠を開け、石鹼と着替え、カメラの充電器を取り出す。バッテリーを充電器にセットしたら、着ている服を洗面所で洗う。毎夜のルーティンだ。

それが済んだら、今度はだいたいにして冷水か熱湯しか出ないシャワーで汗を流し、その日の撮影日誌をつける。

窓の外で、キキーッ！　ガン！　カラカラ——大きな音が鳴った。それから男女の喚き声。きっと交通事故だ。昔の僕だったら目をギラギラさせながらホテルを飛び出し撮りに行ったことだろう。だけど、僕はもうそんな気にもならなかった。

この国はもっと酷いことで溢れかえっているし、それに事故が撮りたければいつでも撮れる。

朝、ホテルでその日の取材に必要なものとそうでないものを選びカバンに詰め込む時間が、僕は好きだ。その日に起こりうるいいことも悪いことも想定しつつ、最低限必要なものだけを選んでいるとき、なんだかワクワクしてしまう。

ようやく現れたサム・コリンズは警察署の広報室に我々の姿を見つけると、やれやれといった感じでわかりやすくため息をついた。約束も取り付けず眼前に現れたしつこいアジア人は、彼にとって迷惑極まりない存在なのだろう。さはさりながら、こっちも必死なのだ。

「やっと会えましたね！　あなた忙しすぎるんじゃないですか⁉」満面の笑みを浮かべ、嫌がる隙間も与えず手を握る。

僕の手を軽く振り払うと彼はどこかへ電話を始めた。

「ついてこい」

電話を切るや否や僕にそう言って、足早に部屋を出た。

スタスタと、いや、ほとんど音も立てずにものすごい速さで階段を下りていくサム・コリンズは、我々に何も説明しない。暗く汚い階段を滑るように下る後ろ姿が僕を不思議の国に誘うウサギのようだ。そんな余計なことを考えていたら、彼の姿を見失った。

ふと気づくとこれまでのフロアとは雰囲気が違う。

暗くて、空気が淀んでいる。階段を下りて下りて、ここはきっと地下だろう。

サム・コリンズはどこへ行ったのか。目を離した間に、どこかの部屋に入ったのだろうか。右にも左にも長く暗い廊下が続いているだけで人の気配がない。

いよいよ不思議の国の様相を呈してきたなと構えたところで、廊下の左側からバコンと鈍い音が聞こえた。事務机かロッカーか、そういう類の薄い金属版に何かがぶつかったような音。

恐る恐る音がした方に向かう。

開いたままのドアから部屋の中を覗くと、サム・コリンズが手前の事務机に腰かけている。奥には武装した警察官がふたり。そしてそのふたりに挟まれるように大男が立っていた。涙を流して、うなだれている。後ろ手に手錠か縄で拘束されているようだった。サム・コリンズの隣には、牛のような角が生えたふざけたデザインの野球帽を被った私服の男が座っている。このふざけた男だけは全く場に相応しくないように思う。

「こいつは強盗だよ」

サム・コリンズは柔らかい表情で僕に言った。

「山刀で武装して民家に入ったんだ。家主は頭と肩口を切りつけられて重傷だ」

サム・コリンズが言うと、角の生えた男が、「切った！　切った！　切った！」と声を上げる。

大男はNO、NOと呟きながら頭を振っている。犯行を否認しているのか、自分はなんてことをしてしまったのだろうという嘆きなのかはわからない。

「何を盗った？」

サム・コリンズが武装した警察官に聞くと、ひとりが部屋の隅に置いてあった大きなものをよっこらせと持ち上げた。

それは、梱包材に包まれた、真新しい液晶テレビだった。

「この男はこれを盗みました！」カメラがあるせいか、過剰に声を張る若い警察官。よく見たら女性だ。

角男が叫ぶ。

「こいつはでかいテレビを盗ったんだ！」あなたは誰なんだ。

「NO！」大男は泣きじゃくりながら野太い声を上げる。

「まぁ、これじゃあないんだが、これと同じようなテレビを盗んだらしい」サム・コリンズが付け加える。

なるほどこのテレビではなくてこれに似たテレビを盗んだのか、と納得しようにも、それもなんだかよくわからない。たまたまそこにあったから、それを盗んだことにしようとしているようにも見えるではないか。大男はNOとしか言わない。

気づけば、野次馬の警察官が何人も部屋を覗き込んでいた。

そして僕はゾッとした。

全員が笑っているのだ。

表情が読みづらいサム・コリンズと僕とアーメッド、そして嘲笑の的となっている大男以外のこの空間にいる人間が全員、笑みを浮かべるどころか、時に声を上げて笑ってさえいるのだ。

異常な空間。目眩（めまい）がする。


本当にグロテスクな時間はここからだった。

「犯罪者の飯を見に来たんだよな？」そう言うとサム・コリンズはふたりの警察官に小声で指示を出した。嫌な気配がした。ふたりは泣きじゃくる大男を後ろから押し出すように部屋の外へ連れ出し、廊下の奥へと追い立てた。暗く狭い廊下に大男のうめき声とも泣き声ともとれない声がこだまする。

突き当たりに大きな鉄格子が見えた。

僕はどこか「やっぱり」と思っていた。彼らは今から、僕にショーを見せようとしているのだ。何度もやってきては「飯を撮らせろ」としつこく頼む日本人をいなすために仕方なく、〝悪人に飯を食わせるショー〟の幕を上げようとしているのだ。

鉄格子に近づくにつれて、アンモニア臭が目に染みた。警察官が耳障りな音を立てて南京錠を外し、扉を開ける。L字型に続く通路の両脇が、ずらりと牢屋になっている。何人かはコンクリートの床に新聞紙を敷いて横たわり、何人かは檻に両手をかけじっとこちらを見つめている。

ここはさながら動物園だ。人権が尊重されている様子はない。〝人権を主張する〟という概念がここには発生しそうにない。圧倒的な力を持った警察と無力な被疑者。貧国で当たり前に見られる構図だ。

大男は手錠を外され、牢と牢の間の通路に立たされている。

どこからか白いビニール袋を下げた制服警官がやってきて、立ち尽くす大男に差し出した。

「食い物だ」

すると大男はキッと警官を睨みつけて「腹はいっぱいだ」と言った。

警官は特に何を思った様子もなく、くるりと振り向いて小さな牢屋のひとつを開け「食い物いるか?」と中の男に聞いた。縋るような目をした若い男がビニール袋のひとつをひったくるように受け取り、パーカーのポケットにしまい込んだ。歳をとった男はすぐさまもうひとつの袋の中から手のひら大のビニールの小袋を取り出して、袋の端を引きちぎると白い粉を口に放り込んだ。それは何かと聞くと、「ガリ」だと言う。リベリアのガリとはキャッサバの芋を潰して発酵させ、水分を抜いて粉状にしたものだ。様々な食べ方があるが、これはそのガリに砂糖を混ぜて小分けにした、駄菓子のようなものらしい。

自分の胸に大半をこぼしながら粉を食う高齢のその男を、僕は撮っている。

カメラを下ろしたいと何度も思った。

けれどこの警察官たちの振る舞いも含めて、全てを撮らなければと思った。カメラを止めることは、その存在を隠すことと等しい。それがどういう経緯で起こったかにかかわらず、目の前で起こることから目を背けることに他ならない。

サム・コリンズが「もういいだろう」と言った。

ああ、確かにもう十分だった。

アーメッドと日の昇りきったモンロビアの街を歩いた。

ふたりとも黙っていた。なんだか話をする気も起きなかった。

車に戻ると、若天龍が歩き売りの女性から小ぶりなオレンジを買ってくれた。外皮だけが綺麗に剝かれている。白い薄皮の優しい手触りが心地いい。かぶりつこうとすると「違うよ」と彼は言って、ヘタの部分をひょいと持ち上げた。どうもヘタの周囲にまるく切れ目が入っていて、小さな蓋のようになっているらしい。次の瞬間、彼はその穴にタラコのような分厚い唇を押し付け天を仰ぎ、ぎゅっとオレンジを握りつぶした。

「オレンジジュース」

地獄のような声に不相応な無邪気な顔で彼は言った。

僕も真似してオレンジを搾ると、甘酸っぱい果汁が口いっぱいに流れ込む。素朴で優しい味わいは心底ありがたかった。

そういえば、彼の言葉を聞き取れていることに気がついた。

もしかしたらと思って、改めて名前を聞いた。

「お名前はなんでしたっけ？」

「おいおい忘れたのかよ！　デイビッドだよ！」

今度は名前をしっかりと聞き取れた。彼はもう若天龍ではなく、しゃがれ声のデイビッド。ありがとう、なんだか救われた。

そして僕たちはいよいよ、幼くして銃を手に殺し合った少年兵の生き残りを探し始めた。親を殺され、帰る家を失った〝殺人者〟たちは、今どこでどんな暮らしをしているのだろう。

反乱軍要塞ホテル

狂った映画の撮り方がある。

凄惨な事件の加害者本人を出演させて物語を描くのだ。

1965年に起こったインドネシアの九月三十日事件を追った『アクト・オブ・キリング(2012年)』はその代表だろう。「共産党員狩り」と称して百万人以上が虐殺されたこの事件。この作品では、その虐殺者自身に、当時の虐殺の様子を再現させた。その映像は、実に不気味な様相を呈していた。綺麗な身なりの男たちが、お遊戯会で主役を与えられたガキ大将のように意気揚々と虐殺を再現する。もちろん、それが責められるべきことかもしれないなんて考えは毫も彼らの頭をよぎらない。なぜなら彼らは「共産党員を一掃したヒーロー」「革命の英雄」として崇められているからだ。彼らは演出や衣装にも口を出す。「洋服は濃い色の方がいい」「処刑のシーンはもっと残酷に」と、自分たちの虐殺の記録を鮮やかに残そうと努める。繰り返し繰り返し処刑のシーンを撮る。被害者役の男の首に針金を巻きつけて力一杯締め上げる。カメラは針金を引く虐殺者だけを映して、首を絞められている方を映さない。それはあまりにリアルで視聴者は「これは本当に全力で針金を引いているのではないか」と思ってしまう。

実際に人を殺した場所でその再現をしていく虐殺者は、次第に自分と自分の過去の行いとの距離が摑めなくなっていく。

そして虐殺者は、〝殺される側の気持ち〟に思いを致すことになる——。

それはたんなる映画にとどまらない、壮大な実験だった。


そんな虐殺者本人出演型の映画が、このリベリアでも制作された。

ある村を制圧した反政府軍の少年兵たちは「今すぐ親を撃て。撃たなければお前も殺す」と無防備な村の少年に銃を持たせる。極限状態に置かれる少年は親に銃弾を撃ち込む。テレビ局を襲撃し女性キャスターを強姦する。少年たちは襲撃を終えると、歌を歌う。それは次の戦いに向けた鬨の声だ。

『ジョニー・マッド・ドッグ（２００８年）』はリベリア内戦で虐殺を繰り返す少年兵部隊を、実際の少年兵たちが演じたものだ。

そのシーンのひとつひとつを、まだ10代の元少年兵たちが演じている。いや、ここでは〝演じる〟ということの定義が曖昧だ。いずれにしても、その映像から伝わるパワーは並大抵のものではない。

映画の中で、ジョニーという少年率いる部隊が丘の上の大きな廃墟を占拠する。

その場所が妙に象徴的だった。「少年たちが占拠した廃墟」という現実離れした響きが不思議に興味深かった。

あの場所は実在するのかと聞くと「もちろん」とアーメッドは言う。

「今は誰も住んでいない？」

「いや、まだかつての少年兵たちが住み着いているかもしれない」

ならば行かない手はない。

現実と虚構とがないまぜになった修羅の世界に、今僕たちも踏み込もう。

ホテルまでまだ数キロメートルはあるところで、しゃがれ声の運転手デイビッドが窓の外を指差した。

遠くに小高い丘が聳え、その一番上に白い建物が突き出ているのが見える。

「あれが『ドコールホテル』だよ」

僕は息を漏らしてその姿をしばらく眺めた。

それはブラジル・サンパウロを象徴する巨大なキリスト像のように、一帯を見下ろせる場所で陽光を受け白亜の軀体を晒していた。

あそこに少年兵たちが住み着いて、命を懸けて戦っていたのか——。

みるみるホテルに近づいていく車の中で、今まで感じたことのない不思議な高揚感に包まれていた。その中には、ジャーナリスティックな使命感と、危険を伴うかもしれないという緊張感と、いよいよ元少年兵に会えるかもしれない興奮があった。

エンジンの悲鳴を響かせながらタクシーはぐんぐんと坂を登り、丘の頂上に到着した。

車を降りると、駐車場からホテルに続く道の入り口に大きな看板が立っている。インクが剝げ落ちてはいるが、そこには建設当時の煌びやかなホテルの写真がプリントされている。その看板の向こうに見える現在のホテルは、遠目に見ても痛々しいほどに破壊され、朽ちて、死んでいるのがわかった。

ドコールホテル。

1960年代後半にインターコンチネンタルホテルズグループが建設したこのホテルは、百を超す部屋数を擁する8階建てのラグジュアリーホテルで、リベリア唯一の国際規模のホテルだった。

しかし1989年、内戦が始まる直前に閉館。内戦中に建物は悉く破壊され、次々と家なき者たちが住み着き、反乱軍の要塞となった。内戦終結以降、たびたびこのホテルの修繕案が国会に持ち上がるが、財政難から手付かずのまま今に至る。


エントランスから中に一歩踏み入れば、廃墟を構成するのはコンクリートとそのわずかな孔隙から勇ましく這い出た植物だけであることがわかる。木材と織物は風雨に晒され真っ先に失われる。鉄骨も空気に触れればいとも簡単に風化し、ガラスは砕けて風に攫われる。残るのはコンクリートの塊と、何度でも再生する植物の類だけ。

巨大なエントランスホールには、天井から滴る水で大きな水溜まりができている。その水溜まりの周囲をぐるりと螺旋階段が走り、2階に続いている。

ロビーの向こうには、水平線が抜けていた。モンロビアの一番端に位置するここからは、大西洋が見渡せるのだ。

足元に注意しながら、手すりも柵もない罅だらけの階段を2階へ上がる。苔むした階段は雨に濡れて、ヌルヌルと滑る。

2階はホールか何かだったのだろう。だだっ広いスペースが打ち捨てられた建設跡地のように雑草に覆われている。中へ進もうとすると「気をつけて！」とアーメッドが声を上げた。

足を止めアーメッドを振り返ると、僕の足元を指差している。

背筋に寒気が走った。

雑草に覆われているその床が、大きくぽっかりと抜け落ちていたのだ。海からの日差しに照らされていたからか、全く認識できていなかった。見えてはいたのかもしれない。けれど、こんなホールの入り口に穴なんてあるはずがないと思い込んだ僕には、この巨大な穿孔(せんこう)が見えなかったのだ。信じられないものは見えない。平和ボケした日本人がひとりで歩いたらこんなことでさえ命取りになってしまう。

慎重に引き返し、部屋に続く廊下を歩く。

各客室にドアはなく、中はどこも落書きに覆われている。いくつかの部屋を通り過ぎていると、そのうちのひとつから刺激臭が漂ってきた。

「便所だな」

アーメッドが言う。

「最近まで使ってたってこと?」

「たぶんそうだと思うけど、クソのにおいで何ヶ月前のものか判断はできない」

そんな大便探偵みたいなことをアーメッドに期待してはいない。

3階へと上がる。

その途中の踊り場の壁に、幾つもドーナツサイズの穴が開いていることに気がついた。自然に開いたとは思えない。

「これ、わざと開けてる?」

そう聞くと、アーメッドはその穴から外を覗き、お前もやってみろと指図する。

その穴からはホテルの入り口側が、エントランスから僕たちが車を停めたあたりまで見渡せた。次の踊り場の穴から覗くと、今度は違う方角が見渡せる。

「狙撃？」と僕が聞くと「そうだね」とアーメッドが言った。

後方は海に守られ、正面にはいくつもの狙撃ポイントを設けることで敵を近づかせない。

ここは要塞なのだ。

学校へ通うこともできなかった10代の少年兵たちは、知恵を絞り、この城で自分たちの命を守った。その力強さ。命への執着を、この穴は表している。小さな穴に僕は心を揺さぶられる。

最上階に出ると、一気に視界がひらけた。


ホテルの外から騒ぎ声が聞こえた。

もしかして元少年兵がやはりここに暮らしているのか？

嬉しさ以上に、不安がよぎる。

彼らの領地に無断で侵入してしまっていたのだとしたら、その責任をどのような形で取らされるか想像もつかない。この要塞の中では逃げ場もない。急いで階段を下りホテルの入り口へ行くと、そこには恐れるに足りぬ光景があった。

西洋人の観光客グループだった。

英語のイントネーションや服装からおそらくアメリカ人だと思われる観光客が、エントランスのひさしによじ登り、下に残ったひとりがカメラを向けて記念写真を撮ろうとしている。ギャーギャーゲラゲラと品のない笑い声を上げながら。するとあろうことか、ひさしの上でポーズを撮っている連中が、下でカメラを構えている女性に「お前も登ってこいよ！」と言っているではないか。これはもしや……と思っていると女性は案の定「撮ってもらえる？」と僕にカメラを差し出した。

僕は、待ってましたと言わんばかりにカメラを受け取り、力いっぱいそのカメラを放り投げた

――。なんてことはできず、カメラを受け取り、女性がエントランスからぐるりと回って2階の屋根に辿り着くのをニコニコと待って「ハイチーズ」と力の限り叫んだ。

アメリカ人たちがゆっくりと屋根から降りてくるのを再びニコニコと待って渡したカメラの中には、ぐらりと構図の傾いた集合写真が残されている。

「ごめん、写真が下手なんだ」

身体中にカメラを何台もぶら下げた僕の、ささやかな反抗だった。

車へ戻ると、デイビッドがホームレス風の男と話していた。

その男によれば、やはりほんの数ヶ月前までここに元少年兵のグループが暮らしていたという。警察の取り締まりで彼らは追い出されたのだ。もう少し早くここへ来ていればと悔やまれた。

しかし行方を失った元少年兵たちは、いったいどこへ行くのだろう。

◆

「飯にしないか?」アーメッドが思い出したように言った。

すっかり忘れていた。アーメッドにわがままを言って、朝食前からロケに出ていたのだ。

理由は簡単。今回の取材の本旨は現地の人の飯だ。飯のタイミングは多くても朝昼晩の三回しかない。そのうちのひとつをみすみす逃すわけにはいかなかった。だから早朝から街を流し、面白そうなものを探し回っていたのだった。

すでに夕刻近くになっていた。アーメッドには実に申し訳ないことをした。撮影をしていると、空腹感はどこかに追いやられてしまうのだ。

「食べてもらいたい地元の飯がある」彼は言った。

アーメッド行きつけの店の表には、店名はおろか食堂とも書かれていない。外から見たら営業時間外だとしか思えない薄暗い店内に入ると、先客が2、3組いた。

店員の女性が注文を取りに来る。

「アーメッドに任せるよ」と言うと、

「じゃあ水とトッポギ、ふたつずつお願い」と彼は店員に伝えた。

店員は身を翻して厨房へ向かう。

「トッポギって韓国料理のトッポギ？」

「え？　韓国にもトッポギがあるのかい？」

どうやら、彼の言うトッポギは我々がよく知るあのもっちりとしたトッポギではなさそうだ。

先ほどの店員がふたつの袋水（アフリカでは拳大のビニール袋に入った飲料水が一般的である。これを握って歯で穴を穿(うが)ち、一息に飲み干す。自立はしないから中身を残した状態でテーブルに置くことができない）をテーブルに置いた。

僕とアーメッドのやり取りを聞いていたのだろう、その店員が「この人トッポギ知らないの？」と笑っている。

「韓国のではなくて？」と聞くと、「韓国にもトッポギがあるの？」とアーメッドと全く同じ反応だ。

これは面白そうだと思った僕は、そのトッポギを作っているところを見せてもらえないかと頼むと、彼女は快く厨房に案内してくれた。

店の奥の扉をくぐると小さな食糧庫があり、それをさらに抜けて、屋外に出る。そこに立っている男の足元に、リベリア式七輪で熱せられる鍋を見つけた。

「中見せてあげて」

女性の店員が男性を促す。男性は不審そうな顔をしながら、いびつなアルミ鍋の蓋を開ける。微かに湯気を立てて現れたのは、何度も目にしたことのあるような茶色いどろっとした、粗いカレーのルウのようなもの。もちろんトッポギは見当たらない。

「これがトッポギ?」と聞くと、男も女も息を合わせたように「This is TOPPOGI.（これがトッポギだよ）」と言う。

果たして、リベリアのトッポギは韓国のトッポギとはまるで異なるものだった。

女性は食糧倉庫に戻ると、小箱から名刺サイズの小袋を取り出して言った。

「これがトッポギの素だよ」

その袋にしっかりした書体で「TOBBOGI」と印刷されているのを見て、思わず笑った。

「唐辛子とビターボウルを炒めて、このTOBBOGIを入れたらビターボウルのトッポギ。唐辛子とポテトリーフを炒めてこのTOBBOGIを入れたらポテトリーフのトッポギ。唐辛子とTOBBOGIで作る炒め物をトッポギって言うの」女性がリズムよく説明する。

どうやらこのTOBBOGI（我々が読むと「トッポギ」だが、彼らが読むと何度聞いても「トッポギ」に聞こえてしまうのが不思議だ）を入れて炒めたものがトッポギという料理であり、唐辛子は必須食材らしい。

しかしてそのTOBBOGIとはいったいなんなのか。

袋を詳しく見せてもらうと粗い粒子で印字されていた。重曹と書いてある。

リベリアのトッポギの正体はこうだ。

まず、唐辛子をたくさんの油で炒め、そこにビターボウル（小さく白いかぼちゃのような見た目をした実で、中に詰まった大量の種ごと使う。アクが強く、鮮烈な苦味がある）、その他魚の干物などを入れて、重曹（TOBBOGI）を加える。するとふんわりとした独特の舌触りのスープになるのだ。このトッポギスープは、リベリアの先住民族であるロマ族に古くから伝わる料理で、毎日食べる人もいるくらいにポピュラーなものらしい。今ではロマ族に限らず、他の民族やアメリカから移住してきたアメリコ・ライベリアンも好んで食べるという。

テーブルに戻ってしばらくすると、僕たちの分のトッポギがやって来た。

改めて目の前にするとなかなか迫力のある、野生味のほとばしる見た目と香りだ。スプーンで米とトッポギを掬って一思いに口に運ぶ。

瞬間訪れるビターボウルの苦味。

間も無くして舌の根元がビリビリと痺れてくる。凄まじいアクの強さだ。続いて舌先から口の周りまで焼けるように熱くなる。そういえばこのスープの材料はほとんど唐辛子とビターボウル（〝苦い玉〟）なのだ。重曹は山菜などのアク抜きに使うものだから、アクはだいたい抜けているのかと思ったがそんなはずもない。抜けたアクも一緒に炒めているわけで、全体がアクと辛味の塊だ。

余談だけれど、僕は無類の辛い物好きで、ラーメン屋や蕎麦屋に行けば備え付けの一味唐辛子や山椒を使い切ってしまうのではないかと気が気でなくなるほど投入する。

そんな僕でさえこのトッポギを食ったら汗が止まらない。米が止まらない。水は一息に飲み干しているから手元にない。

「水くれ！」我慢できずに叫んだのは僕ではなくアーメッドだった。

地元の人間でもこうなのだから、外から来た人間にこれを食べさせるのはなかなかの横暴だ。しかし、クセになる気持ちも少しわかる。不思議な味だ。

あとで調べてみると、ここで使っている重曹「ＴＯＢＢＯＧＩ」はインドの粉末原料メーカーの名前だった。重曹以外にも、塩や砂糖、ココアに茶、小麦粉などいろいろな粉末を製造販売している。数奇なＴＯＢＢＯＧＩの物語に想いを馳せる。

はるか昔インドの重曹がなんらかの経緯でロマ族の手に渡り、炒め物に入れてみたら大変不思議で面白い味がしたため、料理名をそのままＴＯＢＢＯＧＩとした。今ではそれがリベリアの国民食——とまではいかないまでも人気の郷土料理にまで上り詰めたのだ。

「何箇所か知っている」と唐突にアーメッドが言った。

「なんのこと？」

「元少年兵たちが暮らしている場所」

そうだった。トッポギに夢中で本題を忘れていた。元少年兵たちの居場所を知りたかったのだ。

「だけどどこも、かなり危ない」

アーメッドは元々彼らの居場所をいくつか知っていた。しかし取材の危険を考えると、そこに行くのは躊躇(ためら)われた。

「国営放送局の廃墟、海辺の廃墟、あとは国営共同墓地」

それらは全てリベリア人でさえ近づこうとしない、〝ＨＩＧＨ-ＲＩＳＫ　ＡＲＥＡ（高リスク地区）〟だという。

「どこから行ったらいいかな」

「今日はちょっと遅いから、明日改めて考えよう」


店を出ると、アーメッドが道端の物売りから何かを買っている。

「ビタコラだよ」と言って差し出したのは、大ぶりなドングリのような硬い木の実だ。アーメッドは歯を使って器用に外皮をめくり、中の白い仁を次から次へと口に放り込んでいる。

「血圧を下げてくれるんだ。マラリアにも効く万能薬なんだよ」と誇らしげにアーメッドは言う。いかにも怪しそうな話だとは思ったが、トッポギのおかげで血圧がパンパンに上がっている気がしていたので、ひとついただくことにした。

硬い皮を剝くと、ぎっしり中身が詰まっている。ガリッと齧(かじ)ると、後頭部をガツンと殴られたように苦い。渋い、と言った方が正確かもしれない。小学生の頃にドングリを食べて、二度と口にすべきではないと学んだ秋の日を思い出す。蓋(けだ)しこれで体によくなかったら嘘だろうと思ってしまうほど、理屈を超えて苦い。

気つけ薬にぴったりなビタコラは、危険になるであろう明日のロケに向け、気を引き締めるのにもいい感じがした。

〝新〟国営放送局廃墟

車はそろそろと進んでいた。

濡れたボンネットが若い太陽に照らされてキラキラと光る。

大通りから一本脇に逸れると、もう舗装された道路なんてなかった。

ジェットコースターと変わらない急勾配の坂がどこまでも連なり、落とし穴と変わらない深さの穴に雨水が溜まり、はまり込んだバイクを何人かの男が泥だらけになりながら引き上げようとしている。

車はその脇を、我々は落ちるまいと慎重に進んでいた。

首都中心部から車で10分。小高い丘を登ったところでアーメッドが言った。

「車で敷地に入るといざという時に逃げづらい。車はここまでにして歩いていこう」

僕とアーメッドは車を残し、丘の上を歩いた。

「あれがLBSだよ。LIBERIA BROADCAST SYSTEMを略してLBS。国営放送局の建物だ」

僕たちの歩く先、丘の頂上に広い敷地がひらけている。そこに佇む巨大な建物。遠目に見ても廃墟であることが一目瞭然なのはなぜだろう。窓ガラスがないからか？ いや、外から窓の見えない建物なんていくらでもある。壁の塗装が剝がれているからか？ 東京の小洒落たマンションだってコンクリートの打ちっぱなしだ。多分、建物は人が手入れをすることをやめたその時から、徐々にその独特な虚しさを蓄えて、いつか一目でそれとわかる廃墟になっていくのだろう。

「皆ここを〝新〟LBSって呼んでいる」アーメッドが言う。

「どういうこと？」

「今使われている国営放送局の建物は〝旧〟LBSなんだ」

くだらないナゾナゾか、彼の言い間違いか、あるいは僕の英語力のせいで誤解しているのか。

「それはジョーク？」

「いや、本当にこっちの方が新しいんだ。新しい放送局の建設中に内戦が始まって、完成することもなく廃墟になった。だからこれが〝新〟ＬＢＳなんだよ」

完成することなく、廃墟になる建物――。

僕が通った西東京の中学校の隣に、錆びついた鉄骨の骨組みだけの建物があった。壁もなく、床もなく、天井もないその骨組みの中には、将来壁になるはずだったと思しき大きな板状の建材が散乱していた。恐ろしくて僕たちは誰もそれに近づかなかった。今思えば、あれはきっと建設途中で会社が倒産したとか、資金繰りが頓挫したとか、そういう理由で打ち捨てられたものだったのだろう。

様々な場所に様々な理由で、生まれながらの廃墟がある。

日本のあの廃墟には野良猫を除き近づこうとする存在はなかったけれど、ここリベリアの廃墟はどうだろう。

遠目に見える廃墟の前面に色とりどりの洋服が干してある。はためくたびに徳が積まれるチベットのタルチョのようだ。

そこに人の暮らしがあるのは明らかだった。

いきなり建物に入っていくのは気が引けた。もしもに備えて、建物の周囲の状況を頭に入れておく必要がある。どこに出口があって、どこまで走れば匿（かくま）ってくれそうな民家があるか。

正面の入り口に近づかないように、時計回りに迂回した。逃げ道はいくつかありそうだ。ＬＢＳはなだらかな丘のちょうど天辺（てっぺん）を陣取っており、いざとなれば全力で丘を駆け下りれば適当な民家に逃げ込めそうだった。

視線を感じて顔を上げると、窓――が元あった、あるいははめられる予定だった穴――から男がじっとこちらを見ていた。目が合ったので軽く会釈をすると、彼はゆっくりと建物の中に消えていった。

正々堂々、正面から入ることにした。

土間のような玄関口で、子どもたちが地面に絵を描いて遊んでいる。僕の姿を見て一瞬動きが止まったが、こちらが笑顔を見せると再び創作活動に戻った。

思ったほど危険な雰囲気はなさそうだ。

そこには廊下の入り口のようなものが三つほどあった。「どっちかな？」といくつかの開口部を指差して子どもたちに聞くと、年長の子が一番左を指差した。

「ありがとう」絵を踏まないように注意して通路に入る。

真っ暗だった。

なぜだかわからないけれど、通路に入った途端に自然光はほとんど遮られ、右も左もわからなくなった。

目が闇に慣れるまで突っ立っているわけにもいかないから、手探りで前へ進んでいく。唐突にぽかんと空いた広いスペースに出た。

中庭のようだ。

中学校の体育館ほどのスペースの奥の方に、屋根のない吹き抜けから陽の光が差し込んでいる。温められた水溜まりから昇り立つ水蒸気を貫く光線が、ヤコブの梯子(はしご)を架けている。

現代の宗教画を見ているような感覚だった。

廃墟の中に陽光の襞が降りて、照らされた水溜まりに浮かぶゴミが苔むしたコンクリートにもたれている。

その光景にうっとりとしていると、水溜まりの奥の廊下から、人がポツポツとこっちに向かって歩いてくるのが見えた。「ハロー」と叫ぶが返事はない。どうしてだろう。

気がつけば20人以上もの男たちが、音もなく早足でこちらに向かってくる。

僕の手前10メートルほどのところで男たちは左右に散り、歩みをさらに早めて僕を取り囲んだ。

もうこの頃には気づいていた。

彼らは僕たち侵入者に剝き出しの敵意を向けているのだ。

僕とアーメッドは、逃げる間もなく壁際に追い詰められていた。

「誰だお前！」「誰だ！」「何者だ！」

男たちが耳元で叫んでいる。薄暗くても彼らの目が血走っているのがよく分かる。

「すまない」「すまない」僕とアーメッドはただ繰り返す。

僕は両手を上げて降参しながらカメラを回している。カメラは垂直に傾いているから映像はひどいものだろう。けれど、回ってさえいれば後でどうとでもなる。音だけだって構わない。

男たちに共通しているのはこめかみに浮き出た血管と、充血した目と、身体中を覆う今にも弾けそうな筋肉。格闘家の養成所でもあるまいに。

いや、格闘家の養成所だったらまだかわいいものだった。

バキーン！

鋭い音が響く。

最年長らしき男が山刀を地面に叩きつけたのだ。

「俺はここのチーフだ。お前はいったい何しに来たんだ！」

「日本から来ました、ジャーナリス…」

バキーン！

話を遮るように山刀を叩きつける。

「はっきり喋れ！　男らしく喋れ！」

「日本から来ました。元少年兵の方々を撮影したくて…」

バキーン！

「はっきり喋れ！」

すると隣でいっそう目の血走った男が叫ぶ。

「お前の顎取って歯出してやろうか！」

「落ち着いてくれ！」アーメッドが言う。

ひときわ背の小さな、しかしその顔立ちは明らかに死線をくぐり抜けてきたそれである男が割って入る。

「目的はなんだ！」

「テレビの撮影をしたくて…」

バキーン！

僕の言い終わりを待たず、山刀を持ったチーフが「テレビだと!?」と反応した。

チーフはよく見ると、ボロボロのジェットキャップにベスト、コンバットパンツと、出で立ちが確かに主任(チーフ)然としている。Tシャツから突き出る二の腕が太もものように太い。

「テレビ？　じゃあ金は出すんだろうな？　お前らはそれで稼ぐんだろう？」

答えに窮する。

バキーン！

「お前がこいつをここに連れてきたんだろう！　どういうことか説明しろ！」

アーメッドが詰め寄られる。

「顎取って歯出してやろうか！」

「目的はなんだ？」

「男らしく話せ！」

チーフが叫ぶ。

大声を浴びせかけられ続けると、冷静な判断ができなくなってくる。

「男らしく話してくれ！」となぜかアーメッドも僕に男らしく話すことを求める。アーメッドの目も激しく充血していたが、そういえばそれは元々だ。

男らしく話そうとは思っている。けれどこういうときに限って英語が全然出てこない。

「あーあーうーうー言ってるんじゃねぇ！」

チーフが山刀を叩きつける。

この刃が僕たちの肉を切るのは時間の問題に思えた。

自分の生命が今脅かされている。しかし、その切迫した恐怖よりもこの瞬間の僕を苛んでいたのは、目の前の男たちにどうにか因果を含め、この場所を撮って帰らねばならぬという、ディレクターとしての責務の感覚だった。

カメラがなければ逃げ出していたかもしれないし、逃げようとすれば背を切られたかもしれない。

出口の見えない緊迫した問答が続いた。

1分ほど経っただろうか。それとも10分だっただろうか。

アーメッドが言った。

「こいつはリベリア英語がよく理解できないんだ。だから俺からまず説明させてくれ」

僕は横で頷いている。

「こいつは日本のジャーナリストで、元兵士たちの話を聞きに来たんだ」

隣で頷きながら、自分がそんなことさえまだ伝えられていなかったのかと改めて驚く。

怒鳴り声を上げるのに疲れたのか、チーフが静かに僕に言った。

「お前がもう一度説明しろ。ここに来た理由を」

僕は呼吸を整えてから説明を始めた。

「僕は日本から来ました。内戦が本当はいったいどんなものだったのか聞きたくて来ました。内戦で戦った兵士たちが、今どうやって暮らしているのか、その本当の姿を知りたくて来ました」

〝本当の〟という言葉を強調して話した。

「わかった」

チーフは振り上げていた山刀を下ろした。

「俺たちは皆、元々兵士だった」

やはり、この男たちこそ元兵士だった。出会いの形は最低だけれど、遂にこうして顔を突き合わせることが——文字通り突き合わせることができたのだ。

すると傍から、小柄な彼が口を開く。

「内戦が終わってもう15年も経った。けどそれ以降ジャーナリストなんてひとりも来てない。俺たちの状況を伝えるインタビューなんて一度もされたことがない。それがなんで今になって突然来たん

だ?」

「だから来たんだよ、とにかく」アーメッドが諭すように言う。

アーメッドは僕たちを取り囲む男たちよりも赤々と目を充血させて、その目にうっすらと涙を浮かべている。

小柄な彼が続ける。

「俺たちは驚いてるんだ。いきなりあんたたちみたいなのが来たから。インタビューをしたいなんて」

「だからあなたたちの話をちゃんと聞きたくて来たんだ。誰もこれまで取り上げなかったあなたたちの話を外に伝えたい。だから我々を迎え入れてもらえないか?」

「わかった。ようこそ。俺はアーヴィンだよ」

小柄なアーヴィンは微笑んだ。

「俺たちの家にようこそ」

チーフも僕らを受け入れてくれたようだった。


「滑りやすいから気をつけて」

建物の中を案内してくれるというチーフは、怖い顔立ちとは裏腹に優しい男だった。

建物は不思議な形をしていた。

陽光が射していたのはテニスコート1面分ほどの屋根のない吹き抜けで、その真下の地面だけコンクリートの基礎が高さ50センチほど高く造られていた。

もしかしたらここは、番組の撮影をするスタジオだったのではないだろうか。

テレビ東京社屋でも最も大きな部屋はスタジオだし、サイズ感もなんとなく似ている。照明機材を吊り下げるために天井は高くなければならないし（もちろん屋根は必要だけれど）、床の四方には〝堀〟と呼ばれる溝が作られる。

見上げれば各階の回廊から人が覗いている。これも本来は屋根とともに塞がれるはずだったのだろうか。

そしてやはりここは、純然たる廃墟だった。

ドコールホテルと同様、コンクリートと植物以外の夾雑物が見当たらない。

ただ違うのは、ここには大勢の、実に大勢の人間がいることだった。

皆どこかで耳を澄ませていたのだろうか。ひとたびチーフが僕たちを受け入れたとなれば、ぞろぞろと女性や子どもが湧いて出てくる。部屋にドアがないものだから、廊下を進むごとに僕たちの姿を見つけて子どもがひょいひょいくっついてくる。

アーヴィンと名乗った極端に小柄な男が上の階へ案内してくれる。

「本当に滑るから気をつけてね」

優しい気遣いにむしろ足元がふらつく。さっきまでビリビリと脳髄が痺れる状況を作ってくれたこの人たちが、今は温い優しさを見せてくる。何かの下心があるのだろうか。努めて疑おうとするもののそんな様子も感じられない。

確かに、階段はとりわけ滑りやすかった。

わずかに水が張り、その中に毛足の長い苔とも藻ともへドロともつかないむにゅむにゅとした物体がびっしり生えている。垂直に体重をかけないと、ぬるりと足を取られてしまう。相変わらず手すりはない。落ちた先はざらつくコンクリートだ。

アーヴィンはオレンジ色をした長袖Tシャツの上に紫の大きな半袖Tシャツを合わせ、グレーの短パンに白い長靴でまとめている。背中には黒いシンプルなリュックサック。独特なコーディネートだけどやけに似合って見える。実用と制限の中に、彼の趣向や美意識が見える気がして美しい。

3階に辿り着くと、何もないがらんどうの部屋に引き入れてくれた。

一歩踏み入ると、ポシャンと足が水に浸る。

水が先ほどより深く張っている。確かに長靴かブーツでないと、この建物では過ごしづらい。

大きくくり抜かれた窓枠から、モンロビアの街が見渡せた。やはりテレビ局になろうとしていたこの建物は、電波の都合もあって眺望のいい立地に建てられている。戦争中に籠城するにはもってこいだ。


「カメラ回してるかい？」とアーヴィンが聞くから、僕は答える代わりに彼にカメラを向けた。

「俺たちがここに来た時、この部屋は死体だらけだった」

アーヴィンは話し始めた。

「内戦が終わってすぐギャングが住み着いていたからね」

そうか、この国にはギャングも存在するのか。

「あいつらは夕方の6時を過ぎると、街から人を拐ってここに連れてきた。この部屋で殺して、金目のものを奪ってたんだ」

僕が今いる部屋で、ギャングが夜毎人を殺していた。

「俺たちはギャングを追い出した。そんなことしちゃダメだって言った。戦争は終わったんだ。みんなもう仲間なんだから殺しはやめようって。それで、ギャングたちはここから出ていったんだ」

そんな話、フィクションでは誰も思いつかないだろう。彼らの口からは予想を超えた物語が語られる。

しかし、少年までもが前線に送られたかの内戦において、ギャングとはいったいどういう存在だったのだろうか。

アーメッドが説明してくれた。

「もちろん内戦前からいたギャングたちは皆武器を取って戦いに参加したよ。政府軍の場合もあったし、反政府軍の場合もあった」

学生も会社員も、スポーツ選手もギャングも皆武器を手に戦ったのだ。


「ここには何人で住んでいるんですか？」

1階に戻った僕はチーフに聞いた。

「今は800人。正確には878人住んでいる」

「この建物に？」

「ああ。今は男たちが水や炭を売りに出てるから少なく見えるけど、本当はもっといる。このあたりの床——と言っても剥き出しのコンクリート——は夜になると寝てる奴らでいっぱいになる」

そう言って、僕たちがいる8畳ほどの空間を示した。〝空間〟以外にどう呼んだらいいのかわからないこの空間。戸板も窓ガラスもない。風が吹けば冷えるし、雨が降れば濡れるだろう。

それにしても一桁台まで人数を管理できていること、しかもそれを即座に答えられることに驚いた。

「それで、あなたがここを仕切ってるってことなんですよね？」

「そうだ」

簡潔に応答するように訓練でもされていたのだろうか。余計な言葉が一切ない。

「元々は兵士だったんですか？」

「ああ。書類がある。見るか？」

チーフが部屋に案内してくれた。

その部屋にも扉はなかった。暖簾のように吊り下げられたカーテンをくぐると、案の定真っ暗だ。チーフは躊躇なく奥へ進んでいく。僕はポケットにカメラ用のＬＥＤライトがあるのを今さら思い出して、点けた。

10畳ほどの部屋。

顔の高さにロープが張り巡らされ、たくさんの衣類がかけられている。触ってみると濡れているわけでもないから、簞笥代わりにぶら下げているのだろう。世界に共通するスラム街の常識を思い出した。物を地面に置くとなんでもかんでもネズミに齧られてダメになるから、食材も衣類もぶら下げて保管するのだ。

左手にはこの国でよく見る七輪と、すぐ隣には風呂用の小さな椅子と手桶。コンクリートの床が濡れているところを見ると、台所と浴室が兼用になっているのだろう。

そのさらに奥、一番隅で何かがもぞもぞと蠢いている。

「近づくな！」とアーメッドが僕を静止した。

「噛まれるよ」

蠢いているそれは、母犬の乳房に貪りつくたくさんの子犬たちだった。その周囲には乳房にありつけずに悶える子犬もちらほらいる。

「犬も売るんだ」チーフが言う。

子犬は1頭約650円で売っているらしい。

するとチーフは部屋の奥から書類を出して見せてくれた。

質の悪いペラペラの紙に、質の悪い印刷機で印字されたその証書には、『リベリア国防省軍本部　武装解除証明　フルトン・ドゴライ』とある。

チーフ・フルトン。内戦中は政府側の部隊に属していた兵士が今、廃墟に暮らして800人を束ねている。

彼の人生とは、いったいどんなものだったのか。

◆

リベリア内戦はその残虐なディテールはもちろんのこと、争いの構造自体も混乱の極致にあった。それはひとつのクーデターをきっかけとした、ふたつの内戦によって説明される。少々小難しい話になるかもしれない。退屈だと思ったら飛ばしてもらって構わない。けれど人間の命が簡単に失われていく内戦が、こんなようにして起こるのかというひとつの滑稽なケーススタディとして、是非知ってもらいたい。

リベリアはアメリカから解放された黒人奴隷によって建国されたアフリカで二番目に古い国である。アメリカ文化を全身に纏ってアフリカ大陸に戻ってきた者たちは「アメリコ・ライベリアン」と呼ばれ、国の実権を掌握した。

とはいえリベリアの地には元々そこに暮らす先住の民族がいた。当たり前だ。そこはアメリコ・ライベリアンの故郷なのだから。

しかしアメリコ・ライベリアンたちは先住民を〝文明化されていない者〟として差別し、それに反発するように先住民たちはアメリコ・ライベリアンを〝白人化した奴隷〟だと揶揄した。アメリコ・ライベリアンはリベリアの全人口の5％ほどしかいなかった。そんな少数の特権階級が政権を握り他の民族を弾圧したとなれば、その均衡が崩れるのは時間の問題と言わざるをえなかった。

1980年、溜まりに溜まった憎悪のダムは遂に決壊する。

先住民族であるクラン族の軍人であったサミュエル・ドゥが指揮をとり、クーデターが起こされた。アメリコ・ライベリアンの大統領とその下の高官数名が殺害され、政権は先住民族の手に取り戻された。

しかし怒りに駆動されたクーデターが往々にして迎える展開を、この国も辿ることになる。そう宿命づけられているかのように、サミュエル・ドゥは極端な圧政を敷いたのだ。

彼は自分に反発する者を容赦なく処刑した。再びクーデターを目論んだ者たちはそのグループごと粛清された。自分が属するクラン族のみで「リベリア軍」を組織し、他の民族の村を襲撃してあっという間に死屍累々の光景を作り出した。

明らかに不正な選挙を経て、サミュエル・ドゥはリベリアの大統領の座に就いた。

その暴虐の陰で反対勢力がむくむくと肥大し、目覚めの時を待っていたのは自明のことだ。

打倒ドゥ政権を掲げたアメリコ・ライベリアンであるチャールズ・テーラーが、アメリコ・ライベリアン同様にクラン族政権に苦しめられていたリベリア先住民マノ族とギオ族と結託。隣国リビアで反体制勢力「NPFL（リベリア国民愛国戦線）」を組織し、ゲリラ訓練を始めた。

そして1989年。小渕恵三内閣官房長官が色紙の上下を気にしながら「平成」の二文字を掲げた頃、このアフリカの小国では悲劇の火蓋が切って落とされた。

チャールズ・テーラー率いる反乱軍NPFLがコートジボワール側から国境を越え、クラン族を主体とするリベリア軍が駐留するニンバ郡に侵攻。リベリア軍兵士250名を殺害したことで第一次リベリア内戦が始まった。対するリベリア軍は同じくニンバ郡でマノ族、ギオ族500人を殺害。その報復にNPFLはクラン族200名を殺害するなど出口の見えない復讐の連鎖が始まった。不幸の再生産が延々続く無限装置が稼働してしまったかのようだった。

戦火が瞬く間にリベリア全土に広がる頃、チャールズ・テーラー率いる反乱軍NPFLの中に亀裂が走った。テーラーのやり方に反発したアメリコ・ライベリアンのプリンス・ジョンソンがNPFLを離脱し、新たに「INPFL（リベリア独立国民愛国戦線）」を組織。テーラーはジョンソンを反逆罪で処刑すると宣言し、奇妙な三つ巴構造となった。

その後サミュエル・ドゥは劣勢となり、アメリカに亡命を望むも断られ手詰まりとなる。官邸に籠城していたサミュエル・ドゥは最後の望みをかけて、INPFLとの同盟協議に踏み出した。しかし、交渉の舞台とされた場所に着くや否や、同行していた90人の護衛を皆殺しにされ、身柄を取られた。

サミュエル・ドゥは軍事裁判にかけられることもなく、有無を言わさずリンチされ、耳、指、鼻をナイフで切り落とされた挙げ句、銃殺された。

ここで人間を司っていたのは、利害でもなければ未来への希望でもなく、ただ怒りだけであった。

サミュエル・ドゥの処刑をもって、この内戦は幕を下ろした――なんてことにはなるはずもなく、大元の反乱軍であったNPFLと分派のINPFLに加え、ムスリム系マンディンゴ族が「ULIM

〇（リベリア民主統一解放運動）」として武装蜂起し新たな三つ巴に。さらにULIMOはふたつに分離し、外から見たら誰が誰と戦っているのかさっぱりわからないほど混迷を極めた。敵の敵も敵というような状況だ。

1996年、西アフリカ諸国経済共同体の監視下で投票が行われ、反乱軍を率いたチャールズ・テーラーが大統領に選出された。これによって第一次リベリア内戦は終結し、国に束の間の平穏が訪れた。

第二次リベリア内戦が勃発したのは、そのわずか3年後。

大統領就任後のチャールズ・テーラーは隣国シエラレオネとの間で武器やダイヤモンドの密輸を繰り返したことを糾弾され、西洋諸国から経済制裁を受けていた。内戦が終結してからも、待てど暮らせど国は復興の兆しを見せることなく、国民の不満は膨張した。

リベリア国民の怒りの風船はもう継ぎ接ぎだらけでいつでも簡単に破裂する。

1999年、新たな反政府武装勢力が蜂起。劣勢になったチャールズ・テーラーはナイジェリアに逃亡し、停戦に至った。

1980年のクーデターに始まり20年もの間繰り返された暴力の連鎖は、こうして一旦終止符を打たれたのだ。

だからこの〝新〟国営放送局の廃墟で出会ったチーフ・フルトンの人生を思った。

この男の人生が、この狂乱の中で銃弾をかいくぐりながらどのように紡がれたのか、想像するのはあまりにも難しかった。

「政府側」に属する軍人であったという彼は、ギオ族である。内戦終結とともに家を失ってしまうような状況は、彼が正規軍ではなく民兵組織に属していたからだ。

「武器を差し出せば住む場所も金ももらえるはずだった。だけど約束はほとんど果たされなかった」

薄暗い部屋でフルトンが言った。

「政府は約束を守らなかった」

重い空気が流れていた。

僕は耐えきれず、苦し紛れの質問を探した。

「奥はベッドですか？」

フルトンはぶら下がる服をかき分けて僕を部屋の奥に導いてくれる。そこには、蚊帳で覆われた天蓋付きのベッドがあった。

「快適そうですね！」

「蚊帳がないと眠れないんだ」

「ひとりで寝られるんですか？」

「妻とふたりで寝ている」

フルトンは部屋の入り口を指差した。

奇妙なアジア人を一目見ようと集まった野次馬の中から、ドゥーラグ（ラッパーがよく被っている、黒いタイツのようなピタッとした帽子。元々はアフリカの伝統的な装具である）を被ったふくよかな女性が一歩前へ出た。

「妻だ」

「こんにちは」

恥ずかしそうにフルトンの隣に並ぶ。

「内戦中からご結婚を？」と聞くと、フルトンが答える。

「いや、内戦が終わった後だよ」

「内戦中はどんな暮らしをしていたんですか？」

急だったかな、と思った。そんなの思い出したくもないことだ。しかし奥さんは答えた。

「ずっと食べ物を探してた。裏庭で畑を作って芋を育てた。とにかく食べ物がなかったから」

内戦中の暮らしがどんなものだったかと聞かれ、まず出てくるのが食べ物のこと。武装勢力に襲われる恐怖ももちろんあっただろう。家族も失ったに違いない。しかし開口一番出てくるのは「食べ物がなかった」という実感。どんな恐怖よりも、空腹というダイレクトな痛みの記憶が、彼女の脳裏にこびりついて離れない。

夫婦は現在ふたりの子をもうけ、家族４人で暮らしている。６歳の姉と、４歳の弟。

「ここでの暮らしはどう？」そう聞くと、幼いふたりはモジモジと縮こまって答えない。

周りの野次馬たちがワイワイガヤガヤと答えを促す。

弟は「いいよ」とだけ言った。

すると姉は「全然よくない。トイレだってない。ビニール袋で用を足すのはもう嫌だ」と言った。

上下水道もないこの廃墟には当然風呂もトイレも存在しない。ここの子どもたちはビニール袋に排泄している。６歳の女の子はそれが心地よくないことにもう気がついている。

部屋の外で野次馬が騒ぎ始めていた。フルトンは一旦彼らをいなすために部屋の戸口へ出た。多くがフルトンよりはるかに若い、20代から30代の男たちだ。

「彼らは皆元兵士ですか？」

「そうだね、ここにいるのはだいたいがそうだ」

フルトンは続けて言った。

「元政府軍兵士は25人。元反乱軍が15人いる」

「え？」

僕は激しく混乱した。

ここを仕切っているフルトンが政府側だと聞いた時から、ここに暮らす元兵士たちは全員が政府側で戦っていたものだと決め込んでいた。

それがなんと、かつて争った両軍が共に暮らしているというのだ。

「こいつは政府軍。こいつも政府軍。こいつは反乱軍。こいつも反乱軍」

フルトンは野次馬の男たちをひとりずつ指差して言った。

フルトンは「こいつも反乱軍」と言って小柄なアーヴィンを指差した。彼はフルトンの敵、反乱軍の兵士だったのだ。

「反乱軍だったんですか？」

「ああ、そうだよ。俺はもともと反乱軍の少年兵。スモールソルジャーって呼ばれてた」

内戦中、兵士たちはそれぞれ「ＷＡＲ　ＮＡＭＥ（戦争名）」で呼び合っていた。

「俺はグラスホッパー（ばった）」

隣の元反乱軍の男が続く。

「どうして？」

「茂みから飛び出して襲うのが得意だったから」

「俺はイノセント（無垢）。戦闘に加わった時にはまだ幼くて、何も知らなかったから」

アーヴィンは体が小さかったからその見た目のまま「スモールソルジャー（小さな兵士）」だったのだ。

「今おいくつですか？」アーヴィンに聞くと「多分28歳」と答えた。

「多分？」

「あぁ、多分。戦争中は年齢のことなんて誰も気にしなかった。親も学校に行くことはできなかったし、子どもの年齢について意識することもなかった」

彼には誕生日がない。彼だけでなく、混乱していたアフリカでは多くの少年たちが誕生日を知らずに大人になっていった。僕たちが半分飽きながらケーキの蠟燭を吹き消しているとき、その祝福を受け取ることができない人間が存在している。祝福とはいつも、そのようにして持つ者と持たざる者とを截然と境する。

アーヴィンはこの時、多分28歳だった。

内戦が終わった時は多分14歳。つまり彼はフルトンと違い「元少年兵」である。

「なんで戦いに参加したんですか？」

「あの時俺は両親と暮らしてた。水を汲みに行った帰り道、家にロケット弾が突っ込んだ。それで両親が死んだ」

彼はひとり、水汲みに出ていて死を免れた。

「もう選択肢はなかった。だから革命に参加したんだ」

アーヴィンは首を激しく左右に振りながら話す。

アーメッドが聞く。

「金のため?」

「いや違う」

「復讐?」

「そう、復讐だ」

「両親のため?」

「そう。両親のための復讐。あとは自分の人生のために」

両親を無残に殺された。その復讐のために革命に参加した。その時彼はまだ小学生の年頃だ。そして今、彼はその復讐すべきだったはずの相手と共に暮らしている。

その事実に慄然(りつぜん)とする。

「どうしてここに暮らしてるんですか?」

「金がないんだ。他に住む場所がない」とアーヴィンは言う。

「戦争が終わって武器を手放す代わりに、国は金や土地をくれるって言っていた。だけどいざ武器を渡したら、誰も約束なんて守ってくれなかった。だから俺たちには金がないんだ」

フルトンと同じことを言っている。

「だからといって路上で人を襲いたくもない。だからこの暮らしをしてるんだ」

彼らは貧しさゆえに法を犯そうとはしない。

内戦中のことを知りたかった。

「敵を殺したことは?」

そう口にした瞬間、フルトンもアーヴィンも周りを囲む野次馬たちも一斉にフッと笑った。

「戦争中に敵を殺したかって?」フルトンが初めて見せる笑顔で言った。

「それが戦争だ。それこそが戦争なんだよ」

僕は「当たり前ですよね」と言うと、そこにいる全員が「当たり前だよ」とまた笑った。

とんだ平和ボケだと思われはしただろうが、笑顔が見られたのは嬉しかった。

「それはつまり、ここで今一緒に暮らしている人同士で殺し合ったってことですよね?」

「もちろん」

アーメッドも質問に加わる。

「過去のことは気にしない?」

「気にしない。気にしていられない」

フルトンは言う。

「みんなで助け合って生きている。ひとつの家族として生きているんだ」

ひとつの家族——フルトンは何度も言った。

「今はみんな友達だよ。なんでも一緒にやるんだ」

アーヴィンが嬉しそうに言った。


どうしてそんなことがありうるのだろうか。

隣のそいつは、自分の親にミサイル弾を撃ち込んだ男かもしれない。自分の兄弟を食った男かもしれない。そして互いの命を奪い合ったかもしれない。

それにもかかわらず、彼らは内戦が終わった今、身を寄せ合って暮らしている。確かに、〝アメリコ・

ライベリアン〟なんていうミュータントみたいな存在がやって来る前は、様々な民族が交わりながら共存していた。

あの戦争の瞬間だけが異常だったのだ。

それにしても、その禍根が全く残されていないように見える。洗いざらい忘れているかのように見える。

「俺たちは殺したくて殺したんじゃない」とアーヴィンは言う。

それは戦争だった。だから俺たちは殺すしかなかった。本当は殺したくなかった。周りの元兵士たちも口々にそう言った。

だから、戦争が終わった今ではもう友達なんだ、家族なんだと。

「飯、見せてもらえませんか？」

突然思い出して言った。そう、これは世界のヤバい人たちのヤバい飯を見る旅なのだ。

「飯？　飯って、飯？」

フルトンがわかりやすいほど狼狽した。あまりに唐突な要求だったから当たり前だ。彼がキョロキョロと周りを見回しているうちに、野次馬のひとりが人混みの奥からバケツをこちらに差し出した。

すると元兵士たちは一斉に「これが俺たちの飯だ！」と言ってバケツの中に手を突っ込んだ。

彼らが手に持ち上げたのは、一見すると動物の骨のような、でもいささか粉っぽい、白く乾燥したゴツゴツの物体。

「ディポだよ」

「ディポ？」

「キャッサバの粉を固めて乾燥させたものだ。これでフフを作るんだ」

フフとは西アフリカの伝統的な主食だ。キャッサバの粉に熱湯を加えながら捏ね、巨大なまんじゅうの皮の塊みたいなものを拵える。これを例えばインドカレーのナンのような形でスープと共に食すのだ。

「米を買う金がないんだ」スモールソルジャーことアーヴィンが言った。

「米は高くて買えない」

とにかく金がない。それが今の彼らが抱える最も強い感情だ。

フルトンが喋り出す。

「今ここにいる男たちももうすぐ市場に出発する。そこで水を売って歩いたり、炭を売ったり、人の家の庭の草刈りをして稼いでいる。生きるために」

思い返せば犬を売る話をしている時も、結びに「生きるために」と言っていた。

彼らの行動のほとんどが「生きるため」に直結しているという感覚。僕ら日本人が遠く置き去りにしてきた、生の実感。

「俺が売っている炭の倉庫を見せよう」フルトンが歩き出した。

廊下の先の部屋の入り口に、初めて扉を見た。コンクリートの枠に木製のドアを無理やりはめ込み、トンカチと杭で無理やり開けたと思しきヒビだらけの穴を使って南京錠がかけられている。ここに彼らの命を支える物資が詰まっているのだということが如実に伝わってくる。

倉庫の中には土嚢に使われるナイロンの頭陀袋が人の背丈ほどの高さまで積み上げられていた。

「これは俺が焼いた炭だよ。山で木を切って、窯で焼いてここに持ってきて売っている」

フルトンは炭焼き職人でもあるのだ。

するとフルトンは1時間前に僕に向かって振り下ろそうとした山刀を持って建物の外へ出た。

滑る足元に気を配りながらついていくと、おもむろに山刀を地面すれすれに振り下ろし、ぼさぼさに生えている草を切って飛ばした。

「こうやって草刈りをして。一日150円。」

彼はとにかく自分たちがどのようにして金を稼いでいるのかを教えてくれるのだ。そこにはどこか誇らしさのようなものがあるのかもしれない。

フルトンはブンブンと山刀を振り回し、バシッバシッと草を跳ね上げていく。

なるほど、よく見ると振り下ろした際、山刀の切っ先が地面とちょうど水平になるように曲げられているのだ。つまりこれは草刈り専用の山刀だったわけだ。彼らの知恵が光る美しい道具だ。

するとアーヴィンが――建物の中にいた男たちはほとんど僕とフルトンについてぞろぞろと表へ出てきていた――「裏庭の畑も見てくれ」と僕を建物の裏側へ連れていった。

そこは確かに畑だった。

「芋の葉っぱだよ」アーヴィンが言う。

「葉が繁ったらまとめて市場に売りにいくんだ」フルトンが説明する。

ふとアーヴィンに目をやると、その芋の葉をそのままムシャムシャと食べているではないか。

「おいしいの?」

驚いて聞くと「おいしいよ」と口いっぱいに葉を詰めて答える。

「血を綺麗にしてくれるんだ」とフルトンが言い添える。

「薬を買う金がないときはこの葉っぱを食べる」

日本では里芋の葉茎が芋茎（ズイキ）として昔から食用にされてきた。この土の下にどんな芋が隠れているのかわからないが、里芋ではなさそうだ。ジャガイモの葉には毒があったはずだから、サツマイモの類だろうか。

「これがいいよ。ちぎって食べな」

「食べてごらん」

「食べな食べな」

野次馬たちがそれぞれにこれがいい、いやこれがいいとお勧めの葉っぱを示してくれる。どれも同じ葉っぱにしか見えない。

適当に一枚ちぎって口に放り込み、咀嚼する。

「うまい！」反射的にそう言ったが、正直なところ味と呼べるものは感じていない。青臭い香りだけは真っ先に鼻に抜けた。いくら噛めども味はしないまま、芋の葉は食道へと流れ落ちて消えてしまった。

「味がない」と正直に言うと、野次馬たちは嬉しそうに「血にいいんだ」と言った。

その間も、アーヴィンはひとり黙々と葉を口に詰め込み、無表情で咀嚼していた。

時刻はまだ朝の9時にもなっていなかった。

「朝食はこれからですか？」

そう聞くと、その場の全員が顔を見合わせた。

「その前に金を稼がないと」フルトンが全員を代表して答えた。

「昼食はどうするんですか？」

「昼食なんてない」フルトンが答える。

「食事は一日に一回だ」

「お腹空かないんですか？」

また呆けた質問をしている自分がいる。

そこにいる誰もが呆れたと言わんばかりに、絵に描いたような失笑を見せながら「空いてるよ」と語気を荒らげた。


アーヴィンが仕事へ出るというので、ついていくことにした。

彼は身体中に巨大なバッグをぶら下げていた。〝身体中〟というのは誇張でなく、両手と首に大きなカバンを目いっぱいぶら下げているから、小さな上半身が覆い尽くされているのだ。カバンの塊から頭と長靴が生えているようだ。

「これを売りに行くんだ」

それは薄手のレジャーシートのような生地で作られたペラペラのカバン。畳んだ状態だと1メートル四方のゴザのようだが、バサッと広げると30センチほどのマチが生まれる。

アーヴィンは左腕に畳んだカバンを数十個ぶら下げ、右手には広げた状態のもの、さらに首に取手をかけて背中にも広がった状態のカバンがぶら下がるようにした。

「どこから見ても俺がカバン売りだってわかるようにしないとダメなんだ」

ここの人たちは自分の仕事について話すとき、いつも堂々としている。日本で自分の仕事について聞かれたとき、ここまで堂々と話せる人はどれだけいるだろうか。俺はこうやって生き抜いているんだ、という明々白々な実感がそうさせるのだろうか。

アーヴィンは足早に歩き出した。膝上まで至った長靴をカポカポ鳴らして歩くから、速度はそんなに上がらない。

1時間ほどで、市場に到着した。

アーヴィンはしばしばこちらを振り返って様子を見てくれる。人がごった返しているから、僕が迷子になるのを心配してくれているようだ。

道ではバイクに乗った男が警察官に止められ、胸倉を摑まれている。いったい何をしたらいきなり警官に胸倉を摑まれるようなことになるのだろうか。

「道渡るよ」

アーヴィンはそれが見えてもいないかのように、取っ組み合いの目の前を横断した。


「どういう人が買うの？」

カバンを売ろうとしているアーヴィンに聞いた。

「旅に出る人たちが買っていくんだ」と彼は言う。

「こうやって客の気を引くんだ。シスター！　カバンはいらない？　ブラザー！　カバンはいらない？ってね」

「なるほど」

「みんな遠出する前日にここに買い出しに来る。市場で買ったものを詰め込んで、次の日の朝イチのバスで出発できるようにこのカバンを買うんだ」

かなり具体的な客のプロファイリングだ。とはいえもっといろんなパターンがあるだろうと思っていると、行き過ぎた女性がくるりと振り返って彼を呼び止めた。アーヴィンは慣れた様子で商品の長所をプレゼンする。

「口にファスナーが付いているから中身がこぼれない。他の業者のカバンはこの端のところが壊れやすいけど、このカバンはしっかり縫ってあるから安心だよ」

「広げるとほら、こんなに大きいから旅の荷物はすっかり収まるはず」

客の女性はアーヴィンの左腕にかかった様々な色柄のカバンを物色し、ターコイズのペルシャ絨毯みたいな柄のものを選び出した。

「いくら?」

「130リベリアドル」

女性はポケットから裸の紙幣を取り出し、アーヴィンに渡した。

「ご旅行ですか?」と女性に聞くと、

「そう。いろいろ買って実家に持っていくの」と応えるではないか。

まさかと思ってさらに聞く。

「ご出発はいつ?」

「明日の朝ですよ」

なんというマーケティング力だろう。死線を越えてきた男たちの生命力が、今はこの商いに宿っているような気がする。

◆

時刻は15時を過ぎていた。

16時頃に食事をとることが多いとフルトンは言っていた。早く廃墟に戻らないと一日一度の食事の瞬間を逃してしまう。アーヴィンはもうしばらくカバンを売って歩くというので、彼は残してLBSの廃墟に戻った。

廃墟の中には食べ物の匂いが漂っていた。熱せられた油のような、重みのある匂い。

真っ暗な廊下を通り過ぎて中庭に出ると、部屋の前で煙が上がっている。フルトンの奥さんが料理をしているところだった。七輪には大きなアルミの鍋がかけられ、蓋の隙間から湯気が溢れている。じーっと鍋を見つめていると、奥さんが「はいはい」とでも言うように蓋を開けてくれた。ブワッと立ち上がる湯気でカメラのレンズが曇る。湯気の先には鍋いっぱいに白いふわふわが詰まっていた。

「フフだよ」

仕事に出る前に見せてくれたディポを湯で戻して捏ね、蒸しあげたものだと奥さんが言った。見るからにふわふわぷるぷるとした出来立てのフフは枕にしたら最高の寝心地を提供してくれそうで、眼が覚めるたびにちぎって食べたくなるような、そんなやつだった。

アーメッドが僕の後ろでくっきりとした音を立てて生唾を飲み込んだ。今日も朝食から撮影しようとしていたから、僕もアーメッドもまだ何も口にしていない。芋の葉っぱは食べたけれど、ほとんどゼロカロリーだろうから腹の足しにはなっていなかった。

奥さんは巨大まんじゅうのようなフフを、時折手を水で冷やしながらソフトボール大にちぎり、小さな洗面器に取り分けてペシペシと叩いた。表面が平らになると、取り出して大きな洗面器の縁の上にそっと乗せる。それを繰り返して、巨大洗面器の真ん中に大フフ、その周りを囲うように小フフが並んだ。

今日の夕飯はこのフフだけなのだろうか、と不安になって周囲に目を移すと、七輪の向こう側にもうひとつアルミ鍋が置かれている。

奥さんは鍋をずずっとずらして蓋を開けて見せてくれた。ここに入ってきた時に嗅いだ匂いはこれだった。カレーのような粘度の高いスープの上を、真っ赤な油が覆っている。

「パームバターのスープだよ」と彼女は言った。

パームバターはアブラヤシの実を搾って得られたパームオイルを精製して半固形にしたものだ。どちらも日本人にはあまり耳馴染みがないけれど、実のところ多くの日本人が日々口にしている油脂のひとつがこのアブラヤシ系の製品だ。一般家庭の食卓にこの油がそのままのぼることはないが、例えばポテトチップスを揚げる油だったり、チョコレートになめらかな舌触りを与えるために加えられていたりするのがパームオイルだ。ヤシの実を使った洗剤もこのアブラヤシが原料のことが多い。

安価でクセがなく、使い勝手がいいことからこういった使い方が主流なのだが、ここリベリアのパームオイルは話が違う。

クセの塊なのだ。

南国で搾られたパームオイルは、たくさんの工程を経て綺麗な薄い黄色に精製された状態で日本に届く。しかし、ここのパームオイルは搾って漉(こ)してもう終了。他のどんな食べ物にも例えられない独特な香りと刺激的な食味がふんだんに残された真っ赤な油が出来上がる。

リベリア人はこの味がたまらなく好きなのだ。イタリア人がなんでもかんでもオリーブオイルをかけてしまう(と僕は聞いた)ように、この国ではなんでもかんでもパームオイルをかける。

この廃墟で供された「パームバターのスープ」なる料理は、豆を挽いた粉やチキンの干物をパームバターで煮込み、その仕上げにパームオイルを注ぎ込んだ、アブラヤシ好きにはたまらない逸品だ。

匂いを嗅ぎつけた男たちが、続々と廊下に集まってきた。フルトンを中心に5人の男たちが椅子を持ち寄って座る。

元政府軍と、元反乱軍がちょうど半数ずつ。

バケツに張った水で順番に手を洗い、フフに右手を伸ばす。ちぎったフフを右の手のひらでギュッギュッギュッと何度か握り、綺麗な球体――実にまん丸だった――にしたらパームバタースープに浸し口へ運ぶ。

誰も喋らない。

鍋がコンクリートの地面と擦れるざらついた音。フフが握られる柔らかな音。それがスープに落とされる湿った音。咀嚼の音、嚥下（えんげ）の音、洩れ出る吐息の音。

静かで、迫力に満ちている。

命を紡ぐ瞬間に立ち会っている感覚。

弾丸を避けることと、フフを食うことに同じ意味が与えられている。

ふぅふぅ。

ごりごり。

ぴちゃ。

ぐっ。

ふぅ。

命の音に囲まれている。もっと耳を澄ませば細胞が分裂する音も聞こえてきそうだ。

「食いなよ」

フルトンの声で我に返った。確かに僕は腹が減っていた。

「手を洗って」

指示された通りにバケツの水で手を洗う。途上国であればあるほど食事の前の手洗いが重視されている気がする。つい手を洗わずに食事に手を伸ばそうとして怒られたことは数知れず。

綺麗になった手で、見よう見まねでフフをちぎる。

「熱!!」

思わず叫んで手を引っ込めた。

可愛い見た目からは想像できない凶暴な熱さだ。バケツの水で手を冷やして再びフフに手を伸ばす。なんとか握れる分のフフをちぎる。ギュッと握りこむと焼け石を持たされたようだ。何度も握るのは諦めてスープに突っ込もうとすると隣の元兵士に止められた。

「しっかり握らないと美味しくないんだ」

と彼は真剣な眼差しで言うけれど、そんなことあるのだろうか。うどんのコシは足踏みで決まるなんて言うから同じことか。

脂汗をかきながら可能な限りのスピードで四回ほど握り、全く球体にはできないままのいびつなフフをスープに放り込んだ。

フフを取り出そうとスープに手を入れると、その熱さに再び僕は震えた。

湯気が全く立っていなかったのは、表面を覆い尽くしたパームオイルのせいだったのだろう。１０

0度を超えているのではとさえ思う熱さに泣きそうになりながら、灼熱のスープからフフを掬い上げ口に運んだ。スープが手のひらを伝って袖口を濡らす。

美味い。が、辛い。

ものすごく辛い。

純粋に唐辛子がたくさん投入されている辛さ。パームオイルの強いクセも感じさせない辛さだ。

「美味いだろ？」と隣の元兵士が聞く。

「おいしい！　結構辛いですね！」と答える。

「ほらちぎって」

フルトンが僕にもう一口を促す。

「美味いだろ？」

男たちが一度言ったはずの僕の感想を心待ちにしている。

「美味い！」

今度は皆満足そうに笑った。

「これがアフリカンフードだ！」ひとりが誇らしげに言う。

「食うと強くなるんだよ」ひとりが力を誇示するように腕を振り上げる。

「もっと食え！」フルトンが言い、僕が大げさに困った表情をするとみな大きな声を上げて笑った。

この男たちはかつて互いに殺し合っていた。だが、今は同じ釜の飯、否、同じ洗面器の飯を食っている。そして飯を食う瞬間、彼らは笑っている。

「今日はこれ一食？」

「あぁ、これだけ。一食だけ」

「もっと食べたいけど金がない」

フルトンが言うと「金がないんだ」「金がないんだ」と男たちが続けて言った。


「新聞で読んだんですが…」格好悪い前置きで質問を始めた。

そろそろあのことについて聞かなければならなかった。

「皆さんは人を食べたことはあるんですか？」

——沈黙が訪れる。

僕の英語が聞き取れなかったのか、それとも答えに窮したのか。

すかさずアーメッドが助け舟を出す。

「彼が言っているのは、新聞にリベリア内戦に関することが書いてあったと。それは元戦闘員に関することだったらしい。そこに書かれていたのは、敵の心臓とか体を食っていたっていう話らしいんだ。彼はそれについて聞きたいと言っている」

元兵士たちがキョロキョロと互いの顔を見やってから、ひとりが言った。

「俺たちは食ってないよ」

するとアーメッドは「そうだとは思ってたんだけど…」と言い訳がましく言った。

「甘いんだ」

若い男が唐突に呟(つぶや)いた。

「甘い？」

僕はそのままの言葉を投げ返す。

「甘いんだ」

彼も同じことを繰り返す。

「甘いって？」

「あぁ甘いんだよ」隣の男が笑い出した。

「甘い？」

もう一度聞くと、若い男が嫌悪感を露わにして「だから甘いって言ってんだよ。尻の肉なんて特にな」と言って自分の尻をパシンと叩いた。

「どういう意味？」

僕は何の話をしているのかわからず、アーメッドに聞いた。

「甘いんだって言ってるんだよ」と彼も同じことを言う。

「皆さん食べたことあるんですか？」

「違う」と男は答えた。

「食った奴らから聞いたんだ。俺たちは食ってない」

「どこに行けば食った人に会えますか？」

「人を食った奴らはみんな死んだよ」フルトンが落ち着いた声で言った。

「でも、死ななかった人もいる？」

「何人かは生きているかもしれない」

けれど――とフルトンは続ける。

「人を食えば食うほど、足はぶくぶくと腫れ、腹はパンパンに膨れ上がる」

「どうして?」

「とにかく体に悪いんだ」

自分たちは人を食っていない。人を食った者は身体が膨れ上がり、やがて命を落とす。呪術じみた話がここでは通説のようだった。人を食った者に話を聞くのは簡単ではなそうだ。

「あの内戦は、誰が正しくて、誰が悪かったんですか?」

殺し合った者同士が肩を寄せ合って暮らすここでこそ聞きたかった。

「当時の政府が悪いよ」フルトンは迷いなく言った。

「政府が部族を殺し始めたんだ」

そうフルトンは言った。

「今の政府はどうですか?」

「今の政府?」フルトンは悲しげな表情から、今度は少し怒りを見せて言った。

「今の政府は何もしてくれない。政府は我々から武器を取り上げただけだ」

政府は民兵を全員解雇した。支払われたのはほんの少しの金だった。

「もらったのは540米ドル(約6万円)だけだった。それで暮らしを立て直し、社会に復帰しろと政府は言った」

たった6万円で家も仕事もない状態から再起を図るのは至難の業だ。

どこかに雇われて勤めるような人はいないのかと聞くと、「俺たちを雇ってくれる会社なんてない」と彼は言う。

「俺たちにはレッテルが貼られている。元々兵士だった人間を雇う奴なんていないよ。だって俺たちはドラッグ中毒の人殺しだ。だからこうやって暮らしてるんだ」

兵士になった者たちは内戦終結後に差別の対象となった。権威の座に就いた一部の軍人を除いて、好むと好まざるとにかかわらず、戦いに加わった者のほとんどが社会から見捨てられたのだ。

僕がこうして「元兵士」というレッテルにこだわったのと同じように、この国の内部でも「元兵士」というレッテルは作用していた。

「スティグマ（烙印）だよ」とフルトンは言った。

僕が「元兵士」というカテゴリーを求めたことはすでに、差別のひとつの形であった。けれど、僕たちはそれから逃れることもまたできない。僕にできるのは、そのレッテルの裏側の人間の部分を見ること、見せること。属性の内奥の個人を見つけること。

「だからあんたみたいにここを訪ねてきた人に俺たちのことを知ってもらいたい。子どもを学校にやるチャンスが欲しい。俺たちはもう歳をとったから何も望まない。唯一の希望は子どもたちの未来だ」

フルトンは僕の目を見て続ける。

「誰かの助けが必要なんだ。子どもたちに食べ物と教育を与えてほしい。それだけが俺たちの夢だよ」

◆

建物の外から子どもたちのはしゃぐ声が聞こえる。フルトンたちに感謝を伝えて外へ出ると、子どもたちが揉みあって団子になっている。

アーメッドが「こら！」と一喝する——なんでそんなことをするのか僕にはわからなかったが——と、団子が一瞬ふわっと解けた。

その中心から現れたのは小さなおしりを丸出しにした幼い男の子。アーメッドは少年の二の腕を摑んでヒョイと持ち上げた。日本ではこんなふうに子どもを持ち上げる光景を目にすることはない。母ライオンが子ライオンを口で咥えて運ぶのを見たときにドキッとするのと同じ気持ちだった。子どもっていうのはそんなに柔じゃないのだと言われているようだ。

子どもたちはみな笑い転げている。しりを丸出しにしてぶら下がっている男の子もまた、おかしくってたまらないという表情を空中で浮かべている。

アーメッドが少年を大地に放つと、子どもたちは、キャー！　と笑い声を上げて全速力で駆け出していった。

学校にも行けない、トイレもない、一日一食分しか飯もない。

それでもこうやって仲間とはしゃいでいるうちは、彼らの心に幸福感以外のなにものも差し挟まる余地はない。

子どもたちが走り去ったところに、ひょっこりとアーヴィンがカバンの行商から帰ってきた。

彼の手にはまだたくさんのカバンがかけられている。

「いくつ売れました？」

「5個以上は売ったよ」

一日カバンを売り歩いて、仕入れ値を差し引いた利益はおよそ200円だと言った。

「疲れました？」

と聞くと、笑顔で大きく頷いて言った。

「疲れた！」

アーヴィンは一直線に飯のある廊下へ向かった。

フルトンたちの分は綺麗に片付けられ、ひとり分のフフとスープが小さなマーブル模様の皿とボウルに盛られている。手を洗い、右手で十字を切った後、黙々と食べ始める。

フルトンたちがそばにやって来て笑っている。

「食べなよ」アーヴィンが僕に勧めてくれた。僕はまだまだ腹が減っていた。

もうさほど熱くはないフフをちぎってしっかりと握りこみ、温かなスープに浸して口に放り込む。

「酸っぱい！」思った以上に大きな声が出た。

先ほどはほとんど感じなかった酸味が鼻に抜ける。熱さが和らいで、味覚が鋭敏になったのだろう。辛味は強いが立ち上がるパームオイルの酸味と香りが刺激の角を取ってくれている。豆のこっくりとした甘さを舌がしっかりと受け取る。

もう一握り食べたい――。

ついそう思ったけれど、彼にとって一日一食のそのフフを一口もらっただけでも十分なのだ。

「手を拭きな」

後ろから女性が長いスカートの裾を僕に差し出してくれる。

パームオイルがべっとりついた手をスカートに擦り付けるのは悪い。躊躇していると「早く」と急かされた。指を一生懸命しゃぶって綺麗にしてから――それが果たして綺麗なのかはわからないが――ありがたく拭かせてもらった。

スカートの鮮やかな柄に、オイルの赤色が吸い込まれた。

みんな笑っている。

この空間にいるみんながにこやかな表情でふざけあったり、冗談を言い合ったり。彼らが殺し合った過去や、一日に一食しか食えない今の状況を画面の外に押し出してこの瞬間だけを切り取れば、それは絵に描いたように幸せな光景だ。画面外に排除しなければならないことは多すぎるけれど。

「ここでの暮らしはどうですか？」僕はアーヴィンに聞いた。

彼は取手のついた顔くらいの大きさの柄杓から直接水をごくごく飲んで、ゆっくり首を横に振った。

「正直言って楽しいものじゃない」

だけど、と彼は言った。

「だけど、だからって俺に何ができる？　できることなんてひとつもない。ここの暮らしが最低だと言ったって、受け入れる以外にない。今の暮らしを受け入れるしかないんだ」

悟っているとまでは言わない。けれど彼は自分に折り合いをつけようとしていた。

「いつかやりたいことはある？」

「もちろん」

「何？」

「俺の夢は西の世界を旅すること」

「旅？」

「そう」

「西の世界って、ヨーロッパ？」

「そう」

ゴクリとバケツの水を飲む。

「なぜ？」

「仕事を見つけに行きたいんだ」

そしてアーヴィンは言った。弟や妹を助けられる金が欲しい。みんなここで暮らしていて、まともな教育も食べ物もない。

「商売をするには、連絡先が必要なんだ」

僕がキョトンとしていると、彼はその意味を教えてくれた。

「レッドライトには稼いでいる奴らが大勢いる。あいつらはヨーロッパに行ったこともないくせに、ヨーロッパの奴らの連絡先を持っているんだ。だから直接やりとりをして商品を詰めたコンテナを送ってもらっている。売り上げから仕入額を銀行振り込みで送金するらしい。それで稼いでいる」

だから自分も直接ヨーロッパに行って仕入れ先をたくさん見つけてくれれば大金を稼げる。それが彼の目論見だった。僕はアーメッドの顔を見た。アーメッドは西洋との繋がりをもって金を稼ぐリベリア人のひとりだ。その表情には、ほんの微かに、何かを哀れむような影がさしたように見えた。

ヨーロッパはおろか、アーヴィンが国外に出られる可能性は限りなく低い。金もなければ出国を認めるための身分も曖昧だ。もちろん、彼の言う〝連絡先〟が手に入ったところで商売がうまくいくとも限らない。

俺たちは人生を変えなきゃならない——。

そう彼は言った。

「書くものはない？」

アーヴィンは六本木で買った僕のメモ帳に、力を込めて文字を書きつけた。

「俺たちには助けが必要なんだ。特に西洋からの。俺たちは戦争で両親を失った。今も俺たちを助けてくれる人はいない」

誰も助けてくれない、と彼は言う。

「俺は今カバンを売って暮らしているけれど、カバンが売れなければ飯も食えない。俺だって学校に行きたいけど、助けがなければ無理なんだ」

彼はカメラをじっと見つめた。

「これを見て、俺を助けたいって思った人は携帯に電話してくれ。0770-207688。もうひとつは0888-318536。0770-207688。もうひとつは0888-318536。繰り返す。0770-207688。もうひとつは0888-318536。連絡を待っている。俺の名前はアーヴィン・ペリー。モンロビアの新国営放送局に住んでいる」

ありがとう、と彼は言ってメモ帳とボールペンを返してくれた。

そこには丁寧な字で、

ARVIN PARRY

0770-207688

0888-318536

と、書かれていた。

廃墟を出ると、フルトンが何も言わずについてくる。

アーメッドが「お礼をしなきゃ」と言う。

それはそうだ。朝早くに突然押しかけてからずっと付き合ってもらったのだ。飯だってたくさん食べさせてもらった。

アーメッドは「50ドル渡したいね」と言った。

僕は先に車に乗りこみ、アーメッドは車の外でフルトンと立ち話をしている。廃墟の方を見ると、少しずつ人が出てきている。

急いだ方がいいな、と思ってアーメッドの方を見ると、フルトンには見えないように背中で「早くしろ」と手でこちらにサインを送っている。

僕は車内で誰にも見られないように財布から50ドルを取り出し車から出た。

「今日は本当にありがとうございました」とフルトンに言って握手をする。

その右手に握っていた50ドルは速やかにフルトンの手の中に渡った。

彼はその触感に頬が緩み「また来てくれよ」と言ってすぐに札の枚数を確認した。

僕たちは他の住人たちがこちらにやってくる前に車を出し、〝新〟国営放送局の廃墟を後にした。


揺れる車内で目を閉じる。

体が深くシートに沈み込んでいく気がする。

危険を感じ取ることに疲れ、見聞きする現実の不条理に疲れ、彼らの優しさにさえ疲れた。

「やっぱり急ぐ必要があったんだね」と言うと「もちろん」とアーメッドは言った。

どんなに心優しい人だって、金を目の前にすると人間が変わる。

ひとりが「足りない」と声を上げれば、それを合図に群衆は激しく金を求め出しただろう。車の行く手を遮られれば有り金を搾り取られるまで離れられず、身体の危険も伴う。あんな親切にしてくれた彼らに疑いの目を向けるなんて、自分には人の血が流れていないのかもしれない。そんなふうにも思う。けれどだからこそ、そうなる可能性を限りなく減らすために、目につかないところで財布を出してチーフひとりに金を渡した。僕たちが彼らの秩序を乱してはならない。

彼らがやっとつかんだ平穏は、きっと僕らが経験しているそれよりもずっと脆いはずだ。もちろん僕らが今手にしている平穏だって、本当は静かに足元で崩れ始めているのかもしれないけれど。

後部座席の窓から遠くなっていく廃墟を見る。太陽が地平線に呑まれようとしている今、朝見た時よりその迫力を何倍にも増している。

斑模様のグラデーションに変色した灰色のそそり立つ外壁、その壁の内を彩るのはただ、オリジナルの秩序だけ。

世界の隅で捨てられ、忘れられた存在。

それはそのまま、ここに暮らす元兵士たちを象徴しているようだった。

そして、人を食ったことのある——正確には〝飲んだ〟ことのあるだった——青年と話ができたのは、この翌日のことだった。

人食い

海辺の廃墟に行くのは危険すぎた。

噂によれば、そこに暮らすのは善良な元兵士ではなかったからだ。街の人はそこの住人をはっきりと〝ギャング〟と呼んだ。フルトンやアーヴィンのように、まっとうな商いをして暮らしてはいないという。〝新〟国営放送局に入り込むときでさえあの有り様だったのだ。海辺の廃墟に僕とアーメッドで乗り込むのは賢い選択とは言えなかった。

僕たちは協力者を探した。廃墟の住人と通じる人間をひとり見つけることさえできればいい。

そしてその役割を担える男は案外早く見つかった。

男の名はジョージ、元少年兵、30歳。終戦後に独学で電設の基礎を学び、今は地域の電気工事で生計を立てている。妻とは離別、娘とふたり遠い親戚宅の納屋で暮らしていた。

彼は中学生になったばかりの頃、反乱軍に拉致された。課外授業で訪れていた町の映画館が襲撃され、クラス丸ごと連れ去られたのだ。まるで『バトル・ロワイアル』の世界だ。彼はその剛腕ぶりから「パワー」なる戦争名を与えられ、前線で大いに暴れた。

アーメッドの伝手（つて）を辿って出会えたジョージは、海辺の廃墟に知人がいた。だから今回、案内を頼んだのだ。

アーメッドと僕、それにジョージを乗せた車は首都モンロビアを南へと走った。

「一応あんたたちが行くことは伝えておいた。きっと危ないことにはならないだろうと思う」ジョージは言った。

「そこに人を食った人はいるでしょうか」自分の口から発せられている質問が、なんだか現実感を失って遠くの誰かの言葉に聞こえる。

「いる」ジョージは短く答えた。


モンロビア南端、海岸まで100メートルという所で車は止まった。

「左手に見えるでかいのが、元兵士たちが住んでいる建物だ」

ジョージはそう言って、高い塀に囲まれた2階建ての建物を指した。

それは相変わらず廃墟特有のおどろおどろしい灰色を纏っていた。放送局の廃墟と違うのはその塀の周囲にびっしりとバラックが立ち並び、子どもから大人まで大勢の人々が行き交っていることだった。

「面倒に巻き込まれるのは嫌だから、俺はここまでにしておく」とジョージは車から降りようとしない。

「大丈夫?」とアーメッドを見やると「さぁね」と首を傾げて歩き出した。〝新〟国営放送局を訪れてから、アーメッドは少しハイになっているように見える。水が溜まった膝の痛みなんかどこかに忘れてきたようだ。


「じゃあまた」

ジョージと別れ、先を歩くアーメッドを追いかける。目の前がビーチになっているから、足元は踏み固められた湿った砂のような質感でザラザラと靴の底にまとわりつく。

大西洋の上に広がる空には分厚い雲がどんより低く広がっている。そういえばこの国でまだ青く澄んだ空を一度も見ていない。

塀が途切れたところから敷地に入ると、そこにも女性や子どもたちが忙しなく行き交っている。今度は躊躇なく建物の中に入る。ジョージが話をつけてくれているはずだから、いきなり叩き斬られるようなことはないだろう。

玄関口をくぐると賑やかな喧騒はスッとボリュームを落とし、じめっとしたカビ臭い空気が漂った。相変わらず薄暗い。

目を凝らして廊下を進むと、どすっとつま先で何かを蹴った。瞬間、くぐもったうめき声が聞こえる。咄嗟に「ソーリー！」と謝ってそこを足早に通り過ぎた。振り返って見ると、コンクリートの地面のそこかしこで男も女も眠っているのだった。今は朝の8時過ぎ。昨日の国営放送局では皆仕事をしている時間だったが、ここではまだ起き出す前のようだ。蹴られた男も蹴られ慣れているのか、目を覚ますこともなく再び寝息を立てている。

入り口の通路を抜けた場所で、ひとりの男が立ちはだかった。小柄な男。いかにも抑制的で、一目で御し難いと思わせる目をした男が静かに僕たちの行く手を塞いでいる。

「俺はアーメッド。日本のジャーナリストを連れてきた」アーメッドが先んじて言うと、男はコクリと頷き階段の脇にある部屋の扉をノックした。

「チーフ！　日本の客だ！」

そして男は我々の方を向いて顎をクイッと上げ、「少し待て」と合図した。

1分ほどで、扉がゆっくりと開いた。

現れたのは色褪せた野球帽に季節外れのウールのジャケットを着た男だった。

過剰に肩パッドが入ったそのジャケットはバブル真っ盛りの日本で流行ったパワーショルダーのようで、さりとて彼にピッタリのものより2サイズは大きい。どこかで拾ってきたものかあるいは極端に体が縮んでしまったのか、そのどちらかに見えた。そろそろ60になろうという齢だろう。

「初めまして、日本から来ました。カミデと申します」

「彼の案内をしているアーメッドです」

「よく来た。私はここのチーフ、ウィリアムスだ」

チーフ・ウィリアムスの声は地獄の底から時を経て届いてくる言葉みたいにしゃがれていて、僕は片言隻句(へんげんせっく)聞き取れなかった。この国にしゃがれ声が多いのには何か理由があるのだろうか。助けを求めてアーメッドを見ると、彼もチーフのあまりのしゃがれっぷりに目を丸くしているようだった。

小柄な男は名をジョニーと言い、彼は比較的クリアな声で喋ってくれるので助かった。

暮らしを見せてほしいと頼むと、チーフは早速建物の中を案内してくれた。

2階建てのこの建物は、海側に開いたコの字型の巨大な施設だが、洗濯物で溢れる中庭の先は高い塀で閉ざされて、その塀の向こう側には海岸の手前までびっしりとバラックが並んでいるため、コの字と言うよりはロの字になっている。

「ここは元々ボーリングセンターだった」とチーフが言う。

ボウリング場だなんて、そんな贅沢なものがあったのか。驚いたところで、話を聞くとどうやら違った。ジョニーがゴルフの素振りのような仕草を見せて説明してくれる。

「こうやってボールを打って、穴に落とすゲームをボーリングって言うんだ」

想像するに、我々が言うところのパターゴルフに似た競技をリベリアではボーリングと呼んでいるのだ。そしてこの巨大な施設の中庭や各ホールでそのボーリングが行われていたのだという。もちろん今となっては当時の狂熱も賛嘆も跡形もなく拭い去られて、〝当世風〟のリノベーションが施されている。剝き出しのコンクリートにアンモニア臭、圧巻の自然光。

地下室があるというので案内してもらうと、そこは天井高5メートルを超える広いホールになっていた。しかし、今となってはどんなスポーツも催し物もここではできない。木片とトタンを組み合わせた衝立がびっしりと並べられているからだ。４畳程度の小さなブースが数十個は連なっている。隙間から中を覗くと若い男性が突っ伏しているのが見えた。どこか見覚えがある。学生時代に終電を逃しては夜を越していた、東京の漫画喫茶やネットカフェにそっくりだ。あれを木片とトタンで作ったらこうなりそうだった。

小柄なジョニーは「千人以上はここに暮らしている」と言った。

いくらなんでも千人以上なんて信じ難い。そうは思ったが、確かに廊下でも階段の踊り場でも構わず眠っている人たちを思えば、あながち嘘ではないのかもしれない。

「家賃はとってるんですか？」

「全部タダだよ。チーフが仕切って、全員タダで寝泊まりできるようにしてる」

「皆さんは元々兵士だったんですか？」

「俺は元々反乱軍兵士。チーフは政府軍の将軍だった。この建物に住んでいる元兵士は30人で、残りは普通の人たちだよ」

元々兵士だった者たちが自治を築いて、そこに貧しい者たちが身を寄せる。国営放送局と同様、国に翻弄された彼らが社会のセーフティネットの役割を果たしている。

地下1階と地上2階が寝室のフロアで、地上1階が洗濯や炊事をする場所になっている。2階に上がろうとした時、不思議な光景を目にした。

防弾チョッキにヘルメットを装着した警察官が下りてきたのだ。冗談めかして「こちらにお住まいですか？」と聞くと「そうだよ」と答えた。するとチーフも「こいつはここに住んでいるんだ」と言うではないか。

なぜこんな廃墟で暮らしているのかと尋ねると、

「金がないからに決まってるだろう！」と警察官が答えた。

もう少し話を聞こうと思ったが、出勤しなきゃと言って彼は足早に出ていってしまった。アーメッドに「そんなことありうるの？　警察官でしょ？」と聞くと「さすがにおかしいね。きっと何かあるよ」と言う。身なりを見れば彼が警察官であることに疑いの余地はない。けれどこんな場所に住まなければならないほどの給金であるとも思えない。もしかしたら子どもが多過ぎるとか、介護の必要な親族がいるとか、そういう理由かもしれない。


建物の外に出ると、ジョニーが壁や塀に穿たれたこぶし大の穴を指した。見えるだけでも30はある。

「これは全部RPGの痕だ」

「RPG?」と聞き返すと、彼は「ボン！」と爆発音を真似た。

RPGとは旧ソ連で開発された対戦車用携帯式グレネードランチャーのことで、内戦時にはリベリアにも密輸されていた。かつての映像を見るとそれがどのように使われていたか知ることができる。まだ小さな少年が自分で歌う歌に合わせて陽気にステップを踏みながらそれをぶっ放しているのだ。狂った世界。壁の穴は、グレネードランチャーが破裂して散った爆弾の破片によって撃ち抜かれたものだ。

ここに暮らしている男たちの稼ぎはどうしているのかと聞くと、「砂だよ」とジョニーが答えた。

「浜辺で砂を集めて袋に詰めて、建設業者に売るんだ」

「それは合法？」

「もちろん違法だが、警察も黙認してる」

仕事の様子を見せてほしいと頼むと、ジョニーは青年組のリーダーだという男を連れてきた。ひょろりと背の高い、虹色のボーダーのTシャツを着た青年だった。

「こいつはレーガン。若い奴らのリーダーだ。仕事のことはこいつに聞いてくれ」

「よろしく」と差し出された手を握ると、その手のひらの皮の分厚さに驚いた。

「元々は少年兵ですか？」

「ああ、10歳の時から兵士だった」

彼は今28歳。陣頭指揮をとるのはいつも元兵士だ。

「砂の仕事を見せてもらえませんか？」と聞くと、彼は苦い顔をした。

「今日はどこも工事をやってないから、砂を売る予定はないんだ」

今日は日曜日。キリスト教を国教としているこの国では安息日だった。するとチーフが「見せてやればいいだろ」とどすの利いた声で言った。

ありがたい。しかし同時に不安が募った。

彼らに何かを〝やってもらう〟ならば当然相応の対価が要求されるだろう。国営放送局のときのようにうまく治まればいうことはないが、常にそうとも限らない。ジョージはここが「兵隊上がりのギャングの住処（すみか）だ」と言っていた。しかし事はもう進み始めている。

レーガンはすぐに若い男を4人集め、浜辺に向かって歩き出した。

ボーリングセンターから南へ10メートル歩けばそこは砂浜だ。しかし砂浜の手前が切れ落ちるように低くなっており、浜に立つには高さ2メートルほどの砂の崖をずり落ちて降りなければならなかった。

「こうやって砂を掘って、袋に入れる」

レーガンはトタンの端切れをスコップのようにして砂を掬（すく）い、頭陀袋に入れる。

「これを、100メートル先の交差点まで持っていく。そこで業者のトラックが買い取ってくれるんだ」

パンパンになった袋を持ち上げると、袋の穴から白い砂がサラサラとこぼれた。

バケツリレーの要領で崖の上に袋を運び上げる。

一連の作業を興味深く見ていると、崖の上から怒号が聞こえた。見覚えのない男たちが上気してこちらを見下ろしている。

「誰だあいつ！　カメラを持ってるぞ！」ひとりが叫ぶと、それを合図に何人かが鮮やかな身のこなしで崖を飛び降りこちらに詰め寄る。『仮面ライダー』のショッカーみたいだ。

「こいつは俺の取材に来てるんだ。お前らは関係ない」とレーガンは低い声で言う。

年配の男が食ってかかる。

「関係ないだと？　この場所を撮影されたら俺たちの仕事がなくなるぞ！」

「撮影するなら俺たちに金を払え！」

きっと彼らもこのビーチの砂で稼いでいる他のグループなのだろう。

状況は劣勢だった。僕は崖の下にいるし、アーメッドは膝が悪いからとこちらに降りてこず、しばらく前から姿がない。

レーガンたちが喧々囂々（けんけんごうごう）の論戦をしている最中、僕の背中をチョンチョンと指で突く者がいた。振り返ると、俺の仕事ぶりを見てくれと、過剰な身振りで砂を掘って見せる。レーガンが集めた若い男たちは、明らかに目が飛んでいた。酒の匂いはしない。きっとコカインだろう。今日は元々安息日だったのだから仕方がない。

ご機嫌な彼にかまっていると、崖の上の男たちの姿が消えていた。

騒ぎの声は崖の向こうへ遠のいていく。

このチャンスを逃してはならないと思った僕は、一足飛びに崖を駆け上がる。そこで僕が目にしたのは、先ほどの連中に囲まれているアーメッドだった。しかも彼らに負けず劣らずのボリュームで叫びまくっている。

敵意剝き出しで、（いつも通り）目を真っ赤に充血させながら、しかも1対20にもなろうかという圧倒的劣勢にもかかわらず、彼は怯むことなく叫んでいる。

すっかり忘れていたけれど、彼もリベリアで生まれ生き抜いた男のひとりなのだ。

崖から砂まみれで上がってきた僕の姿を見たアーメッドは一瞬我に返ったようだった。両手を広げ、手のひらを下に向けて「落ち着け、落ち着け」と言いながら混乱の輪を抜けてこちらへ駆けてきた。「一旦出よう」と車の方へ向かおうとする。

しかし怒り狂った男たちはぴたりとついてくる。歩きながらも耳元で罵声が浴びせられる。

このまま車に乗り込めば車ごとやられる。

レーガンが僕たちのそばに来て言った。

「俺に仕切らせてもらっていいか？」

アーメッドが「頼む」と言うと、レーガンは今まで耳にしたこともないくらいの大声で言った。

「今みんなでこいつを追っても意味がない。俺が話をつけてくるからみんな待っててくれ」

さすがに若い衆を束ねているだけのことはある。

僕らについて離れなかった男たちは怒られた犬のようにしゅんとして歩調を落とす。アーメッドとレーガンと僕が乗り込むと同時に、車は急発進してその場を離れた。

「危なかったね」と運転手のデイビッドは言った。

騒動の顛末を車内から見ていたようだ。

「あいつらは狂ってる！」アーメッドは興奮して言った。

交差点で停車していると助手席の窓ガラスを誰かがガンガンと叩いた。「お前ら絶対戻ってこいよ」蛍光色のベストを着た筋骨隆々の男が言った。車を発進させても離れず「顔は覚えたからな」と車内の僕らの顔を睨め回す。

すると今度は後部座席の窓ガラスを誰かが叩く。顔を向けると別の男がTシャツをめくり上げ、腹の巨大なケロイドを見せて言った。

「内臓売ったのに金がないんだ。腹が減った。金をくれ」

車は混沌を振り払うように速度を上げた。

◆

レーガンに人食いについて聞こうと思った。

「何か食べたいものあります？」と聞くと「キャッサバの葉か…いや、ペッパースープが食いたいな。風邪気味だから。あとは米。米はもう1週間食ってない」と答えた。

　アーメッドの案内でペッパースープを出す店に入る。胡椒の効いたスープが出てくるのかと思いきや、供されたのは唐辛子が効いた唐辛子スープだった。確かに汗がたくさん出るから調子の悪い体にはよさそうだ。

　ペッパースープとライスで200円。飯を奢るのは本懐でないが、今回ばかりは仕方がない。一刻も早くあの浜辺から離れなければならなかったし、昼時に彼を連れ出しておいて何も食べさせないというのも礼を失する。


　レーガンのスプーンを運ぶ手が止まってしばらくしてから話を聞いた。

「家族は？」

「妻と、子どもが3人いる」

「内戦はどうでしたか？」

「どうって？」

　また曖昧なことを聞いてしまった。腕のないディレクターというのはだいたいにしてそうだ。何を聞いたらいいかわからず「どうですか？」なんて言って茶を濁す。僕の場合は口にしなければならない言葉がいちいちストレスフルで、つい逃げようとしてしまう。

「人は殺しましたか？」

「数えきれないくらいいね」彼は静かに答えた。

「どうやって殺したんですか？」

「いろんな殺し方をしたよ。普通に銃で撃ち殺すこともあったけど、ひどいこともたくさんした。首を切り落としてゲートの脇に並べたり、何人もの舌を引き抜いて結んでロープにして、道を塞いだりもした。舌は案外長いんだ」

彼は袋水を握りこんで水を吸う。

「その時の気分はどうでした？」

「楽しかった。俺はまだ何も知らなくて、それがいいことだと教えられていた。友達と遊んでいるように、楽しかった」

また修羅の話を聞いている。

映画で見るどんな歴史やフィクションよりも、こうして目の前に座っている僕と同世代の男が淡々と語るその過去が恐ろしい。暴力にはきっと、中毒性がある。銃は一度撃ったら手放せなくなると聞いたことがあるが、銃とはつまりより強い暴力のことだ。

「ドラッグは？」

「もちろん兵士になってすぐに始めたよ。フラッシュっていうコカインが多かったな。マジェスティとも呼んでいた。煙を吸ったあとはものすごく集中できる。心地よく戦える。俺を強くしてくれるんだ」

「怖いものはなかったの？」

「ひとつもないよ。俺はものすごく勇敢なんだ」

彼の目は輝きを見せている。当時の記憶が蘇っているのだろうか。

声も大きくなってきた。

「どうして兵士になったんですか？」

「軍隊に入ったのは10歳の時。父親は目の前で反乱軍に腹を割かれて殺された。母親は兵士にレイプされてから撃ち殺された。だから兵隊に入った。復讐のためでもあるし、食っていくためでもあった」

怒りと恍惚。両方が顔に滲んでいるように見える。

今、あの話を聞かなければと思った。

「人を食べたことはないんですか？」

一拍置いてから、「ないよ」と彼は答えた。それまでは僕の目をキッと見つめて答えていたのに、この時は汚れたテーブルに目を落とした。

敵の舌を引っこ抜いていたこの男にして、まことしやかに囁かれる人食いにだけは関与していなかったなんてことがあるのだろうか。

会計に立った時、アーメッドに聞いた。

「彼は本当に人を食べてないのかな？」

「わからない。いずれにしてもここでは彼は答えないと思う」

「どういうこと？」

「この国でも人食いはタブーだ。仮に自分が食っていたとしても、そのことを話そうとする奴はいない。どれだけ残虐なことが横行していたとしても、人食いだけはフェーズが違う」と彼は言った。

この店には、他に客はほとんどいなかったけれど店員はいる。よしんば人を食ったことがあったとしても、知らない誰かが聞いている場所で話せるものではなかったのだ。

「お腹はいっぱい？」と聞くと「あぁ、ありがとう」と、顔中に玉の汗をかいて彼は笑った。

もう少しだけ話を聞かせてもらえないかと尋ねる。彼は少しならと応じてくれた。

席を立った彼のテーブルには、1週間ぶりのはずの米が半分ほど残されていた。

僕たちがレーガンを連れて向かったのは、数日前に訪れた空っぽの廃墟「ドコールホテル」だった。人目につかない場所といえばここが最適だ。幸運にもアメリカ人観光客はいなかった。駐車場付近にスペースを見つけ、僕とレーガンは並んで腰を下ろした。

今はもう、僕はカメラを向けていない。

カメラを向けたら、きっと彼は答えない。

テレビでは映せないことが、こうして生まれていく。

「レストランじゃ話しづらいだろうから、ここに来てもらったんだ」と僕は言った。

「オーケー」とレーガンは頷く。

「人を食べたことはないってさっきは言ってたけど、それが本当には聞こえなかった。可能な範囲でいいから、何があったかを教えてほしい」

話したくない過去について話をさせるというのは暴力だ。

僕は今こうして暴力を行使している。そう自覚している。それが許されざる行為かどうかは、どこまでも話し手の判断にのみ委ねられる。

「前線に出る時、俺たちはいつも呪術師（ドクター）の助言を求めに行った」

レーガンは重い口を開いた。

「彼は俺たちに指示を与える。例えば子どもの眼球を1対持ってこいと。それで俺はバラックの子どもを捌って首をはね、目玉をくり抜いてドクターに渡した。ドクターはふたつの目玉を一旦水に浮かべ、再び持ち上げて俺の目にその雫を垂らした。もう一度、今度は口に垂らされて、俺はその雫を飲み込んだ」

「それで何か起こった？」

「それからは壁の向こう側を見通すこともできたし、敵が近くにいると体で感じるようになった。そのおかげで、俺はこうして生き残ることができた」

彼はなお続けた。

「子どもの心臓を三つドクターに渡したこともある。それを食えば相手の弾丸が当たらなくなるんだ。欲しかったけど、将軍たちに取り上げられて俺は食えなかった」

「その時のこと、今はどう思ってる？」

「どうだろう、わからない。あの時の俺は幼くて何も知らなかった。全ていいことだって教えられてたんだ」

「じゃあそのドクターのことを恨んでる？」

「いや、恨んではないよ。彼のおかげで今生きていられるんだから」


子どもの眼球から滴る雫を目にさし、透視の能力を手に入れた。だからこうして生き残っている。それが彼にとっての紛れもない事実。

人間は無意味なものや意味の不明な事柄を、不明なまま飲み込むことが苦手だ。呪術はその人間の弱い部分にするりと入り込む。無意味な殺戮に意味を付与し、少年たちを迷いから解放した。

今なお世界のいたるところで呪術に起因する事件が起こっている。

人は病に倒れる。そんなのは当たり前のことで、いちいち意味や理由なんてない。けれど、そんな状態に耐えられない人たちは呪術師にその意味を尋ね、それを解消するために容易く人を殺したりもする。それはひとつの宗教だ。


「あの内戦では誰が悪かったんですか？」

「あぁ！　聞いてくれてありがとう！」

彼はそれについて話をしたかったらしい。

「本当に悪いのは反乱軍だ。政府に不満があるからといって殺しを始めた。それが全ての始まりだよ」

政府軍で戦っていた彼は、反乱軍の振る舞いがこの内戦を始めたと言う。

「どれだけ納得のいかないことがあっても、武器を取ってはならなかったんだ。政府がよくないんだったら、早いとこ国際機関に頼ったらよかった」

〝新〟国営放送局のチーフ・フルトンは先に殺戮を始めた時の政権が悪いと言った。レーガンははじめに武器を取った反乱軍が悪いと言った。

一連の事実に、異なる評価が与えられている。

しかしその両者は、この国のいくつかの廃墟で身を寄せ合って暮らしている。過去のことは水に流した。皆がそう言って暮らしている。家族を殺された悲しみや憎しみは、彼らの中でどのように取り扱われているのだろう。自らの残虐性で覆い隠したのか、それとも時間とともに溶けて消えたのか、あるいは目の前の暮らしに追われて意識の隅に押しやっているだけなのだろうか。僕の想像力では到底まかなえない場所で、彼らの感情は管理されている。

「何かこれからやりたいことはある？」

「俺の夢はね、子どもにジャーナリストになってもらうことだよ」

「ジャーナリスト？」

「そう。世界中を飛び回って、世界で何が起きているのかを教えてほしいんだ」

そして彼は、〝本当のところ何が正しくて何が間違っているのかを知りたいんだ〟と言った。


日は傾き始めていた。

レーガンを浜辺の廃墟まで送らなければならない。再びあの混乱に突っ込んでいくのかと思うと気が重かったが、浜に戻ると男たちの姿はどこかに消えていた。

「エンターテインメントプレイスに来ないか？」とレーガンが言った。

それはボーリングセンターの外に並んだバラックのうちのひとつだった。中に入るとほとんど真っ暗なフロアに耳を塞ぎたくなる音量で音楽がかかっている。特に座席があるわけでもなく、何人かが立ったままビールの瓶を傾けている。右手奥には鉄格子で閉ざされたカウンターがあり、小さな隙間から金と飲み物をやりとりしていた。

レーガンは左手奥の扉を開けて入っていった。ついて入ると、驚くべきことに幅1・5メートル、奥行き5メートルほどのやけに細長いスペースに男女合わせて10人近くがぎゅうぎゅうになってタバコ（か他の何か）の煙を燻らせていた。

彼らは僕を見るなり、待ってましたと言わんばかりに叫び始めた。

「金がないから酒が飲めねぇよ！」

「酒がないと楽しくねぇよ！」

「酒が飲みてぇなぁ！」

そういうことか、と僕は悟った。この密室で僕にたかろうとしているのだ。レーガンはそれとわかっていて僕をこの蟻地獄に突き落としたのだ。もう別に構わない、と思った。きっとここで酒を奢ったところでたいした額にはならないだろう。

カウンターまで行って金を払い、持てるだけの瓶を持って長細い蟻地獄へ戻った。

僕が手にしたビールを見た彼らは、字義通りの狂喜乱舞を見せた。音に合わせて踊り、こぼしながら酒を食らった。汚い瓶に入った香りのない蒸留酒を僕に飲ませる者もいた。

「楽しんでね」と言い残して店を出ると、レーガンもついてくる。視界の端で、今朝砂集めの仕事を見せてくれた若者たちが何かに齧り付いているのが見えた。今日は工事がないから砂が売れないと言っていたけれど、食料のストックか貯金があるのだろう。しかしそんな想像は僕の甘ったるい夢想に過ぎなかった。

「強盗だよ」とレーガンは言った。

「盗んだ金で飯食ってるんだ。飢えて死ぬよりマシだろう」

そうだ、彼らはギャングと呼ばれていたんだと思い出した。

決して今日一日飯を抜いたくらいで死にそうな男たちには見えなかったが、確かに飢えて死ぬくらいなら盗んで飯を食ったほうがいい。盗人猛々しい。でもそれはこの国では当たり前の考え方のひとつで、もしかしたらこの世界の真理のひとつでもあった。

この日、僕は初めて眠れない夜を過ごした。

普段なら体力を使い果たして潜り込むベッドで、横になれば瞬く間に眠りに落ちていた。だけどこの日は脳みそがギュンギュンと回り踊ってなかなか眠ることができなかった。

初めから僕の中の「正しさ」は曖昧だった。

「正しさ」が移ろいゆくことこそ真理だと考えていた。

そんな曖昧模糊(あいまいもこ)としていた「正しさ」でさえも、僕の中で改めて瓦解を始めていた。

殺し合った兵士が今はギャングとして共同生活をしている。貧しい家族は彼らを頼り、ギャングの庇護の下で暮らしている。警察官さえそこに身を寄せる。

少年は幼くして両親を殺され、兵士になった。コカインは当たり前に必需品だった。大人に言われて幼い子どもの目や心臓をえぐり出した。

そのおかげで自分は今生きている、というのが彼の唯一の真実だ。

そして空腹のはずの青年は目の前の米を残して席を立った。

自分の命を守るために、親に銃口を向けた少年もいた。自分が生き残ること、それだけが万代不易(ばんだいふえき)の「正しさ」なのだろうか。


そんなことを考えているうちに、真っ黒だったはずの窓の外はすっかり白い光に充ち満ちていた。

墓場の娼婦(ファム・ファタール)

本当はこの夜、僕は帰りの飛行機に揺られているはずだった。

けれど航空券を変更し、もう1日だけこの国にいることにした。

正直なところ、一日でも早く日本に戻って様々な業務をこなさなければならなかった。僕は番組のプロデューサーも兼ねてしまっているから、キャスティングや予算会議、宣伝活動に至るまでありとあらゆる作業が滞っていたのだ。今帰国しても遅いくらいだったけれど、僕はそうしなかった。もうひとつ、どうしても撮らなければならないものがあったから。


国営共同墓地——。

それはアーメッドが言っていた、元兵士たちが住処にする最後の場所。

どうやらこの共同墓地、僕たちがこの数日間に訪れた他の廃墟とはいささか事情が違うらしい。

〝マジで、ヤバい〟らしいのだ。

警察署を訪れた時、僕は警察官にこの街で最も危険な場所を教えてもらった。それは僕が習慣的に行っている作業で、基本的にはその場所を避けて行動するためだ。

警察官が示したのはある一箇所だけだった。いや、一箇所というよりも、50メートル程度のたった一本の道——。

それこそまさに、「国営共同墓地」のど真ん中を貫く街の中央通りだったのだ。


「絶対にこの道を歩くな」と警察官は言った。

知らずにここを歩くのは、虎の狩場を裸で歩くようなもの。墓地から飛び出してくる強盗に全てを奪われる。警察も墓地の中は手が出せない。墓地に逃げた犯人を捕まえることも、物を取り返すことも絶対に不可能だ。

それが警察の説明だった。それを聞いた時、僕は単純に近づかずにいようと思った。しかし、ほどなくしてそここそが元兵士たちの住処だと知ってしまったのだ。


この番組は〝ヤバい人たち〟の飯を見せてもらうことを旨としている。

極端にヤバい人たちについて考えることは、極端に平凡な我々について考えることと表裏一体だ。ヤバさを見つめれば、普通が見えてくる。生について考えるには死が必要であり、裏がなければ表も存在しない。異常を見つめなければ通常は見出せず、それはいつくるりと転換するかわからない。

その対象がヤバければヤバいほど、我々は我々の普通について考えざるをえなくなる。それこそがこの番組が提供できるスリリングな体験なのだと信じていた。

共同墓地は、今ここリベリアで一番ヤバい場所だ。行かずして帰るわけにはいかないのだ。

自分だけ安全圏にいて、そこから覗き見るというテレビ制作者の構図から僕は抜け出したかった。可能な限りその呪いから距離を取りたかった。もちろんそんなのは綺麗事で絵空事だけれど、それでも。

それは時にマスゴミと揶揄される組織の禄を食むテレビマンの、わずかに残された矜持だった。

身を捨ててこそ、浮かぶ瀬もあれ。

だから僕は帰国を1日延期して、墓地へと向かうことにしたのだ。


「ここは本当に気をつけよう」アーメッドが早足で歩きながら言った。

「君はカメラを持っているし、何をされるか正直わからない」

「大丈夫。気をつける」

気をつけようがなかった。けれど他に言うべきことは見当たらなかった。

料理を撮るための一眼レフカメラとドローン、現金にパスポート、PCにハードディスクと、貴重品はほとんどタクシーに残してきた。本来車に貴重品を置き去りにすることなんてありえなかったが、墓地に持ち込むよりは路上に置いておいた方がまだマシだったし、この日の夜には飛行機に乗らなければならなかったのでホテルはすでにチェックアウト済みだった。それにドライバーのデイビッドはなかなか頼れる男だ。

左手にGoPro、右手に小さなハンディカムを持つ。何も背負わず、いつもはポケットに入れているiPhoneも車の中だ。

僕から奪えるものは、ふたつのカメラかあるいは命だけだった。


首都モンロビアのど真ん中。さらに商店が並ぶ繁華街の中心に例の墓地がある。名前は「パーム・グローブ・セメタリー(ヤシの木墓地)」。航空写真で見るとその大きさに驚く。面積約7万平方メートル。テレビ的に言えば東京ドーム1・5個分に相当する。周囲にこれほど広大な施設はひとつとしてなく、空から見たらニューヨークのセントラルパークのように朗らかな何かにも見える。

墓地の真ん中を、繁華街と繁華街をつなぐ一本道が貫いている。ちょうど青山霊園に恵比寿と赤坂を繋ぐ道が通るように。その通りの名前は「センター・ストリート」。この墓地の中心を貫いていることがその由来ではない。本当にそこが首都の中心なのであり、首都の中心に巨大な墓地が造られたということなのだ。しかしそこは老人が鳩に餌をやったり、金融マンがジョギングに勤しんだりできるような代物ではない。警察さえも近づくのを恐れる魔境じみた場所なのだ。

僕とアーメッドはセンター・ストリートを北から南へ歩き始めた。墓地まではまだ少し距離がある。ここは大勢の人が行き交う繁華街だ。路肩に停めてある車の荷台から人間の足がだらりと出ているのを見てぎょっとした。死体か…と思って横目に通り過ぎようとすると、扉が開いてその足の持ち主がひょっこり顔を出しどこかに去っていった。

1分も歩くと、路上に車がなくなり、歩行者も姿を消した。

通りの左右に金属の柵が見えてくる。そこが墓地のようだ。

外から一目見てそこが荒れ果てた墓地であることがわかる。水色やピンク色など色とりどりのペンキで塗られたコンクリートの四角い墓が、そのうちのひとつさえまともに水平を保たずに乱立している。その間を茶色い土の道が縦横無尽に縫い通り、雑草がボーボー茂ってゴミが散乱している。

柵は延々続き、入り口が見当たらない。さらに1分ほど歩くと——緊張を伴う1分というのはとても長いものだ——、左手の柵の前に人がひとり座り込んでいた。近づかないで目をこらすと、緑色のTシャツを着た男が膝に顔を突っ伏している。そしてその後ろで柵が切断され、小さな開口部が見えた。驚くべきことに、ここがこの広い墓地の唯一の出入り口だった。

「相当危ないと思う」アーメッドは念を押すように言った。

「近づくときは本当に気をつけないと。墓に近づいたら、元兵士たちが襲いに来るかもしれない」

「トライしてもいい？」

「トライはしよう。でも危ないからね。しかもカメラがあるから…」

アーメッドはかなりナーバスになっていた。

「彼に話をしてみよう」と、入り口に座り込んでいる男へ近づいていった。あと5メートルというところで、柵の向こうから他の男がひょっこりと出てきた。手にはもう全くわけのわからない物体、棒の先に金属製のスパゲティの塊をくっつけたような、もう本当に謎の塊としか言いようのない、邪悪な綿菓子のような物体を持っていた。話しかける相手を反射的にその男に変えた。

「やぁ。調子はどう？」

アーメッドが明らかに取り繕った陽気な声色でそう言うと、金属製のスパゲッティを持った男はこちらを見て硬直した。目を細め直立不動で僕とアーメッドを交互に見ている。何度見ても状況を理解できないようだった。

緑色のTシャツの男は顔を突っ伏したままでこの状況に気がついてもいない。と、その時「お前！」威圧的な叫び声が響いた。

緑の男の裏側、つまり墓敷地内の死角にもうひとりの男が座っていたのだった。黄色いTシャツを着たその男は立ち上がるや否や手に持っていた何かを投げ捨て、すさまじい剣幕でまくしたてた。

「おい！　クソ野郎！　お前！」

危険を察知したアーメッドは「カメラ下ろして！　下ろして！」と言い、僕は従った。ただし録画停止ボタンを押すことはない。

平静を装ってはいるけれど、僕の心臓は早鐘を打つようにバクバクと弾けそうだ。

「お前！　何撮ってんだ！」黄色の男が叫ぶ。

さすがに突っ伏していた緑の男も事態に気づき、加勢する。

「何をやってんだお前！」

「落ち着いてくれ」アーメッドが意識的に落ち着いたトーンで諭そうとする。

「落ち着いてくれ、落ち着いてくれ」何度も繰り返す。

「こいつバカなのか？」

「俺たちを撮ってやがった！」

騒ぎを聞きつけた彼らの仲間が、どこからともなく湧いて出てくる。本当に、いったいどこに身を隠していたというのだろうか。

「落ち着いて話そう」アーメッドは言う。

「なぁお前バカなんだよな？」墓場の住人が次から次へと詰め寄ってくる。

僕は腕をだらりと下げ、しかし腰の位置から彼らの挙動を撮っている。

すると黄色いTシャツの男が突然僕のカメラに顔を近づけ、「おい！　こいつまだ撮ってやがる！」と激昂した。

「撮ってないよ！」僕もまた激昂した。

いや、実際に撮っているし、悪いのは明らかにこちらだし、嘘をついているし、激昂する正当な理由なんてひとつもなかったのだけれど、その場をなんとか切り抜けるには〝逆ギレ〟以外に手段が見当たらなかった。

こうして僕の中の良識はスポイルされ、その隙間に汚辱感が蓄積されていくが、けれど今は自己憐憫に浸っている余裕なんてない。

攻防は続いた。

「落ち着いて話そう」アーメッドは言う。

「お前らはバカなんだろ？」住人が言う。

その間にも相手の人数は増していき、道に出てきた彼らの仲間は15人ほどにまで膨れ上がっていた。

あぁ、どうしてこの国のこの種の人たちは男も女もみな筋骨隆々なのだろう。せめてガリガリに痩せ細っていたり、でっぷりと太っていたりすればもう少し平静でいられたのに。

　この時我々にとってひとつの大きな問題が生じていた。

　これまでのどの廃墟にもいた、そこを仕切るボスがいなかったのだ。

　ボスは誰だ？　と何度聞いても「俺がボスだ」と大勢が手を挙げた。本来は存在しているボスが、今この瞬間は不在なのだと思われた。

　僕の正攻法ではまずその集団のリーダーを見つけ、話をつける。全ての撮影が終わった時、協力してくれた全員に適当な額が行き渡るようリーダーひとりに謝礼を渡す。それが最も失敗のないやり方だった。

　しかし今、毎分人間が増えていくような状況で、ボスが不在だった。このままいけば混乱は収拾できないレベルにまで膨れ上がり、運がよければ誰かが通報してくれて警察が鎮圧するか、そうでなければ誰かの一撃を嚆矢（こうし）に身ぐるみを剝がされるかどちらかだろう。

　引き返すべきかもしれない。

　けれども今日がわざわざ延ばしたリベリア滞在最終日。

　目の前にこんなにもヤバそうな奴らがいる。ヤバさ全開でいる。絵に描いたヤバさがある。


　とはいえこれはさすがにヤバすぎるかもしれない、と思い始めていた。

　なにせ顔やら腕やらそこら中にケロイドが確認できる筋骨隆々の男女が、すでにボルテージ最高潮の状態で構えていて、しかもその先に控える入り口（すなわち出口）は小さな小さな柵の切れ目ひとつ。ひとたびくぐって無事に出て来られるとは到底思えない。

　一歩引いた状況で僕は考えていた。ここで逃げ帰ったとして、番組は成立するか――。しばらく考えて、成立する、と結論づけた。今日までのロケでたくさんの人々の飯を見ることができた。飯を通して彼らの人生を覗くことができた。十分面白い番組が作れるはずだ。

そこまで考えたところで、アーメッドが僕に言った。

「中、入るか?」

さっきまであんな及び腰だったのに、この空間で最も恰幅のいい男がこの小さな門をくぐろうとしている。見たところ、黄色いTシャツの男(頭に血がのぼるのがとりわけ早そうな男だ)を仮初のボスとしてアーメッドは話をつけようとしているらしかった。

「なんて言ってるの?」

「彼らは中に入れって言ってるんだ。けど俺はちょっと…」と言葉を詰まらせた。

アーメッドも中に入りたくなんてないのだ。しかし、僕とアーメッドとのやりとりは英語だから、僕らを取り囲むここの住人たちにも伝わってしまう。言葉を選んでいた。

「中には別の奴らが大量にいるはずだ。だから入りたくない…」そう言い終わる前に、黄色いTシャツの男といつの間にかやって来た白いTシャツにリュックサックを背負った男がアーメッドの腕をガシッと摑み「何もしないよ!」と声を上げた。

今にも何かしそうだ。というかすでに腕を握っている時点で何かしている。

「俺たちはお前の味方だ」リュックサックの男が両手を投げ出しハグを求めるような身振りで言う。言葉通り受け取れるはずはなかったが、今すぐ僕たちに危害を加えようとはしていないふうにも思えた。

膨れ上がった群衆の様々なところで諍(いさか)いが起こり始めていた。彼らはいったい何について言い争っているのだろう。リュックサックの男と緑のTシャツの男も今にも殴り合いそうな勢いで口角泡を飛ばしている。その隣では今までどの議論にも参加していなかった男同士が殴り合っている。

混乱ここに極まれり。

「これでもインタビューしたいか？」アーメッドは僕に最後のジャッジを求めた。

黄色いTシャツの男が僕の肩を摑んで「来いよ来いよ！」と入り口の方へ引っ張る。

「ノーノーノー！」僕は咄嗟に抵抗する。

すると次の瞬間。

「もう入ろう！　入ろう入ろう入ろう！」アーメッドが言った。

「入る⁉」僕が聞く。

「入ろう！」アーメッドが繰り返す。

「来いよ！」黄色いTシャツが引っ張る。

「入るよ！」アーメッドが決定する。

どう考えたってやけくそだった。アーメッドの声はこれまで聞いたことがないほど上ずっていたし、目はこれまで以上に赤く充血していたし、ジョギングの後かと思うくらい汗だくだった。

僕がモタモタとして結論を出さなかったから、アーメッドが決意したのだ。

ここの人間たちは今まで訪れてきたどの廃墟の住人とも違った。

幸せそうな表情はどこにも見受けられず、眼差しは無気力であるか攻撃的かのどちらかで、囲まれた時に漂ったにおいさえ、国営放送局の時とは異なっていた。それは人を不快にさせるにおいだった。

そして何より幼い子どもの姿がどこにも見えなかった。子どもの姿があれば僕は少しだけ安心できた。まさか子どもの目の前でいきなり殴り殺すなんてことはしないだろうと、そんなこと本当はまるで関係なく殺すときは殺すのかもしれないが、そう思って無理やり安心していた。今までは。

状況は明らかに悪い。けれど入ろうと思った。

恐ろしくて恐ろしくて仕方ないけれど、入りたい。

その先には、見たことのない世界が間違いなくある。


気づけば群衆はまっぷたつに割れ、僕の足元から入り口までがモーゼの道のようにひらけている。

「撮影していいんですね？」僕はカメラを構えて確認する。

「もちろんどうぞ」こめかみに血管が浮いた男たちが血走った目と優しい言葉で僕を招き入れる。

先にアーメッドが入り口をくぐり、続いて僕が中へ入ると、道に出ていた男たちは傷口を塞ぐ血小板のように入り口に殺到し、唯一の出口は早くも絶対に抜けられない人間の壁と化した。

そりゃそうだ、と僕はどこか冷めた目線でこの成り行きを見ていた。緊張感が上限を超えて、不思議と頭と体がクールダウンし始めていたような感覚だった。

そう、僕たちは警察が立ち入るなと言った通りを歩くだけにとどまらず、わざわざ犯罪者の巣窟となっている墓場に入りこんでしまったのだ。

この入り口の中と外に合わせて30人近くが集まっている。墓地の中には墓の上に立って僕を見下ろす男どももあり、平面360度どころか上下さえも包囲されているような感覚だ。

そして相変わらず彼らの内では口論が続いている。

頭に血が上ったリベリア人同士の会話はほとんど僕には聞き取れなかったが、どうやら全体がふたつの派閥に割れているようだ。片方は僕たちの味方をしようという派閥。もう片方は今すぐ身ぐるみ剝がしてつまみ出せという派閥。時間を追うごとに僕たちの味方をしようという派閥が優勢になっていく感があったが、身ぐるみ剝がせ派閥も根強く残っていた。

アーメッドもその口論に参加し、どうにか身ぐるみ剝がせ派閥を沈静化しようとしていたがなかなか状況は好転しない。

口論が収束の気配を見せない中、柵の外側にいた緑のTシャツの男（遠目には若い青年だと思っていたが近くで見るといい大人だった）がその口論の輪を外れて僕に目配せをする。そして僕の足元を指差し「見ろ」と言うではないか。

僕が言葉に釣られて視線を落としたその時だった。

その男は柵の隙間から目にも留まらぬ速さで（それは本当に目にも留まらなかった）腕を差し入れ、僕が手に持っていたＧｏＰｒｏを摑み、柵の外へと奪ったのだ。

まさに電光石火。

「ノー！　ノー！　返せ！」僕は叫んだ。

しかしよく見ると、ボロボロのリベリア国旗のTシャツを着た青年が緑Tシャツの腕を摑んでいる。

「それは返してやれよ！」その青年は腕を摑んだまま叫んでいる。

すると「返してやれ！　返してやれ！」の大合唱が起こった。緑男のひったくりが幸いして僕の味方派閥が優勢になったようだ。

男は渋々柵の隙間から奪ったＧｏＰｒｏを僕に差し出した。

「ありがとう」となぜか反射的に謝辞を述べてしまった自分に日本人の悪癖を感じたが、これは取り返してくれた青年への感謝だったのだと自分に言い聞かせた。

アーメッドは反対派を納得させようとなおも力強く交渉を続けた。

「俺たちはジャーナリストだ。みんなを悪いようにはしない。みんなが伝えてほしいと思っているこことを世界に伝えたい。どんな暮らしをしているのか、何を思っているのか、君たちには世界に知ってほしいことがたくさんあるはずだろう?」

幾人かは静まる。幾人かはまだ声を上げる。

「撮影するなら金を払え!　金を払ったら撮らせてやる!」

アーメッドは毅然と答える。

「ジャーナリストは金を払わない。金を払って撮らせてもらうのはルール違反なんだ。わかってくれ」

金をちらつかせて話を聞かせてもらうことと、最後に謝礼を渡すこととの間には大きな隔たりがある。

身ぐるみ剝がす派の男たちもついに黙った。多分ここで最年長であるアーメッドの力のこもった言葉が彼らを黙らせたのだろう。

「10分だけ」と反対派は言った。

「撮影は10分だけだ」

それが彼らの中で折り合いがつく結論だったようだ。好き放題撮影はさせたくない。だから時間制限10分。その制限自体に実際的な意味はなくても、気持ちはなんとなくわかる気がした。それが〝折り合い〟というものだ。

墓と墓の間をうねうねと縫う細い通路を、僕とアーメッドを真ん中に配置した長い行列が進み始めた。
4、5人の男たちが僕たちの歩く通路の向こうからこちらにやって来る。どうしてわざわざこのクソ狭い道を通ろうとするのだろう。

すれ違いざま死んだような目をした男が僕を墓の壁面に押し付けるように寄りかかった。

「何してんだ！」と僕は叫んだ。その男たちは何事もなかったかのように僕らの後方へと通り過ぎていった。

「止まれ！　止まれ！」僕は叫ぶ。

アーメッドも味方派の者たちもキョトンとしている。

「止まれよ！」僕はなお叫ぶ。

明らかに僕はやられていたのだ。男は僕を壁に押し付けながらポケットをまさぐった。僕はその感触を決定的に太ももに感じていた。

「あいつ俺のポケットから何か抜いたぞ！」

「なんだと？」味方派が声を上げる。

僕にぶつかった男は「引っかかっただけだよ」とシラを切っている。

「確認しろ！　確認しろ！」と僕のエスコートをしてくれていたリベリア国旗の男が、僕にポケットの確認を促す。僕は自分のポケットの中に手を入れる。そこには何もない。

何を盗られたんだろう…。軽いパニックに陥った。そういえば大事なものは全て車に置いてきた。もしかして何も盗られていないのではないか…。嫌な汗が流れた。こんなところで僕は誰かに濡れ衣を着せてしまったのか？

すると、味方派黄色Tシャツ男がやってきて「これか？」と僕に何かを差し出した。

それはテレビ東京のマスコットキャラクターが刻印された4色ボールペンだった。

紛れもなく、僕のポケットから盗られたものだ。

「あぁ、これだ。ありがとう」と言って憤怒の表情を掏摸師（スリ）に向けた。

不思議な恥ずかしさがあった。いや、恥ずかしがる必要なんてこれっぽっちもないはずなのだが、何やらむず痒い。盗まれたと騒ぎ、明らかになった盗難品が祖父の形見でもなければドイツ製の高級品でもない、ふざけたバナナのキャラクターがあしらわれたボールペン一本とは。

「これは大切なボールペンなんだ」と、苦し紛れに呟いてそそくさと墓地の奥へと向かった。


案内してくれる者たちはコンクリートの墓を飛び石のように伝いながら進む。

墓のいくつかにはコンクリートの蓋が乗せられていたが、ほとんどはそれを失っているか、あるいは半分だけ屋根がかかっているような状態だった。

「俺は墓を踏めない！」なんて偽君子(にせくんし)を気取っても鼻で笑われる。しばし道徳観には身を潜めていていただき、墓の上に飛び乗った。やっぱり少し心が痛んだけれど。

１メートル視点が上がっただけで、その敷地の広大さに改めて気づかされた。

ここから１００メートル先までは墓の存在が確認できるがそれより奥は低い木立が鬱蒼と茂り、墓も道も全てを覆い尽くしている。確かにセンター・ストリートで強盗をして、この林に逃げ込まれたら捕まえることは難しい。あの林の奥のどこかに、外界へとつながる抜け穴があるに違いない。彼らの潜伏地としては申し分なく合理的な場所だった。

来た道を振り返って再び目を疑った。行列が入り口まで続き、その人数は50～60人にまでなっていたのだ。

「ヤバいね」とアーメッドに言ったつもりが、僕とアーメッドの間にさえもう10人ほど挟まっていて声は届かない。

「これ見ろよ」とリベリア国旗のTシャツを着た青年が、口の開いた墓をまさぐり何かを持ち上げた。

人間の頭蓋骨だった。それは映画の小道具のように完璧だった。

「わかるか？」と彼は言った。

「人の頭蓋骨」と僕は答えた。

すると隣にいた男がさらに墓をまさぐり何かを拾い上げて掲げた。

「ほら、本当はこうだよ」とその親切な男は下顎の骨を頭蓋骨の上顎の下に添えて完全版の顔面を見せてくれた。国旗の青年はＯＫ？と聞く。僕が頷くと高々と掲げていた頭蓋骨からさっと手を離し、頭蓋骨は大きな音を立てて地面に落ちて転がった。

死んだ者は無価値であるという彼らの思いの表れか、それとも命の価値なんて生きている時から糞ほどもないんだという彼らのメッセージか。いや、もしかしたら「お前らが大金をかけて撮影しに来たものなんてのは俺たちからしたらなんの価値もない」という主張だったのかもしれない。

墓地の中程で、すぐ目の前の墓から煙が立ち上っているのが見えた。

中を覗くと小さな墓の中で男がふたり、身を寄せ合って何かを吸っている。カメラを向けていることに気づいた男は言葉にならない奇声を上げて、拳ほどもある石を全力でこちらに投げつけた。しかし、墓の縁に当たった石はそのまま上空に飛び上がり、再び墓の中に落ちる。男が第二投を構えようとしたところで、行列のうちのひとりが墓に飛び込み男を羽交い締めにした。羽交い締めにされた男は、泥梨（ないり）の底で喚き散らしている。

「何を吸ってるの？」と聞くと、周りにいた男たちが「俺たちを撮れ」と小さな手作りのパイプを見せてくれた。

「ポンコだ」と言う。

「ポンコ？」

「クラック、コカインだよ」

男は咥えたパイプにマッチの火を近づけ、煙を胸いっぱいに吸い込んだ。恍惚を絵に描いたように蕩ける目。「俺にもくれ」と後ろの男がパイプを奪う。目の蕩けた男は口からパイプを奪われると同時に、もう片方の手に持っていたタバコを深く吸った。コカインとタバコの食べ合わせならぬ吸い合わせが美味いのだろうか。

「これはどこで手に入れるの？」

「売人がいるよ。彼もそう」行列の奥にいるアフロヘアの男を指差した。なるほどその男は他の男と違い、巨大なアフロヘアに四角いサングラスをかけ、ジャラジャラとたくさんのネックレスを下げている。羽振りがいい男のコスプレみたいだ。

「いくらで買えるんですか？」と蕩け目の男に聞くと「1グラム6ドルだね」と気持ちよさそうに答えた。

コカインが1グラム6ドルだなんて激安ならぬ驚安だろうけれど、彼らにとっては大金だ。

「皆さんは元兵士？」

「俺は元兵士。こいつも兵士」「俺も元兵士」「こいつも、こいつも兵士」と、僕のすぐそばを取り巻いていた10人ほどが全員手を挙げた。墓の中から顔だけ出して「俺も兵士だった」と言っている者もある。カメラを振っても撮りきれない。

「ここに住んでる奴らはだいたいが元兵士だよ」

「全部で何人くらいいるの？」

「この墓地には900人以上だね」

なんとこの野晒しの墓地に900人以上が暮らしているという。〝新〟国営放送局廃墟には878人、海辺の廃墟にはおよそ千人、そしてこの国営共同墓地には900人。千人前後という数がひとつの標準であることがようやくわかった。外圧の危険を防ぎつつ、内圧の調整が可能な人数が千程度なのだろう。

だが、この墓地には他のコミュニティと異なる特徴があった。他では元兵士の割合は住人の一割程度。少数の元兵士が仕切る建物に元兵士ではない多数の貧困家庭が身を寄せているという構図だった。しかしこの墓地では住人のほとんどが元兵士だというのだ。

そして幼い子どもがいない代わりに、彼ら自身がそもそも若かった。

そう、彼らはたんに〝元兵士〟ではなかった。彼らは皆〝元少年兵〟なのだ。これまでのふたつの廃墟にはどちらもチーフを筆頭に老練の退役軍人たちがいた。元少年兵は、いたとしても彼らの庇護の下にあった。しかしここは、10代で内戦を経験した〝元少年兵だけ〟が暮らす墓場だったのだ。

ここを訪れて正解だったと、この時確信した。

◆

それにしても、ここは今までの廃墟と違って壁も屋根もない。皆どこで寝ているのかと聞くと、なんとカプセルホテルのようにひとりにつきひとつの墓で寝ているのだという。時折ボロボロのブルーシートが目についたから、雨の日はきっとあれで覆いをして眠るのだろう。いずれにしても世界のホームレスの中でも殊更劣悪な生活環境にあると言える。

日本には「草葉の陰」という言葉がある。それは「墓の下」のことで「あの世」を意味している。「草葉の陰から見守る」と言えば、死んでもあの世から見守っているよというメッセージだ。しかしここでは900人が毎夜毎朝まさに草の生い茂った墓の中で寝起きしている。まるで黄泉の国だ。

「皆さんお仕事は？」と聞くと、蕩け目の彼がすっくと立ち上がって喋り始めた。日本でよく見るお調子者の田舎坊主に見える。けれどその話す内容は可愛くもなんともなかった。

「誰かが携帯で喋っていたら、それを奪い取って走る。生き残るためだ」

彼は身振りを交え、体を揺らしてラップをするように続けた。

「その金で食べ物を買って、その後コカインを買って、吸ったらまた路上に仕事に戻る」

体はリズミカルに揺れている。

「もしお前を道端で見かけたらそれはビッグチャンス！　車をこじ開けて荷物を盗み出してやる」

彼の周囲では人指し指を立てている者が数人。これはこの国の挙手の仕草だ。俺に話をさせろと言っているのだ。レンズを向けられた男は静かに手を下ろし口を開く。

「朝ドラッグを一服したら、ストリートに出て掏摸をする。生き残ってコカインを吸うためだ」

誰に話を聞いても答えはだいたい同じだった。掏摸か強盗をして金を稼ぎ、飯を食って残った金でコカインを買う。それが彼らの生活の全て。

すると男たちが僕の肩を叩いて「あっちを見ろ」と指を差す。その先に、墓から体を出して何かを掲げる人がいる。カメラを向けてズームインすると、それは頭蓋骨を手に持って微笑む女だった。

僕はこの瞬間のことを忘れない。

それはもしかしたら、一目惚れに近かったのかもしれない。

手元のカメラの液晶の中で、その女だけが明るく浮き上がって見えた。ちょうど彼女にスポットライトが当たっているかのように、僕にはその女だけが見えた。

「見て、顔だよ」

女は人間の顔面の骨を持って笑っている。

「こっちは頭」

彼女の持っている頭蓋骨は先ほどの完璧なものと違っていくつかのパーツに分かれていた。頭と、顔と、顎。

ファム・ファタール（運命の女）だ、と思った。

男を破滅に導く運命の女。

彼女が入っている墓場の足元にはいくつかの骨が散らばっている。

「ここがあなたの墓？」狂った質問だとは思いつつ聞いた。

「そう、ここでこうやって寝てるんだ」足で骨をよけ、その足元に横になって見せた。一目見てハイだとわかった。キマっている。

蛍光オレンジのタンクトップから突き出た腕には筋肉が盛り上がり、はっきりと血管が浮いている。黒いスカートから黒いタイツに包まれた足がにょきりと伸びる。

コカインのせいで焦点が揺れる大きな瞳に、時折強い意志が戻る瞬間があった。とても美しく見えた。この人について知りたいと思った。

「あなたも元兵士？」

「うん」

「おいくつですか？」

「28歳」

「28歳？　僕と一緒だ」

彼女は僕のその言葉をほとんど無視した。確かに歳が一緒だろうが離れていようがどうでもいい。

「なんでここに暮らしているの？」

「なんでここに暮らしてるかって？」彼女は厳しい顔で答えた。

「両親が死んだからだよ」

「どうして？」

「戦争で死んだんだ。ロケットがうちに突っ込んで家族が死んだ。それで兵隊になった。両親を殺した奴らと戦うためにね。数え切れないほど敵を撃ち殺したよ。復讐のために」

彼女もまた、11歳の時に両親を殺され、〝自ら〟兵士になった。彼女は自らと言うが、その選択のどこに自由意志が介在するのか僕には想像もつかない。それ以外の選択肢があったというのだろうか。それとも、自分でこの人生を選んだのだと自らに言い聞かせて生きてきたのか。

「仕事は何をしてるの？」

「娼婦だよ」

客を見つけたらこうやって呼ぶの、と言って唇を尖らせチューチューと奇妙な音を立てた。これがこの国の娼婦の誘い方だ。

「こうやって誘って客が来たら、値段を交渉して、セックスをする」

「あなたの名前は？」

「名前？　私はラフテー」

女の名はラフテー。

ハードボイルドなグルメ番組の主役の名は、甘くてこってりとした豚の角煮と同じ名だった。

ああそうだ、この番組は飯を見せてもらう番組だった。彼女の名前が番組の本旨を思い出させてくれた。

「今日、飯を見せてもらえませんか?」

ラフテーに聞く。

すると彼女は「今はご飯を買うお金がないよ」と言った。

「客を取ってセックスをして、お金をもらえたらご飯を買いに行く」

そこで僕からカメラをむしり取った緑Tシャツが声を上げた。

「もういい加減にしろ! 10分以上経ってる!」

10分どころか30分以上は経っていた。時間制限はなし崩し的に失われたかと思っていたら、約束の三倍以上経過したところで堪忍袋の緒が切れたのだろう。よく耐えてくれたと感謝するべきだ。面倒になるのはごめんだったし、このタイミングを逃したらここから脱出できる機会を永遠に失うかもしれない。

僕はラフテーに頼んだ。

「一緒に墓地の外に出てくれませんか?」

ラフテーは、何でもないよそんなこと、と笑ってくれた。


ふたりで歩く僕らに干渉してくる者はなかった。本来、集団の中でひとりを贔屓(ひいき)しようものなら、その者もろとも血祭りにあげられるのが相場のはずだ。しかし僕とラフテーは、ちょっと足場の悪い登山道を歩くくらいの感覚でストレスなく墓地を出た。

一度入ったら出られないかもと思ったあの小さな入り口も、出てしまった今は実に他愛なく見える。

僕らに続いて、他の住人たちもぞろぞろと出てきた。彼らのことはアーメッドに任せて、僕はラフテーと並んで縁石に腰を下ろした。

彼女の横顔を見る。仲間と冗談を言い合い笑っているその顔はどこにでもいる28歳だ。シャツを一枚羽織ったら、都心のカフェで長ったらしい名前のついた飲み物だって飲みに行ける。けれど現実には、住む世界が全然違う。

「今まで何人くらい客を取ってきたんですか？」

ラフテーはタバコの煙をフワーッと吐いてから答えた。

「千人くらいじゃないかな？」

その数字は〝大勢〟という意味の抽象かと思ったがどうやらそうではないらしい。冷静に考えればその数字が誇張でもなんでもないことがわかる。けれど彼女にとって数なんてやはりどうでもいいことのようだった。

「体は大丈夫？　ＨＩＶとか、他の病気も」

「大丈夫だよ！　これ使ってるから…」と言ってタンクトップの襟ぐりから下着の脇に手を突っ込み、銀の包装紙に包まれた避妊具を取り出して見せた。

それはこの国でこそ絶対に必要なものだ。

14年間に及んだ内戦では、少女を含んだ全女性のなんと40％がレイプの被害に遭ったという。「国民の全女性の40％がレイプの被害」。４％の誤植じゃなく、40％だ。質の悪いサイコ映画でもそんな設定にはしないだろう。そしてその結果、２００５年時のＨＩＶ陽性率は12％という強烈な数字を叩き出した。今でもこの国の平均寿命は62歳。死亡原因は肺炎に次いでエイズ、マラリアとなっている。

国民の10％以上がＨＩＶに感染しているというこの国で、仕事としてセックスをするのに避妊具を使わないのは自殺行為だ。


「これは食べ物の番組なんです」僕は先ほど中断された説明を改めて始めた。

「だから、あなたが何を食べるのかを知りたい」

ラフテーは僕が話す拙い英語にウンウンと大きく頷いてくれる。

「今何時？」彼女は聞く。

僕の腕時計はちょうど5時を示している。

「5時か…3時間後に仕事に出るよ」

「夜の8時？」

「そう、8時にまた来て」とラフテーが言ったのと同時に、通りかかった一台の車がクラクションを鳴らした。この道を通る車は多くない。その車はピカピカと白く輝く高級四輪駆動だった。どう考えてもこの国の人間ではない。こんな場所になんの用だろう。

そう思った次の瞬間、あろうことか僕の隣に腰を下ろしていたラフテーがスタスタと車の運転席に駆け寄って、談笑し始めたではないか。見てはいけないものを見てしまったような気がした。気を紛らわそうとアーメッドの姿を探すと、こちらもあろうことか元少年兵と取っ組み合い寸前の状態だ。アーメッドの横にいる男ふたりはすでに殴り合っている。どれだけ血の気の多い連中なのだろうか。

「アーメッド！」と叫んで無理やり群衆から彼を引き剝がす。

「今夜8時、ラフテーについていくことになった」

「オーケー。ここに戻ってくる？」

abama
2001-2002

「戻ってくる。ここで待ち合わせる」

「オーケー」

汗だくのアーメッドは頭をフル回転させてこの場をどう収めるか思案している。

車が去るとラフテーは僕のもとへ駆けてきた。

「友達？」と聞くと「客だよ」と彼女は答えた。高級車の主は彼女を指名する常連客だった。きっといずれかの国際機関のスタッフだと思われるその男も、こうして墓場に暮らす元少女兵の娼婦を買う。

「揉めさせてしまって申し訳ない」

また捕まって取っ組み合っているアーメッドを傍目に言った。

「私が話をするから大丈夫。じゃあ今夜8時にね」

ラフテーは騒ぎ立てる群衆のもとに歩いていった。アーメッドと僕が立ち去ろうとすると、男たちがこちらに気づき追いかけようとする。ところがラフテーが彼らを一喝すると、ピタリとその足が止まった。まさに鶴の一声だった。

どうしてラフテーにそんな力があるのだろうかと訝しんだ。僕はもっと彼女を疑った方がいいのではないか、そんな思いが頭をよぎった。けれどそれよりこの旅の最終日にラフテーと出会えたことをひとり寿(ことほ)いだ。

◆

雨がしとしとと降り始めていた。

ついさっき赤々と燃える太陽がじっくり地平を焦がすように沈んだばかりなのに、今はその存在の痕跡がすっかり失われて冷たい雨が注いでいる。

時刻は夜の8時。

日没後のセンター・ストリートは濃厚な暗闇で満たされている。ヘッドライトで闇を割いて走る車の中で、僕は売春について考えていた。

売春は世界最古の職業と言われる。それにもかかわらず日本をはじめ大多数の国では法で禁じられている。禁じられているのに、売春のない国は僕が知る限りとても少ない。そもそも売春の被害者はいったい誰か。鬻(ひさ)ぐ女か、買う男か。隠しようもなく存在している職業を法では禁じ、しかし同時にだいたいの国が黙認している。実に不思議だ。ラフテーを肯定したい、という気持ちもあるかもしれない。しかし考えれば考えるほど不思議なのだ。

性労働を違法とすることが、いかにセックスワーカーたちの権利を脅かしているか知れない。屁理屈？　そうかもしれない。けれど、屁理屈もまた理屈である。悪法もまた法であるように。

我々の車はゆっくりとセンター・ストリートを進んだ。墓地の前を通り過ぎるが、ラフテーの姿はおろか人の気配が失われている。

繁華街に差し掛かる交差点でUターンし、もう一度墓場の前を通り過ぎる。しかし誰もいない。

墓場の前に駐車しておくのは危険だ。少し離れた場所に車を停めて様子を見た。アーメッドは時折車を降りて人を見つけてはラフテーを知らないかと聞いて回る。しかし徒歩で夜の墓地には近づけない。

5分過ぎ、10分が過ぎ、15分が過ぎ、アーメッドはしびれを切らした。

「中にいないか見てくる」と言って車を飛び出した。さすがに闇夜の墓地に単独で飛び込むのは無謀だ。警察すら遠ざける治外法権の空間に、膝に水の溜まった中年男が駆け込むなんて——心配だったけれど、心強かった。僕はこの国の暗闇では赤子より無力で、常に誰かに頼らざるをえなかった。彼らの目にはこの暗闇でもものが見える。しかし僕には何も見えない。カメラを暗視モードにして、その液晶画面越しの緑色の世界だけしか僕には見えなかったのだ。

アーメッドが車を降りて5分も経たずに、車の窓をコツコツと叩く音がした。カメラを向けると、液晶画面の中で緑色のラフテーがこちらを覗き込んでいる。

「遅れてごめん」とラフテーは言って、フラフラと僕の隣に乗り込んだ。ツンと鼻を突く彼女の体臭が車内に充満する。混じっているのは、コカインの香り。

「ちょっと吸い過ぎちゃった」彼女はシートに頭をだらりともたせかけ、天井を仰いだ。僕は「来てくれてありがとう」とだけ言って、すぐに墓地に入ろうとしているアーメッドを呼び戻した。

「場所まで案内してくれますか?」と聞くと「すぐだよ」と彼女は答える。

センター・ストリートからゆっくりと車を走らせて3分ほどの所でラフテーは車を止めた。「目の前まで行ったらまずい。ここから歩いていこう」。どれだけコカインでキマっていようと、危機管理の手綱は離さない。だから彼女は今日まで生き延びているんだと感じる。

我々は真っ暗な道で車を降りた。ラフテーは頭に千鳥格子のターバンを巻いている。これが彼女の仕事のスタイルだ。

「それかっこいい。似合ってますね」

「ありがとう」ラフテーはにっこりと笑う。

「この仕事を始めたのは何歳の時？」

「18歳くらいかな。友達に誘われて始めた」

それから10年間娼婦をやっている。

「この仕事はどう？」

「この仕事がどうかって？」ラフテーはよく僕の質問を繰り返す。

「よくはないね。だって風邪ひいちゃうじゃん。こんな雨の日は寒いから」確かに気温は突然落ち込んでいた。雨に濡れるとひどく冷える。

「それにね、呼ばれて行ったら男に摑まれて殴られたりもする」

「殴られる？」

「うん。摑まれて殴られる。だからあんまりいい仕事じゃない」

雨に濡れて風邪をひいたり男に殴られたりしながら、ラフテーは10年間この仕事を続けている。

「ここだよ」

彼女は路地を右に曲がった。

そこはまたいっそう完全な暗闇だった。僕の目に見て取れるものはひとつとしてなく、自分の手のひらでさえどこにあるのかわからない。相も変わらず暗視モードにした緑色の画面だけが僕の視界として機能していた。

足元からヌチャリと嫌な音が聞こえる。カメラを振ると、そこかしこが水溜まりだ。いつの間にか靴は水浸しで歩くたびにカポカポぬちゃぬちゃと生温かい音を立てている。ラフテーは一度も水溜まりにはまっていないから、本当にこの暗闇でも目が利いているのだろう。外国に出て気づくことのひとつに、日本の異常とも言える明るさがある。深夜であろうと煌々と灯りのたかれたレストランなんて西洋ですら稀だ。電灯だらけの日本に暮らせばそれは夜目も利かなくなろう。文明の発達は人間の能力を簡単に衰えさせる。

「暗いね」

「暗いでしょう。ここで客を探すの」

「ここ？」

「そう、ここが娼婦の通り」

ただでさえ道路の整備が進んでいないリベリアでも際立って荒れた道だった。いや、ここは本来道として認識されている場所ではないのだろう。いわば娼婦と客とが何年も歩き続けてできた、獣道ならぬ売春の道。並行する二本の大通りを結ぶ50メートルほどの道状の地帯。両脇を大きな建造物に挟まれたこの筋は起伏に富んで、車は通れない。人の背より高い丘がボコボコと突き出し死角に満ちた場所だった。画面に目をこらすと、あっちの丘からこっちの丘から次から次へと男がひょっこり歩いて出てくる。

「ここでお金を稼いでご飯を買って、クスリを吸うの」

ラフテーは聞いてもいないのに教えてくれる。

「客探してくるね」と彼女は言った。

「目立たないようにしてね。他の人にバレると大変だから」

そう言い残して行ったが、特に隠れる用意もしていなかった僕はアーメッドの巨大なシャツを頭からすっぽり被り、丘の裏側に隠れてカメラを回すことにした。

ラフテーはすれ違う男たちに声をかける。

男たちは一度は足を止めるけれど、まもなく去って行ってしまう。

しばらく繰り返してから、彼女は隠れている僕の所にやって来てふーっとため息をついた。

「ダメだった」

特段気にもしていない様子。それもそうだ。彼女はもう10年これで飯を食っている。

「合図をして近づいてきたら、調子はどう？　って聞くの。その次に、ショータイムは必要？　って言うんだ。男がイエスって言ったらあっちの部屋に入ってお金をもらってセックスをするの。終わったら客は自分の道へ、私は私の道へ帰る」

その部屋というのをこっそり見せてもらった。それは通りのはずれに並ぶ薄汚いトタンでできたバラックのひとつだった。内側にはマットレスひとつ分の小部屋が三つ並び、壁には防音のつもりか新聞紙が張り巡らされていた。

再びアーメッドのシャツを被って丘の陰に隠れようとした時だった。

「こいつカメラ持ってるよ！」と女の甲高い声が響き渡った。

しまった、バレた。

その声を聞きつけた女や男が瞬く間に集まってくる。シャツを引き剝がされ、お前は何者なんだと問い詰められる。ラフテーが収めようとしても糠に釘だ。路地裏の完全な闇で僕は圧倒的窮地に陥っていた。

これはヤバいな、と独り言ちる。いよいよヤバいときは自分の声を自分に聞かせて、落ち着いている自分を感じたいのだ。けれどその声にわずかでも震えが混じれば逆効果である。この時の僕の声は、しっかりと震えていた。

しかし、思わぬ救いが訪れた。

地鳴りのような音が響き渡ったのだ。

地鳴りというより耳を聾する大型動物の咆哮のような音と言ったほうが近いかもしれない。それは、ひとりの男から発せられた哮りだった。

ゆうに身長190センチは超える大男が、騒ぐ風俗街の男と女を一発で黙らせたのだ。大男は僕を取り囲む連中に何かを話した。しかし、あまりに低くしゃがれた声を僕は言語として受け取ることができなかった。なぜこの国はこんなにしゃがれ声に溢れているのか。アーメッドに通訳を頼むと「この中国人はラフテーを撮りに来ただけで、お前らは関係ない」と説明しているのだという。

彼は何者なのかとラフテーに聞くと「ここのボスだよ」と答えた。

「この売春通りのボスで、私たちが住んでる墓地のボス。それで私のボーイフレンド」

「それはよかった」

――とは言ったけれど、一度に入ってくる情報が多すぎて混乱した。いや、しかしこれでやっと辻褄が合った。

墓地の前でどうしてラフテーは男たちを黙らせることができたのか。その答えは、ラフテーのボーイフレンドがここの牢名主だったからに他ならなかった。そして今再び、僕はその権威ある牢名主に救われようとしていた。

ラフテーのボーイフレンドは集まった連中を解散させると再びどこかに消えた。きっとあのバラックのどれかにいるのだろう。向こうからはこちらが見えているのかもしれないが、こちらからはバラックの輪郭さえわからない。ラフテーは何事もなかったかのように再び客を探し始めた。

騒ぎで客足は一時的に遠のいたが、ものの10分で通りには男たちがわらわらと戻り始めた。性欲を抱えた男どもは斯程（かほど）に多く、鈍感だ。ラフテーは体をくねらせ、科（しな）を作って男を誘う。

ポロシャツを着た、いかにも好青年という感じの男にラフテーが声をかけた。

僕はカメラの画面越しにふたりを見ている。ふたりは少し言葉を交わすと、連れ立って歩き始めた。

そしてバラックへと入っていった。

――なんとも言えない気持ちだった。

今、ラフテーがあのバラックの中で初めて会った男に抱かれている。いや、常連なのかもしれないし、やっぱり一見なのかもしれないが、どちらでも同じだ。


じっとバラックにカメラを向けていると、いつのまにか雨が上がっていた。


ふたりがバラックから出てきたのは、部屋に入ってきっかり30分後のことだった。ラフテーと客は別れを惜しむこともなく、それぞれ別の方向へ歩いていった。

ラフテーが僕の近くまで来たところで呼び止める。すると、ああ驚いたというような表情をして微笑んだ。

「終わった？」

「うん」

「お金はもらえた？」

「うん」

「いくら？」

ラフテーはポケットから紙幣を二枚取り出して見せた。

「200円」

「200…」言葉に詰まった。

「オーケー…オーケー…」僕はそれしか言えなくなっていた。

するとラフテーが言う。

「ご飯食べに行こう」

――。

「そうだね、行こう。どこに行くの？」

「こっちだよ」ラフテーは僕を先導して大通りに出た。

「腰が痛いよ」と冗談めかして言う。

「ベッドに横になれたの7分くらいだもん！」そう言って腰に手を当て、体を左右に大きく反らせた。

「ここが食堂だよ」

ラフテーが入っていったのは、もう飽き飽きの真っ暗闇だった。通り過ぎる車のヘッドライトに照らされて、そこが金網に囲まれ屋根だけがついた空間であることはわかる。壁も電灯もひとつとしてない。

「お金が入ったらここに来るんだ」

ラフテーは喋りながら奥へと入っていくが、僕の目には30センチ先も見えていない。カメラを左右に振りながら画面越しに空間を把握して進む。

「すごく暗いね」

「そう、暗いでしょ。私たちはここでご飯を食べるの。200円か150円でね」

――ここの飯が200円か150円。

最底辺の食堂に違いない。蠟燭一本さえ灯さず、誰もが暗闇の中でこそこそとスプーンを口に運んでいる。そんな食堂での一食が、彼女が30分間男に抱かれた対価と同額なのだ。

食堂には長机が三つ川の字に並べられ、真ん中の机の奥に大きな寸胴がふたつ置かれている。ラフテーはその寸胴の奥にいた女性——僕はそこに女性がいることにすら気がつかなかった——にさっき稼いだばかりの二枚の札を渡した。

席に着いたラフテーは、対面に座っていた大柄な女性に親しげな目配せをした。

「知り合い？」と聞くと「友達だよ」と言ってふたりともが笑った。

すると少し離れたところでこちらの様子を見ていたアーメッドがやって来て、耳元で囁いた。

「帰りの飛行機までもう時間がない。あと10分で出ないと間に合わない」

そう、僕はもう後少しで日本に帰らなければならないのだ。

「どうぞ」と給仕の女性がラフテーに呼びかけると、彼女は立ち上がって米の盛られた皿を受け取った。皿には馬鹿げた量の米が盛られている。我々の茶碗五杯分と言ったところか。

皿を受け取ったラフテーは、椅子に座ると同時にスプーンで米をかき込んだ。

「米が大好きなんだ」と彼女は見るからにパサパサとした米を休むことなく口に運んだ。飲み込むスピードが全然追いついていないから、口はすぐにパンパンになる。

テーブルにもうひとつ皿が運ばれてきた。

「ポテトグリーンだよ。芋の葉っぱ」とラフテーは言った。

芋の葉と魚の燻製をたくさんのスパイスで煮込み、仕上げにパームオイルをこれでもかとかけて仕上げた料理だ。

特盛りのライスとセットで約１５０円。

稼いだ分から50円の余剰が出たから、その分は今夜のコカインに回せる。

ポテトグリーンのソースをスプーンでライスにかけて食べる。

咀嚼するうちから、ラフテーの顔に至福の表情が浮かんだ。

僕はこの表情を見たかったのだ、と思った。こんな表情をたくさん撮りたくて、わざわざこんな遠くまでやって来たのだ。日本に帰るその間際になって、やっとそう思えた。

ラフテーはスプーンを持つ手を止めることなく食い続ける。

じーっと見つめる僕を見かねて「一緒に食べない？」とラフテーは言った。

ラフテーの友人にカメラを託し、ラフテーの皿から一口もらう。

味が、強い。

塩気が強すぎるとかそういうことではなく、様々な食材がごった煮にされて、もう作っている本人でさえこれがなんなのかわからなくなっているのではと思うほど、複雑な味がする。焦げ茶色のドロドロの液体は食味の沼のヘドロのように、旨味が澱(おり)のように凝縮されて、熟成されている。老舗鰻屋の継ぎ足しのタレのような芳醇な香ばしさに、干し魚の旨味、そして芋の葉の粘りと青い香りにパームオイルの酸味。美味い。米が進む。

あの暗闇の寸胴の中でこんな地獄の味とも天国の味ともつかない妙味が生まれているなんて。

夢中になってつい二匙目を口にしてから、しまったと思った。

彼女にとって何よりも貴重な食べ物だ。見ず知らずの男に抱かれてやっと手にした飯なのだ。二口目なんて…。

恐る恐る顔を上げると、ラフテーはニヤッと笑って自分もスプーンを口に運んだ。

カメラを回してくれている彼女の友人は「美味いでしょ？　美味いでしょ？」とアジア人の評価が気になって仕方ないようだ。

アーメッドがまたやって来て言う。

「もう限界だよ。ここを出ないと」

「わかった。もう出るから」

そう言って、ラフテーに最後の質問をした。

「ラフテー、今幸せ？」

ラフテーはうんうんうんと何度も首を縦に振り、ゴクリと米を飲み込んだ。

「私は幸せだよ。ストリートでお金を稼いで、ご飯食べて家に帰って眠れるんだから」

「そうか、幸せなんだね」

「私には夢があるんだ」

ラフテーは続けて話した。

「夢？」

「そう、夢。未来の、夢」

「何？」

「私はマネーウーマンになりたいんだ」

僕はそれが何を意味しているのかわからなかった。

「マネーウーマン？」

「そう。億万長者になりたいの」

幼くして両親を殺害され、憎しみを原動力に少女兵として人を殺め、今は娼婦として日銭を稼ぎながら墓場で暮らしている女の夢は、億万長者になることだった。

「いい夢だね」と言うと、彼女は「ありがとう」とだけ言った。

もういよいよここを離れなければならなかった。

いろいろありがとう、とラフテーに伝えると、「今度来るときはプレゼントに自転車持ってきてよ。私自転車が欲しいんだ」と笑って言った。

彼女はそれに乗ってどこへ行くのだろうか。

食堂を後にする彼女の足取りは、さっきよりも幾分しゃんとして見えた。

さらば、リベリア

歩き去るラフテーの後ろ姿を見送った僕とアーメッドは全速力で車に乗り込み、空港へ向けて出発した。

ドライバーのデイビッドが、初めて見せる鬼気迫った表情でハンドルを握っている。

「なんてことだ。なんてことだ…」ブツブツと呟いている。

中心街を抜け大通りに入るとデイビッドの表情の意味が明らかになった。空港まで続く道はこの一本しかない。しかしその道が目を疑うほどの大渋滞を起こしているのだ。本来片側ギリギリ二車線の道路を片側三本の車列が覆い尽くしている。歩道（と呼べるものはないから民家の庭のようなスペース）の土をバンパーでえぐりながら爆走する車もいる。クラクションは澎湃として鳴り止まず、もはや鳴らす意味もない。

無秩序だった。とにかくこのまま渋滞につかまっていたら僕の飛行機には間に合わない。今夜の最終便に乗れなければ、ここから日本までのチケットは全て取り直し。制作費がないからそうなるとも う僕の自腹だし、今夜帰れないと日本到着翌日に離陸予定の次の取材地に向かう航空券も買い直さなければならない。何がなんでも、今日この国を発たなければならないのだ。

しかし目の前の現実を見れば、奇跡の類が起こらない限り間に合いそうになかった。いよいよ手詰まり。ハンドルを握っていない僕は拱手傍観してただ祈ることしかできない。正しい祈り方をどこかで学んでおけばよかった。僕は誰に祈ったらいいのかさえ知らない。

しかし、奇跡は起こるのだ。

デイビッドが突然あらぬ方向にハンドルを切り、ふわりと逆車線に乗った。

僕の心臓はキュッと音を立てて縮こまった。

それからは派手な映画さながら、正面から猛スピードで走ってくる逆走車――我々が逆走しているのだから彼らは順走車とでも言えようか――をひょいひょいと躱し、時には逆車線の歩道側まで走って、あっという間に空港に到着したのだ。

「着いた」と言った時のデイビッドの目はあまりにもヤバすぎて筆舌に尽くし難く、それまで見たどんなドラッグ中毒者よりもキマっていた。悪霊が憑依したのかもしれない。申し訳ない。

僕はこうして最後の最後で法規を犯しまくって空港に辿り着いた。

デイビッドにチップをたくさん渡さなきゃと思って財布を出していると、「それは後にして急いでチェックインしよう！」とアーメッドが叫んだ。真っ暗な空港の目の前で車を飛び降り、トランクから荷物を引っ張り出してゲートへ走った。アーメッドが空港の職員に連絡をしてくれていたため、とっくに閉まっているはずのチェックインカウンターは僕のためにまだ開かれていた。カウンターの職員たちも僕の姿を見るとにわかに盛り上がったように見える。純粋に間に合ったことを祝福してくれていたのかもしれないし、賭けでもしていたのかもしれない。思えば喜んでいたのはごく一部で、他の職員は皆むすりと不服そうな顔をしていた気もする。

とにかく本当にギリギリだった。

アーメッドにもデイビッドにもちゃんとお礼を言えなかったことが心残りだ。

搭乗ゲートに腰を下ろし、深く息を吐く。

まずひとつ終わった。無事に、終わった。

撮れ高の保証が何ひとつないままに、出国直前まで大使館と揉めながらやって来たこの国で、確かな手応えを持って帰路につける。

深い安堵感に包まれると、自分の喉がひどく渇いていることに気がついた。

そういえば休憩のないロケをぶっ通しで続けたうえ、最後にあんなにパンチ力のある料理を二口も食ったのに水分を一度も摂っていなかった。水を一本買ってから飛行機に乗ろうと思ってポケットをまさぐったが、財布が見当たらない。

血の気が引いた。

カバンを探してもない。どこにもない。

最後の最後で掏（ス）られたか？

記憶を辿る――。

はたと思い当たった。アドレナリンをぶちまけながら空港に到着した時、僕はドライバーのデイビッドにチップを払おうと財布を出したが、それは後にしろとアーメッドに言われ、車を降りた。多分、その時だ。

一度出した財布を股間のあたりにポンと置いたことを失念して、そのまま車から飛び降りてしまったのだ。そこは電灯ひとつない真っ暗な空港前の空き地。水溜まりだらけの空き地。きっとあそこに落としたのだ。

すぐに別れたばかりのアーメッドに電話をかける。

車を降りたところで財布を落とした。拾ってくれないか。

しかし彼はもう帰路についていた。あの道を引き返してここに戻るには数十分はかかるはずだ。こちらではすでに飛行機の搭乗が始まっている。もう間に合わない。

財布には現金数万円とクレジットカードが入っている。

僕は飛行機に乗り込みながら早朝の日本に電話をかけた。一回目の呼び出しでは応答がない。ここからだと僕の電話番号が向こうには表示されず、非通知扱いになる。僕だって朝早くにかかってくる非通知の着信なんてきっと出ない。

間もなく飛行機が離陸しようとしている。電話の電源を切らなければならない。

四度目の発信をしたところで、ついに応答があった。

「はい」

寝ぼけているはずだけれど、努めて気丈に振る舞おうとしている久しぶりの妻の声だった。異常な回数の非通知着信にただ事ではない何かを感じたのだろう。

「もしもし俺」

「何？　何かあった？」

　添乗員が電話をしている僕を見つけた。一歩ずつ近づいてくる。最小限の単語で必要なことを伝えなければ。

「財布を落とした。クレジットカードを止めてほしい」

「え？」

「もう飛行機が離陸する。カードを止めてほしい。申し訳ない！」

　添乗員が僕に話しかけようとした直前に電話を切って、「ソーリー」と一言謝った。


　轟音をあげて、古い飛行機がリベリアの地を離れた。

　窓の外には、闇の中に首都の中心まで伸びるヘッドライトの線だけが浮き上がっている。

　妻はあの起き抜けの電話で事態を理解してくれただろうか。リベリアに生きたクレジットカードを残して飛び立ってしまうなんて最悪だ。あぁ、どうせ落とすならあの現金で自転車を買ってラフテーにあげたかったな。

　もう窓の下には何も見えない。

　彼らをここに残して、僕はこうしてひとり安全圏に戻ろうとしている。

　けれど僕はもう知っていた。

　この国には命が燃える美しさがある。いつもすぐそこに死がある状況で、彼らは地を這うように生きている。自分の境遇と折り合いをつけた者も、いつまでも折り合いのつかない者もいる。それでも彼らは今日もどうにか生きながらえて、飯を食う。飯を燃料に、彼らの命は燃えている。食うものは多様だ。その状況も多様だ。しかしその先でめらめらと揺らめく命の炎はどれも一様に赤く激しく美しい。風が吹けば千切られ、雨が降れば衰え、砂を被せられれば失われる。しかしその砂の中でチカチカと生きながらえる熾火（おきび）の赤のように、この国の命は燃えている。

台湾　マフィアの贅沢中華

リベリアから帰国した僕はごく正直に言ってぐったりと疲れ切っていた。

だいたいの場合、海外のロケから帰って羽田か成田の塵ひとつない床や整然とした店々を見たり、殺菌された空気を胸いっぱいに吸い込むと、それまでの長旅でいかに疲れていようと「ラーメン食わねば帰国にあらず！」だとか「あえて松屋でカレーかな！」なんて心持ちになるわけだが、今回ばかりはそうもいかない。

疲れ果てていた。

ギリギリの場所に踏み込んでいくストレスは、その瞬間には大放出されたアドレナリンに脳が冒され感じない。けれど知らず識らず、それはべっとりとした澱のように心身にこびりついていた。特定のエリアで気を張ればいいわけではない。ホテルを出てから気を張ればいいわけでもない。リベリアでは、その〝国〟に一歩入った瞬間から24時間気を張っていなければならなかった。国民の年収数年分にもなる機材をひとりで抱え込んだ日本人なんて、一部のリベリア人からすれば裸の札束が歩いているように見えていたっておかしくない。加えてＡＤ（アシスタント・ディレクター）も同行していないこのロケでは、毎日撮影を終えてホテルに帰るたびにその日使用した全てのカメラのＳＤカードを抜き出し、一枚一枚ＰＣと接続し、ハードディスクにコピーしていかなければならない。それだけでだいたい2時間は要するし、ＳＤカードを都度差し替えなければならないから長く眠ることもできない。加えて、この撮影データは我々の命にも等しいものであり、この国ではハードディスクの盗難もＰＣの故障もなんだってありうるわけだから、バックアップが当然必要になる。ＳＤカードからひとつのハードディスクに移したデータを今度は丸ごともうひとつのバックアップ用ハードディスクにコピーする。ひとつは常に自分のバックパックで持ち運び、もうひとつはホテルの部屋に隠すように保管する。

さらに日本から持ち込んだマルチタップを駆使して、ＰＣ、携帯電話、四つのカメラのバッテリーを充電する。それらはシンプルに苦痛を伴う時間だった。もちろん毎晩ズボンやシャツを手で洗い、部屋に吊るして翌朝までに乾かすという作業も必要だった。

そうしてリベリア国内で順調に体力を消耗し、帰り際には財布をなくし、格安航空券で片道３日かけて辿り着いた日本では、ラーメンへの渇望はもはや遠くに霞み、かろうじてバスに乗る前に自動販売機で買った砂糖の入っていない日本茶を口にするのが精一杯だった。

マンションの玄関を開ける。

僕にとっては心身のすり減る長旅からの帰還だろうが、家には特段変わった様子もなく、玄関にはなかなかゴミ捨て場に持ち出されない段ボールが溜まっている。

妻がいつもより幾分凝った料理を出してくれる。出汁の優しい味が胃袋に染みる。

通常、ここで僕は腹を下す。世界の果てで何を食らってもビクともしない僕の胃腸が、日本で妻の飯を食うと変調を来すのだ。妻の料理は美味いし優しい。思うに、内臓まで含めて張り詰めていた緊張がここで一気に解放されるからではなかろうか。だって外国ではいつ腹を下してもおかしくないものばかりを食っている。だから、細菌もウイルスも全て緊張の鎖でがんじがらめにされていたのに違いない。

しかし、この時僕の腹はすこぶる快調だった。

理由は明確。緊張の鎖が解けていなかったからである。

翌日、妻との別れもそこそこに、僕は営々と台湾へ飛んだ。

親日で有名な台湾だ。観光客だって大勢いる。リベリアロケほど神経をすり減らすことにはならないだろうと思っていたのは、儚い希望的観測に過ぎなかった。

僕はこの後、台湾マフィアと宴会の卓を囲むことになるのだから。

台湾黒社会

台北に着いたのは昼過ぎだった。

空港を出ると、もわっとした熱気が肌を覆った。9月の台北は東京の真夏と変わらない。それもそのはず、ここは沖縄県石垣島の目と鼻の先なのだ。摂氏30度に届くかという気温に、天頂からじりじりと太陽が照りつける。

頭を剃り上げている僕は長時間の直射日光に滅法弱い。瞬く間に湯むきしたトマトのようになってしまう。

「よしっ」と気を入れて歩き出す。

機材の重さが肩に食い込む。歯を食いしばって耐えながら予約した宿を目指した。

初めての街に何度も迷いながら到着したホステルの客室は、仰(の)け反(ぞ)るほど小さかった。

部屋の空間の8割を小さなベッドが占領している。少し贅沢なネットカフェという塩梅だ。ベッドのない方の壁には奥行き30センチのカウンターテーブルが打ち付けられている。ここで編集作業をするのかと思うとげんなりした。囚人の刑務作業だって独房ではやらされず、広い作業場が与えられる。

まぁ仕方ない。なんにせよ金がない。

僕はここでリベリアの編集作業を進めなければならなかった。わざわざ台湾まで来てロケをするでもなく、狭い安宿で編集作業にあたるのだ。

こうなった理由はふたつあった。

ひとつは、放送日が目前に差し迫っていたこと。

これはもうテレビが長く患う病だから今さら言っても始まらないのだが、やると決めてから実際に動き出すまでに気の遠くなるような時間がかかる。手続きが煩雑すぎるのだ。そこへきて「ケツ合わせ」なんていう言葉が金科玉条の如くもてはやされているから放送日は据え置きで、締め切りにギリギリで間に合わせることこそよしとされている。

更に性質が悪いことに、この世界の住人は、金がないのも時間がないのも「そういう制限があるからこそ知恵を絞って面白いものを生み出せる」という宗教じみたありがたいアフォリズムに昇華して拳拳服膺してもいることだ。

それが一理はあることは否定しない。しかし、金がないことや十分な時間を用意できないことを武器のように嘯くのは、英語を使えない日本人が「英語なんて必要ない」と言うのに似ている。どの世界も、特にこの業界では妙な美徳の下で思考停止が横行するから気をつけなければならない。

以上は僕の取るに足らない愚痴と弱音と言い訳だけれど、本当に問題だったのは、台湾マフィアとの約束だった。撮影に出るでもなく、宿で編集作業に専心しなければならないもうひとつの理由は、台湾マフィアとのアポイントが反故にされたことだった。

番組が動き出した頃から、日本の暴力団をはじめとするいわゆる反社会勢力の取材は必要だと考えていた。巷間に広く〝悪人〟と認定されている代表者を見ずして〝正しさ〟について問うことはかなわない。それは平明な事実だ。何度も言うようだけど。

とは言え、日本の組織を取材するにはややこしい問題が多すぎた。我々の制作期間でそれをひとつひとつ解消していけるとは思えなかった。そこで我々は外国の犯罪組織にアプローチをすることにした。シチリアのマフィア、アメリカのギャング、チャイニーズマフィア、南米のカルテル、ロシアンマフィア、ネオナチ、その他各国の窃盗団やイリーガルな地下格闘技団体まで、地球は皮を一枚めくれば夥しい数の犯罪組織が蠢く巣窟だ。

大きな問題は、現地に暮らすコーディネーターが誰もそんな仕事を受けようとはしないこと。揉め事が起きれば、よしんば命は助かっても家族もろとも国外に逃げ出さなければならなくなる。目玉が飛び出るほど安いギャラでそんなリスキーな仕事に付き合ってくれる人はどこを探してもいなかった。

そんな折、日本を拠点にアジア各国に根を張り巡らせている日本人コーディネーターから連絡があった。

「台湾マフィアならできるかもしれません」

彼は僕より数倍長くこの業界に身を浸してきた大先輩で、コーディネーターとして稼いではいるが、その活動はほとんどジャーナリストと言える。実に頼れる優秀な男だ。

彼の下で働く台北在住の台湾人に動いてもらい、公権力その他口外無用のルートを駆使して精力的にマフィアに接触した。

超大物にぶち当たることもあった。街を歩けば誰もがその顔に目を逸らす、もはや表の社会でも名の知れてしまった有名人。政財界でも権勢を振るう大物で、いわゆる〝政商〟と言われる人間だ。しかし現地スタッフが僕の企画書を見せると鼻で笑って突き返されたという。引っかかったのは企画の内容ではなかった。「ディレクターがひとりで取材に行く」という箇所が彼らの気に食わないのだ。「遥か昔にＮＨＫが取材に訪れたことがあるそうです。ＮＨＫは役員クラスの人間数人に、大御所の作家なんかも連れて行ったとのことです」と台湾人スタッフは申し訳なさそうに言った。

その真偽は不明だが、テレビ東京も社長を連れていくとか、女優を連れていくとかしなければ到底歯が立たないとのことだった。人数や肩書きで誠意を見せるなんてなんだか古臭い日本の会社みたいだ。それに、何十年も前であろうとＮＨＫが取材した人を僕が改めて取材するのも、なんだかカッコ悪い気がした。現地スタッフの彼には悪いが、他の台湾マフィアを探してもらえるようお願いした。

地方の愚連隊まがいの話も持ち上がったが、かなり高額な謝礼を求められてこれも諦めた。元兵士に金を渡すのと違って、こちらには倫理的な問題も多分にある。

とにかく取材の受け手には撮られるメリットがほとんどないのだ。むしろマフィアとして顔を晒すわけだから、ほとんどの場合はデメリットが圧倒的に優位である。仮に我々が巨額の予算をもって取材交渉にあたっていたとすれば、地方の困窮マフィアの取材にこぎつけることはそう難しくない。彼らは根本が営利集団であるから、額が額ならそれが立派なシノギとなる。けれどどの道、金はないうえ倫理も重んじたいのである。

諦めかけた頃、例のベテランコーディネーターから再び連絡が来た。

「もうひとり、大物を捕まえました」

その大物とは、数日前に鼻で笑われた超大物と肩を並べる、これまた超大物だった。先ほどの大物が政財界を牛耳る政商だったとしたら、今度の大物は芸能界のフィクサー。マスコミ業界の支配者で、外国での殺人事件で国際指名手配もされていた人物だ。

彼が取材を受けてくれるということで、僕はリベリアから帰国後、日本での滞在わずか1日にして鼻息荒く台湾に渡ったのだった。

しかし僕が台湾に到着するかしないかの折、約束が破談になったと連絡が来た。

理由は簡単だった。その男はこの時海外出張に出ていた。僕のロケのタイミングでは帰国しているはずだったが、仕事がずれ込み帰れなくなったのだ。

僕は台湾に到着したけれど取材の進捗は元の木阿弥。斯くして僕は台北の4畳間に幽閉されることになったのだった。


台湾でひとりの僕にできることは限られていた。昼間はホステルでリベリアの編集を進め、日が落ちると治安が悪いとされるエリアを歩いた。うまいこと誰かに絡まれないかとＧｏＰｒｏを持ってほっつき歩いても相手にしてくれる者はない。そんな僕を唯一慰めてくれたのは、屋台で供される魯肉飯(ルーローファン)だった。僕が偏愛する台湾の郷土飯だ。醬油、砂糖、八角や干しえびなどの甘辛い煮汁で煮た脂身だらけの豚肉を細切れにして汁ごと白米にぶっかけた丼。それが圧倒的な安さで食えるのだ。何ひとつうまくいかなかった一日。屋台の魯肉飯で胃袋を満たす。その後は謎のバーで青島ビールをあおって泣きそうになりながらホテルに帰るという夜を重ねた。

人骨煉剣

台湾3日目の早朝、僕は新幹線で台南を目指した。

そこに人骨煉剣(じんこつれんけん)の工房があるのだ。

人骨煉剣とは読んで字の如く、人間の骨を用いて刀を鍛える刀鍛冶のことである。

リベリアで散々見た人骨をここでもまた見なければならないのかと思うと気が滅入ったが、せっかく台湾まで来たのだから何か撮らねばと、新幹線で2時間半かけ南下することに相成った。

駅からタクシーに乗り込み（台湾はタクシーがやけに安くて助かる）やって来たのは、魚市場と土産屋が並ぶ港の一角だった。こんな朗らかなエリアのどこに人骨なんかを使った鍛冶屋があろうかと思って見渡すと、自分の頭上に目が止まった。

近くからでは認識できないほどの巨大さで「刀屋」と書かれた大看板。隣には「台湾工藝之家　国家工藝士」とあり「人骨煉剣」と丸みを帯びた書体で書かれた上に、あろうことか子ども向けのアニメに出て来るようなドクロのマーク。

店構えは繁盛している土産屋のそれで、ショーケースにはキラキラとした刀剣や包丁が並び、入り口付近のくるくる回る什器にはキーホルダー型のナイフが売られている。

もっと緊張感に満ちた、古色蒼然たる工房なのだろうと思っていたら、威勢のいいおばちゃんが接客している土産屋じゃないか。がっかりした。外から覗くと、うまく壁がくり抜かれて奥の鍛冶場が覗けるようになっている。隅々まで行き渡る観光地的配慮。

ふと「逆に」と思った。

こんななんの変哲もない土産屋で、裏に入ったら人骨がザックザックと出て来るなんてちょっと面白いじゃないか。想定していたものと異なる状況に高揚してこそ、〝デキる〟テレビディレクターに違いない。

カメラを回して鍛冶場へ入る。作業用メガネにマスクをした男が、回転式の研磨機で小型のナイフを研いでいた。

「すいません、日本のテレビなんですけれども」

邪魔をしないように静かに言うと、男はゆっくりとした所作で研磨機を止め、メガネとマスクを外しこちらを向いた。

その姿に驚いた。

聞いた話ではここの主人は齢70を超える老練の台湾人刀鍛冶ということだったが、今僕の目の前にいるのは30歳そこそこのスキンヘッドにヒゲを長く伸ばした、これぞまさにブラックスミス（鍛冶屋）と言うような西洋人だったのだ。

彼はニコリと笑って「台湾語？　英語？」と台湾語で聞いてきた。

「英語でお願いします」と台湾語で答えるとブラックスミスは「ボスは風邪ひいて休んでるんだ」と言った。

伝説の刀鍛冶も風邪をひくのかと、当たり前のことを意外に思った。ブラックスミスの素性を聞こうと思ったところで、ベテランの接客担当と思しき女性がやって来た。人骨煉剣の撮影をしたいと告げると、彼女はどこかへ電話をかけた。

「熱が下がったら店に出るからしばらく待ってくれってさ」と携帯電話片手に女性は言った。

なんともありがたい話だった。

それにしても、病人の熱が下がるのをその場で待つなんて人生で初めてだった。

だいたい熱が下がるのなんていつになるのかわからない。それを当地にて待つというのはなかなか珍しい状況なのではなかろうか。今日会えなかったら諦めようなどと思いながら海辺をほっつき歩いたり、ゴミの中を蠢くネズミを観察したりしていると店の女性がやって来て、やはり電話片手に言った。

「今家出たって」

並外れた回復力だ。というか恐るべき予知力というべきか、それとも自分の体を深く理解しているということか、あるいは人骨由来の人智の及ばぬ魔力のなせる業か。

にわかに高鳴ってきた鼓動を抑えて、土産刀剣屋で主人を待った。

10分ほど経った頃、音もなく銀色のベンツが停まると、マスクをつけた主人と思しき男が現れた。頭にタオルを巻き、黒く煤けた青色のポロシャツは左胸の下から臍の傍までボロボロに破けて肌が露出している。

ベンツから降りてくるにはおよそ相応しくない出で立ちだ。

「無理やり呼び出してしまって申し訳ありません」と言うと、主人はマスクを取って「風邪なんてもう何年もひいてなかったんですけどね、こちらこそわざわざ来てくれたのにすいません」と言った。

男の名は郭常喜、75歳。常に喜ぶ郭さんと書いてカクジョウキ。

その顔は僕が予想していたとっつきづらい岩のような男のそれとは全く逆のものだった。朗らかで、その笑い顔はどこか自分の祖父と似た懐かしさを感じさせてくれる。なんだか肩透かしを食らった気分。本当に風邪をひいているのだろう、顔色が悪い。

「人骨煉剣を見に来たんでしょう?」彼は笑顔で言う。

「そうなんです。突然ですいません」僕は頭を下げて答える。

なんだか簡単なロケになりそうだと思った。

「時間がかかるから始めましょう」彼は引き続き穏やかな笑顔で僕を鍛冶場へ誘った。

大きな平屋の半分がショーケースの並ぶ小売の店舗。もう半分が鍛冶場になっており、店舗と違って薄暗い。モルタルの地面には煤(すす)が厚く堆積し、そこら中に鉄くずが放られている。奥へ続く鍛冶場の脇には見たこともない大型の機械が並び、そのどれも一目でシンプルな構造であることがうかがえた。回転する研磨機に、上下するプレス機。そして鍛冶場の中心では、赤く光る炉がコーコーと吹子の枯れた呼吸音を立てている。

空間の隅々に線香によく似た甘い匂いが染み付いていた。

スキンヘッドの西洋人はいつの間にか姿を消している。

地面の溝を大きなゴキブリが這っていく。こんなところに彼らが食うべきものは無いだろうと思ったけれど、そういえば彼らは人間の抜け毛でも垢でも食して生きていけると聞いたことがある。

郭常喜は炉の足元から茶色い乾燥パスタのようなものを何本か取り出し、燃える炉に差し込んですぐに引き抜いた。

白い煙が空中に線を引き、あの匂いがふんわり漂う。まさしく線香だった。

日本のものの3倍ほど長いがあの匂いは変わらない。郭常喜はその長い線香を香炉に立てて手を合わせた。

「始めていいですか？」彼は言った。

いよいよ人骨煉剣が始まる。

郭常喜は鉄の棒を取り出した。その先にはトランプ一箱大の鉄塊がくっついている。

「純度の高い砂鉄を精錬した鉄です。これを鍛えて刀にしていきます。日本刀と同じですよ」

その鉄の塊を棒ごと赤々と燃える炉に突っ込んだ。

「燃料は木炭だけです。最近は石炭を使う職人が多いですが、石炭で作った刀は脆い。硫黄や燐が鉄を弱くするし、温度が高くて炭素が抜けすぎてしまいます」

炭素が抜けすぎると柔らかい刀に、炭素が多すぎると柔軟性を欠いた折れやすい刀になる。彼は実に慣れた様子で淀みなく説明をしてくれる。美術館の案内をする学芸員のようだ。

こちらは人骨がいつ出て来るのだろうかと気が気でない。

郭常喜は人骨の話に触れる様子も見せず粛々と作業を進めていく。鉄棒の先にくっついた鉄塊を赤くなるまで熱し、ハンマーで打ち伸ばす。ある程度伸びたところで真ん中に一筋深く横向きの窪みをつけて半分に折る。そうするとトランプ大だった最初の直方体とだいたい同じ格好に戻る。これをまた炉に差し入れる。

この作業を何度も何度も繰り返す。

六回ほど繰り返したところで彼は説明を始めた。

「こうやって伸ばして折って、伸ばして折ってと繰り返すことで、鉄の成分が均一になるのと同時に、鉄の中の不純物が叩き出されます。これを合計十五回繰り返せば二の十五乗ですから、およそ一万六千の層ができます」

金槌で真っ赤な鉄の塊を打つ。目眩がするほど大量の火花がジャラジャラと散る。何百もの線香花火が飛び回るようにピチピチと爆ぜて美しい。

火花は見事に彼のポロシャツの穴に飛び込んでいく。大きな穴の意味がわかって膝を打ったが、直接火花が降りかかっている腹が心配だ。

作業を始めて1時間が経っていた。

「人骨煉剣」というからには、鉄を鍛える段で人骨が登場しなければおかしい。しかし彼は今まさに鉄を熱して打ち伸ばし、人骨なしで鍛えている。

恐る恐る聞いた。

「人骨はいつ使うんですか？」

一拍おいて、郭常喜はいかにも気まずそうな顔をしてこちらを振り向いた。

「それなんですが…」

これが人骨です——彼は炉の足元に置かれた大きめの壺を取り出し、蓋を開けて言った。

確かに壺の底に骨のように見えなくもない気がしないでもない雰囲気の白いカスが溜まっている。

「ちょうど数日前にほとんど使い切ってしまいました」と彼は言った。

「十分な量の骨を確保できるチャンスは年に数回しかありません。それも知人が墓の整理をするときにもらうので不定期なのです」

墓の管理を生業とする彼の知人が、無縁仏の遺骨を廃棄する際にここへ届けてくれるのだというが、それが決まったスパンで行われるわけではないので無いときには無いのだという。

「しかも、かつては土葬がほとんどでしたが、最近は国の方針で火葬が多くなりました。完全な形で遺骨を手に入れることはどんどん難しくなっています」

仕方のないことだった。けれどやっぱり残念だった。

白状すると、店舗に飾られた写真の中に、彼が鉄を打っている横で綺麗な頭蓋骨が鎮座しているものを見つけていたのだ。その頭蓋骨があまりに過不足なくカメラの方を向いていたので多少作られた写真にも見えたけれど、それでもその画力（えぢから）はなかなかのもので、僕は密かに東洋の呪術を見つけたような気になっていたのだ。しかし現実の目の前にあるのは何の骨なのか、そもそも骨なのかどうかもわからないような白いクズだけだった。

「本当は人骨をこの炉に入れて、木炭と一緒に燃やして刀を鍛えるんです。そうすると不純物が取り除かれる。そして、死者の魂が入ります」

　彼は説明を続けるが、僕の頭にはどうしてもすんなり入ってこない。

　これはテレビなのだ。映像で見えるもの以外は〝存在していない〟ということになる。このままでは人骨は存在していない。となるとこの取材はたんなる刀鍛冶の取材である。

　露骨に参った顔をしていると、郭常喜は「ちょっと待ってくれ」と言って長い鉄の箸で骨壺をかき回し始めた。ひょいと持ち上げた箸の先に、8センチほどの骨の欠片が摑まれていた。僕の顔の前に掲げられたその骨の向こう側から、郭常喜がじっとこちらの表情を覗いている。

「あぁ本当だ。これは人骨ですね」と僕は言った。

　いや、本当にそう思ったわけではない。相変わらずそれは牛の骨か何かに見えていたが、70歳を超えた伝説的な鍛冶職人がわざわざこうして骨壺をほじくり返して骨を掲げてくれたのだ。その気持ちを踏みにじることはできない。

　郭常喜は「そう、これは上腕の骨だろうな」と言って自分の腕の上に重ねて見せる。

　そしてその骨片を少し砕いて鉄塊に乗せ、炉に差し入れた。

　人骨は一瞬で燃え尽きた。

　あとはもう、刀が作られる様子を粛々と観察するだけだ。

　それにしても、刀が一本完成するのにいったいどれだけの時間がかかるのだろう。台湾マフィアのことで頭がいっぱいで、刀作りについてはほとんど勉強せずに来てしまった。長くかかるのは嫌だな、と失礼なことを考え始めていた。なにせもうピークは過ぎてしまったのだ。

しかしそれは杞憂に過ぎなかった。

鉄の塊を何度も打ち伸ばして四角く形が整ってきたところで、郭常喜はそれを炉の下に置いた。次の作業に入るのだろうと思っていると、炉の向こう側から全く別の、もう一本の鉄の棒を引っ張り出した。

それは今しがた叩いていた鉄塊をグーンと長く伸ばしたような形状をしていた。

「これが、先ほどの鉄を叩いて伸ばし、中に芯鉄(しんがね)という柔らかい鉄を挟み込んでまた伸ばしたものです」

実に〝3分クッキング〟的だった。

取材慣れとは心底恐ろしいもので、カメラが何を捉えれば番組が成立するのかを心得てしまっている。バラエティ番組や情報番組だったらそれでいいだろう。しかしいくばくかドキュメントの要素を備える番組がこの種の取材対象者を扱おうとすると、失敗するのが必定である。その人はカメラの前で最後まで演じきるからだ。

郭常喜はそれから段階の異なる未完の刀を合計五本駆使して工程を説明してくれた。

これが完成品です、と彼が刀を差し出したのは、もはや鍛冶場ではなく小売の店舗に移ってからのことだった。僕は今まさにショーケースから取り出される値札のついた刀を撮りながら「一本作るのにここまで手間と時間がかかるとは！」と無感覚に言った。

しかし確かに、それは美しかった。

日本刀によく似た波紋が走った刀身に、こってりとした中国的装飾。それは妖艶で、極端に僕の心を惹きつけた。

こんな美しいものがあの鉄の塊から作り出されるのかと思うと、それはそれで魔法に思えてくる。カメラを止めて、実際にこれを作ったらどれだけの時間がかかるのかと聞いた。研ぐ前段の刀身を完成させるのに最低2日、研ぐのに1日、その他の装具を作って全てを完成させるのに2週間以上はかかるとのことだった。

阿呆面でやってきて、長くかかったら嫌だなあなどと思いながら話を聞いていた自分の浅学を強く恥じた。

命食らう刀

そろそろお暇しようかと思ったところで、夕餉（ゆうげ）に誘われた。申し出を断る理由はなかったので、ありがたくいただくことにした。

食卓は鍛冶場の奥にあった。昭和後期の日本でよく見られた、店舗の奥を上がると家族がご飯を食べているあの形だ。

接客係の女性とスキンヘッドのブラックスミスがすでに席についていた。スキンヘッドの彼はカナダ出身の29歳だという。元々は日本で刀鍛冶を学んでいたのだが、ビザが切れてここへ流れてきたのだった。

女性は郭常喜の奥さんだった。彼女が料理をテーブルに運んでくれた。その左手に幾つも古い切り傷の跡が見て取れた。ジロジロ見てはいけないと思ったけれど、つい見てしまう。視線に気づいた郭常喜が口を開いた。

「彼女が研いでいるんです」

奥さんはにっこり笑って、傷ついた手をエプロンの下に隠した。あの美しい殺しの道具は夫婦の協業によって生み出されているのだ。

僕はここで初めて、台湾の本当の家庭料理を経験した。

少し水気の少ない白米と、なんらかの魚の切り身の煮付けとが各人に供され、中心には大皿に乗せられた卵焼きと、微かに白濁したスープのボウルが置かれた。全ての器が白いプラスチック製だ。

「さぁ食べてください」と郭常喜は言って自分の椀にボウルからスープを注いだ。

「いただきます」と僕が言うと、ブラックスミスは可笑しそうに「いただきます」と真似して日本語で言った。流暢な「いただきます」だった。その様子を夫婦はにこやかに見ている。心落ち着く空間だ。

白濁したスープは見たままシンプルな味で、具材は小さめに切られた大根と豚肉だけだった。しかし、こっくりとした豚の出汁がダイレクトに舌を包むし、大根が細胞壁と細胞壁の間にまでその旨味を受け入れている。それに大根の甘みがスープ全体に染み出してもいる。ずっと飲んでいられる味だ。

ブラックスミスがスープを白米にかけて食べている。そうそれだと思って真似してみると、これがまた美味い。乾燥気味に炊かれた米はこれで完成するのだ。ほどよくスープを吸って、豚の脂でテラテラと光る白米に文句を言う奴はこの世にいない。

問題は卵焼きだった。

卵焼きとは言うものの、いわゆるだし巻き卵ではなく、よく火を通した卵とじというか、攪拌をあまり施さなかったスクランブルエッグというか、一見するとチヂミのような、中華料理屋で見るタイプの厚みのないオムレツだ。

恐る恐る小さく切って口に運んだ。

はて、なんだろうこの味は。油をたっぷり吸って胃にズシンとくる中華特有の卵焼きだと思い込んでいたが、妙に爽やかなのだ。

一緒に炒められている濃い緑の葉がその出どころだということはすぐにわかった。

「この葉っぱはなんですか？」と聞くと、奥さんが「九層塔（ジューツァンター）ですよ」と教えてくれた。九層塔とは台湾バジルの現地名だ。

合点がいった。

台湾の家庭ではバジルを多用すると聞いたことがある。しかし我々が日本のピザ屋やパスタ屋でよく口にするバジルは主にスイートバジルであり、この台湾バジルとは味にかなり開きがある。これはもっと爽やかなのだ。

薄荷の香りに近く、我々が思う「薬っぽさ」が強い。

この卵焼きは間違いなく多量の油を吸っている。しかしふんだんに混ぜ込まれた台湾バジルの爽やかな香りが見事にそれを打ち消してくれる。美味い。

白身魚の煮付けは味には申し分がなかったけれど、小骨が多かった。これを上手に食べられる台湾人は実に器用な民族だなどと思い郭常喜をちらりと見やると、僕の関心に反して肉がついたままの小骨を諦めたように皿に吐き出していた。

「いつから刀鍛冶をやっているんですか？」

僕は茶を啜る郭常喜に尋ねた。

「初めて鍛冶場に立ったのは10歳の時でした」彼は淀みなく、自分の過去について話した。

郭一家は代々刀鍛冶だった。物心つく頃には鉄を鍛えることを学んだという。

「人骨煉剣はお父上から？」

「いいえ、人骨煉剣の技術はしばらく途絶えていました。私が祖父からその悪魔じみた技法の話を聞いたとき、祖父はすでにそれを見たことがないと言っていましたから」

少なく見積もっても1世紀は途絶えていた人骨煉剣を、郭常喜は復活させた。愚直に刀を作っても、家族を養えるほど稼ぐのは難しくなっていったと彼は言う。

刀の需要は彼の祖父の代で一気に減衰した。大っぴらに人を殺すことなど近代社会ではありえないのだから当然だ。他の刀職人たちと同じように、郭家は家庭用の包丁や鋤、鍬を作る鍛冶屋になった。しかし家庭用の刃物は大規模工場で毎秒打ち出されていくマスプロ品で十分だったため、郭家の懐は年を追うごとに寒々しさを増していった。そして彼の頭の片隅にはいつも祖父が語った人骨煉剣のイメージが小さく居座っていた。

郭常喜が一家の長となった頃、彼の知人が共同墓地の清掃を始めたという話を聞いた。管理する者のいなくなった無縁仏の骨を廃棄するのだという。この時郭常喜の頭に閃光が走ったのは言うまでもない。亡き祖父が話した、おぞましき煉剣の技。技術が途絶えた理由は誰にもわからない。戦がなくなり、煉剣に使える遺体が手に入らなくなったのかもしれないし、刀に悪影響を与えたのかもしれないし、そもそもなんの意味も認められなかったのかもしれない。しかし郭常喜の目の前に人骨を得る機会が転がってきた。彼は迷わず、炉に人骨を投じた。

「その刀は、確かに何かが違って見えました」

彼が人骨を使って打ち出した刀は飛ぶように売れた。噂が噂を呼び、彼の店はそれまでのどの世代よりも金を稼いだ。

「毎日毎日、壊れた機関車みたいに刀を作り続けました」

彼はそう言って、ボロボロのポロシャツの腹をめくって見せた。白い腹がポロシャツの穴の部分だけ真っ黒く焼け、そこだけが足裏のように固く変質している。治癒を待たずに火花で火傷を繰り返した結果、硬いケロイドになったのだ。

「正直に疑問なのですが、人骨を炉に入れて刀を作ることに意味はあるんでしょうか？」

僕の無遠慮な質問に、奥さんは少し目を伏せ、ブラックスミスは師匠の顔をグッと見つめている。

「――ひとつの知恵のようなものだと思っています」と彼は説明を始めた。

〝同じもの〟というのは原理的にありえない。全く同じ材料と道具で全く同じように作られたふたつの物も、この世にふたつ存在しているという時点で同じではありえない。人骨を燃やして鍛えた刀とそうでない刀はなおさら、紛れもなく違うものだ。ただ、人骨を使うことによって起こる化学組成の違いが、刀剣として優れた性質をもたらすかどうかはわからない。

しかしどうだろう、と彼は続けた。

「世の中の全てを科学で説明できるとするのは知的な振る舞いではありません。それならば、命とはいったいなんなのか。命が失われる瞬間とは、心臓が止まったときなのか、それとも意識を司る脳が機能を停止したときなのか。はたまたそれは魂と言い換えられて永劫失われず彷徨うのか。とにかく、命を科学的に示すことなんてできません」

我々人間は命を食らって生きている。

朝起きて小麦の命や鶏の幼い命を食らい、昼には稲や魚の命を食らい、夜には牛や豚の命を食らう。命を食らわずに、人は生きられない。

そうであるならば、刀に命を食らわせてもいいではないか。

牽強付会に聞こえなくもないけれど、彼はそもそも、理屈の外側を話している。

「少なくとも、人骨煉剣は我が家を救いました」

郭常喜はにこやかにそう言った。

「炉に放られた遺骨の魂はどう思ってるんですかね」と聞くと「それは誰にもわかりません。運命を司る者は、司られる者の気持ちを顧みない」

郭常喜はそう言うと、椀に残っていたスープをずるりと飲み干した。

こちらも何かに手をつけようとしたけれど、僕の膳にはもう魚の小骨以外何も残されていなかった。

僕はその日のうちに台北へ戻った。

列車に乗ると自分の体に鍛冶場のにおいが染み付いていることに気がついた。火薬のような、焦げ臭いにおい。

郭一家は、見ず知らずの人間の遺骨で運命を大きく好転させた。〝正しさ〟は自分が決めるものだ。その判断を誰かに委ねたら、僕たちはどこまでも〝正しさ〟を手に入れることはできない。ここの〝正〟はあちらで〝悪〟とされ、あちらの〝悪〟はこちらで〝正〟として認定される。

そういうことは存在しているし、そういうことで世の中はできている。

いきなり組長

帰国の前日、土曜日。

日が沈み始めて、街行く人々は遊び疲れた重い足を引きずり歩いている。

僕は台北中心部の指定された交差点にいた。

昨晩まではもう最後の夜だからと、歓楽街で夜もすがら飲もうかなんて思っていたけれど事情が変わった。

「上出さん。いきなりですが、明日行けそうです」

昨日の薄暮れ迫る頃、日本のコーディネーターから連絡があった。

「いきなりですね」

オウム返しは僕の正直な反応だった。

「明日の夜、マフィアの宴会に参加できます――」

その瞬間まで諦めていた。台湾ロケはもう終わり、あとは帰ってリベリアのＶＴＲを編集するだけという心算（しんさん）だった。心休まる安全な空間、日本の飯やふかふかな布団、家族や友人のことを考えていた。

そこに突然マフィアとの食事会である。しかも、聞けばこれまたド級の大物だというではないか。

だから再びモードを切り替えなければならなかった。緩んだ意識をもう一度ピンと張る。頭の絃は弾けば甲高い金属音が響くほどに張り上げて、体は柔らかに脱力する。

そうしないと危ない橋は渡れない。

この日没の交差点で仲介役の台湾人と落ち合うことになっていた。

「テレビ東京の人ですか？」と台湾語が聞こえた。

見目麗しいうら若き女性がふたり、僕の顔を覗き込んでいる。

想像とあまりにも違って啞然としていると「テレビ東京の人ではないですか？」と再び台湾語で聞かれた。

「あぁ、はい。そうです、テレビ東京の者です」

黒いシックなワンピースに、二連の真珠の首飾りをした黒髪の女性は劉さん。水色のノースリーブシャツに白のタイトスカートの女性は黄さんという。仕切り役が劉さんで、黄さんはその横で微笑んでいる役割のようだった。

今日の運びについて聞こうと思ったところで、劉さんの電話が鳴った。

「はい。はい。わかりました。はい大丈夫です」彼女はその電話でほとんど同意しかしていないように聞こえた。電話を終え、黒く長い髪をファサッと後ろに流して「レストランに来いって」と言った。

展開が急すぎる。僕の困惑にはまるで構う様子もなく、劉さんと黄さんはコツコツとヒールの音を響かせて歩き出した。その歩調の速いこと。きっと先方を待たせたくなかったのだろう。ここからどのくらい離れたレストランに向かっているのかも、僕だけがわかっていない。

「ここから遠いんですか？」と聞くと「すぐ着きますよ」と劉さんが言う。

いや、すぐ着くのも困るのだ。

会食相手の素性も大物マフィアという以外にほとんど知らなければ、劉さんと黄さんがいったい何者なのか、どうしてマフィアと繋がりがあるのか、そしてこれから何が行われるのか、何もかもわからないまま現場に突入するのはあまりに恐ろしい。

「劉さんはなんでマフィアと繋がりを持っているんですか?」駆け足で必要なことだけ質問する。

「私はワインバーを経営してて、そのバーのお客に黒社会と繋がっている人が結構いるの。その人に紹介してもらった感じ」

そんなルート、誰が想像できただろう。

それまでは馬鹿正直にマフィア事務所のドアを叩くことに腐心していた。そんな時、日本のコーディネーターが一縷の望みをかけて相談したのが劉さんだった。彼女を突破口にアレヨアレヨと話が進んで今日に至ったのだ。

「ここです」

待ち合わせてからものの5分で到着してしまった。

店の看板には「八號極品 海鮮餐廳」とある。読み方はわからないが、何やら極上の海鮮料理が八つは出てくるのだろう。心の準備が寸毫(すんごう)たりともできていないままに、ふたりは店の扉を開けてズンズン中へ入っていく。

「あの、カメラ大丈夫ですかね?」と聞くと「ああ、先に行って聞いてきますね」と、眩しいほど清潔な制服を着た店員に連れられ奥へと消えた。

廊下の壁にはずらりと鹿の首が飾られている。中華料理と鹿の組み合わせには少し違和感があった。

ふたりはすぐに戻ってきた。

「カメラは問題ありません。でも質問は料理のことだけにしてくれとのことでした」

全然構わない、と僕は言った。

まずはマフィアの食事が撮れれば、そこから先はどうにかしよう。

ふたりの後に続いて廊下を奥へ進んだ。広い店内にいくつも円卓が並ぶが、客は一組も確認できない。通路に沿って並ぶ巨大な水槽の中でポコポコと気泡が踊っている。そこに窮屈そうに収められているのは、見慣れない蟹や海老などの甲殻類や、ナマコなどの棘皮動物。

大広間を通り過ぎ、細い通路に入っていく。その先で、店員が大きな扉を開けて我々を待っていた。ふたりがするりと扉の向こうへ吸い込まれる。後れをとってはならぬと僕も扉をくぐった。

足がふっと宙に浮くような気がしてドキリとする。毛足の長い絨毯に乗ったのかと思ったが、床を見るとこれまで通り大理石だ。

感覚が少し狂っている。

顔を上げると、そこは先ほど通り抜けた大広間よりもさらに広い部屋だった。

天井に等間隔で吊り下げられたいくつものシャンデリアがデラデラと輝いている。目を奪われたのは、その広間にどんと鎮座する巨大円卓だ。パッと数えて40人掛けのその円卓は、過去に見たどんな中華テーブルよりも大きく、中心の回転台はひとりやふたりではビクともしないほど重そうだ。

「こちらがテレビ東京の友人です」劉さんの声が控えめに響いた。

巨大円卓に意識が向いて気づかなかったが、部屋の奥のソファに疎らな人影があった。すぐには気がつかないほど遠いのだ。その人影に劉さんは挨拶をしたのだった。

僕も急ぎ足で近づくと、ソファから男がひとり立ち上がった。

推定身長160センチ、推定年齢70歳。我が国の誇れるチャンプ、ガッツ石松と瓜ふたつの顔をした優しそうな男。

「はじめまして」と僕が帽子を取って握手を求めると、彼はくしゃっと顔を崩して「ハジメマシテ」と手を差し出した。頑是ない男の子がそのまま大人になってしまったような人懐こい笑顔に、緊張が少し解ける。すると彼はポケットから無造作に何かを取り出し、僕に差し出して「チョウサンデス」と言った。

名刺だった。

それもしっかりとした楷書体の縦書きで「張 忠信」とだけ書かれた直球の名刺。

「チョウサンデス」は「張さんです」だった。わざわざ日本語で挨拶をしてくれていたのだ。「さん」を自分でつけてしまうあたりが外国人あるあるだけれど実に嬉しい。今度は僕が自分の名刺を渡す。会社のロゴがふたつ（通常の会社のロゴと、バナナのキャラクターが配されたものの二種）に、所属する部署や肩書き、会社の住所に郵便番号、電話番号、未来永劫使われることのなさそうなファックス番号まで記載された僕の名刺は少しダサかった。

「座って座って」張さんが笑顔で促す。僕は痙攣でも起こしたかのように何度もお辞儀をしながらソファに腰掛けた。隣の劉さんと黄さんはもうふたりでペチャクチャと喋っている。なんという肝の据わり方か。あるいはこういった場に慣れているのかもしれない。

失礼にならないように、向かいに座った張さんの身なりをチラチラと見る。黒のローファーに黒のスラックス、上半身はピンクとグレーの太いボーダーが走る半袖のニットだけ。ヒゲはなく、頭髪は短く刈り込まれている。田舎に帰ったとき、こんな優しそうなおじいさんがいたら嬉しいなと思える好々爺。普通のおじいさんと違うのは、左の手首に圧倒的に金無垢な時計がはめられていること。腹に圧倒的にダイヤモンド的なものがびっしり埋め込まれたベルトのバックルがちらついていること。そして張さんが物欲しそうに顔を上げると、僕と同世代と思しき青年が黒いセカンドバッグを持って彼のもとに駆けつけること。黒縁メガネに爽やかな短髪。そこだけ見たら好青年風だけれど、Tシャツからムキリと出る鍛え上げられた腕に彫られた激しい刺青を見れば、堅気でないことは一目瞭然だ。張さんの付き人である。

張さんが右手の袖をまくって見せた。そこには退色が進み、皮膚に馴染んだ和彫りがあった。

「ナゴヤノセンセイデス」

「はい?」思わず聞き返す。

「あ! 名古屋で彫ったんですか?」

「ナゴヤ! ナゴヤノ センセイ!」

張さんは記憶の底にある日本語を掘り出して僕に差し出してくれている。それはやっぱり嬉しい。

「ソウ、1981年。タオカサンソーシキ」

「田岡?」

「ヤマグチ」

——なるほど繋がった。

張さんが言っているのは〝極道のカリスマ〟とも呼ばれる男、三代目山口組組長田岡一雄のことだ。その葬儀に駆けつけたというのだ。

戦後の神戸で組員たった30人だった山口組の三代目を襲名し、瞬く間に山口組を日本最大の組織にまで成長させた男。組員に合法的な収入源を持たせるなど型破りな組織づくりを行い、美空ひばりを見出すなど興行で大きな成功を収めた。〝極道に新たなアイデンティティを与えた男〟、それが田岡一雄だ。

そんな日本の伝説、山口組組長の葬儀に彼は参列していたのだ。

しかし、この張忠信という男はいったい何者なのだろう。

劉さんに聞きたいけれど、座っている場所が離れているからコソコソと話すことができない。やはりここに来る前に5分でいいから話を聞いておくべきだった。

「ほら、こっちは白黒だろう」と今度は左の袖をまくる。そこには立体感を欠いた黒色の虎の顔がぺたりと張り付いている。「当時台湾には色を入れる技術もなかったし、下手くそばっかりだったんだ。だから右腕はわざわざ日本で入れたんだよ」左腕の可愛い虎を消そうとするかのようにグリグリと擦った。

「日本人は痛がるだろう？」と彼は僕に聞いた。

「とても痛いとは聞きますね」僕は答えた。

彼はなんとも可笑しそうにグハグハと笑った。

「台湾人は絶対に痛がらないんだ。強いからね」嬉しそうに続ける。

「日本人は白い服を着て墨を入れるんだけど、俺たちはいつも通りの服で彫るしね。いやそれにしても、日本に行った時に一番驚いたのは日本人の悲鳴だったね」

ぎゃー！　ぎゃー！　と、日本人が痛みに喘ぐ真似をしてゲラゲラと笑った。反論したい気持ちもあったが、ここで妙な空気にするのは得策じゃない。だいいち僕には彼に楯突く度胸なんて持ち合わせていないし、刺青の痛みを知らない。

張さんに合わせて笑い終えた劉さんと目が合った。さっと体を寄せて「張さんは組長さんですよね？」と聞くと、劉さんは驚いたように目を丸くして「もちろん」と笑うので、僕も一緒になって笑った。先に教えてくれてもよかったのに。張さんはやはり組長だった。なんという名前の、どんな規模の組の長なのかはまだわからない。

名刺を裏返しても、何も書かれていない。どこかのタイミングで聞かなければ。

「けど、塩だけは耐えられなかったなぁ」と張さんはなお笑いながら言う。

「昔は、彫ったらすぐ血が出てる患部に塩を擦り込んだんだよ。消毒のためにね」

聞くだけで卒倒しそうだ。

「今は軟膏に代わったからたいして痛くないよ。今の極道は楽なもんだよ」

ガハハハ！　と全身を揺らして張さんは笑った。僕もつられてまた笑った。

今はとにかく話を聞いて、一緒に笑って、心の扉をゆっくり開いてもらう時間だ。

「他にも刺青はあるんですか？」

張さんは刺青を見せるのが好きなんだな、と思った僕はそう聞いた。案の定、彼はニコリと笑って、

「これは53年前に入れたんだ。台湾の刑務所で」ボーダーのニットを腹からたくし上げた。そこには色褪せた龍がいた。首元からくねくねと蛇行し、左右の胸を通って臍に噛み付いた淡い黒色の龍。〃ヘタウマ〃といった感じの、可愛げのある龍だ。

「割り箸を削って尖らせて入れたんだ。時間だけはいくらでもあったからね」張さんは苦々しい顔をした。

多くの受刑者は自分で彫るか、同房の受刑者に墨を彫らせた。しかし張さんは外から彫り師を呼んで入れさせたという。

「特別に許可されていたんだ。でもひとりの彫り師がいられる時間は限られていたから、この龍も何人かの彫り師がリレーをするように彫ったんだ」

これは結構痛かったよと張さんが言うと、僕の背後から重低音の台湾語が響いた。

「それだったら、ガラス玉の方が痛いでしょう！」

声の主は僕の左手の空いていたソファにドスンと腰を下ろした。クッションから吐き出された空気が僕の顔を撫でる。

「それもそうだなぁ！」と張さんは腹の底からおかしくて仕方がないというように相変わらずグハグハ笑った。

ガラス玉がなんのことかもわからないし、隣に座った大男が何者なのかもわからない。推定身長190センチ。尖った革靴に、ぴっちりとしたズボン。白いTシャツに黒いジャケット。手首にはジャラジャラと黒光りした貴金属が巻きつけられ、ジェルでツンツンに固められた短髪が額をほんの少しだけ残して頭をびっちり覆い尽くしている。大きな目、彫りの深い両の眉の間には何十年もかけて刻まれたであろう皺が、もはや骨格の一部のようにはっきりと波打っている。

完全無欠の威圧感。優しさや柔らかさを汲み取れる要素がどこにも見当たらない、十全十美の悪の香り。

張さんとの話しぶりを見る限り、この空間ではトップに近い階級の男なのだろう。

「ガラスの玉を作ってな、ちんこに入れるんだよ！」その男は大きな声で言った。説明してあげてと張さんに促されたその大男は僕の目をまっすぐに見つめながら、身を乗り出して話し始めた。

「男の勝負だから、刑務所ではみんなやってんだ」

こんなに低い声を僕は過去に聞いた覚えがない。と思ったが、リベリアの売春通りを仕切っていた娼婦・ラフテーのボーイフレンドも似たような声をしていた。死線を越えるとこうなるものか。あまりの圧力に後ろに退きたくなるけれど、ソファの背もたれががっしり僕の腰を支えて退路を塞ぐ。

「まずはガラスの玉を何日もかけてツルツルになるまで磨く。最近はプラスチックを使う奴もいるけど、ガラスの方がいい」

直径1センチ弱のガラス玉が完成したら、今度は箸の先を削って尖らせる（刑務所ではみんな箸を尖らせてばかりいるのだろうか）。十分に尖った箸で陰茎に穴を開ける。その穴からガラス玉をねじ込む。

「あとは、軟膏を塗って傷を塞ぐんだ」

話を聞いてるだけでモノが膿んでもぎとれそうだけれど、彼らは実際にそうして男を上げていたのだという。見てみたいけれど、さすがにそれを見せてくれとは言えなかった。

ふと気配を感じてドアの方を振り返ると、いつの間にかいかにもヤクザな男たちが20人ほどずらりと立っていた。もうネズミ一匹逃げられる隙間もない。

視線を戻すと張さんが僕の注意を引くようにひょいひょいと手を揺らしている。

「この人は王くんて言うんだけど、次の世代のボスなんだよ」と張さんが言う。

「何を言ってるんですか!!」と大男は照れて言った。日本でよく見る賞賛と謙遜のくだりと同じ。

ここがチャンスだ。この状況を一挙に把握したい。

「おふたりは組が違うんですか？」

「ああ、違うよ」王さんという名の大男が言った。

「俺は竹聯幇（ちくれんほう）の幹部。張さんは中庄幇（ちゅうじょうほう）の組長だ」

竹聯幇と聞いて震え上がらない台湾人はいない。

日本には〝三大暴力団〟と言われる暴力団組織がある（詳細は割愛する）。

それと同様に、台湾にも〝三大黒社会組織〟が存在する。竹聯幇、四海幇（しかいほう）、天同盟（てんどうめい）の3組織のうち、竹聯幇は末端の構成員まで含めれば10万人を超えると言われる超巨大組織である。

王さんはその竹聯幇の幹部であり〝次世代のボス〟だというのだ。

頭に浮かぶイメージを懸命に振り払った。日本の組織と照らし合わせて考えると、恐怖心がよりいっそうリアリティを帯びてズケズケと僕の中に入り込んできてしまう。ここは異国、ファンタジーの世界だ。そうとでも思わないと、味のしない飯を食らってすごすご帰ることになる。聞きたいことはたくさんあるのだ。

一方、中庄幇という名は初めて聞いた。

しかし明らかに竹聯幇幹部の王さんは中庄幇組長・張忠信に敬意を払っている。

「組の構成員は何人くらいなんですか？」まずは王さんに聞いた。

「俺のところは直接の組員が3万くらいかな？　張さんのところは今何人くらいですか？」

「今は3千人ちょっとくらいかなぁ」と張さんはにこやかに言った。

「3千人ですか？　3万人じゃなくて？」

反射的にそう聞いた僕は、言葉が口から出てしまったところで背筋が凍った。聞いてはいけないことを聞いてしまったのではないかと思い当たったのだ。吐いた言葉は戻ってこない。相変わらずニコニコと顔貌円満な張さんの顔からはうまく感情が読み取れない。

「お前、本省人と外省人を知らないのか？」王さんはごく普通に恐ろしすぎる顔で僕を睨みつけて言った。

普通に恐ろしすぎた。けれど王さんはどすの利いた声で丁寧に説明してくれた。簡単にまとめると次のような話だ。

1945年に日本が敗戦すると、現在の台湾は日本の統治から解放され、中華民国の一省である「台湾省」になった。これより前から台湾に暮らし台湾の国籍を有していた者とその子孫たちが本省人。

対して外省人とは1949年の中華人民共和国成立前後に大陸から渡ってきた者たちのことをいう。

「竹聯幇は外省掛（外省人の組織）。中庄幇は本省掛（本省人の組織）だ。同じ黒社会でも、種類が違う。人数だけじゃ比べられない」王さんは言う。

広く外国にも拠点を持つ外省掛の竹聯幇は、数で見れば明らかに台湾最大のマフィア組織だ。しかし組織のパワーはその構成員の数だけでは測れない。

「張さんの一言で動く人間は何万人もいる」

中庄幇の構成員はおよそ3千。しかしその組長の一言で動く人間が数万とはどういうことなのか。

「尊敬だよ、尊敬。尊敬しているんだ、張さんのことを」

でもな、と王さんは続ける。

「元々外省人と本省人は対立してた。しょっちゅう殺し合っていた」

竹聯幇の初代幇主（組長）陳啓礼は幼い頃に外省人として台湾に渡った。その時に受けた本省人による惨（むご）いいじめに抗ったことをきっかけに暴力を覚えた。打倒本省人を掲げてメキメキと頭角を現した陳啓礼は、中規模の組織に所属。そして内部分裂を経て生まれた竹聯幇の構成員として、強大な対立組織四海幇を襲撃。陳啓礼の名は誰もが知るところとなり、竹聯幇初代幇主の座に就いた。

それまでもそれからも、本省掛と外省掛の血で血を洗う抗争は止むことがなかった。

張さんが王さんを指差して言う。

「外省掛の奴らは育ちがいいんだ。親が裁判官とか国会議員とかね。組織はどんどんデカくなって、外国にも構成員がいる。俺たち本省掛には育ちのいい奴なんていない。みんな地元の不良だよ。頭は使わないから武力勝負だった。銃なんて持ってないから、車のパーツから刃物を作った。外省人は立派な刀を持ってたけど、俺たちは手作りの武器か豚を捌く包丁で戦ったんだ」

大きな転機となったのは、1947年の「二・二八事件」である。闇タバコを売っていた本省人女性を、外省人の取締官が殴打したことを発端にデモが起こった。これを鎮圧するため中華民国の官兵が行った機銃掃射で多くの一般市民が命を落としたこの事件。ここから始まった白色テロ（為政者、つまり国民党による反体制派の弾圧）が、奇しくも黒社会の両派閥を歩み寄らせることになる。

「台湾には世界一長い戒厳令（白色テロ）が敷かれていた。40年間だよ？　夜中に出歩いてもダメ。服装の乱れもダメ。俺たち黒社会の人間は片端から刑務所にぶち込まれた。本省掛も外省掛も関係なく。〝緑島〟っていう島に有力な政治犯が集められた。流刑の島だよ」

張さんが言った。

「だけど、みんなその緑島で仲よくなったんだ」張さんはニコニコと王さんに目配せをする。

張さんの中庄幇は本省掛、王さんの竹聯幇は外省掛。その後、緑島には人権博物館が建てられ、今では人気観光地になっている。

◆

ゴツンと音を立てて、給仕の女性がブランデーの瓶をガラステーブルに置き、ガチャガチャとショットグラスを並べた。銘柄はヘネシーXO。高級品だ。女性はそれをピチャピチャとこぼしながらショットグラスに注ぐ。高い酒なのにもったいない。誰も気にしていない様子を見ると、ここでは当たり前のことらしい。

王さんがグラスを滑らせるようにそれぞれに行き渡らせると、張さんがそれをひとつ持ち上げて言った。

「ニホン タイワン カンパイ！」

一息に飲み干す彼らを真似て、僕もなみなみ注がれた小さなグラスをぐいっとあおった。値の張る酒だ。こんな乱暴に飲んだらバチが当たる。そんなことよりここで酔っ払って粗相などしたときには大変だ。

「ああ来た来た！　こっち来いよ」張さんが入り口の方に呼びかけると、メガネの気の弱そうな青年が小走りでやって来た。黒い世界の住人には全然見えない。

「脱いで見せてくれ」

張さんが言うと、男性はモジモジしながらシャツのボタンを外した。

パンツ一枚になった彼の体は、美しい〝ドンブリ〟だった。ドンブリとは首から足首まで隙間なく埋められた刺青のことだ。遠目で見たら裸でもウェットスーツを着ているように見える。

「こいつの刺青はこの前の品評会で優勝したんだ。あんたに見せたくてさっき呼んだんだよ」

確かに、それは鮮やかな絵だった。

左の肩には緑の龍、右の肩には青の龍。その間には灰色の龍に、背中には大きく橙の龍。足首からは紫の龍がしぶきを上げ、腹には真っ赤な謎の獣。そして空いたスペースには獅子や麒麟など伝説の動物が隙間なく描かれている。子どもだったらどれだけ眺めても飽きないに違いない。

とにかくカラフルで賑やかだが、西洋のタトゥーではなくスタイルは紛れもなく日本の額彫りだ。

王さんが言う。

「台湾では先住民たちが刺青を入れてた。なのに日本が統治すると『それはヤクザの証拠だ』なんて言って取り締まったんだ。おかしな話だろ？　もっと遡れば、日本の刺青も中国の風習が渡ったものなのに」

僕が答えに詰まっていると、「そろそろ飯にしよう」と張さんがソファから腰を上げた。

ここへきて王さんが思い出したように「俺は今裁判中だから映さないでくれよ」と言う。先に言ってほしかった。僕はもうあなたに興味津々なのだ。

ガラス玉の話だって放送したかった。けれどその映像を使うことはできない。

だから放送に王さんは出てこない。そして「王さん」は本書唯一の偽名である。

巨大な円卓をぐるりと囲んで30人以上が座った。入り口の扉から最も遠くに張さんと王さんが並び、その周囲を謎の女性たちが陣取る。その隣に劉さんと黄さん、そして僕。僕の向かいには今まさに人を殺してきましたみたいな眼光を備えた男たちが並び、ひとり迷い込んだようなロシア系美女も紛れていた。そしてドアの前には給仕の女性と並び、それぞれの付き人たちが仁王立ちで部屋を見渡している。

料理が運ばれてきた。

数人の給仕がひとりひとりの目の前に皿を置いていく。回転円台を使う様子はない。

一品目は、綺麗なガラスの皿に敷き詰められた小粒の氷の上に殻ごと置かれた生牡蠣だ。同時に全員にショットグラスが配され、またドボドボとブランデーが注がれていく。その様子をニコニコと見守っていた張さんが、全員に行き渡ったことを確認すると杯を取り、「タイワン　ニホン　カンパイ！」

と声を上げた。「カンパーイ！」と日本語を知らない皆も真似て言い、杯を干した。

レモンを搾って牡蠣を吸い込む。

緊張がほぐれてしまいそうだ。酒で痺れ始めた脳みそに甘酸っぱい刺激が染み込んでくる。張さんたちはブランデーのロックをチェイサーに、ブランデーのショットを飲んでいる。

事あるごとに「ニホン タイワン カンパイ！」を連発されるものだから、内心めでたい話はしないでくれと祈ったけれど、なかなかどうして日本と台湾にはめでたい話が多いらしくしこたまショットをあおる羽目になった。

「日本のヤクザは指を詰めるだろ？　俺たちはそんなことしないんだ！　ニホン タイワン カンパイ！」

といった具合に。

次の料理が運ばれてきた。

短冊形に切った真っ白な大根で挟まれた橙色のカラスミが綺麗に並べられている。口に含むとサクッと大根を通り抜けた歯がネットリとしたカラスミに突き当たる。同時に魚卵特有のかすかな苦味と香りが鼻に抜けた。大根から溢れ出る水分がその強すぎる旨味を中和して口いっぱいに広げてくれる。

いつの間にか僕も、チェイサーのブランデーに手が伸びている。

酒が回り始めている。

「お前は白道と黒道を知ってるか？」王さんが地を震わせて言った。

「わかりません」なんとなく想像はついたけれど、わからなかった。

「任侠の世界には白道と黒道がある」王さんは続ける。

「日本のヤクザはどっちだと思う？」

「黒道ですか？」

「そう。俺たち竹聯幇は白道だ。じゃぁ、台湾警察はどっちだと思う？」

「黒道？」

間髪入れずにそう答えると、大広間はドッと笑いに包まれて大きな拍手が沸き起こった。とぼけた顔で国家権力を腐せば笑いが取れる。アウトロー界隈では世界共通だ。

王さんが説明を続けた。

「黒道は強姦だとか窃盗だとか、法を犯す奴らのこと。俺たち兄弟は白道だ」

「皆さんは法を犯さないということですか？」

自然な質問をしたつもりだったけれどその瞬間、大広間の空気は淀んで息苦しさを覚えた。店に入る時に「料理に関係のない質問はNG」と言われたことをここでようやく思い出した。向こうが自分からいろいろ話してくるものだからつい気が緩んで禁忌を犯した。

「俺たちが法律を破ることはない！」王さんが声を荒らげた。

一瞬で気圧された。

けれどこっちはもうしこたま飲まされているのだ。酔いに任せて言ってみよう。

「そうは言いますが、日本でも組織の幹部は直接犯罪に手を染めません。その代わり末端の構成員が暴行や恐喝、薬物の取引をしています。王さんたちもそうではないんですか？」

半ば強引に笑みを作って言った。

「いいか、よく聞け」

王さんは大げさに深呼吸して諭すように言った。本当に怖かった。

「俺たちの兄弟は白道だ。竹聯幇では薬も強盗も、犯罪行為は全て禁止している。厳しいルールを作って組織を統率してるんだ。ここにいる兄弟たちは人を騙したこともない。むしろ騙されてばかりだよ！」

そう言って周囲を見渡すと皆がガハガハと声を上げて笑った。

「そうすると、シノギはなんですか？」

質問がブレーキなしで口から出てくる。アルコール交じりの取材も悪くないものだ。

「紛争解決」

王さんがきっぱりと言った。

警察には解決できない問題を解決するのが自分たちの仕事だと彼は言う。

「クイズだ」王さんが場を制した。

「2千万台湾ドル（約6800万円）で揉めている案件を解決したら、俺たちはいくらもらえると思う？」

東大生も真っ青の難問だ。もう適当に答えるしかない。

「50万台湾ドルくらいですか？」

一拍あってから冷ややかな笑いが起こった。

「お前にはビジネスの才能がない」王さんはしっかりと僕をバカにして言った。

「俺たちは最低30％はもらっている。2千万台湾ドルの案件だったら600万台湾ドルが俺たちの取り分だ」

「それは違法ではないんですか？」

「全く。俺たちはただ交渉しているだけだから」

「今はしてないけれど、昔は法を犯していたってことですか？」

王さんの額がさらに面積を狭めて、生え際と眉がもうほとんどくっついている。

「だから、俺たちは正義の味方だって言っててんだろ？――」


沈黙を破るように運ばれてきたのは、金色に輝くスープの椀だった。

日本でもバーミヤンでよく食べるコンソメの香り。久しぶりに慣れ親しんだ味だと安心しきってレンゲを沈めると、巨大な何かが持ち上がった。それは、椀とほとんど同じ直径をしたフカヒレだった。僕が今まで食べたことのあるフカヒレスープと言えば、コンソメスープの中に半ナマの春雨みたいな繊維がひらひら揺れる程度のものだった。けれどこれは違う。節度を失っている。

口に収まりきらないフカヒレの端を控えめに噛めば、浸みたスープが口いっぱいに広がった。爆発的な美味さ。旨味の洪水。

不穏な空気はどこへやら、もう談笑が再開されている。

美味い飯の力は恐ろしい。

「そもそも皆さんはなんでマフィアになったんですか？」

ニコニコする張さんの横で王さんは「だからお前は浅いんだ」と僕を見ずに言った。

「俺たちは生まれた時からそういう運命なんだ」

理由なんてないんだよ、と彼は面倒臭そうに言って、こちらにはもう興味ないよと言うように隣の女性と話し始めた。

すると入り口近くに座っていたサラリーマン風の男が大声で何かを喋り始めた。しばらく喚いた後で王さんが一言「北京語はわかんねえよ」と言うと男は気まずそうに「すいません。ニホン カンパイ!」と台湾語で声を上げた。

隣の劉さんが僕に耳打ちをした。「あの人は○○(某有名中国系企業)の偉い人みたい。よく知らないけど、あんまり空気読めてない感じ」

確かに先ほどから変なタイミングで大きな声を出しているのが気になっていた。キョトンと虚空を見つめる人形のようになっているロシア系美女を連れてきたのも彼らしい。どうやら僕よりも空気の読めない中国人がいたようで救われた。


蒸したハタの甘酢餡かけ、続いてワタリガニの塩茹でが供された。

ハタはしっとりと脂の乗った肉質に、黒酢ベースの甘酸っぱい餡と、油通しされたネギがよく合ったし、カニはここへきて塩茹でで来るかと感心する。

どの皿ももう一口食べたいなと思わせる頃合いで終わってしまう。だから次の料理を常に待ち遠しく思っている。

「王さんはすごいんだぞ!」と、少し遠くから張さんの声が響いた。

「王さんは怖いぞ!」張さんが嬉しそうに言う。

「武勇伝なんかありますか?」

「武勇伝!? 台湾の総統も殺してないんだから武勇伝なんてないよ!」王さんがおどけて言った。

「総統を殺したいんですか?」

「そりゃ殺したいよ。国をしっかりまとめないんだもん」

ガハハハハ！　王さんの誘い笑いにつられて皆笑う。

俺も若い頃はいろいろやったよ、と王さんは話した。組織に貢献しないと上にはあがれない。だから王さんは何度も敵対する組織に突っ込んでいった。

「ほらここも、ここも切られたんだ」手の甲や、腕、頭など、深く切られた線状のケロイドが無数にあった。

「俺は喧嘩が強かったんだ、それに怒りっぽかった。でももう60歳を過ぎて最近は丸くなったよ」

60歳を過ぎてからお会いできて本当によかったです、と心の中で呟いた。

僕はカラッカラに渇ききった喉を、氷が溶けて薄まったブランデーで潤した。

テーブルにはスープに浸されたビーフンが置かれている。

スープの爽やかな甘みは、食道に留まった脂やアルコールを流してくれるようだった。

これがコースの終盤であることが理解できた。残された時間は長くない。

その時、ちょうど頃合を計ったように張さんの隣の女性が席を立った。

僕は中身の入ったショットグラスとカメラを持って、飛び込むようにその空いた席に座り、勢いに任せて聞いた。

「張さんは、人を殺したことあるんですか？」

――張さんはほんの一瞬視線を周囲に配ってから「ネットで調べてよ」と言って笑った。

「後悔していることはないですか？　やらなければよかったと思うこと」

「俺たちは殺しちゃいけない人を殺すことはない。道義に反することはしないよ」

殺していい人間と殺してはいけない人間がいる。彼が言っているのはそういうことだ。

った。

「マフィアになったのはいつですか？」

「18になるかならないかの頃だった。その時は下っ端だったよ」

「大変でしたか？」

「あぁ！　コロスコロスコロス！」張さんは刀で突くジェスチャーをして日本語で言った。笑って言った。

張さんは何かを思い出そうとこめかみを押さえている。

「なんて言うんだっけな、日本の刀にだけ付いてる特別な部分」

張さんは再び刀のジェスチャーをしながら、「台湾の刀だと刺したときにどうしても自分の手も切れちまう」と言って手のひらの傷を見せた。

「ツバですか？」と僕が助け舟を出すと「そう！　ツバ！　ツバツバ！」と子どものように破顔した。狂気と幼さとは、こうしてしばしば同居する。

張さんが一番大切にしているものを教えてください。そう聞くと、彼は腕を組んで考え込んだ。僕はカメラを構えて答えを待つ。ゆっくりと顔を上げた張さんは、日本語で答えた。

「仁義！　兄弟仁義！」

仲間のために俺は死ねる、と彼は言った。

そして、全ては神様が見ている、とも。

付き人が張さんに耳打ちする。張さんは「アリガトウ」と言ってこちらに手を差し出した。「ありがとうございます」僕はそれに応えて握手をする。

その場を立ち去ろうとする張さんに最後に聞いた。

「生まれ変わったら何になりたいですか？」

「マフィアになるよ」彼は間髪入れずに答えた。

「次台湾に来るときは事前に言ってくれ。どこでも案内するよ」彼はそう言ってゆっくりと部屋を出ていった。続いて王さんや他の組の人間たちも部屋を出ていく。

あっという間に部屋には僕と劉さん、黄さんの3人とレストランのスタッフだけになった。


僕の席に、涼しげなガラスの器に盛られた杏仁豆腐が置かれていた。

どしんと椅子に腰掛けて、杏仁豆腐を掬って食べる。

張り詰めていた脳がじんわりとリラックスするのがわかった。台湾料理のコースは徹頭徹尾、タイミングと量が完璧だった。

レストランを出ると、相変わらずムッとする熱気が体を包んだ。

「さっきまで真っ黒い高級車がズラーッと並んでいたんですよ」と、僕らを見送りに出てきたレストランのスタッフが興奮気味に言った。

けれど、僕の目の前には昨日と変わらない、穏やかな台湾の夜がただ広がっているだけだった。


帰国の飛行機は、渡航先の国で起きたことを自分の中で消化できる貴重な時間だ。

僕は台湾マフィアの面々と飯を食い、いったい何を知ったのだろうか。本省人と外省人のこと？　台湾マフィアの成り立ち？　確かに少しだけ詳しくなったけれども、いずれもインターネットで調べれば出てくるようなことだろう。

彼らが掲げる〝正義〟は不確かだった。自分に都合のいいように、いくらでもカスタマイズ可能に聞こえた。日本に対する思いはアンビバレントだった。深い敬意を抱きながら、刺青の痛みに喚く日本人を嘲笑った。

飯はどれも美味かった。

あんなフカヒレにありつける機会はもうないかもしれない。僕は彼らと同じ料理を食って、彼らと同じ酒を飲んだ。数々の犯罪を繰り返し、時には人を殺し、それでも自分の正義を掲げながら稼いだ金。その金で食う彼らの飯の味。

それは僕が食った飯と同じ味だっただろうか。

なんの結論も出ないまま、飛行機はあっという間に東京、ではなく関西国際空港に着陸した。格安航空券の僕は、安ければどんなルートでも構わない。

このロケはできのいいロケだったとは言えなかった。失敗ですらあったかもしれない。

けれど今はもう、東京の家に帰ればそれでいい。

心休まる場所で、白い湯気の立つ白米を食べられれば、今はそれで全てオーケーだ。

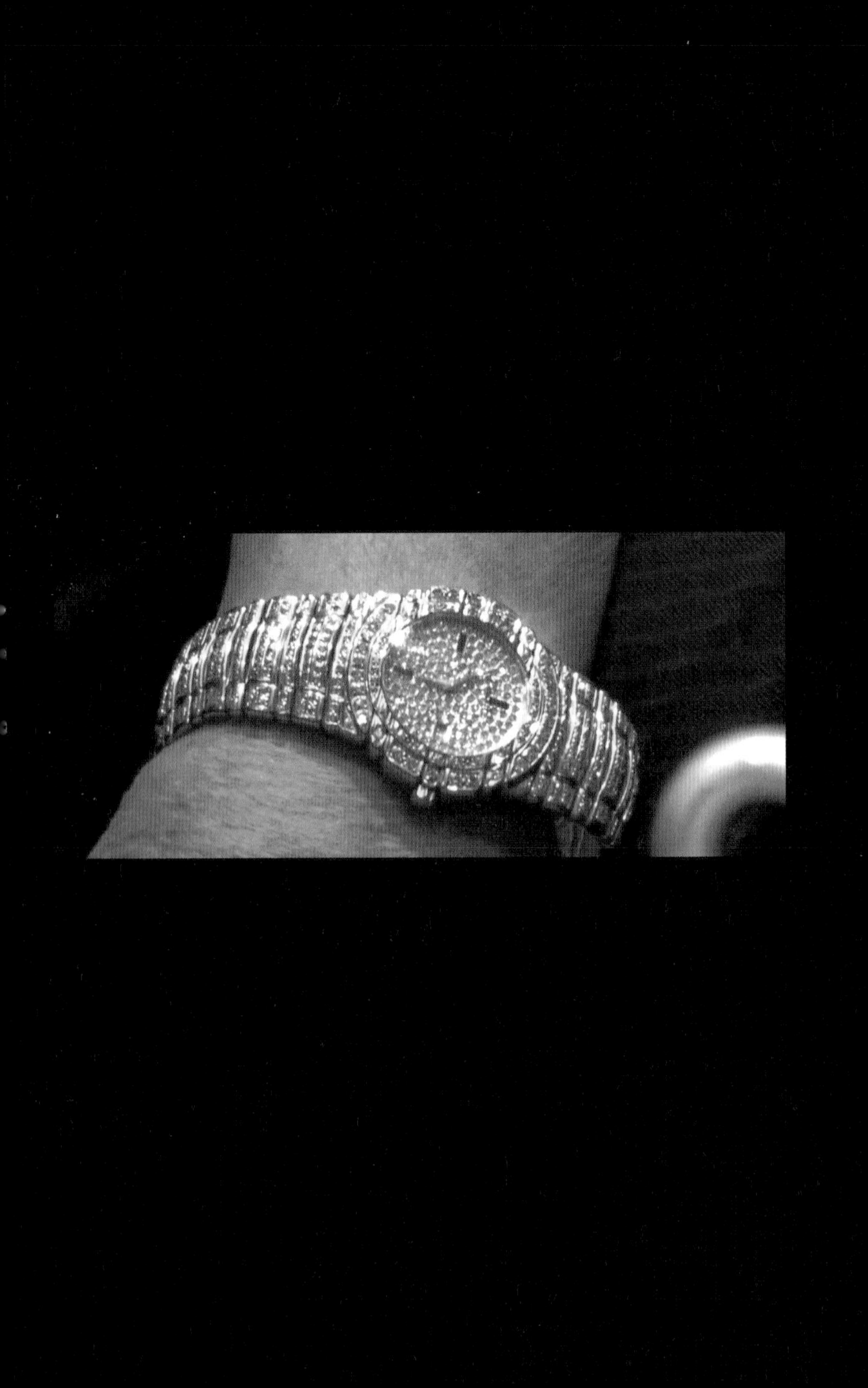

ロシア　シベリアン・イエスのカルト飯

〝ヤバい〟という言葉は曖昧だ。

これまで僕は刃物を突きつけられるような、すぐ目の前に命の危険が迫るような、そんなヤバさばかりを味わってきた。

しかし、ヤバさはそんなことだけにおさまらない。

世界にはもっと違うヤバさがある。


次なる取材でやるべきことはひとつ。

沸き立つような熱いヤバさを手放して、身の毛がよだつ、凍てつくヤバさに身を投じること。

そうして僕は、ロシアへと向かうことに決めたのだ。

閉鎖都市

ロシアの北のはずれに、閉鎖された都市がある。

この街の住人以外、外国人はおろかロシア人でさえ政府の許可なしに立ち入ることはできない。

その街の名をノリリスクという。

しかし本当はここを訪れようとする部外者なんていないから、わざわざ閉鎖する必要もない。

なぜならこの街は〝ロシアで最も汚染された都市〟なのだ。

20世紀初頭、スターリンが権勢を振るうソ連がこの極北の地に巨大なニッケル鉱山を発見した。

しかし冬の最低気温マイナス40度にまでなるこの陸の孤島は、いかに頑健な鉱夫であろうと労働するには過酷すぎた。そこで目をつけられたのは囚人たちだった。政府は凍てつく曠野(こうや)に囚徒を送り込み、採掘と冶金の設備を整え、巨大なコンビナートを建設させた。この時数十万人が寒さと飢えで息絶えた。一年のうちほんのわずかに訪れる雪解けの夏、ここに没した囚人たちの遺骨が露わになると言われている。

その犠牲の上に作られたのが、現在では世界のニッケル生産量の20％以上を賄う「ノリリスク・ニッケル社」である。日本の五百円硬貨も百円硬貨も五十円硬貨もニッケルなしでは造れない。

ノリリスクはニッケル鉱山に依存した巨大な〝単一産業都市〟となった。人口はなんと約17万。そして現在この街の住人のほとんどが囚人ではなく、ノリリスク・ニッケル社の従業員をはじめとしたニッケル鉱山に関わる仕事の従事者とその家族である。

しかし、巨大化した極北の都市は、人々にとって住みやすい場所になるどころか、住人の健康を脅かすようになった。

環境が破壊されたのだ。

ニッケルなどの非鉄軽金属はその精錬過程で有害物質を排出する。ニッケル、パラジウム、白金、銅などあらゆる金属の生産で世界トップレベルの成功を果たしたノリリスクは、必然的に世界有数の汚染を引き受けることになった。

街の周囲はかつて苔や灌木に覆われた豊かなツンドラだった。しかし今では降り注ぐ汚染物質によって植物は死に絶え、月面の様相を呈している。付近を流れる川は、工場から化学物質が流れ込んだことにより、ドロドロとした真っ赤な流れに姿を変えた。住民はこれをため息混じりで「血の川」と呼んだ。

そしてノリリスク住民の平均寿命は、ロシア全体に比して10年短いとさえ言われている。

それでも人々はこの地を離れようとはしない。

それはノリリスク・ニッケル社の支払う報酬が極端に高額だからだ。自分や家族の健康を害するリスクを受け入れて手にした高額の報酬。それで食う飯はいったいどんな味がするのだろうか。

それを知りたくて僕はロシアへ向かうことにした。

◆

ロシアでのロケがそう簡単でないことは、皆さんのイメージ通りかもしれない。

真っ先につまずくのは、渡航に至るまでの圧倒的に煩雑な手続きである。次の5行を読んでもらえれば心が折れそうになる気持ちがわかるはずだ。

まず、ロシアを本拠とする報道機関からの招聘状(しょうへいじょう)と日本の報道機関の在職証明書を在日ロシア連邦大使館に提出し「報道査証(報道ビザ)」を取得する。続いてこの「報道査証」と、取材内容を克明に記載した「レター」をモスクワにあるロシア連邦保安庁に送り「記者証(プレスパス)」の発行を要請する。当然ここで突き返されることもある。これらを全てロシア語で、しかもエアメールを使って行うのだから気が遠くなる。

そして僕は、実に1ヶ月半もの時間をかけて、これらすべてを取得した。次の放送まではもう1ヶ月と少ししか残されていなかった。

出発前からぐったりと疲れたが、ようやく準備は整った——はずだった。

しかし、僕はノリリスクに行くことができなかった。

そう、驚くべきことに、僕はノリリスクに拒絶されたのだった。

嫌な連絡が来たのは、出国の3日ほど前だった。

現地ノリリスクの保安局や各役所とのやりとりを依頼していたロシア人コーディネーターのイゴールから電話があった。

「市役所がお金を要求しています」

イゴールは流暢な日本語で、けれどもう呆れ返ったというような声で言った。

「今までそんな話は聞いたことないのに、突然です。しかも50万円」

繰り返しになるが、この番組には金がないのだ。そんな大金払えるわけがない。

大使館から報道ビザを受け取り、保安局に取材の詳細を送って記者証まで発給されているのに、最後の最後で立ちはだかったのはまさかの市役所だった。普通に考えれば〝保安局〟が許可を出しているものに対して〝市役所〟が法外な金銭を要求してくるなんて馬鹿げている。

そもそも、市役所の許可なんて取る必要もないではないか。「恐(おそ)ロシアです」とイゴールは言った。

日本語を話すロシア人はこの言葉を好んで使う。

だが、今はそんなことどうでもいい。電話口でイゴールに詰め寄った。

「市役所の許可なんて要らないから、もう現地に行って取材を始めよう」

イゴールだってそんなことはわかっていた。けれどそうもいかないということが次の言葉で理解できた。

「市役所の許可がないと、飛行機の搭乗許可が下りません——」

ノリリスクは陸の孤島である。そこに行くには、本数のわずかなローカル飛行機で着陸するか、何週間もかけて北極海を船で行くかのふたつにひとつ。つまり我々に飛行機以外の選択肢はない。しかしその飛行機に乗るにはノリリスク市役所の許可が必要だというのだ。

この瞬間、ノリリスクでの撮影の可能性は散って消えた。

現場の役人の匙加減ひとつでルールは変わる。毎月のようにルールは変わる、とイゴールは言った。体制側の卑怯な振る舞いに怒りを覚えた。自分にできることの少なさが歯がゆくて苛立った。虚脱感からしばらく足に力が戻らないほど、打ちのめされた。これがロシアです、すいません。と言って電話は切られた。

恐ロシアである。

放送の日は迫っている。

チリチリと心臓が痛んだ。実際に痛みがあった。精神的な負担と不安が、肉体に無関係であるはずがない。

これじゃあノリリスクと一緒じゃないか——。

東京で働き暮らす我々とノリリスクで暮らす人々とは、実のところ同じなのではないか、そう思った。

四六時中排気ガスを吸い、満員電車でストレスを溜め込み、コンビニ飯で体重を増やして添加物を摂取し、不断に迫り来る職務の重圧に潰されそうになっている我々は、高額な報酬を求め汚染物質にまみれて労働するノリリスクの人々となんら変わらないではないか。

いや、そもそも――。

そもそもどんな仕事も命をすり減らしているではないか。銀行員だってパン屋さんだって、先生だって、しゃれたカフェで笑顔を振りまいてくれる店員さんだって、自分の命を、時間をすり減らして誰かに与えてその見返りに金をもらい、そうして飯を食っている。


ともかく不遇をかこつ暇はない。

ロシアで何を撮るべきか頭をひねりながら、僕は六本木通りを会社へ向かって歩き始めた。

北朝鮮国営レストラン

無駄に分厚いダウンジャケットの内側が、にわかに汗で蒸れ始めていた。黒ずんだ残雪を重いスノーブーツで踏むと、足裏にジャリジャリと砂混じりの感触が届く。

僕の装いは少々場違いだった。

ここは東京から飛行機に乗ってたった2時間で到着するロシア南東部の港湾都市、ウラジオストク。しかし僕の服装は北極圏対応だ。もっと北へ向かう可能性を捨てきれずこの格好で来たはいいが、この街の気温はこの時期低くてせいぜい摂氏10度。汗ばむのは当たり前だし、そのうえさっきからもう20分ほど丘を歩いて登っている。ガードレールの向こう、切れ落ちた崖の下方にウラジオストクの街並みが望めた。青や黄、緑に赤、日本の街では使われない様々な色彩がちりばめられている。けれどそれは全体としてはっきりとせず、薄ぼんやりと霞がかかった様に見えた。活き活きとポップであるというよりは、時間がじわじわと鮮やかさを奪い取ってしまった後の絵画の様。

結局、汚染都市ノリリスクへ行くのは諦めたものの、他に行くべき場所を見つけることができないままロケ予定日を迎えてしまった。普通の番組ならば引き続き日本でリサーチを続けるのだろうが、僕はとにかく日本を出たかった。日本にいる以上、映像は1秒分も撮ることができない。とにかくカメラを持って日本の外のどこかへ行けば、何かが撮れるかもしれない。

だから取り急ぎのロケ地としてウラジオストクにやって来た。何が撮れるか事前にわかっていることはひとつもない。醇乎(じゅんこ)たるぶっつけ無計画ロケだ。

そして今僕は、ウラジオストクの街を見下ろす丘を登っている。

しばらく歩くと、工事現場でよく見る背の高い仮設の衝立に突き当たった。その奥で、巨大なコンクリートの建造物が今まさに重機に小突き回されて建設中だ。入り口らしき場所が見当たらない衝立に遮られて、建物の上の方しか見ることができない。

「ここは絶対入れない」とロシア人のイリヤがこれまた流暢な日本語で言った。彼はイゴールの友人でウラジオストク生まれの推定60歳。なんの下調べもできない状況でのロケだったが、彼ならどうにかしてくれると急遽イゴールが声をかけたのだ。さぞ信頼に足る男なのだろう。

しかしながら、面白い場所があると言って空港に着いたばかりの僕を連れてきたにもかかわらず、入れないとはどういうことか。

屋上に据えられたクレーンが鉄骨を吊り上げていくのが遠くに見える。それが最上階へ差し掛かったところで、未だ窓のない開口部から男たちがわらわらと出てきた。イリヤが顎でそちらを差しながら、カメラを向ける仕草で僕を促した。

言われるがままハンディカムを最上階に向けて一気にズームインする。

カメラモニターに映し出されたのは、白い粉塵や塗料で汚れた作業着にオレンジ色のヘルメットを被った男が4、5人。

全員がアジア人だった。

驚いてイリヤを見やると、縁なしのメガネをずり上げながらいかにも気持ちよさそうなしたり顔で言った。

「北朝鮮の人たち。ここは北朝鮮の工事現場」

ほら、お前はこういうのが好きなんだろ？　と言わんばかりの表情にどこか居心地の悪さを感じたけれど、そう思わせるような何かが僕の顔に出ていたのだろう。

「あの労働者は北朝鮮から連れてこられてる」

イリヤは慣れた口調で説明を続ける。

「強制的に？」

「もちろん」

僕は自分の胸に手を当てて、この爽やかでない興奮をもたらした原因を探した。

別に北朝鮮人が珍しいわけではない。日本に暮らす朝鮮籍の親しい友人だって何人もいる。その友人と、今僕が目にしている男たちとの違いは何か。

それは僕の感覚として、目の前の彼らが〝縛られた〟人間であること。そして本来見えざる人間であること。

日本の友人たちは日常生活の中で北朝鮮政府からの制限を受けることは少ないはずだ（僕が知らないだけかもしれないけれど）。一方、今僕の目の前にいるのは、実質的な北朝鮮にいる北朝鮮の男たちだ。つまりこの衝立は北朝鮮国境である。

彼ら北朝鮮労働者は、しばしば〝現代の奴隷〟と呼ばれる。

早朝から深夜まで続く過酷な労働。与えられる劣悪な住環境。割合の高すぎる国への上納金。そんな言葉がいつもセットで語られる。イリヤによれば、その過酷さに耐えきれず自殺する労働者や建設現場から脱走を試みる労働者もいるという。２０１６年に確認された事件では、脱走した北朝鮮労働者がほどなくして北朝鮮秘密警察に捕まり、見せしめのようにアキレス腱を切られるなどの暴行を受けたなんて話もある。報じるメディアによってはほんの少しの自由意志を感じ取れる〝出稼ぎ労働者〟と呼ぶものもあれば、奴隷さながらの〝強制労働者〟とするものもある。いずれにしても、北朝鮮政府の監視下に置かれた北朝鮮人はこの地球上でもっとも困難な取材対象のひとつである。

とにかくロシアにおける北朝鮮労働者というのは、下卑（げび）た言い方をすれば、取材人にとって希少で貴重な存在なのだ。興奮するなという方が難しい。

けれどどこか違和感があった。

しばらくカメラで彼らを追いかけていると、ふとその違和感の源に思い至った。手元のカメラモニターに映った男たちは、にこやかに談笑しながら鉄骨を手繰り寄せていたのだ。日本の建設現場じゃ飛び交う怒声はあれど、休憩時間を除いて職人たちの笑顔を見ることは少ないように思う。けれど北朝鮮人の彼らは週末のピクニックの行き先を相談しているかのように楽しげなのだ。

北朝鮮の労働現場に笑顔なんてあるはずがないと、どこかで思っていた。いや、思うことさえなかった。けれど、こうして見ればかくも異なる。まさしく夏虫疑氷。

人はともすれば、見たいものしか見えなくなる。

存在してほしくないものは視界に入らない。視界には入っていても脳がその存在を受け付けない。

それは意識の外側で行われる。だから僕らは無意識下で行われる処理に可能な限り意識的でいなければいけない。有るものを疑うのは容易い。一方で、無いものを疑うことは極めて困難だ。懐疑的であることと、無意識に盲目であることとの間には歴然たる径庭（けいてい）がある。

こんなようにして気づかせてもらえなければ、無いものはいつまでも無いまま。

だから、我々は今いる場所を出て、外の世界を見にいかなければならない。

異国で強制労働にあたっている北朝鮮労働者の日々に、笑顔の瞬間はありうるのだ。

その後、郊外にある北朝鮮労働者の寮も訪れたが、ロシア人管理人ににべもなく追い返された。薄汚れた2階建ての宿舎が、不釣り合いなほど厳重な壁で覆われていた。

「そろそろお昼ご飯にしましょう。いい店があります」

イリヤがそう言って、我々はその場を後にした。

イリヤはチェインスモーカーだ。

彼の運転する車中も例外ではない。充満する煙に耐えきれず、少し窓を開けてくれないかと頼むと「モチロン」と言って窓を全開にした。煙たさは一気に和らいだけれど、寒さで鼻先が痺れる。

イリヤの口癖は「モチロン」だった。〝ロン〟の部分でぐいんとピッチが上がる、跳ねるような「モチロン」。

「車見ましたか？」とイリヤが聞いた。

目立った車を見た覚えはないけれど、言いたいことは想像がついた。

「日本車ですか？」

「そのとおり！」小説に出てくるような物言いだ。

「99・9％は日本からの中古車」

「へぇ」と僕は生返事をする。

外国の街が日本の中古車で溢れている様を見るのは珍しいことではない。日本車は安くて壊れない。賞賛されなかったことはない。だから車を見たかと聞かれてすぐに彼の言いたいことがわかった。確かに今日空港に着いてから数時間経つが、日本車以外の車を目にした覚えがないほどだ。渋谷や六本木なんかより遥かに日本車の率が高い。

「不思議な感じでしょう？」とイリヤはなおも面白いものを見せびらかすように言う。けれども、曲がりなりにもいくつもの大陸でロケをしてきた僕にとっては珍しいものではないのだ。

「はぁ、へぇ」

興味がないと気づいてくれと言わんばかりの生返事。

そこでようやくイリヤは僕の声色に気づいたのか、眼鏡の奥で悲しげな目をして「運転しづらくないのかって日本人はたいてい驚くんですけどねぇ…」と言った。

「あれ？」

自分の座る助手席と運転席の位置、続いてすれ違う対向車の運転席も確認する。どれも日本と同じ右ハンドル。

そして妙なことに、対向車はこちらの左側を通り過ぎていく。

そう、この国の道路は日本の逆で右車線だ。しかし右車線の道路を走っているほとんど全ての車が右ハンドルなのだ。こんなの初めて見た。

アメリカや中国、ロシアや南米大陸の国々のほとんどが右側通行の左ハンドルだ。一方、イギリス領の国や、その他イギリスの影響を強く受けた国の道路は左側通行の右ハンドルになると言われている。日本の中古車を輸入している国はたくさんあるけれど、その多くが左側通行の国。運転席がセンターラインに近い方が、対向車との正面衝突を起こしにくい。

しかしながら、ここウラジオストクでは右側通行の道路を右ハンドル車が埋め尽くしている。

「事故がよく起こります」とイリヤはタバコをふかして笑った。

我々は市の中心部にどっしりと聳えるウラジオストク市役所の前で車を停めた。ソ連時代の建造物に特有の、暗く、冷たく、重く、威圧的な印象を備えている。役所の食堂でランチというのも悪くないアイディアだと思ったけれど、イリヤの目的は違った。

市役所の1階部分が少し突き出てレストランになっている。その名は「高麗」。北朝鮮の国営レストランである。

古今東西、北朝鮮以外で国営レストランなど耳にしたことがないけれど、実のところ（旧）社会主義の国ではごく一般的な存在である。ロシアはもちろん、ラオスやベトナムにも平壌レストランと呼ばれる北朝鮮国営レストランがあるのだ。これらは全て北朝鮮が外貨を獲得するための貴重なドル箱となっている。

イリヤは長い足でスタスタとレストランへ歩いていく。

「これが市役所。これが高麗」

アメンボみたいに長い手を振り回し説明をしながら、速度を緩めることなく歩く。飄々（ひょうひょう）とした人だ。

「撮影して大丈夫ですか？」先を行くイリヤに聞くと、不思議なことを聞くもんだとばかりに「モチロン」と首肯した。

カメラを持ってロシアの役所に入っていくことがすでに危険なはずだが、イリヤは全く構わない。駐車場を突っ切って、北朝鮮レストランの扉を開けた。

薄暗い。大きな倉庫に入り込んだように感じる。

一歩足を出すごとにキュッキュッと音が響く。床に敷き詰められた大理石がよく磨かれている所為だ。

イリヤは奥へと進んでいく。キュッキュッキュッキュッ、靴底を鳴らして進んでいく。ジッジーッと音がして、部屋の蛍光灯が点灯した。僕らが最初の客だった。

広い部屋に、4人掛けから8人掛けのテーブル席が贅沢な間隔を開けて置かれている。奥にはバーカウンター。その隣にはドラムセットとギター、カラオケの機材が置かれた小さなステージが用意されている。

案内されるより先に、イリヤが真ん中近くのテーブル席に腰掛けた。僕も彼に倣って椅子に腰掛けると、給仕の女性が注文を取りに来る。

卓球の福原愛選手にそっくりだった。あどけなさの残る瓜実顔に親近感を覚える。手にはラケットではなくメニューを持ち、ユニフォームではなくピッタリとしたワンピースを着ていた。その素材は幾何学的でないスパンコールのような、玉虫色をした梅花皮のようなテキスタイルだ。

「飲物はどうしますか?」

メニューを差し出しながら女性は言った。笑みを浮かべてはいるが、表情はかなりこわばっている。僕らの組み合わせが珍しいからか、彼女の声はコミュニケーションがギリギリ成立しないくらいにか細かった。

「ビールふたつでいいですか？」イリヤが女性に向けていた目線を僕へ移して言った。僕はすぐ酔っ払ってしまうから、酒はやめてチェリージュースを頼んだ。イリヤも残念そうに口をひん曲げてなんらかのジュースを注文した。彼がなんの躊躇いもなく飲酒運転をすることがわかった。

注文を聞いて席を去ろうとする女性を呼び止める。

「北朝鮮の方ですか？」

「そうです」

彼女はそれだけ答えると足早に店の奥へ消えた。

ジュースを持ってきた彼女に、今度は料理を注文する。店の看板メニューである鍋とチヂミにキムチ。注文を終えると、何を思ったかイリヤは女性の腰に手を回すジェスチャーをして、頭をもたせかけるようなそぶりで甘えて見せた。さすがに体に触れてはいなかったが、彼女の顔には露骨な嫌悪感が表れている。ただの放埓者（ほうらつもの）か、それとも何かの戦略か。僕が慌てて彼女に謝ると、イリヤは驚いたような表情で彼女から離れた。戦略でもなさそうだから、二度とするなと後できつく言っておこう。

「彼女はいつロシアに来たのかな？」通訳するようにイリヤを促す。

彼女はイリヤの質問を聞くと、頬をぷくっと膨らませてしばらく考えてから「去年の秋」と答えた。答えるや否や踵（きびす）を返して奥へと戻ろうとする。申し訳ないと思いながらも、どうしても話を聞かせてもらいたい。

「どうしてウラジオストクに来たんですか？」

再びぷくっと頬を膨らませる。その幼気（いたいけ）な表情は高校生くらいの年頃だろうか。

「ロシア語を勉強しに来た」彼女はたどたどしいロシア語で答えると、もう我慢の限界だと言わんばかりにそそくさとテーブルを離れた。

5分とかからず彼女はキムチとチヂミを持ってやって来る。気づけば少し遠くから、他の従業員がこちらをチラチラ見ている。きっと先輩なのだろう。面倒な客を後輩に押し付けているのかもしれない。

すかさずイリヤは彼女に聞く。

「ロシア語はどこで勉強したの?」

「平壌で。1年くらい」

「今は学生?」

「大学に通ってる」

チヂミを鉄板の上で切り分けると、彼女は三たび立ち去った。

「北朝鮮のキムチが一番美味いです」

どうしたらちゃんと話が聞けるだろうかと頭を抱える僕の心持ちなど知る由もなく、齢60近いロシア人はキムチを勧める。ウジウジしていても何も進まない。まずは食おう。

鉄製の箸で皿のキムチをひとつまみ取り上げる。一片がやけに大きい。極厚の白菜にさくっと歯を入れると、じゅわっと甘い汁が溢れ出る。

確かに、こんなに美味いキムチはこれまで食べたことがない。キムチで感動するなんて思ってもみなかった。これは不意打ちだ。

もうこちらの食指は止まらない。続いてネギチヂミに箸を伸ばす。

鉄板に乗せられたチヂミはまだジュウジュウと音を立てている。狐色の生地の上にカニカマが乗っている。厚さ3センチほどの断面にはぎっしりネギが詰まっているのが見える。

火傷覚悟で頬張ると、これがまた美味い。嘘みたいだけど、今まで食べたどんなチヂミより美味い。生地にネギが含まれるというよりも、ネギを生地でとじたようなバランス。外側は高温で揚げ焼きにされてパリッと心地よい。その内側に詰められたネギは所々シャキシャキとした食感を残し、所々深く熱が入ってとろりと強い甘みを生んでいる。生地には微かにイカやエビの魚介が混ぜられており、旨味を増強している。そしてその全てを、芳醇な香りのゴマ油が的確に包み込んでまとめあげてくれている。

北朝鮮の料理、こんなに美味いのか。

僕はかなり驚いていた。これを食べたら僕だけでなく多くの日本人が驚くと思う。北朝鮮と美味い飯なんて、まるっきり別世界の話に感じてしまうから。いつか北朝鮮の一般家庭の飯を見に行きたいと思った。僕が生きているうちに叶う日は来るのだろうか。

彼女の話をもっと聞きたい。

どんな家庭に生まれ、どんな土地に育まれ、何を食って生きてきたのか。

普段の取材では不躾に突撃こそすれ、リスペクトを持って接しながら取材対象との距離を次第に縮めていく。けれどどこではそんな悠長なことを言っていられなかった。彼女と話ができるのは接客に来るこの数チャンスしかないのだ。どうしても彼女のことを知りたい。こんな美味い飯が食える北朝鮮のことを知りたい。自分の中の節操をいくらか放擲（ほうてき）して彼女に質問をしなければ。

「今の女性は自分の意思で来てるんですよね」とイリヤに聞くと「まさか！」と目を丸くした。

「国が送った子です」イリヤは上手な箸さばきでチヂミをつつく。

「自分で来る北朝鮮の子なんていない」

外国で働きたいと希望を出す人もいるにはいるけどね、と彼は言った。

彼女は国に選ばれてこの地に送られてきた。外貨獲得のための大切な〝人材〟なのだという。先ほどから視界の隅で特に何をするでもなく立っている従業員の女性たちがそれぞれに端整な容姿を備えていることがそれを示唆しているのだと。


我々がチヂミを食べ終えるころ、彼女はぐつぐつと煮えたぎる鍋を持ってきた。真っ赤なスープの中心に柔らかそうな豆腐が浮かんでいる。隣には生卵が添えられ、全体に黒ごまがこれでもかと散らされているのが特徴的だ。レードルで混ぜると中からエノキ、春雨、細切りの牛肉、ネギ、ピーマンが顔をのぞかせた。彼女が小鉢によそってくれる。こんなサービスもロシアでは一般的でないはずだ。客を呼ぶための工夫のひとつなのか、それとも北朝鮮では当たり前なのか僕にはわからない。

無論、その鍋もしっかり美味かった。全ての料理に通じていたのは、甘みと辛味の扱い方がとんでもなく上手だということだ。もちろん好みの問題もあるかもしれない。けれど食べれば食べるほど、北朝鮮に行ってみたくなる。そんな魅力に溢れた飯なのだ。


次の質問を最後にしようと思った。美味い飯が僕をそんな気分にさせた。

あるいは、この味が十分に語ってくれたのかもしれない。

「ウラジオストクと平壌、どっちが好き?」

彼女は相変わらず一度悩んで見せてから「平壌」と答えた。

逃亡

運転席のイリヤが長い腕で指揮をとりながら鼻歌を歌っている。

変わった男だ。外国の撮影クルーを相手するガイドには風変わりな人が多いが、この男も月並みではない。一日中不機嫌なガイドなんかもいたりするから、それに比べたらだいぶありがたい。ただ、いざというときに頼りになるかだけが心配だ。

この時僕は冷や汗をビッシャビシャにかいた後だった。

ロシア警察をギリギリのところで巻いたばかりだったのだ。


北朝鮮レストランを後にした僕は運転するイリヤに聞いた。

「ウラジオストクの治安はどうなんですか?」

「あんまりよくない」と彼は答える。

「人殺し、麻薬、密貿易……港!　港だから。悪い奴らが集まる所だから。全ロシアから。何かあっても犯人全然捕まらない」

この街では強盗や略奪、窃盗事件などの3件に2件が未解決のままだと言われる。

「この街の人は真面目じゃない。ハバロフスク(極東ロシアの都市)とは全然違う」

「そんなウラジオストクの、一番ヤバい場所に行きたいんです」

ハハーッハッハッハ!　イリヤはおもちゃの笑い袋みたいな笑い方をする。

「何箇所か目ぼしい場所はあります。では今から一箇所目に向かいましょう」

ケラケラと笑いながらイリヤはアクセルを強く踏んだ。

ウラジオストクの中心街から1時間ほど走っただろうか。アップダウンの激しい海岸沿いの道を抜けたところで、車は歩くのと同じくらいにまで速度を落とした。

「ここはウラジオストクのスラム」イリヤは過剰なひそひそ声で言った。車を降りる前に一度様子を見ようと、そのエリアをゆっくり車で回ることにした。

舗装されていない土の道の両脇に、金網や木製の柵で囲われた家がポツポツと並んでいる。道と家との間には幅1メートルほどの真っ黒いドブ川が流れ、各家の入り口にだけ心もとない橋が架けられている。それは脚立を倒しただけのものだったり、どこかの扉を剝ぎ取ってここに渡しただけのものだったりした。きっとプカプカとゴミが流れるこのドブに、年に何度かは子どもが落ちたりしているのだろうと想像した。

一般的なスラム街とは、限られた土地に手作りの家屋が密集しているものだ。しかしこの集落は様子が違った。貧困にあえぐ者が集まって暮らしているという意味では同様だろうが、スラムと呼ぶには相応しくないように見える。ロシアの広大な土地ゆえか、実に広々としているのだ。

それにしても犬が多い。

車が集落に差し掛かったところから犬が一斉に吠え始めた。各家の庭先には漏れなく犬が繋がれているし、道を彷徨く野犬風情もいる。番犬として飼っていた犬が逃げたのだろうか。

一度遠くに人の姿が見えた気もしたが、犬の咆哮が始まってから人影は一切なくなった。集落の世帯数はおよそ50。ぐるりと一周するのに10分とかからなかった。もはや人影はどこにもない。

「どうしますか？」

集落の入り口に戻ったところでイリヤが聞いた。

「せっかく来たから誰かと話がしたいな」

まだこの集落について僕は何も知らない。わからないから、ここの誰かに話を聞いてみたかった。

車を降りると、冷たい海風が頬を打った。なるほど、貧しい人の家が集まる場所にはそれなりの理由がある。風が強かったり寒かったり、水はけが悪かったり日が当たらなかったりと様々だ。ブーツの紐を締めなおして顔を上げてもなお、イリヤは車の中だ。運転席側に回って、「行きますよ？」と言うと「どうぞ！」と彼は笑顔で言った。車を降りたくないらしい。

仕方がない。

話をしてくれそうな住人が見つかれば、イリヤを呼んで通訳をしてもらえばいい。僕はひとりとぼとぼと貧困街を歩き始めた。

人っ子ひとり見当たらない。悪人の襲来を察した西部劇の町のように、風が戸板を揺らす音、犬の吠え声だけが響いている。廃村のようで廃村でない。

直接家を訪ねるしかないか――。

適当に一軒の家を選び、朽ちつつある木製の橋でドブ川を越え、老いた番犬がこちらに気づかぬように抜き足差し足玄関口まで進んだ。

耳を澄ますと、家の中からテレビかラジオの音が聞こえる。

大きく息を吸い、「ズドラーストヴィチェ！（こんにちは！）」と呼びかけた。

番犬がこちらに気づいて猛烈に吼えたてる。

けれど家の中からは反応がない。ドアをノックする。集落中の犬が吠え始めている。しばらく待ったけれど応答はなかった。

道へ戻ろうと振り返ると、通りの向こう側の家の窓に人影が見えた。

老いた女性がカーテンの隙間から射るような目でこちらを見ている。手には電話が握られ、誰かと話をしているようだ。

ゾッとして足早にその場を離れた。

せっかく人がいたのだから話しかければいいはずだけれど、目を見れば直感的にわかる。あんな明確な敵意を感じたのは久しぶりだ。

背中に不穏な視線を感じながら集落のさらに奥へと歩みを進めた。

しかしいくら歩けども人の姿は見当たらない。さっきの恐怖が何度も頭をもたげて、どこかの窓から見られているような錯覚が止まない。恐怖心を押し殺しながら、それでも順番に家の扉をノックする。

四軒目の扉を叩こうとした時だった。

遠くから嫌な音が聞こえてきた。サイレンだ。音はどんどん近づいてくる。

僕はバネが弾けるように駆け出した。

きっと窓から僕を覗いていた女性が警察に通報したのだ。

片方1キログラム以上もある極寒仕様のブーツのせいで、砂漠を走っているかのように体力を奪われる。

サイレンは容赦なく近づいてくる。集落の入り口へ辿り着いて目を疑った。

イリヤの姿が車ごと消えている。

自分が場所を間違えたのかと思って周りを見渡すも、小さな集落の入り口はここ以外にはありえない。思えば彼は「ここで待っている」なんてことは言わなかった。そうは言ってもあの流れからして、ここで待っているのが普通だろう。

サイレンはもうすぐそこから聞こえている。

逃げ隠れせず、堂々と警察の真正面に立ちはだかって事情を伝えればそれで済むだろうか。いや、ここはロシアだ。

僕は意を決しドブ川を飛び越えた。金網の外側を走り、家の裏手に広がる雑木林に身を隠した。木々の隙間から集落の入り口を覗く。さっきまで覗かれていた僕が今度は覗いている。気持ちを落ち着けなければいけない。深く息をすると強い異臭が鼻を刺した。自分の隠れた木立のすぐ隣に、公衆電話大の小屋が建っている。便所に違いなかった。なんてついていないんだろう。それとわかるとにおいがさらに耐え難いものに感じられてくる。汚れた空気で肺が満たされていく。

なんで法を犯してもいないのに、こんなことしなければならないんだ。

口の中が一気に渇いていくのがわかる。僕がしゃがんでいる場所は角度のきつい傾斜になっている。踏ん張っているのも辛くなってきた。

どれもこれも自分を取り巻く全てがストレスの源に思えてくる。

その時、警察の車両が集落に入ってきた。サイレンは消され、帰港する船のようにゆっくりと集落の奥へと進んでいく。

もうここにはいられない。

警察の車が一周してここに戻ってくるまで早くても5分——。

僕は雑木林の坂を駆け下り、集落の入り口を全速力で飛び出した。カメラのストラップが肩に食い込み、相変わらずブーツは足を引っ張る。けれど走るのをやめるわけにはいかない。

逃げると決めた時点で、捕まることは絶対に許されないのだ。

元来た一本道を駆け上がる（不幸にもその道は急峻な上り坂だった）と、ほんの100メートルほど行ったところで路肩に寄せられたイリヤの車を見つけた。開けられた窓からはタバコの煙が呑気に揺蕩っている。勢いよく助手席の扉を開け、バタバタと乗り込んだ。

「出して！」

と言うと、イリヤは驚いたような表情でタバコを咥えたままエンジンをかけた。

とにかくここを離れたかった。

集落から離れるにつれて呼吸が整っていく。気持ちもだいぶ落ち着いてきた。

「なんで動いてたんですか？」咎めるような口調で言うと、イリヤは両手を広げて「ほら、誰も捕まっていないでしょう」とむしろ誇り顔で言った。

確かに、撮影することはできなかったし駆けずり回って汗だくで精神的にも追い詰められたが、結果的には誰も捕まっていない。

「サイレンが聞こえたから車を動かしました。集落の入り口に車を停めていたら警察に声をかけられたでしょうし、車を置いて私も集落に入っていたら、ふたりとも尋問されたでしょう」

「でも、悪いことはしていないじゃないですか」

「そんなことは関係ありません。ここはロシアですよ」

ハハーッハッハッハ！　イリヤはまた耳障りな声で笑った。

だけどきっと、彼の判断が正しかったのだ。

防空壕の罪人

日の落ち始める頃、我々はウラジオストクの中心街に戻ってきた。
すでに疲れ果てていたけれど、撮れるものがある以上ロケを止めることはない。今日撮れるものは明日にはもう失われているのだ。

雪解けで濡れた街が夕日にキラキラと輝いている。イリヤは相変わらずタバコの煙を吐きながら僕の前を歩く。ずっと運転もしてくれているのだから少しは疲れていてもいいはずなのに、彼の歩調は衰えない。吐き出す煙が微かに赤く染まって消える。

彼は通りに面した大きなレンガ造りの建物の、1階部分にくり抜かれたトンネルに入った。その先は、周囲を建物に囲まれたテニスコート1面分ほどの中庭になっている。

「ここは昔のリトルトーキョー。この周りの建物は全部130年以上前のものです」

日露戦争の時代からその建物は生き残っているだなんて、僕には全然信じられなかった。なにせその外観を一瞥(いちべつ)しただけで、それが大切に扱われてなんかいないことがわかったからだ。壁は汚い落書きだらけ、適当に塗られたペンキは半分以上が剝がれ、ところどころレンガが抜け落ちて壁に穴が空いている。それでいて窓の奥には人の生活が垣間見える。中庭に面した四方の壁にはいくつも釘が打たれ、物干しロープが渡されている。

よくこんな酷使に耐えたなとも思う一方、間断なく使われてきたから今日まで生き残っているとも言える。きっと家の中は継ぎ接ぎだらけで、日本の襤褸(ぼろ)と同様の力強さと造形美を備えているに違いない。

ここで友人と待ち合わせているとイリヤは言った。

友達？　と聞き返そうとしたところで、中庭で遊んでいた子どもたちが駆け寄ってきた。

「何撮ってるの？」恰幅のいい少年が物珍しそうに僕のカメラを覗き込む。この旧リトルトーキョーで生まれ育って今10歳だという彼は、日本の中学生にも引けを取らない体格だ。

「東京のテレビだよ。この辺りで悪いことしてる人いない？」面白がって聞いてみると、後ろの車輪を失ったキックボードを操る幼い少女が「いっぱいいる！」と声を上げた。すると他の少年少女も負けじと「この辺りは悪い人ばっかり！」と声を荒らげる。少年がすぐ横の建物を指差して「あそこの3階にいる人たちはいつも悪いことばかりしているよ。犯罪者なんだ」と言った。

本当か嘘かわからないけれど、10歳の子どもがそんなことまで言いのける。それにしても、そんな場所に子どもだけで遊ばせるなんて――彼らの親の気持ちが想像できなかった。それともそうせざるをえない状況があるのだろうか。

「来た」とイリヤが呟いて中庭の奥へと早足で歩き始めた。その先の路地にこちらへ向かってくる男の姿がある。あちらはあちらでイリヤをも凌ぐほどのスピードで歩いてくる。

隕石が衝突するような激しさで握手をするふたりのもとに僕は一拍遅れて辿り着いた。

イリヤが僕たちを紹介する。

「彼はマガメット。こちらはカミデさん」

「ハミデ？」

ロシアでもか…。というのも、日本で飲食店に予約の電話をする際にしばしばそう間違えられる。「はみ出」なんて名前だったらもう少し辛酸を舐めて生きただろうし、その名の通りはみ出し者のアウトサイダーとして辣腕を振るう人生だったに違いない。

「カミデ」音を区切って言い直す。

「カミデさん。よろしく」

がっしりと力強い握手をした。

上背およそ160センチ。デニムパンツにマウンテンパーカー。もみあげがまっすぐに剃り上げられた角刈り。控えめな身骨に宿る強い圧迫感は、鋭すぎる眼光に飛び出た頬骨、分厚い胸板、そして圧倒的に早い身のこなしによるものだろう。

冗談に聞こえるかもしれないが、彼が立ち止まっていた時間は長く見積もっても10秒に満たなかったはずだ。握手をする直前まで歩きながら自己紹介をし、手を握る瞬間だけ立ち止まり、握手が終わるとまたすぐに歩き出した。

イリヤは事前に説明するという概念を持ち合わせていないから、このとどまるところを知らない男が僕をどこへ案内しようとしているのかさえわからない。恐怖も募るが、ワクワクが勝る。

圧倒的な流れに身を委ねて、面白くならなかったことは一度もない。

「普段は何をしているんですか？」

見たこともないほど極端なガニ股でずんずん進むマガメットに聞くと、振り返ってイリヤを一瞥してから「警備員だ」と答えた。

その顔に浮かぶ、人を食ったような笑みが脳裏にこびりつく。

高速ガニ股は一直線にレンガ造りの建物に向かっていく。

「あれ⁉　この建物って…」とイリヤの顔を見る。

「さっき子どもが言ってた建物ですね！」

そう、マガメットは先ほどの少年が指差した「悪いことしている犯罪者がたくさんいる」その建物に今まさに吸い込まれていったのだ。

ガニ股歩きにはそぐわない軽やかさで音もなく階段を上がっていくマガメット。必死でついていく僕とイリヤ。

「上に何があるんですか？」

「クスリを売ってる溜まり場がある」マガメットは言った。

階が上がるにつれて建物の傷みが目立ってくる。2階から先の階段はコンクリートが崩れ、中の木枠が剝き出しになっている。マガメットは3階まで上がると廊下の一番奥へ躊躇なく進んだ。廊下に並んだドアにひとつとして同じデザインのものはなく、色や形さえまちまちで、130年にわたって施された修繕の歴史を感じさせる。崩れつつある共用部分は誰も直そうとしないが、自分の家の範疇となると必死に修理を始める様子を想像すると滑稽だ。機能不全に陥った社会主義の成れの果てを見るような気さえする。

ガンガンガンガン！

廊下の奥から激しく扉を叩く音がする。ノックなんて生易しいものではない。それは殴打。力いっぱい拳を叩きつける。

ガンガンガンガン！

マガメットはまた叩く。こんなに叩かれるんじゃどんな丈夫な扉でも寿命は知れている。扉を叩きながら携帯電話でどこかに電話をかける。かけながら、扉を叩く。

「フゥーー」

と大きくため息をつくと「いないみたいだ」と言って扉を離れた。

もっと早く気づいてもよかったんじゃないか？　と思ったが、ここはロシア。僕の知らない流儀があるに違いない。

「他の場所に行こう」彼は階段を駆け下りた。

続いてやって来たのは、1階が小さな製材所になっている2階建ての建物。

「俺が先に行って話してくるからここで待っててくれ」と言い残して建物の中へ消えたマガメット。相変わらず扉をガンガンと殴りつける音が響きわたる。今度はギギィィと扉の開く音が聞こえたかと思うと、直後に怒声が響いた。

まもなくして建物から出て来たマガメットは「さすがにあいつには君を会わせられない。襲ってくる」と言ってまた次に向かった。

空振りが続くとどうしても案内人を疑いたくなってくる。

なにせ僕なんかを騙すのは赤子の手をひねるより簡単なのだ。

一生懸命ガイドをしているようなふりをして、その実なんの見当もついていない。うまく時間だけを消費して、成果はなくとも仕事を見せる。「〝絶対に〟ヤバい奴らに会えるなんて、最初から言ってないだろう？」彼らは最後にそう言って、僕から報酬を受け取る。仮にそんなことをされたとしても僕にはどうしようも手がないのだ。

「〇〇が撮れたら金を支払います」なんていう成果報酬システムでこのロケは成立しない。そもそも何を撮るかなんて決めていないし、簡単に辿り着けない人をこそ撮りたいのだ。そんな特殊なロケで成果報酬だなんて言えば、ガイドは誰も引き受けてくれない。だからいくら空振りを繰り返しても、彼らが〝一生懸命仕事に取り組んでいる様子〟を見せてくる以上、手をこまねいて見ているしかない。信じざるをえない、という状況で僕はまた疑い深くなっていく。

マガメットは大通りと海岸の間に広がる広場へ続く階段を下りていった。そこは貯水池のように掘り下げられていて、車の走る通りより4メートルほど低くなっている。

「あれが防空壕だよ」階段を下りきったマガメットが左手の土手を指して言った。

その土手には、緑色のトタンでできたカマボコ型の建造物がふたつ並んで突き刺さっている。

「前はここに中国人の労働者が住んでいたんだが、今は違う人が住んでいる」彼はカマボコに向かって歩きながら言った。

ガンガンガンガン！

防空壕と呼ぶには心もとないくらい、彼の殴打にカマボコ全体が揺れている。トタンを叩く音は実に耳障りだ。にもかかわらず、通行人たちは気にもとめない。ここではこんな騒音も当たり前なのだろう。

気が済むまでドアを叩くとマガメットはタバコに火をつけ、トタンの隙間から中を覗いた。何かが見えたらしい。美味そうに煙を吐きながら、僕に目配せをした。

ガチャガチャ、と音がしてカマボコの扉が少し開いた。顔を出したのは赤毛に赤いスタジャンを着た女性だった。

「邪魔していいか？」とマガメットが聞くと女性は不安そうな目で僕を見て、すぐにマガメットに視線を戻した。「日本人だよ。話を聞きたいんだって」マガメットは彼女の気持ちを察したように言った。

女性はニコリと笑って「どうぞ」と扉を大きく開いた。

カマボコの中にはカラーコーンやスコップ、砂地を均すトンボ、凍結防止の石灰などが雑然と並べられ、天井にぶら下がる蛍光灯に照らされている。公園の管理倉庫のようだった。

カマボコの突き当たりに扉がひとつ。

「どうぞ」と小さな声で女性が言って、その扉を開けた。

驚いたことに、その先は立派な住居であった。丸い石を積んで固めたがっしりとした壁。左右にいくつも部屋が続いているのが見える。一歩入った瞬間にしっとりとした熱気に包まれた。外から見えていたカマボコ部分はほんの入り口に過ぎなかった。その奥には土手に開いた横穴が広がっていたのだ。

背後から「いらっしゃい」と低い男の声と共に、浅黒い顔がヌッと出てくる。

彼の名はヴィタレ、52歳。この防空壕の住人だ。

「ちょうど掃除に出てたんだ、いらっしゃい」彼はそう言って手を差し出した。ゴツゴツとした手はキンキンに冷えきっていた。この寒さの中で長いこと外作業をしていたのだろう。

それにしても、彼の顔立ちが今まで見てきたロシア人とはどう見ても違う。肌の色は褐色に近く、丸みを帯びた鼻梁。どちらかといえば東南アジアの顔立ちに近い。

日本から来たと伝えると、ヴィタレの表情があからさまにほころんだ。

「おぉ日本か、兄弟だな」彼は野太い声で言った。

「俺はコリャーク人だから」

——自分はカムチャツカに生まれたコリャーク人。千島列島も日本もカムチャツカもサハリンもみんな元は同じ、だから皆兄弟だ——彼はそう言った。

コリャーク人という民族の名を知る人はそう多くないだろう。それもそのはずでカムチャツカの先住民族であるコリャーク人は現在8千人以下にまで減っている。「コリャーク」の語は「トナカイと共に」を意味する。その意のままで、彼らはトナカイと共に生きる伝統的遊牧民だ。

しかしどうしてカムチャツカの遊牧民がウラジオストクの防空壕で暮らすことになったのだろうか。

「おふたりはご家族なんですか?」と聞くと「そうだよ」と答えようとするヴィタレを女性が制して「違うよ」と笑った。

ヴィタレはムッとして「何が違うんだ。一緒に暮らしてるんだから家族だろう」と譲らない。女性は笑いながら首を横に振るが、反論するのは諦めたようだ。

彼女はリアラ、35歳。ヴィタレとふたりでこの防空壕に住んでいる。

防空壕の間取りは意外なほどに贅沢だった。リビングがふたつにベッドルームがひとつ、キッチンもある。玄関を入ってすぐの広いスペースには20リットル入りのペットボトルがたくさん放られていて、その奥には唐突に裸のバスタブが鎮座している。

「水道は来ていない。水は公園から運びこんで、風呂に入りたいときは湯を沸かす」

でも風呂になんてたまにしか入らない、とリアラが言う。

ベッドルームの天井はキラキラと光る赤や緑のモールで飾られ、季節外れのクリスマスのよう。しかしその一部のコンクリートが大きく崩れて雪解け水がぼたぼた滴っている。穴にビニール袋を詰め込んで応急処置をしているが、水を受けている巨大な盥はもう溢れそうだ。

テーブルの上では蚊取り線香のような渦巻きの電熱線が赤々と光っている。見たところ、暖房器具はこれだけだけれど十分に暖かい。

「調理用の電熱器だけど、中身を出して暖房にしてるんだ。犬が触ると火傷するからテーブルの上に置いてる」

僕が部屋に入った時から、生後間もない二頭の犬がキャンキャン鳴いて足元にまとわりついていた。二頭は知人にもらったジェシーとジャック。ヴィタレはジェシー（ジャックかもしれない）を抱き上げ愛おしそうにキスをした。

トイレも見るか？　と言って、彼は僕をリビングの奥の扉へ促した。その部屋はおよそトイレとは思えない大きな空間だった。入ってすぐに大きな冷凍庫が置かれている。中を見せてくれたけれど、一面に分厚い霜がついていて何がなんだかわからない。冷凍庫が置かれるさらに奥にはバケツやモップなどが乱雑に置かれていて、そのさらに奥に裸の便器がひとつ確認できた。上水道は通っていないが、排水設備はあるらしい。8畳ほどの部屋に剝き出しの便器がひとつ。なんだか現代アートにこんな作品がありそうだと思ったけれど、事情は当然違った。

「もとは防空壕だったが、戦争が終わってからは公衆トイレとして開放されていた。けどホームレスが住み着いたり、犯罪がしょっちゅう起こったりして閉鎖したらしい」ヴィタレが教えてくれる。

確かに、どれだけ強い便意に襲われたってこんな横穴深くのトイレには行きたくない。ここで何かあったって誰も助けに来てはくれないだろう。

「今ここはヴィタレさんが所有してるんですか？」

「いや違う。昔は国の持ち物だったけど…」

「今は他の人が持ってるんだ」

彼は言い淀んだ。

「誰が持ってるんですか？」

「誰かは言えないけど、権利を持ってる人がいる。俺たちはその人から借りてるんだよ」

どうやらよほど口にしがたい人物から借りているらしい。と言ってもマフィア以外には思いつかないが。家賃は1ヶ月3千ルーブル（約5千円）だと言った。

聞けば、ヴィタレがこの穴倉で暮らすようになったのは今からわずか半年前。一方リアラは2年前から暮らしていたというから、ヴィタレが後からここに転がり込んだ形だ。

「私は2年前からここで暮らしながら公園の清掃をしてるの。彼と出会ったのは仕事中。仕事はないかって声をかけられてね」住む場所のなかったヴィタレはそのままここで暮らすことになり、そしてふたりの共同生活は始まった。同棲してから恋仲になるなんて、不思議な順序があるものだ。いや、まだふたりが恋仲なのかどうかは定かじゃない。

ふたりは公園の清掃を生業としているが、正式に誰かに雇われているわけではない。地域の住人から金銭を受け取ることもあれば、食べ物や衣服をもらうこともあるらしい。

それにしても、腹が減った。

北朝鮮レストランで早い昼食を食べて以来、何も口にしていない。

「夕飯はもう食べましたか？」

「いや、まだだよ」

ヴィタレが答える。

「今日のご飯見せてもらえませんか？」

久しぶりに発するフレーズだ。

子犬を抱えたヴィタレはちょっと驚いてから、「ああ、いいよ」と僕をキッチンへ導いた。

丸い石を積んだ壁のおかげで台所がとても可愛らしい。電気コンロの上に、使い古して黄ばんだホーローの鍋が置かれている。

蓋を開けると、鍋いっぱいにパスタが詰まっていた。

「マカロニだよ」リアラが電気コンロのスイッチを入れて、パスタをかき混ぜる。油と胡椒の香りが立ち上がり、食欲を司る視床下部にダイレクトに届いてドバドバ唾液が溢れ出る。よく見るとそれは僕が知っているマカロニじゃない。極小サイズの餃子のようだ。「これがマカロニ？」と改めて聞くと「そうだよ。見たことない？」とヴィタレは目を丸くした。国や地域によって食べ物の呼び方が異なるのなんて当たり前のことだ。ここウラジオストクでは極小の餃子型パスタをマカロニと呼ぶのだろう。

パスタの隙間からチラホラと顔を出す肉は、スープ用に売られている鶏ホルモンの細切れだという。雑肉でもない、鶏の内臓や頭、骨、しかもその端切れの寄せ集め。「これが一番安いの」とリアラは得意げに言った。

マカロニが十分温まると、不揃いの深皿ふたつにどっさりと盛る。マカロニひとつひとつが湯気を吐きながらテラテラと揺れている。テーブルではヴィタレが他の皿を冷蔵庫から出していた。そこには白濁したプリンのような物体。

「煮こごりだよ」と彼は言う。鶏のアラを煮込んで抽出したコラーゲンスープを冷やして固めたものらしい。

まさか防空壕でこれほど工夫に富んだ料理に出会えるとは思わなかった。

いったいどんな味がするのだろう。

ふたりは少しぎこちなさそうにマカロニを食べ始めた。リアラがヴィタレの顔をちらちら覗き込むけれど、ヴィタレは気にもとめずに黙々と食べる。時に堂々たるカメラ目線で。

「あぁそうだそうだ」と彼は立ち上がり、部屋の奥から茶色いペットボトルを取り出した。ラベルにポップな書体のロシア語で「極東」と書かれた、2リットル入りのビールだった。

全員分のグラスを満たすと「日本とロシアの友好に乾杯！」とヴィタレが叫んだ。

僕はありがたくそれをいただく。しっかりした空腹、カラカラの喉に、よく冷えたビール。これ以上の何を望むというのだろう。

「友好に乾杯！」

グラスのビールが減るや否やヴィタレは即座に注いでくれる。

「乾杯！」

ウオッカの国のビールは強い。瞬く間に酔いが回る。

「ロシアで一番強いビールだよ！」ヴィタレが自慢げだ。

彼のグラスに注ぎ返そうとすると頑(かたく)なに拒まれた。

「ロシアでは食事の席で飲み物を注ぐ人を変えちゃいけないんだ。〝手を変えない〟っていうルールがあるんだよ」そう言ってまた僕のグラスに注いだ後、自分のにもなみなみ注いだ。

酒が回ると目の前のパスタが余計美味そうに見えてくる。冷えたビールにホルモンのパスタなんて最高に決まっているじゃないか。そんな気持ちが、声には出さなくとも顔には出ていた。

「あぁ、すまなかった。おい、スプーン持ってきてやってくれ」

すまないのはこっちの方だ。

いきなり押しかけて、飯を見せろと言った挙げ句、飢えた犬のように涎(よだれ)を垂らして見つめられたら一口やらざるをえないだろう。リアラが僕にスプーンを手渡してくれた頃、ようやく「いただいちゃっていいんですか？」と言うべき言葉を発することができた。

「好きに食ってくれ！」

そう言われたら食わざるをえない。容赦なくマカロニを口に放り込んだ。

美味い。もう最っ高に美味かった。

塩胡椒のシンプルな味付けにホルモンの旨味、そしてパスタのふんわりとした甘みがビールと抜群に合うのだ。ビーフジャーキーの美味さが染み渡ったパスタとでも言えようか。ちょっと強めの塩気も含めて、ビールのためのパスタと言っても過言ではない。

目をひん剝いて喜んでいる僕を見て「煮こごりも食べな」とヴィタレが皿を突き出す。

ビールと煮こごり…。グルメな経験の浅い僕にとっては馴染みのない組み合わせ。けれどこのホルモンマカロニを拵えるここん家のシェフの腕は確かだ。恐る恐るスプーンを入れると、予想とは異なる感触がした。最初はスルリと入ったスプーンが一寸先で硬いものにぶつかったのだ。そのまま奥まで差し入れて引き上げると、白い煮こごりの中に賽の目切りにされたジャガイモがぎっしりと入っている。口に入れるとなんとも不思議な舌触りだ。もっちりとしたコラーゲンのゼリーが上顎にピタッと吸い付いて冷たい。顎を動かすとシャキシャキとしたジャガイモの食感が楽しい。まもなくするとゼリーが溶けて、濃厚な鶏白湯スープが口にじんわりと広がる。さらに咀嚼すれば今度はコリコリとした軟骨の食感が待っていた——。

天才かと思った。ウラジオストクの防空壕に天才シェフがいたのだ。

これにパンを合わせてひとりあたり約200円だと言うから二度驚いた。物価の高いロシアでこの値段。やはり天才である。

限りなく安い端切れ食材のポテンシャルを120％引き出している。料理とはかくもクリエイティブで、かくも楽しい。「本当に美味しい！」そう言うと、ニコニコと笑うリアラの横で、ヴィタレが「こいつはどんどん料理上手になっていくんだよ」と謙遜とも自慢ともとれることを言った。

体が温まってきたのかヴィタレは上着を脱ぐと、長袖Tシャツの袖を肘までたくし上げた。

びっしりと刺青が彫られていた。

遠目から見ると、やけに肌が黒いなあ、と思うほどびっしりと彫られている。指先までである。しかしそれは左腕だけで、右腕にはポツリポツリとしか入っていない。

「たくさん入ってますね、刺青」

「あぁ、いっぱい入ってるよ」

ヴィタレはそう言ってTシャツを脱いだ。

腕から肩、胸、腹、背中に至るまでたくさんの墨が彫り込まれている。

「ほとんど自分で彫ったんだ。右利きだから左側ばかりになった」

右腕にはほとんど彫られていないのは自分で彫っているからだった。

「瞼もほら」と言って目を瞑って見せてくれる。上の瞼にも幾何学模様が彫られていた。胸や肩には鏡を見ながら入れたというから、執念さえ感じる。

そして目立つ図柄は全て女性を描いたものだった。

「なぜかわからないけど、女しかうまく描けないんだ」

十以上ある女性の肖像を指で触れながら彼は言った。

「どうしてここに辿り着いたのか、教えてもらえませんか？」

「ちょっと長くなるよ？」

「構いません」

ヴィタレはグラスに残っていたビールを一気に飲み干した。

「全部合わせて38年間、刑務所にいたんだ」

「何があったんですか」

「いろいろ。いろいろあった」そう言って彼は自分の話を始めた。

カムチャツカに生まれた彼の両親は、遊牧の生活を捨てて街に移り住んだ。

「父親の顔は一度も見たことがない。母親は俺が9歳の時に死んだ。まだ32歳だった」

身寄りのないヴィタレ少年は孤児院に保護された。しかしその暮らしはけっして楽なものではなかった。彼はいつも腹を空かせていた。金を貸してくれる人もいなかった。

彼が初めて手を染めたのは、道端での掏摸だった。

「そこからはもう、歯止めをかけるものが何もなかった。強盗もやったけど、体が小さかったから苦手だった。一番得意だったのは空き巣だね。換気のための小さい窓から入り込むんだ」

少年は空腹を満たすための他の選択肢を持っていなかった。それからは逮捕され、施設に戻され逃げ出して、また逮捕されての繰り返し。大人になってからもやることはほとんど変わらなかった。

そして半年前、51歳になったヴィタレはウラジオストクの刑務所から出所し、その足でこの広場にやって来た。

「外の世界に半年もいるなんて、いつぶりかもう思い出せないよ」

満腹のヴィタレは美味そうにタバコの煙を燻（くゆ）らせている。

「もう犯罪はしないんですか？」

「もうしない」

「どうして?」

一拍の間があって「もう歳だから」とヴィタレは言った。

「この前捕まった時に気がついたんだ。人生のほとんどを刑務所なんかで過ごしちまった。とんでもない無駄だったって。残りの人生は真面目に生きたいって思ったんだよ」

本当は絵描きになりたかった、と彼は言った。けれどそれを金にするチャンスの摑み方を彼はついぞ知りえなかった。

「明日は何を買いに行こうかとか、今夜の飯はどうしようかとか、そんなことを相談する相手がいるっていうのは、すごく幸せなことなんだ」

この幸せな暮らしをできるだけ長く続けたい。彼女と、子犬二頭と、掃除の仕事をして生きていきたい。ここを追い出される時が来るかもしれないけど、やっとできたこの家族とずっと一緒にいたい。

ヴィタレの持つタバコから、長く伸びた灰が床に落ちた。

「ほらまだ残ってるから食べな。肉も食べて。骨に気をつけて」まだ少し残っているマカロニの皿をこちらに差し出した。冷えたホルモンは、臭みが少しだけ鼻につく。

まだ半分は残っている僕のグラスにビールをなみなみ注ぐと、立ち上がるように促した。これが最上級の乾杯だと言って、彼も自分のグラスを持って立ち上がり、それぞれがビールを持った右腕を肘のところで交差して「ロシアと日本の友好に乾杯!」と叫び、ふたり一息に飲み干した。顔と顔の距離は20センチと離れていない。汗とタバコとビールの匂いがした。

「アリガトウゴザイマス」去り際にヴィタレが言った。

「なんで日本語知ってるんですか?」

「『WASABI』で覚えたんだ。ジャン・レノの映画。外にいるときに何度も観たよ」

トタンのカマボコを通って表に出る。日はすっかり落ちて、吐く息が街灯に照らされて白く浮いた。腕時計を見ると時刻は夜の8時を回っている。思いの外飲み過ぎてしまった。足元がフワフワしている。そろそろホテルにチェックインしようなんて思っていると、マガメットが僕を呼んでいた。

「早くしろ！　ドラッグアパートに行くぞ！」

これだから仕事は嫌いなのだ。

ドラッグアパート

マガメットは街灯ひとつない真っ暗な路地をズカズカ進む。アクション映画で登場人物の逃げ道を阻むような高い柵に突き当たる。マガメットは映画よろしくよじ登ることはせず、柵の隙間から腕を差し入れて器用に錠を外した。迷路のように入り組んだ路地を抜けると、そこは子どもたちと話をした旧リトルトーキョーの中庭だった。日の落ちたこの場所はぞっとするほど気味が悪い。暗く、冷たく、やけに静かで、庭を囲む建物にポツポツと灯りの透ける窓はどれも固く閉ざされて見える。

マガメットは歩みを止めることなく、ザクザクと雪を踏みしめながら古いレンガ造りの建物へ入っていった。10歳の少年が「悪い奴らがいる場所」と言っていたあの古アパートだ。外から見ても、灯りはおろか人の気配がまるでない。

建物の入り口をくぐるとあまりの暗さに足が止まった。マガメットにだって見えちゃいないはずだが、問題なく階段を上がっていく。よっぽど来慣れているのだろうか。

ハンディカムを赤外線の暗視モードに切り替え、緑がかったモニター越しに足元を確認して進んでいく。

マガメットに遅れて3階まで上がり、カメラを廊下の奥に向けるとモニターに人の姿が映し出された。ひとりやふたりじゃない。廊下の奥に人がつかえているようだ。暗視モードで緑に見える所為もあっただろうが、それはまるでゾンビが獲物をむさぼり食っている後ろ姿のようで、腰が抜けそうになる。酒を飲んだからかもしれない。勧められるまま飲んだことを後悔した。いや、自分ですすんで飲んでもいたか…。

マガメットが来い来いと促しているのが見えてやっと足が前へ出た。4人の男が我々とすれ違うように部屋を出ていく。夕方来た時には閉ざされていた扉の先では、コロンとした体型の女性とマガメットが額をぶつける勢いで言い争っている。その後ろでは、ふわふわのアクリルファーがボリューミーにあしらわれたコートを着た若い女性が「なんなのこの人たち、どうなってんの」と誰に訴えるでもなくブツブツ言いながら右へ左へ歩き回っている。

我々の訪問が彼女たちにとって望まざるものだったのは、この反応から明らかだ。

部屋の中にはもう3、4人の男性がいたが、カーテンで仕切られた奥の部屋へ隠れてしまった。僕も続いてカーテンの向こうへ行こうとしたが「ちょっと待ってくれ」とマガメットに止められた。「今はそこには入らないでくれ」と彼は言う。

その部屋には「現像室」と書かれたボロボロの案内板が打ち付けられていた。

元は写真屋だったのだろうか。しかしその面影はこの「現像室」の表示以外には見当たらない。

床板も壁紙もなく、天井のコンクリートは砕けて大きな穴が開いている。部屋の隅に置き去りにされたような白い箱は、側面にいくつかマグネットが貼られているから冷蔵庫だと思われた。そして部屋の一番奥には、コンクリートの床に直接、裸のマットレスが置かれている。腐ったキャベツのように変色し、生地は引き裂け、スプリングは飛び出している。山に不法投棄された粗大ゴミだと言われれば納得できるような、本当にそのくらい酷いものだった。この部屋が人間の暮らす場所であると認められる唯一の手がかりは、このマットレスと冷蔵庫を除いてひとつとしてなかった。


「初めまして、カミデです」と言って、針金のように細長い体をした男性に握手を求めた。

「スチョーパサンデス」彼はニコニコと笑って手を強く握り返してくれた。彼の名前はスチョーパ、32歳。この部屋で最も柔和な顔つきをしていたから、僕は彼に真っ先に握手を求めたのだった。

「日本語できるんですか？」と驚いて聞いたが、たいしてわからないようで「みんな学校でちょっと日本語の勉強をするんだよ」とロシア語で教えてくれた。先ほどまでマガメットと揉めている様子だった女性もコロリと相好（そうごう）を崩して「コンニチハ」と言った。

「私はエカチェリーナ。28歳。カーチャって呼んでね」

　ふたりは夫婦なのかと聞くと、スチョーパが「そうです」と答えるのを、カーチャが「ここで同棲してるだけ」と牽制（けんせい）した。防空壕で見た光景に不思議と重なる。

　カーテンの奥から、先ほど露骨に取り乱していたファーコートの若い女性が出てきた。カーチャはその女性を隣に座らせると頭を撫でて「この子はダリア。20歳。娘みたいなものなの」と言う。ダリアはカメラに笑顔を向けてゆっくり手を振った。

　さぁ取材を始めましょう、とでも言うように、カーチャとダリアは背筋をピンと伸ばして僕をまっすぐ見つめている。その隣ではスチョーパが爪を嚙みながらチラチラとカーチャの出方を窺（うかが）っていた。

　空間全体が下手な芝居じみていた。

　さっきまであんなに大勢の男たちがいたのに、彼らはこの話の登場人物を3人にしたいらしい。とはいえそれは僕にとっても望ましいことだった。一度に大人数に話を聞くのは得策じゃない。取材される側は人数が増えると、横に気を遣って本音が出なくなる。引っ込んだ男たちには後で話を聞けばいい。

この部屋には3人で暮らしているのかと聞くと、そうではなかった。

「ここで暮らしてるのは私とスチョーパだけ。この子は今日たまたま遊びに来てるの」

カーチャがそう言うと、麗しいドラァグクィーンのような装いのダリアが「今日はたまたま遊びに来たの」と繰り返して再びカメラに手を振った。

「この子のことは生まれた時から知ってるの」と言って、カーチャはダリアの頭を撫でる。その撫で方は僕がこれまで目にしてきたどの撫で方よりもぎこちなくて、まるで幼い子どもが生まれて初めて馬や牛の頭を撫でるときのような、そんな様子だった。彼女たちが言うことのうちのどこに真実があるのか。よく目を凝らさなければ見えてはこないだろう。

「私たちはずっと一緒」とダリアは言ってまたゆっくりとカメラに手を振る。

「もしかして酔っ払ってるんですか？」冗談めかして聞くと、さも驚いたように「お酒⁉ お酒なんて飲まないよ！」と過剰に否定した。

今日はディスコへ踊りに行くつもりだったのだけれど、ふと思い立ってこの部屋に来たのだとダリアは説明した。派手なパーティーファッションに身を包んでいる理由がそれでわかった。とはいえこの打ち捨てられたような薄暗い部屋が、ディスコに行く予定を急遽変更して訪れるべき場所だとは到底思えない。

結託した女ふたりが構えた虚構の城壁は、つるつるとして取りつく島もない。真実を探り出せる残された抜け道は針金のようなスチョーパひとりだった。

意識的にスチョーパの方を見ながら「結構年季の入った建物ですよね」と言うと、やっと自分に出番が回ってきたとばかりに「そうなんだよ！」と満面の笑みで言った。

「これはね、日本人の抑留者が建てたらしくて、確かそろそろ…」と言ったところで「ギャーーーー!!」という女の叫び声にかき消された。

僕には何が起こったのかわからなかった。

どうやら、スチョーパが話し始めたところでカーチャが大声を出したようだった。スチョーパは俯いて居心地悪そうにボリボリと頭をかいている。

「今、カーチャが叫んだ？」と聞くとマガメットが「そうだ」と言った。

「なんて叫んだの？」

「黙れって言ったんだよ」マガメットは馬鹿にしたような笑みを浮かべている。

スチョーパはよほど言ってはいけないことを口にしようとしたのだろうか。ただ建物の歴史を教えてくれようとしただけに聞こえたのだけれど。

それから僕は、仕事は何をしているのか、と至極当たり障りのない質問をしてその場を取り繕おうとした。けれど、この場で彼らの職業を聞くなんて火に油を注ぐ以外のなにものでもなかった。

カーチャはちょっと考えて「郵便配達」と答えた。

すると、挽回のチャンスと肩を回したスチョーパが、よせばいいのに部屋の隅まで行き、冷蔵庫の上に散乱した封筒を取り上げて「この封筒に…」と言ったところで「ウワーーー!!」と再びカーチャの叫び声が響いた。なるほど、スチョーパはあまりにお人好しなんだろう。聞かれたことにはつい精いっぱい答えてしまうに違いない。カーチャは彼に一言さえ喋らせてなるものかと固く誓っているのだ。

眼の前で繰り広げられる滑稽な舞台に、僕は興奮していた。血管を巡っていた極東のビールはもう全部脳みそにまで届いてしまっていたのだ。

「マリファナはやらないの?」と僕は唐突にスチョーパに言った。もう少しこの風変わりな状況を観察したいと思ったのだ。

「マリワーナ!?」スチョーパは菓子を差し出された幼児のように嬉しそうな顔をして、僕のそばにさっと駆け寄り小さな声で「1200ルーブルからあるよ」と言った。

「黙れー!! だーまーれー!!」カーチャは誰もいない壁の一点を見つめて叫びながら、手術直前の執刀医のように両手を顔の位置まで掲げ怒りに打ち震えている。けれど、スチョーパはもうめげなかった。

「どこから手に入れてるんですか?」と聞くと「友達のルートがあるんだよ。君も知ってるくせに!」と笑顔を浮かべて僕の肩を小突いた。

最初からわかってはいたけれど、つまり彼らは黒だった。なんらかの形でマリファナやその他のドラッグに関わっている。冷蔵庫の上の封筒も、何か関係があるのだろう。

マリファナ以外には何があるのかと聞くと「アシッドかな」とスチョーパは当たり前のように答えた。アシッドとはLSDという名で知られる強力な幻覚剤だ。すると横から「アシッドはダメだよ」とカーチャがため息混じりに言った。そのため息には、自分は健闘したが伴侶が愚鈍すぎてもう手に負えない、観念した、というメッセージが濃厚に含まれていた。

アシッドを使うと頭がおかしくなるから絶対に使ってはならない、と彼女は言った。

「あれをやって自殺した知り合いがいーっぱいいるの」いかに自分がその悲しみに打ちひしがれているかを示すように、肩を落として首を横に振りながらカーチャは言う。

その瞬間、彼女は右手で吸っていたタバコの灰を左の手のひらに落とし、パクリと口に放り込んだ。

そう、タバコの灰を食ったのだ。

この部屋に入ってからというもの変な光景ばかりで麻痺しつつあったけれど、さすがにその瞬間を見過ごすわけにはいかなかった。

「今、それ、食べました?」驚いて聞くと、カーチャはいったいなんのことを言っているんだ?　という目で僕を見た。マガメットを見ると、彼も彼で「え、どうした?」みたいな顔をしている。「彼女、タバコの灰を、食べましたよね?」と改めて聞くと「食べたよ」と答える。

いや、それじゃ終われない。こっちとしては「食べたよ」では終われないのだ。

僕があっけにとられて言葉に詰まっていると、カーチャがもう一度タバコの先に溜まってきた灰をトンと軽く手のひらに受け、それをパクリと口に放ってコクンと飲み込んだ。

「胸焼けにいいんだよ。日本ではやらないの?」とカーチャが言った。まるでロシアでは一般的なことであるかのような物言いだ。マガメットに否定してもらおうと思ったら、彼もまた深く頷いている。

「よくやるよ。軍隊でもやるし、家庭でもやる」

ガムを飲むのもいいんだよな?　とマガメットがカーチャに言うと、タールで作った薬もなかったっけ?　とカーチャは答えた。

灰を食べるなんて——。ゲテモノだろうが腐った野菜だろうが、なんらかの有機物だったらそれは〝食べ物〟として認める余地がある。けれどタバコの灰は話が違う。そもそも煙を吸うだけで有害なものの、その灰を食うとは何事か。しかしながら、美味そうに灰を平らげるカーチャをカメラモニター越しに眺めていると、あることに思い当たった。

そういえば日本にだって「あく巻き」なる郷土料理がある。かつて西郷隆盛が愛したと言われる鹿児島の「あく巻き」はもち米を灰汁（草木を燃やした灰を溶いた水の上澄み液）に浸けたうえで、竹の皮に包んで再び灰汁で煮込んだ菓子のようなものだ。隅々まで灰汁に浸されているわけだから、慣れない人が食べるとそのえぐみにかなり驚くはずだ。砂糖やきな粉、黒蜜などをまぶすことでそのえぐみを覆い隠しながら食べるのが一般的だと思うが、僕は何度試してもなかなか好きにはなれなかった。保存に適することから西南戦争の時代に西日本で広く広まった。そして、強いアルカリ性を備えた「あく巻き」は一部で健康食品としても認識されている。

灰は強アルカリ性である。

胸焼けとは、胃酸が逆流して食道を刺激することで起きる不快感だったはずだ。胃酸は読んで字の如く、食べ物を溶かすために我々の胃が溜め込んでいる酸性の分泌液である。この胃酸が悪さをしているときに必要なこと、それは強いアルカリ性の何かを投じて中和させること。

つまり胸焼けに〝食灰〟は合理的だったのだ。思わぬ〝飯〟に出会えたとにわかに興奮したが、よく考えれば飯というよりも薬と捉えた方がよさそうだった。なお日本の皆さんは真似しないよう、念の為忠言しておく。

そんなことを頭でグルグル考えていると、いつの間にかその瞬間に自分がいる空間のことを忘れてしまう。酒など入っているとなおさらだった。

ハッと我に返って、会話を続けるために再び当たり障りのない質問を投げた。

「皆さんの逮捕歴は？」

顔を見合わせるカーチャとスチョーパの顔を見てすぐに、しまったと思った。

何から何まで隠そうとするこの相手に、こんなあけすけな質問を投げつけるなんて馬鹿げている。咄嗟にこんな質問が口をついて出る自分を呪った。いったいどんな取材を繰り返せばこんなバカな質問が〝当たり障りのないもの〟として発言されてしまうのか。

しかし事態は僕が予期したものと異なる方向に転がっていった。

「俺はない」とスチョーパが言うと、意外なことにカーチャが「私はあるよ」と告白したのだ。時に配慮に欠ける態度が道を切り拓くものだ。

「10年くらい前にね。４年半刑務所にいた」

「何をしたんですか?」

「もちろん麻薬。ヘロインの所持と密売」

腹を括ったカーチャの語りを聞きながら、スチョーパはその後ろでわざとらしいコメディアンのように両手を大きく開き、首を傾げて戯（おど）けて見せた。

「今も売ってるんですか?」

「もう売ってない。今じゃ相場がいくらかさえわからない」

カーチャが告白しているのはあくまで過去の話だ。今はもう足を洗っていると言う。

「やめるのは大変でしたか?」と聞くと「私が使うわけじゃないよ!」と笑った。「自分で使うなんてバカじゃないの」と彼女は吐き捨てるように言う。

クスリは使うものじゃなくて使わせるものであるというのが彼らの作法であり、商売を成立させるための不文律だ。もちろん例外はいくらでもあるだろうが。

そういえば、と僕は切り出した。

「僕たちがここに来た時は皆さんで何をしていたんですか？」

「遊んでただけ」

「遊んでたって、何をして？」

「喋ったりとか、いろいろだよ」なんでそこまでわかりやすく嘘をつくのだろう、と思えるくらいカーチャの目はキョロキョロとし、スチョーパは何かを言いたそうにウズウズしている。「奥の部屋、覗いていいですか？」と言いながら、僕は答えを待たずに「現像室」と書かれた部屋のカーテンを開けた。

しかしそこには誰もいなかった。

無機質な金属のカウンターが伸びて、ベランダに出られる勝手口へ続いている。そのベランダからは地上へ階段が延びていた。

僕たちがここに来た時、間違いなく数人の男たちがこの現像室に入っていった。そしてその後カーテンをくぐって我々の前に姿を表した者はひとりもいない——。

逃げられたのだ。

「ここにいた男の人たちは？」と聞くと「え？」とカーチャは目をパチクリとしてすっとぼけた。

「僕たちがここに来た時に皆さん少し狼狽してたように見えたんですが、僕の勘違いですか？」

そう尋ねたとき僕は自分の言葉にハッとした。まるで自分が警官か探偵にでもなったかのように、犯罪の瞬間を暴こうとしている。そんなのは、僕のやりたいことでは全然ないのだ。しかしここではもう気色の悪い捜索が進んでしまっている。

「もちろんビックリしたよ、ねぇ」とカーチャは久しぶりにダリアに同意を求めた。携帯電話を弄っていた彼女は突然振られた話にあたふたしながら「すごくビックリした」と相変わらずオウムのように繰り返した。

「ついに彼が捕まえに来たんじゃないかと思ったんだもの」と言ってカーチャは僕の隣を指差した。

そこには腕組みをして笑顔を浮かべるマガメットがいた――。

「え?」

頭が追いつかず、言葉が出てこない。

僕が混乱しているのを悟ったのだろう、マガメットは「俺は警察なんだ」と突然打ち明けた。

それまでは相手方の世界にだけ存在していた混沌が、この瞬間にこちら方の世界にまで侵入してきたような気がした。整理しなければならないことが多すぎて、その時このボロアパートで最も狼狽しているのは間違いなく僕だった。

堪え難い疲労感が、鈍い鉛のように腹に溜まっていくような気がした。

なんという茶番だろうか。

一刻も早くここから抜け出したかった。

しかし、僕はまだ仕事をしていなかった。飯を見せてもらわなければならないのだ。

「今日の晩ご飯はもう食べたんですか?」

気力を振り絞って聞いた。彼らにとっては今日最も意外な質問だったかもしれない。カーチャが珍しく答えに窮していると、スチョーパが「もう食べちゃったよ」と言った。

「何を食べたんですか?」

「まだ少し残ってるよ」そう言って、スチョーパは部屋の隅で埃をかぶった小さなコンロの上に置かれたフライパンの蓋を取って見せた。

それは細い短冊形に切られ、炒められたジャガイモだった。黒い粒はきっと胡椒だろう。冷めているせいか香りは弱い。

「ポテト?」と聞くと「ポテト!」と答える。

「美味しい?」と聞くと「美味しいよ!」と言って、フライパンから直接スプーンで一口とって自ら食べた。

「一口もらえませんか?」僕は珍しく直球で一口を求めた。きっと彼らに十分な稼ぎはない。しかも正直に言って、防空壕でたらふく食べたから腹は減っていない。そんな状況で飯をねだるなんて許されないことだったかもしれない。けれどその時の僕はひどく混乱していて、可能な限り早くその場を離れたかった。そして僕はもう、飯の味を確認しないとそこから離れられない体になっていたのだった。

「もちろん!」スチョーパはにっこりと笑って、たった今自分がポテトの残りかすを舐(ねぶ)り取ったスプーンを僕に手渡した。

「スパシーバ!(ありがとう!)」

僕はフライパンからジャガイモを一匙掬って口に運んだ。冷蔵庫から出したばかりかのようにひんやりと冷たいジャガイモは、思いの外美味かった。思えば冷製スープだってジャガイモが主流ではなかっただろうか。冷たいジャガイモは美味い。フライパンから供されたから違和感があっただけだ。

そして、その味は思ったほど単純でなかった。

「ポテトと塩胡椒だけじゃないですね」と言うと「チキンブイヨンも入れてるんだ」とスチョーパは自慢げに教えてくれた。けれどそれだけでも説明がつかないくらい、複雑な味わいだった。

「本当にそれだけ?」

そう聞くと、スチョーパは急にあたりを気にするような小さな声で言った。

「あとは、ハーブが入ってるよ」

そのハーブがなんだったのかを聞くのはやめた。

最後にひとつ聞きたいんですが、とカーチャに言った。

「今の暮らしはどうですか？」

彼女は「あー…」と声に出して思案してから「全然問題ないわ」と言っておもむろに立ち上がり、スチョーパを捕まえてブチュブチュとキスを始めた。ひとしきりキスを終えると「ね？」というように僕の表情を窺った。

「スパシーバ」といったい何がありがたいのか自分でもわからないまま、彼らと握手を交わして部屋を後にした。

ドアを開けると先ほどすれ違ったのとは違う男たちが3人、階段の踊り場で立っていた。我々が出ていくのを待っていたのだろう。僕が階段を下り始める頃には3人とも部屋の中へ消えていた。

一足遅れて地上に降り立つと、待ち受けたマガメットが「冷蔵庫の上のあの封筒に薬を入れて配達するんだ」としたり顔で話し始めた。

「仕事は何かと聞かれて、女は郵便配達と言っただろ？　あれはクスリの宅配のことさ」

「でももう足は洗ったって言ってなかった？」

「あんなの嘘に決まってるだろう!?」と彼は純粋に驚いて言った。

「部屋の外で待っていた連中は、クスリを買いに来た客だよ。カーチャはあの部屋で薬を用意して、スチョーパが外に配達に行く。客によっては部屋まで直接買いに来るんだ」

それも十分衝撃的な話だったけれど、聞けば聞くほど今僕に話をしているこのマガメットと名乗る男の素性が不確かになっていった。

彼が警察だとすれば、どうしてカーチャたちはおとなしく我々を招き入れるなんていう危険を受け入れたのだろう。

「あなたは警察官なんですか？」

「そうだよ」

なんてことはないといった風情で彼は答えた。けれどその説明は、この日僕が耳にし目にしたどんな事実よりも強い一撃となって僕を打った。

彼はこの街をパトロールする警察官だった。

当然、犯罪に手を染める市民をたくさん知っていた。どこで誰がどんな罪を犯しているのか、彼には手に取るようにわかるのだ。しかしすぐに逮捕とは相成らない。彼は犯罪者を泳がせる。犯罪の現場を押さえ、脅し、なんらかの利益供与を求め、目を瞑る。「賄賂をもらうわけじゃない」と彼は言った。

「例えば今日みたいに、奴らに取材に協力させる。そうすれば俺は撮影コーディネーターとして稼げる。使い物にならなくなった奴は逮捕する。そのときは俺じゃなくて同僚の警察官に逮捕させるんだ。そうすれば俺が恨まれることはない。刑期を終えて出所したときに、守りきれなかったと言ってやればもう一度そいつらは俺を頼ってくる」

それが彼の説明だった。この男こそ悪人じゃないか。僕は正直にそう思った。

国の権力を笠に、誰よりも卑劣な方法で利益を得ているじゃないか。

「なんでそんなことをするの？」

僕は愚かでまっすぐな質問を投げた。

「俺には子どもが4人いるんだ」と彼は言った。

「警察官の給料は安すぎる。4人の子どもに十分な教育を受けさせてやるなんて夢物語だ。どれだけ命を懸けたって無理だ。だからこうやって稼いでる」

最後に彼は一言付け加えた。

「それに、誰も困ってないだろう?」

——果たしてそうなのだろうか。

確かに彼に泳がされている犯罪者たちはある時期には逮捕を免れている。逮捕されるよりはマガメットに協力する方が得だと彼らが考えているから、取引が成立しているのだ。ではいったい誰が不利益を被っているのか。

それは市民だ。

市民が払う税金から彼は給料を得ている。その職務は犯罪を取り締まり、街の平和を守ること。けれど彼はその税金を受け取りながら、自分の利益のために治安の悪化を手をこまねいて見ていたことになる。それは明らかに倫理に悖(もと)るはずだった。

けれど本人は悪びれもせず自分の正当性について話した。

その背景には、ロシアの公権力が抱える慢性的な腐敗のにおいが漂っているような気がした。

マガメットと別れ、イリヤが取ってくれていたホテルに向かった。

明日以降がどうなるかはわからないから、支払いは一泊分だけ。パスポートを提出したりなんだりと煩雑な手続きをなんとかこなし、清潔で安全な部屋になだれ込むように入った。

ブーツを脱ぎ捨てダウンジャケットを放り投げ、そのままシャワーも浴びずに寝てしまいたかったが、どう考えても大きすぎる音量で部屋の電話が鳴った。

ロシア人は全員鼓膜が凍っているのかと悪態をつきたかったけれど、受話器を上げると電話の向こうで男性の声が何かをまくし立てている。ひとしきりロシア語で喋った後「OK?」と英語で確認があった。「僕は日本人です。ロシア語はわかりません」と英語で何度も言ってはみたが向こうの態度は変わらず、ロシア語を喋った後に「OK?」を繰り返す。疲れ果てていた僕は、五回目くらいの「OK?」に降伏し「OK!」と答えた。すると彼は満足げに笑って電話を切った。

彼が僕に何を伝えたかったのかひとつとして理解できなかったが、僕が入室してすぐの着信だったことから考えて、きっとフロントが何かの確認をしたかっただけだろう。

ベッドに潜り込んだところで誰かが部屋の扉をノックした。

僕は無視しようと決めた。

しかしどんなに息を潜めていてもノックは続いた。先ほどの電話の主がやって来たのだ。僕が部屋にいることを彼は知っている。

僕は観念して扉を開けた。

そこにいたのはロシア人の中年男性、ではなく若い金髪の女性だった。それも4人。

夢のような状況が理解できずにあんぐり口を開けて黙っていると、4人は躊躇なく部屋の中に入ってきた。そこでようやく僕は状況を飲み込んだ。

彼女たちの服装は冬のロシアの寒風には誓って太刀打ちできないような、生地も厚みも足りていないものばかりだったのだ。

あの電話はコールガールを斡旋する業者だったに違いない。根負けして最後に「OK！」と言ってしまったのが運の尽きだ。

今すぐにでも眠りたいのに、この状況はあまりにも酷だった。今日はもうボロボロなのだ。

ソーリーソーリーと言いながら、帰ってもらおうと扉の方をしきりに指差すけれどこちらの意図が伝わらない。しびれを切らしたひとりが部屋の内線電話をとってどこかにかけた。二言三言話してから僕に替わる。その声はやはり先ほどの電話の中年男性だった。僕はなんとか簡単な英語で「いらない。眠りたい」とだけひたすら伝えた。すると彼は「OK」と言ってから（多分）受話器を女に渡すように言った。電話越しにしばらく言い争うようなやりとりの後、ロシア語の暴言を合計40個ほど僕に吐き捨て、4人の娼婦は部屋を出ていった。

もうこりごりだ。

僕は電話線を壁から引っこ抜き、ドアにつけられた全ての鍵をロックし、電気を消してベッドに倒れ込んだ。

白装束の村

コンクリートを掘削機で削るようなけたたましい音で目が覚めた。

今は何時だろう。手探りで枕元にiPhoneを探すが見当たらない。骨を伝って脳に響くような不快な音はヴーヴーといっこうに鳴り止まない。

あっ、と思い当たってトイレに行くと、洗面台の端でｉＰｈｏｎｅがブルブルと着信を知らせていた。

電話をかけてきたのはロシア人コーディネーターのイゴールだった。

「すぐに荷物をまとめてチェックアウトしてください。２時間後の飛行機に乗ります——」

どうして僕が関わるロシア人はみな説明を割愛するのだろう。何が何やら、どこへ行くつもりなのかも、今が何時なのかもわからない。いや、時間は時計を見れば済む話か。ｉＰｈｏｎｅを耳から離して表示を見ると、なんと9時を20分ほど回っている。

「どこへ行くんですか？」

「カルトの村！　カルトの村が取材の依頼を受けてくれたので今から行きます！」

目が覚めてから二言目か三言目に聞く言葉としては刺激が強すぎる。急に裸足の足の裏から床の冷気が伝わってきた気がした。

「すぐチェックアウトします。何時頃迎えに来ていただけますか？」

「もうホテルの下にいますのでいつでもどうぞ！」

快活なイゴールは全ての仕事が早いのだ。

ホテルのユニットバスでシャワーを浴びながら、僕は遥か北方、カルトの村について考えていた。

彼が興奮気味に言った「カルトの村」とは、ウラジオストクから北西に直線距離で約２９００キロメートル、シベリアの森の奥深くに存在するという異形の村である。その山深き村では特異な宗教を信奉する者たちが外界と交わることなく暮らし、白装束を纏って祈りを捧げる。信者は全世界で5千人。うち、この村に住むのは2千人。教祖は自らを「イエスの生まれ変わり」と称する男、ヴィッサリオン。そして彼らの聖典はイエスの生まれ変わりが記した『最後の聖書（訳によっては成約聖書）』だという。

インターネットで教団の名前を調べれば、外国人ジャーナリストが書いた記事がいくつか出てくる。読み比べると、書かれていることはどれも概ね同じであることがわかる。〝シベリアの辺境に、ただじっと世界の終わりを待つ人々が集う異端の村がある〟ということ。そして添えられる写真はわかりやすくふたつのパターンに分けられた。ひとつは過度に露出が上げられ、極端に彩度を落としたもの。つまりやけに明るくて、眩しくて、単調な色合いのものだ。もうひとつは逆に、過度に露出が下げられ、コントラストが強調されたもの。つまりやけに薄暗くって、被写体の陰影が強く出ているもの。そして全ての写真に共通していたのは、被写体の村人たちが一様に感情を剝ぎ取られた無表情な顔をしていることだった。総じて不気味であった。

僕はこの村に強く惹かれていた。

「カルト」という言葉の曖昧さが、いっそう僕の心を強く惹きつけた。

ドイツ社会学者マックス・ヴェーバーは、「カルト（ドイツ語ではセクト）」をたんに宗教団体の初期形態であると言った。つまりこの言葉は善し悪しの観念を持たず、純粋に新興の宗教を指すにとどまっている。しかし、現在の社会における「カルト」の使われ方は全く異なる。通俗的に異端の宗教、果ては宗教性を持つ犯罪組織を示すことさえある。

僕はここに仄かな多数派の論理を嗅ぎとる。世界中で繰り広げられる少数派に対する弾圧の根元に横たわる、多数派が抱える被害意識と恐怖心。この地球上で絶え間なく悲劇を生産するその奇妙な心理が、「カルト」という言葉の意味を変えてきたような気がする。

本当のところはわからない。このシベリアの村は、テロリズムによる世界の崩壊を目論む宗教の本拠であるかもしれない。

しかし、そこには世界の仕組みのひとつを見破るヒントがあるような気がする。

そんな予感がしていたのだ。

だから、閉鎖都市ノリリスクの取材が不可能となった時、この教団に真っ先に取材の申請を出したのだった。

荷物をまとめ1階へ降りると、イゴールがロビーに併設されたカフェテリアから手を振っている。

「カミデさんにサンドイッチ頼んでおいたので、出来上がり次第空港に向かいましょう。待っている間にコーヒーだけでも飲みますか?」

こんな心遣いをしてくれるコーディネーターは極めて稀だ。それは彼が日本人相手の仕事を長くやってきたがゆえだろう。

「昨夜、部屋に金髪の女性が何人も来たんですよ」僕は話したくてしかたなかったことを真っ先にイゴールにぶつけた。

「いくらでした?」

「いや、わかりません」

「どうして?」

「お引き取り願ったからです」

「部屋まで呼んだのに?」

「呼んだつもりはないんですけど、来ちゃったんです」

イゴールは、それはまずいなぁ、というような表情を浮かべて「隣のテーブルに座ってるのが斡旋してる人です、多分」と言った。そこにはでっぷりと肥えた東欧風の顔立ちをした男がいた。新聞を開き、コーヒーをちびちび飲みながらホテルのロビーを眺めている。ぼーっと見つめていると男と目が合った。男はギッと射るように僕を睨みつけて、再び新聞に目をやった。きっと昨晩の失礼なアジア人が僕だと気づいたのであろう。

イゴールはいたずら好きな少年のような顔を伏せがちにして、クスクス笑いながら僕の様子を見ていた。

190センチを超える上背に分厚い胸板、僕のふくらはぎよりも太い二の腕を持ったイゴールの顔はつるっとしたベビーフェイスだ。笑った時に覗く前歯がすきっ歯なのも顔立ちに愛嬌を添えているし、短く刈り上げたブロンドの頭髪も少年のよう。

「あ、サンドイッチサンドイッチ!」イゴールは僕の朝食のために頼んでいたサンドイッチを受け取りに厨房へ駆けていった。


ウラジオストクの空港は、長方形の建屋の片側が全面ガラス張りになっていてやけに格好いい。スッキリとしていて潔いし、きりっとした空気によく合うエッジの立ったデザインだ。

ロシア南東部のここウラジオストクから、飛行機でロシアの中央付近に位置するクラスノヤルスクまで飛ぶ。5時間強のフライトだ。

到着したクラスノヤルスクでは、我々をカルトの村まで連れていってくれる車を探すのに苦労した。なにせこの街からカルトの村まで距離にして500キロメートル。走り続けても実に8時間以上かかるうえ、街を出てから遥か北へと向かう道の状況など誰も知らず、どれほどの未舗装路があり、それがどれほどの悪路なのかもわからなかったからだ。

悪戦苦闘したイゴールが夜中になってようやく連れてきたのは、ボロボロのセダンに乗ったマイケル・ムーアそっくりの大男だった。

彼はアンドレと名乗った。そう聞けば、ムーアより確かにアンドレの方がしっくりくる気がするから不思議だ。

「シベリアのイエスって知ってますか?」と聞くと「あぁ、聞いたことはあるな」と彼は答えた。

「警察官をやめて宗教を始めた男だろ?」

確かにいくつかの資料の中に、教祖ヴィッサリオンは元々交通課の警察官だったとの記述があった。

「そんなのは偽物だよ」アンドレは鼻で嗤(わら)った。

「ロシアは紛い物だらけだからな。本物らしくしてさえいれば、ロシア人は本物だって信じ込む」

でもな、と付け加えるように言った。

「ロシアは謎だらけの国だ。だからどんなことがあっても俺は驚かない。全く真実だとは思えないことが真実だってことも、この国じゃありえるんだ」

月明かりに照らされて、遠くの工場に伸びる煙突から煙が何本も立ち昇っているのが見える。不気味なほどに風のない夜で、全ての煙が一直線に天を突いていた。

ｉＰｈｏｎｅで教団について調べていたイゴールが、気になるホームページを発見した。

「ロシア正教会がヴィッサリオン教について声明を出してますね」

「なんて書いてあります？」

「知りたいですか？」イゴールはまた少し意地悪な笑みを浮かべている。きっと不穏なことが書いてあったに違いない。

彼が読み上げたロシア正教会によるヴィッサリオン教についての分析は次の通りだった。

一、擬似キリストのカルト教団である
二、大量自殺の可能性がある
三、国家構造に侵入しようとしている

まぁこれがロシアの多数派の意見ってことですね、とイゴールは言った。

「メディアを見てもあんまり教団についての情報がないんです。教団の公式ホームページにはいいことしか書いてないし、ロシア正教会は教団の悪いことしか言わないに決まってる。それ以外のメディアはやっぱり〝不気味なカルト教団〟という話になりがちです」

「イゴールさんはどう思いますか？」

「カルトの定義はわかりませんが、それでもかなり怪しいと思います」

いずれにしても、普通の人がわざわざ行くような場所じゃありませんよ――。イゴールはそう言って話を終えた。

◆

木々の向こうに朝日の気配が漂い始めた頃、僕たちはカルトの村に辿り着いた。

「多分ここが待ち合わせ場所ですね」とイゴールが言ったのは、長く続いたタイガの森の一本道から右手に枝道が延びるポイントだった。

道が交差する中央に、背の高いモニュメントが建てられている。その先端には太陽を模したシンボルがあり、ロシア語で「ペトロパブロフカ」と書かれていた。そのモニュメントを除いて、その周囲には何もなかった。

ただそこにいるだけで、そこはかとない恐怖を感じるような、無機質な世界。

アンドレは「それじゃ」と軽い一言を残して、颯爽と元来た道を帰っていった。クラスノヤルスクで見た時はボロくとも〝白い車〟と認識できた彼のセダンは、泥混じりの雪を跳ね上げて前も後ろも汚い茶色に変わっていた。彼はこれからまた8時間も運転して帰るのかと思うと、どれだけ不気味だろうが、このタイガの森に取り残される方がマシな気がした。

車のエンジン音が遠ざかると、世界からきっぱりと音が失われたかのように、恐ろしいほどの静寂があたりを支配した。「あーあーあー」自分の声で鼓膜の機能と震える空気の存在を確かめる。気温は氷点下のはずだったが、風がないからあまり寒さを感じない。あたりは朝日で真っ赤に色づき始めている。日が出てくるに従って、一度、また一度と気温が上がっていくのを頬で感じた。

どこかから、車のエンジン音が聞こえてきた。

アンドレが引き返していったのと逆の方向に、ヘッドライトの光が見える。

イゴールの顔に緊張が走る。僕の心臓もばくばくと音を立てて打っている。今まさに、カルト教団の信者と接触しようとしているのだ。

日本では見ることのない大型のバンが、雪煙を上げて僕たちのすぐ目の前に止まった。

運転席から降りてきた男は、全身に白い装束を纏っていた。白いニット帽に、白いマント。足元だけは量販店で売っているような黒い防寒用のブーツだった。

「ようこそ!」男は満面の笑みで手を差し出した。

「初めまして、日本から来ました!」こちらも満面の笑みで握手を返す。

自己紹介をと思ったが「さぁ、乗って!」と急かされバンに乗り込んだ。バンはUターンして、山の奥へ向かって走り出した。

車内にはロシア語のフォークソングが流れていた。ロシアにもフォークソングがあるんだなあと、ごく当たり前のことを考えていた。

男は名をヴィルキスと言った。まず確認しなければならないことがある。

「ヴィルキスさんは信者ですか?」

彼は真っ直ぐ前を見て、猛スピードでバンを走らせながら「もちろん」と答えた。舗装された道であっても雪が積もれば荒れ道だ。車輪が凹凸を捉えるたびに、固まったサスペンションが衝撃をダイレクトに伝えてくる。車内はガタンガタンとうるさくて、全員が声を張り上げて話さなければ聞こえない。

「ここへ越してきてもう17年になります」ヴィルキスは大きな声で話を続ける。

「この車はどこへ向かっているんでしょうか?」これはなるべく早く聞きたかったふたつ目の質問だ。

「太陽の街へ向かっています」ヴィルキスは悪路に取られるハンドルを力でねじ伏せる。

「この先の太陽の街で行う8時からの集会を是非見てもらいたいのです」

今の時刻は7時15分。きっとヴィルキスはその集会に間に合わせるべく猛スピードで走ってくれているのだろう。運転の邪魔はしたくないけれど、聞きたいことはたくさんあった。

「ペトロパブロフカっていうのはなんのことなんでしょうか?」

「村の名前です。先ほどのモニュメントのあった交差点を右に入ると、その先にペトロパブロフカ村があります」

「教団とは関係ない?」

「もちろんありますよ。ペトロパブロフカ村の住民のほとんどが信者です」

「そこに教祖も住んでいるんですか?」

「いいえ。教祖が住んでいるのは今向かっている太陽の街です」

聞けば、ここには大きく分けてふたつの居住エリアがあるという。

クラスノヤルスク市街に(相対的には)近い位置にあるペトロパブロフカ村は、住人のほとんどが信者である。そしてそこよりさらに森の奥、人里離れた山の手にあるのが太陽の街。ここには教祖をはじめ、選ばれた信者だけが暮らしている。そして今我々は、その太陽の街で行われる朝の集会に遅れないよう、猛スピードで雪道を飛ばしている。

「わ!」窓の外を見ていたイゴールが叫び声を上げた。

「カミデさん見て見て! アルプスみたいです!」遠くに見える山並みを見て興奮している。「ロシアにもこんな綺麗な山があるんだ…」イゴールはこの感動を言葉で説明するのが野暮だとでも言うように、僕に窓の外を見るように促す。ちょうど車が速度を落として小さな橋を渡る時、僕は北側の窓の外を見やった。

その景色は、息を飲むほど美しかった。

足元の橋の下から真っ白い谷が遥か向こうの山裾まで繋がっている。谷の底には完全に透き通った、つまりじっくりと見なければそこに水があることにすら気がつかないような水が流れ、奥の山々はそれはそれは白く、鋭く、地球に突き立っていた。空気が澄んでいるからだろうか、細部まで明確な輪郭。その風景の中に佇めば、あまりの鋭さにきっと不安を感じる。美しく鋭利な風景だった。

教祖はどんな存在なのかと聞くと、ヴィルキスは淀みなく答えた。

「あらゆる疑問の答えを持っている方です。この地球上での正しい生き方を教えてくれます」

なるほど。「教祖」と辞書で引いたら出てきそうな答えだ。

「僕、教祖に会えますかね？」と聞くと「私にはわかりません」と言う。

「教祖は特別な感覚を持っておられます。教祖があなた方と会うべきだと感じたら会ってくださるはずです」

そして「あなたが今太陽の街に向かっていることももうご存知だと思います」と彼は添えた。

それが、単純に我々の取材の申し入れが教祖にまで伝わっているということなのか、それとも特殊な力で我々の存在を感じ取っているということなのかわからなかったけれど、常にどこかから見られているような気がして心地悪いのだった。

道の先に鎖を渡したゲートが現れた。ヴィルキスがトランシーバーで誰かとやりとりをしたかと思うと、木立の間からヌッともうひとり白装束の男が現れ、鎖を外してゲートを開けた。

「私がお連れするのはここまでです。ここから先はあちらのアレクセイがご案内します」ヴィルキスの赤いバンはイゴールと僕を降ろすと黒い煙を吐き散らしてどこかへ走り去った。

ふたり目の白装束の男アレクセイは、早くもゲートの先を歩き始めている。追いつこうと、雪に足を取られながらなんとかゲートを越えた。

「うわぁ、綺麗だなぁ…」思わず声が漏れた。

ゲートの先には、お伽の国の村が広がっていた。

山々に囲まれた真っ白な雪原に、ポツリポツリと不規則に家が建っている。その家々はどれもが奇観を呈していて、奇抜なクリスマスツリーか五重塔のようなものもあれば、菓子の入った小箱のような家まである。どれもこれも目に新しい家々ばかりだけれど、全てが木造であることは一目でわかった。アヴァンギャルドなデザインに木肌が温かみを与えている。

「綺麗な村ですね」と挨拶も後回しに、なんとか追いついたアレクセイの背中に言った。

アレクセイはこちらを振り返ると、白いニット帽が映える端整な顔の口元に人差し指を立てて添えた。静かにしてくれという合図は世界共通だ。

「ここではできるだけ静かにしてください。そして、ここは村ではなく街です。教祖が住む場所は街なのです。細かくって申し訳ありません」低く落ち着いた声でそう言うと、にっこりと笑って再び歩き出した。ルールは多くて厳しそうだが、この青年は穏やかなようで助かった。

50メートルおきに家が一軒あるかないかのこの場所を街と呼ぶにはかなり無理があったけれど、彼らにとっては大事なことなのだろう。その区別や呼称がどんなに曖昧で些末なことに思えても、それが誰かの大切にしているものであるならば尊重する用意が僕にはある。

起伏に富んだ雪原に掘られた一本道を先へと進む。アレクセイの歩調は早い。時計を見ると、8時まであと5分と迫っていた。

「急いでください」雪道にもたつく僕は急かされる。

「遅刻は許されません」

得体の知れない宗教団体の集会に、いきなり遅刻していくのは僕としても避けたかった。汗をダラダラ流す僕とイゴールを振り返りながら、アレクセイはさらに加えた。

「集会はサークルの中で行われます。そのサークルに近づいたら、絶対に音を立てないでください。足音もいけません。話し声はもってのほかです。いいですか?」

我々が強く頷くと、アレクセイは満足したように微笑んだ。

小さな丘の頂上に、ペトロパブロフカの入り口にあったモニュメントらしきものが見え始めた。

丘の上に至った僕が目にしたのは、はっきりと浮世離れした人間の営みだった。

ふたりの天使が背中合わせに祈るモニュメントの高い頂きには太陽のオブジェ。そのモニュメントを中心に深く雪を掘って作られた円形のスペースに、40人ほどの男女が集まりぼんやりとした輪を作っている。

そのほとんどが白装束を着ていた。

サークルの外周に等間隔で置かれた巨大な雪の球体が、朝日を受けて間延びした影を落としている。

我々が円の端に差し掛かった時、カーン、カーンと鐘が鳴った。時計を見ると8時ちょうどだ。

アレクセイは僕の隣で倒れるように跪（ひざまず）き、祈りを始めた。輪になっている人々も、目を閉じて何かに祈りを捧げている。

そして静かに、歌が始まった。

それは美しい混声合唱だった。

あなたの魂が歌っているよ
あなたの魂は花のように輝いているよ
そしてその花はこの地球で咲いているよ
この花は地球で愛らしく咲くんだよ

日本語に訳した歌詞を眺めてみると、毒もなければ意味もない歌だと思ったけれど、その音楽的な美しさに否定の余地はなかった。

一分にも満たずに歌が終わった時、もっと聴いていたかったと思った。

歌が終わると、疎らな輪を作っていた人々が、さわさわと動いて綺麗な二重の円になった。僕の隣で跪いていたアレクセイはおもむろに立ち上がると、音も立てずに外側の輪に入り込んだ。

全員が手を繋ぎ、俯いて目を瞑っている。

誰かが号令をかけることもなく、全員が繋いだ手をふわりと頭上に上げた。

完全な静寂――。

誰かが鼻をすすったり、咳き込んだり、そんなことさえない。全員がただ繋いだ手を上げて、そこで止まっている。

〝街〟中が、この瞬間だけは活動を止めたかのようだ。

昇り始めた朝日が雪を溶かす音が、今にも聞こえてきそうだった。

その時間が1分だったか5分だったか、あるいは10分だったか判然としない。独特な時間の流れがそこにはあったように思う。

全員が同時に手を下げた時にも、誰の号令もありはしなかった。そうじゃなければ、僕には聞こえないなんらかの合図があったのかもしれない。

とにかく、輪になった全員が手を上げて時間を止めたのち、全員でゆっくりと手を下げて儀式は終わった。その時〝儀式が終わった〟と僕が理解できたのは、手を下ろすと同時にそれぞれが左右の人と抱擁を交わし、サークルの中心にペコリと一礼した後、三々五々サークルを出ていったからである。

皆がサークルを離れた後、女性がひとり天使の足元にいたままで、相変わらず祈りを捧げているのが気になった。

一方、祈りを終えた男たちが隣の広場に集まっていた。先ほどより小さな輪を作り何やら話を始めている。

「買い出しの話をしてますね」イゴールが僕に耳打ちした。

手元にノートを持った白装束のひとりが、何かをメモしながら皆に問いかけていた。

「10キログラム入りの小麦粉が必要な者はいますか？」

輪の中の三人が手を挙げ、その名前がノートに書きつけられる。

「10キログラム入りのジャガイモが必要な者は？」

そのようにいくつかの食料の要否について応答があった後、他に必要なものはないかと質問があった。

「ソーラーで発電した電気を貯めるバッテリーが欲しいのですが」

仕切っていた男は「わかった。調達してくるようにしよう」と答えた。

調達物資の聞きとりが終わると「今回の買い出し分の支払いを立て替えられる余裕のある者はいますか？」と男が言った。

ここでは少々の間があって、輪の中では年長者に見える男が手を挙げた。

「ありがとう」仕切っている男が言ってノートに名前を書き込んだ。

それからこの日の仕事の割り振りが始まった。今日の薪割りは誰。除雪は誰と誰。山での伐採は誰と誰と誰。

「暖炉の修理依頼が一件あるのですが、誰か修理が得意な者はいますか？」仕切り役が聞くと「私ならできると思います」と先ほど薪割り作業を言い渡された若い男が手を挙げた。

「じゃあ君には薪割りではなく、暖炉の修理をお願いします」

「承知しました」

続いて、除雪作業を割り当てられていたひとりが手を挙げて、いかにも申し訳なさそうに言った。

「すいません、今日は膝が痛むので除雪じゃなくて薪割りじゃダメですか？」

仕切っていた男が「仕方がないなあ」と言うと、輪の男たちが皆でワッハッハと声を上げて笑った。

さらに別の若い男が笑いに乗じて「すいません、うちの裏庭にも割っていない丸太が溜まっちゃっているんですが、誰か割ってくれませんか？」と申し出た。

すると仕切り役の男が「それは自分でやりなさい」と一蹴して、輪は再び笑いに包まれた。

その直後、輪の中のひとりが僕とイゴールを指差した。すると輪の全員の首がぐるりとこちらを向き、そしてにこやかに手を振った。

「『あそこに日本からのお客さんが来ているから挨拶して』って言ったんです」イゴールは僕にそう説明して、手を振って返した。僕も倣って手を振った。笑顔が多いに越したことはないと思うけれど、多すぎる笑顔というのもどこか人の心を乱すものがあった。

そのようにして、朝の会合は穏やかな笑いを伴って進められた。会合が終わると、男たちは輪を解体して3、4人のグループを作り「最近奥さんとどう?」なんていう他愛のない世間話に花を咲かせ始めた。

「ここには教祖はいらっしゃらないんですか?」どうもそれらしき人が見当たらなかったのでアレクセイに聞いた。

「ここにはいらっしゃいませんよ」彼は丁寧な物言いで否定した。

「この集会は、日々の生活の問題を解決するためのものですので、教祖の力は必要ありません。教祖は我々の精神的な問題を解決してくださいます。彼から与えられた教えに従って、私たちの生活がうまく営まれていればいい。彼はそれをたまに確認してくださればそれでいいのです」

教祖が人前に姿を現すことは基本的にはないらしい。一般の信者でさえ、教祖の姿を拝めるのは年に二回の祭典の時だけだという。用向きがあるときに教祖と会えるのは、教団のナンバー2である副教祖ただひとり。この副教祖だけが、教祖と信者の間を取り持っている。

そして教祖は今、この太陽の街のどこかにある自宅にいるのだという。

「アジアから来ている人もいるんですか?」そう聞いたのは、輪の中にひとり韓国系の顔立ちをした男性がいたからだ。

「ええ、やはり気づきましたか。彼は韓国から移住してきた方です。ニックネームがあるんですが、なんだと思いますか?」

予想外に始まったクイズに戸惑いながら「チャン・ドンゴンですか?」と、頭に浮かんだ韓国人俳優の名を答えたが不正解だった。

「彼のニックネームはヤポンスキ（日本人）なんですよ」とアレクセイは笑って正解を教えてくれた。

予想の遥か遠くからやってきた答えに驚いた。理由を聞くと「私にもよくわかりません。本人に聞いてみるしかありませんね」と言ったが、その時にはもう韓国人の〝日本人〟の姿はなくなっていた。本人はそのニックネームを気に入っているのだろうかと心配になった。

「そういえば」と、僕は前々から聞きたかったけれどたいしたことでもないから聞くのを忘れていた件について唐突に思い出したかのようなそぶりで、「なんで皆さん白い服を着ているんですか？」と聞いた。なぜそんな奇妙に振る舞ったかと言えば、それがもしかしたら教義の根幹や禁忌に触れるものか、あるいは何かおぞましい答えを導いてしまいかねない事柄に感じられていたからだ。

アレクセイは答えた。

「特に理由はありません」

理由がない？　見る人に強烈な印象を与えるこの白装束に理由がない？

「以前は赤だったんですよ」アレクセイは続ける。

「4、5年前だったでしょうか、赤から白に変えたんです」

「なんで変えたんですか？」

「それはわかりません。教祖が『白にしよう』とおっしゃったので、白になりました」

実に明快で、実に不十分な理由だ。

だが、理由は不明であろうとも、赤が白になって信者は大いに助かっているという。

「我々は可能な限り自分たちで作った衣服を着るようにしています。私のこのガウンは母親が作ったものですし、帽子もそうです。母親が作ったものを着るとエネルギーが湧いてきます」

赤色がルールだと、手作りで服を作る時に染色の手間がかかる。白であれば、羊毛も木綿も元が白色なので簡単だ。よく見れば、白とは言っても茶色がかった生成り色が目立つのはそのためだった。

サークルの中心にあったモニュメントの意味についても尋ねたが、答えは概ね同様だった。優しい顔の天使がいたほうが、気持ちが落ち着くからとのこと。

その時、モニュメントの前でひとり祈りを続けていた女性がキョロキョロと辺りを見回しているのが目に入った。アレクセイはその様子を見て駆け寄り、何か話をし始めた。

「初めてこの街に来た方でした」こちらに戻ってきたアレクセイが言った。

「私の仕事は、新人、観光客の受け入れと、メディアの対応です」

つまりアレクセイはこの教団の広報窓口ということだ。

「そうは言いますが、取材の話が来るのは年に二回か三回。だいたいは断るので、メディア対応の仕事はほとんどありません」

どうして僕たちの取材は受け入れられたのか。

「教祖がOKと言ったからです。それ以上の理由はわかりません」

彼らが理由を求めるときにはそれがどんなことでも「教祖がそう言った」ということに帰着するのか。思考をそこで止めることによって何かが守られている。そんなことがあるのかもしれない。

それにしても、あまりに有耶無耶（うやむや）な答えが続くから、このアレクセイは見た目の誠実さに隠れて実のところ極めてテキトーな男なのではなかろうか、なんて疑いも頭をよぎったけれど、どうやらそうではなさそうだった。現在28歳の彼は16歳の時にペトロパブロフカに移り住み、4年を過ごしたあとこの太陽の街に居を構えてすでに8年経っている。生粋の信者なのである。

「それでは宿にご案内しましょう」

アレクセイがそう言った頃には、もう信者はほとんどどこかへ去っていた。新入りの女性も、もう誰かがどこかへ連れていったみたいだ。

人の姿がなくなると、その空間を取り合う風が我勝ちに吹いた。

いつの間にかかいていた汗が冷えて、ぶるりと体が震えた。

教団宿の朝食

アレクセイが運転する車に乗って、僕とイゴールは太陽の街を出た。我々が泊まる民宿はペトロパブロフカにあるらしい。日が昇っても分厚い雲は居座ったままで、車窓から見える世界は空が低くて薄暗かった。


その道中で時折小さな集落が目についた。

「こういう場所に暮らしている人は教団とは関係ないんですか?」アレクセイに聞くと「今ではもうほとんどが信者です」と言う。


ペトロパブロフカの村には電気が通っているというが、山の手にある太陽の街へ近づくにつれてインフラは簡素化し、生活環境は厳しくなっていく。太陽の街には電気もガスも水道もない。しかし、信者は皆できるだけ太陽の街の近くに住まいを求める。

「教祖との距離は非常に重要です」とアレクセイは説明した。

地球上のどこにいてもヴィッサリオンの教えを信じることはできる。現にロシアに留まらず、世界には5千人のヴィッサリオン教信者(「ヴィッサリオナイト」と呼ばれる)がいるという。その中でペトロパブロフカと太陽の街、その間に点在する小規模な集落の信者を足し合わせると2千人ほどになる。つまり、この宗教を信じる者の40％ほどが、教祖と至近に暮らしているのだ。

「太陽の街に近づけば近づくほど、家を借りるにも土地を買うにも値段が上がります。それは信者ではない元々の地主たちがその価値に気づいたからです。ここは地球上でも極めて稀な、不便であればあるほど物件の価値が上がる奇妙な土地であると」


1990年に設立された教団は、それからわずか3年でペトロパブロフカの村に最初の教会を構えた。順調に信者を増やしながら太陽の街の建設を始め、わずかな期間でこれを完成させた。太陽の街は元々人の住む場所ではなかった。山を切り拓いて作った街だ。一方でペトロパブロフカをはじめ、太陽の街までの道中に点在する集落には元々教団とは無関係の人々の暮らしがあった。それが今ではほとんど教団の信者に取って代わっているという。アレクセイが言ったのは、そこに突如生じた「新興宗教特需」についての話だった。教団の街づくりに伴って、それまで二束三文だったに違いないシベリアの山深い集落の価値が突然上がったのだ。

「冬はマイナス50度にまで下がるんですけどね」とアレクセイは無邪気に笑った。


ペトロパブロフカに到着した時には、太陽の街を出てから40分以上経っていた。

モニュメントの立てられた交差点を曲がって間もなく村に入った。入り口に沿って並ぶ板塀には「消費で幸せにはなれない」というメッセージが派手なグラフィティで描かれている。相変わらず奇抜なデザインの家々が、太陽の街よりだいぶ狭い間隔で立ち並んでおり、こちらの方がまだ〝町〟と呼ぶに相応（ふさわ）しいように思える。

比較的オーソドックスな見た目のログハウスの前で車は止まった。

この村唯一の宿泊施設、教団が運営する民宿だった。

腰の高さまで積もった雪が、玄関ドアまで一直線に掘り下げられている。中から扉を開けてくれたのは、この民宿の主人でユラと言った。顔は真っ白いヒゲに包まれ、同様に真っ白く長い頭髪は後頭部で結わえられている。穏やかだけど、表情の摑めない顔立ち。玄関を入ると、湿度の高いもわっとした熱気でカメラのレンズが曇った。

リビングダイニングに入ると、ユラの奥さんが「コンニチハ！」と満開の笑顔と日本語で迎えてくれた。少し心配になるほど贅肉のない体で、目がぎょろりと浮き出ている。

リビングの壁には、インターネットで散々見てきた男の写真がかけられていた。

ヴィッサリオン。「シベリアのイエス」の異名を持つこの教団の教祖。見た目の印象は正直言ってかなりいい。彫りが深く整った目鼻立ちに、垂れた目尻、綺麗な漆黒の長髪。ハリウッドの俳優、ラッセル・クロウが痩せて長髪にしたらこんな感じだと思う。

キッチンのペチカ（コンロとオーブンの機能を持ったレンガ造りの暖炉）に置かれた鍋から白い湯気が立ちのぼり、窓から差し込む朝日の中でゆったりと揺らめいていた。

じっとその鍋を見つめる僕に気づいたユラが、鍋の蓋をとって中を見せてくれた。白い湯気の向こうに現れたのは真っ赤なボルシチだった。赤い汁の中からたっぷりの玉ねぎが顔を出している。シベリアの朝日とボルシチの玉ねぎの相性は抜群で、活火山から噴き出す蒸気の向こうでキラキラと輝く赤く柔らかな鉱石のようだ。「ご飯を用意してくれてるみたいですね」とイゴールが目を輝かせて言う。今すぐにでも鍋に顔を突っ込んでジャブジャブと飲みたい気分だったが、「まずは部屋へご案内します」とユラが僕とイゴールを連れて2階へ上がった。

2階は全て客用の寝室で合計三部屋。6畳ほどの広さで、左右の壁に二段ベッドが備え付けられている。ここにひとり一泊二食付きで6千円。高いのか安いのかなんとも判断しかねたけれど、真っ白い村と遠くの山陵が納まる窓の景色は贅沢だった。

1階に戻った我々を待っていたのは、宝石箱の中身をぶちまけたような食卓だった。使い古された言い回しで恥ずかしいけれど、赤や緑や青の料理が陽光をキラキラと跳ね返して眩しいのだから宝石と言って差し支えない。

ボルシチは白い小さなボウル皿に取り分けられ、その中心にメレンゲのようなサワークリームが一匙落とされている。隣には白、紫、緑と色とりどりのチーズが規律正しく並べられている。食卓の中心には、皿に溢れんばかりに盛られたキッシュのような料理。

「それは我々のピッツァです」ユラの奥さんは言った。確かに分厚い生地のピザに見えなくもない。

「野菜は全て村で育てたものです。そのチーズだってここで飼っている山羊の乳から作ったんですよ」と言ったのは、突如現れた新たな登場人物だ。イゴールと並んでも引けを取らない立派な体軀に白い髭、ぴったりとした白い手編みのニット帽が似合っている。彼の名はウラジーミル。元々は東欧某国のプロサッカー選手だったが、引退してここに移り住み、今はペトロパブロフカにある教団の学校で教鞭をとっているという。教団の中でも幹部と呼べるような古参信者で、僕たちにヴィッサリオン教のことを説きに来たらしい。

「紫色のチーズは赤ワインで漬け込んだものです」ウラジーミルは早口で教えてくれる。「あなたは酒を飲みますか?」と聞かれ、僕が「はい！　飲みます！」と元気に答えると、信者たちは皆わっはっはと笑った。

「我々は酒を飲みません」ウラジーミルは笑いをこらえながら続けた。

「教団では飲酒、喫煙、肉食を禁じています。乳製品は問題ありません」

彼はそう言うと「細かいことは食べながら話しましょう」と席に座り、僕たちも食卓につくよう促した。


僕は腹が減っていた。

深夜にクラスノヤルスクを発ってからはもちろん何も口にしていないし、その前だってバタバタとしていたからまともに飯を食っていない。

ユラが食卓の蠟燭に火を灯し、ウラジーミルが「祈りを始めよう」と言って僕の手を優しく握った。朝の集会で見たのと同じだ。隣の人の手を取り、目を瞑る。

説明も受けずに始まった祈りだったから、何が起こっているのか気になった。うっすら瞼を開けて右を見ると、ウラジーミルは引き続き穏やかな顔で瞼を下ろしている。左を見ると、イゴールも僕と同じように薄眼を開けてキョロキョロと周囲を見渡していた。

30秒か40秒ほどだったろうか。ウラジーミルが僕の手を離して祈りは終わった。

シンプルな祈りだった。

どうしてこんなに明るいのに蠟燭に火をつけるのかと尋ねると「祈りのエネルギーをここにとどめるためです」とのことだった。


さぁ、久方ぶりの食事の時間だ。

まずは基本のボルシチにスプーンを挿しやる。中心にあったサワークリームがあっという間に溶けて、スープ全体が濃いピンク色になった。ざっくりと掬って口に放り込む。

美味い。

玉ねぎ、人参、キャベツにビーツ。思えば甘みの強い野菜ばかりがしっかりと煮込まれているのだから、スープは野菜の甘さでいっぱいだ。ともすればすぐに飽きのきてしまいそうなまったりとしたスープに、サワークリームの爽やかな酸味と山羊の乳特有のコクが足される。これなら毎日毎食でも食べ続けられる。

続いて、奥さんがピッツァと呼んだ料理を一片いただく。遠目にはキッシュに見えたが、よく見れば厚めの生地の上に卵、ほうれん草、トマトなどの具材が乗せられ、チーズをかぶせて焼き固められている。確かにピッツァだ。

一口食べる。生地からスープがじゅわりと滲み出て口から溢れ出そうになる。キッシュだった。遠目に見てキッシュだと思い、間近で眺めてピッツァと思い直し、一口食んでやはりキッシュと確信した。パイ生地ではなく、なんらかの穀類を挽いて伸ばした厚めの生地を使い、チーズは卵液に混ぜ込まず上に乗せて焼き上げてはいるが、その味は紛れもなくキッシュだった。ベーコンは入っていないけれど、牛乳と卵、チーズで十分コク深い。チーズで蓋がされたからなのか、具材から出た水分が蒸発するのではなく下方の生地に吸い取られていて、パサつくことがない代わりに旨味がギュッと蓄えられている。シベリアのベジタリアン・キッシュである。

色とりどりのチーズはどれも味わい深く、独特な風味を持った紅茶は小皿で出された杏子（あんず）のコンポートによく合った。

「100%の自給は難しいですが、可能な限り村の中で完結するように努力しています」

一通り食べ終えたウラジーミルが、紅茶を飲みながら話し始めた。

「私たちはできるだけ外の世界に頼らず生きていきたいと思っています。太陽の街には電気もガスも水道も通っていません。ソーラーパネルで発電し、煮炊きや暖房は薪の熱で、水は夏の間は山からパイプで引いていますし、冬はパイプが凍結するので汲み溜めたものを少しずつ使います。もちろん、太陽の街で暮らすには高い生活能力が必要になりますから、誰でも住めるわけではありません。職能、貯蓄などたくさんの要素を勘案して、居住の許可を与えます」

太陽の街に暮らしている信者はわずか100人ほどだという。

「ここペトロパブロフカはその手前の準備段階ですから、電気が引かれています。ガスと水道はありません。山羊を飼い、たくさんの野菜を育てていますし、山には薪になる木々が、川には綺麗な水があるので、極端な話をすれば今すぐにでも外界と断絶して完全な自給自足に切り替えることもできます。しかし、それはとても骨の折れることです。砂糖や小麦を食べたい人もいるし、パソコンを使って仕事をしている人もいる。ソーラーパネルだって故障したら買い換えなければならないし、ガソリンもなければ移動は困難です」

だから彼らは〝可能な範囲〟で都市に依存しない自給生活を送っている。しかし100％の自給自足でなければ金が必要だ。どうやって金を稼いでいるのだろうか。

ウラジーミルは、人によって様々なパターンがあるが第一に建築である、と教えてくれた。

「信者は男女を問わず、ほとんどが大工の教育を受けます。我々教団は独自の工法を持っているので、それを体得した信者は村の外から注文を受け、家を建てて稼ぎます」

あの風変わりなデザインの家――僕はこの村の家こそバロック建築と呼びたい――が他の地域でも人気らしい。確かに他人と違うものが好きな異様な人にとってはうってつけだ。誰とかぶる心配もない。

木彫りの民芸品を売って稼ぐ者もいた。この時見せてもらったのはちょこんと座った木彫りの熊で、スマートフォンを足に乗せると熊が抱え込んでくれる「スマホスタンド」だった。ひとつ1万2千円だというのを聞いた時には思わず吹き出しそうになったが、そのすっとぼけたような熊の顔が妙に僕の心を捉えて離さず、危うく買うところだった。「これが洗脳か」と冗談交じりに言うと、イゴールが本気で心配そうな顔をした。

「建築や民芸品の売り上げから10%を喜捨してもらい、教団の学校の運営費やその他の必要経費に充てています」とウラジーミルは教えてくれた。

この機会に気になることを可能な限り聞いておきたかった。

「この村には信者以外の方も住んでいるんですか？」

「ええ、数は少ないですが住んでいます」

僕があからさまに驚いた顔をしていると、ウラジーミルは続けて説明をした。

「25年前に教団が移り住んできた時、元々の住人は我々を受け入れてはくれませんでした。信者が殺されそうになったこともあります。けれど最近ようやく関係は改善され、元の住人と信者とが結婚するケースも出てきています」

ウラジーミルは誇らしげだ。どんどん聞いていこう。

「教祖はどうして自分を『イエス』だと言っているんですか？」

ウラジーミルは「もちろん見た目のことではありません」と言って僕とイゴールの顔をチラチラと見た。5秒ほど経過したのち、もしかしたらそれが彼の渾身のジョークだったのかもしれないと思ったがもう愛想笑いをするにも遅すぎた。ウラジーミルはそれをなかったことにして話を進めた。

「かつてイエスは『敵を愛しなさい』と説きました。しかしそれから2000年経った今でも、人は人を殺し続けています。イエスは『考え方を変えよ』と言ったわけですが、どうすれば考え方を変えることができるのか、その方法については教えてくれませんでした。だから争いや憎しみ合いはなくならなかったのです」

　ウラジーミルは紅茶で口を湿らせて続けた。

「教祖はそのような数々の疑問の、全ての答えをお持ちなのです」

　話は唐突に、抽象度の高い結論をもって終えられた。


　だんだんとウラジーミルの顔から穏やかな笑顔が消えていく。僕の質問攻めに明らかに疲弊しているけれど、僕はそれをやめるつもりはなかった。

「教団には肉食の禁止や酒タバコの禁止以外にもルールがあるんですか?」

「ええ、ルールはたくさんありますよ」彼は無理やり笑顔を復活させて答える。

「代表的な禁止事項は他に三つ。ひとつ目は人の悪口を言うこと。ふたつ目は病気の治療に西洋薬を使うこと。三つ目は母乳で育児をすること」

　ひとつ目には諸手(もろて)を挙げて賛成だ。僕なんかはどうしても悪態をつきたくなることがあるから難しいけれど、悪口や陰口など言わないに越したことはない。悪口のない世界はきっと素晴らしい。普通は無理に決まっていると思ってしまうけれど、酒も禁止されているから不可能でもないのだろうか。いや、わざわざ禁止しているからにはその欲に負ける人間が必ずいるのだ。何かを禁止するということは、その存在を認定するということだ。

　ふたつ目も、これまで目にした彼らの自然主義的な感覚の帰結として納得できる。研究所と工場があって初めて作り出せる西洋薬は、彼らの思想にそぐわないに違いない。薬草や漢方の類なら認められるのだろう。

不可解なのは三つ目だ。日本では逆に、過度な母乳信仰が母親を苦しめると言って槍玉に挙げられることがあるくらいだが、ここでは逆である。「母乳を使いなさい」というのはなんとなくわかるけれど「母乳を使ってはいけない」というのは聞いたことがない。

理由を聞こうとしたが、ウラジーミルは先ほどからしきりに携帯電話でどこかに電話をかけている。頻繁に壁掛け時計に目をやっているから、次の予定が迫っているのだろう。最後の質問をぶつけることにした。

「カルト教団って呼ばれていることについては、どう思ってるんですか？」

彼の目をまっすぐに見つめて聞いた。

しかし「それはウラジーミルさんに聞くんですか？」とイゴールが通訳をせず僕に返した。「もちろん」と答えると、イゴールはやけに長々と言葉を足して僕の質問を彼に伝えた。相手の機嫌を損ねないようあれやこれやと気を回したのだろう。僕の質問だけなら5秒とかからなかったはずだが、イゴールは2分以上話し続けた。途中でウラジーミルが深く頷く瞬間が何度かあったので、かなり歩み寄りながら話したに違いない。

「我々は誰にも教えを押しつけることはありません。来る人は受け入れますが、嫌な人は来なくていいのです。あなたにはもうわかっているはずでしょう」

「そうですよね。あなたは全然カルトの人には見えませんもん！」とイゴールが阿諛追従（あゆついしょう）した。

「そうでしょう？」ウラジーミルは満足げだ。

「あなたたちを無理やり勧誘することもありえませんし、信者から不当に金を巻き上げることもありません。教祖や教団の幹部も全員が質素な暮らしをしていますから、金なんて最低限でいいのです」

彼らは自分たちの平穏な生活のためにここへやってきた。最初は地元住民との諍いに悩まされたが、今ではその関係も改善されている――問題なんて全然なさそうだ。

「そろそろ行きましょうか？」

ウラジーミルがヒゲについたボルシチをナプキンで拭いながら言った。

イゴールと顔を見合わせる。彼もなんのことを言っているのかわかっていないようだった。

「太陽の街の家族が昼食に招待してくれているので、そろそろ出ましょう」

ウラジーミルは席を立って言った。

外ではアレクセイが車を用意して待っていた。彼らは我々の教団見学プランをビッシリと決めてくれていたのだ。今日のランチはここの家、ディナーはあそこ、明日のランチはここの家、ディナーはあそこというように。

そして教団のこの〝まるごとおまかせプラン〟が、その後の取材の大きな障壁となって立ちはだかることとなる。

信者・ニコライの昼食

再び太陽の街に着いた時、すでに高く昇った太陽が雲の向こうに薄く透けていた。時刻は12時をわずかに過ぎた頃。僕とイゴール、広報担当のアレクセイは太陽の街の入り口に近い一軒の家に来ていた。

家の周囲に高く積もった雪の表面が黒く汚れている。どうしてこの家の周りの雪だけ汚いんだろう、と訝しく思っていると、それは木灰だとアレクセイが教えてくれた。雪の表面が白いままだと太陽の熱を反射してしまう。灰を被せて黒くすることで熱を効率よく吸収させることができるから、雪は早く溶ける。

「汚れているわけではないんです」と彼は言った。

木造2階建ての二重ドアを開けると、「センパイ！　センセイ！　イチ！　ニ！　サン！」と男性が片言の日本語を大放出して迎えてくれた。漫画に出てくる日本好き外国人のようだ。

「空手を習っていたから、日本語を知ってるんだ」

ニコライ、53歳。この家の主人だ。

狭い額から伸びる長い髪を後ろで縛った彼は、背丈こそ高くないものの分厚い胸板と太い腕は実に勇ましい。小柄なスティーブン・セガールを思い浮かべてもらえれば、それがニコライである。決定的にセガールと異なる点は、ニコライの瞳が真昼の日差しを受けたエーゲ海のように透き通った青色をしていることだった。

この家にはニコライと妻のマリーナ、息子の3人で暮らしている。

マリーナはどこかの国の民族衣装を着てキッチンに立ち、15歳の息子は来客の知らせを受けて2階から無表情で下りてくると、無表情のまま僕と握手をした。その握る力があまりにも強く、僕が思わず「うっ！」と声を上げるとニコライが「うちの子は薪割りをしているから、人一倍握力が強いんです」と誇らかに言った。確かに15歳とは思えない力だったが、そういう問題ではない。しばらくカメラの操作がままならないくらい右手はジンジンと痺れたままだった。

たくさんの木材でがっしりと造られた家は強いて言うなら北欧風で、手作りのサウナも付いていた。部屋の飾り棚には様々な国の土産物が並べられ、やけに大きな日本風の扇子がこれ見よがしに場所を占めている。それとは別に、一段高い場所に設置された棚には、教祖の写真が飾られていた。

「昼食の準備ができるまで、こちらで話をしましょう」ニコライはリビングのソファに腰を下ろした。

我々も上着を脱いで腰を落ち着けると、ニコライがグラスに注がれた水を我々の前に置いた。

「ちょっと飲んでみてください」

紛れもなく何かを企むスティーブン・セガールの顔がこちらを見ている。

早くもやってきた沈黙の教団。沈黙のリビング。

まずはイゴールが一口飲む。

ゴクリと飲んですぐに「甘い！」と言った。水を褒める時の言葉は「甘い」一択である。

「山の湧き水です。おいしいでしょう」ニコライが嬉しそうに言った。

促されて僕も一口飲むと、確かに甘くて目を丸くした。甘すぎる気さえする。

ニコライは僕の抱えた密やかな疑いを察したのか、水を溜めている大きな甕(かめ)からもう一度水を汲み、僕に飲ませた。やはり甘かった。様々な用途に用いる甕の水に砂糖をぶち込んでいるはずもなかったので、これは純粋な山の水に違いない。確かに砂糖の甘さというよりも、もっと爽やかな、例えばキシリトールのような清涼感を持った甘みだった。もしかしたら白樺の成分が含まれているのかもしれない。この村ではしばしば白樺を見たし、白樺の樹液は非常に甘いのでロシアでは清涼飲料水として親しまれてもいる。どうやってその樹液が湧き水に混入するかは想像もつかないのだけれど。

太い木の梁に一対の吊り輪がぶら下げられている。あれは何かと聞くと「毎日懸垂をしているんだ」

とそれを披露してくれた。10回で終えた彼のこめかみには今にもはち切れんばかりの血管が浮き出て、青かった目が赤く血走っていた。「いつでも妻を持ち上げられるようにね」と未だ整わない呼吸を隠しながら言うが、その前に血管が切れて倒れないか心配だ。近くに大きな病院なんてあるはずもない。

「ここで倒れたりしたらどうするんですか？」と聞くと、ニコライは「ヘリコプターを呼びます」と事もなげに答えた。

「出産の時や急病者が出た時はヘリを呼んで、大きな街まで運んでもらいます。費用は国が負担してくれるんですよ」

そこは外界に依存するのかと意外に思った。そんな大病院に運ばれたら西洋薬の使用も避けられないだろう。

だけど病気なんてしないよ、と彼は笑った。

「あなたが誰かに一目惚れした時、おいしい寿司のことは考えないでしょう？」

「……」

自分がどこか違う世界に置き去りにされたような感覚に陥った。彼は何を言い出したのだろう。

「我々はいつもそうなんです。正しい生活のことを考えていると、自分の病気なんてものは考えもしなくなるんです」

病は気からということだろうか。しかしそれは病気の発見を徒らに遅らせることにならないだろうかと心配になる。痛みに強い人ほど病の発見が遅れ、見つかった時にはすでに手遅れという事態になりがちだと聞いたことがある。

ニコライは構わず続ける。

「街で暮らす人々と違って、我々はストレスを溜め込むことがありません。日々の暮らしは大変ですが、余計なことで気を病むことはないのです」

確かにこの無何有郷（むかうのさと）で、清らかな空気と澄んだ水を取り込みながら暮らしたら病気になんてなりそうもない。そして彼は食事の用意をマリーナに任せて「まずはひとつ聞いてほしい」と、あるモスクワの軍曹の話をしてくれた――。


敬虔なロシア正教徒である軍曹には寵愛するひとり息子がいた。しかし〝不幸なことに〟そのひとり息子はヴィッサリオンに心酔し、ペトロパブロフカへ移り住んでしまった。怒りに打ち震えた軍曹は、命に代えても息子を連れ戻そうと銃を片手にこの村にやって来た。しかし、いかに屈強であろうとも、軍曹が息子を連れて帰ることは叶わなかった。なぜなら軍曹はこの村の美しさと教団の教えに心奪われ、息子と共にここで生涯暮らしていくと決めたからだった。

――見事なまでの「ミイラ取りがミイラになる話」である。と同時に、教団の安全性や魅力を表現する逸話としてインパクト大、かつコンパクトでよくできている。ニコライの話しぶりからも、彼が幾度となく同じ話を披露してきたことがわかる。


「あなたが本当に素晴らしい人だということはよくわかります」ニコライは開いた両膝に両肘をつけ前に乗り出し、真っ青な目で僕をじっと見つめた。

「けれど、あなたはまだ真理を見つけてはいないはずです」

「はい」僕はぎりぎりニュートラルな返事をする。

「真理はあなた自身が見つけるしかないのです。しかしその見つけ方は教祖が教えてくださいます」

「……」

この人はいきなり何を言い始めたのだろう。ついに返す言葉を失ってしまった。

もしかして、と思い「僕も教団に入ったほうがいいですかね？」と聞くと、「もちろんです！」とニコライは喜びを隠しきれないというように両手を上げた。

「キューバ、ブルガリア、フィンランド、イタリア、カザフスタン、リトアニア、パキスタン…。世界各国の信者がいるのに、日本人だけがいないんです」

彼は実に残念そうに首を振った。

「今入れば、あなたが日本人のイチになれます」

実に淀みない流れで勧誘が始まったところで、食事にしましょうとマリーナが呼びに来た。

教団の食卓は昼も美しかった。

赤く輝くボルシチに、がっしりとしたレンガのような黒パン。小皿には漬物のようなものが何種類か並べられ、その隣には松の実が入った人参のラペが山盛りにされている。そしてそれらの中心に、ペチカから取り出されたばかりのジャガイモのオーブン焼きが鎮座した。

皮を剝かれて四等分に切られたジャガイモが鉄のパレットに行儀よく並んで湯気を上げている。それはまるで卵黄を塗って焼き上げたかのように黄色かったけれど、振りかけたのは塩だけだという。実に香ばしそうな狐色のジャガイモは、見ているだけで気分が満たされるほどだ。

蠟燭に火を灯し、全員が手を繫いで祈りを捧げる。

僕もイゴールも慣れたもので、もう途中で目を開けることもない。

民宿の時より幾分祈りが長かったように思う。皆が目を開け手を離すと、ニコライとマリーナが胸の前で4回も5回も十字を切った。何度も切られる十字は初めて見た。

ジャガイモは想像に違わぬ味で、ほくほくと素朴な甘さが美味かった。どの料理の味も邪魔しない優等生である。レンガのような黒パンは、はと麦とオートミールで手作りしたものだという。

教祖の教えによれば、小麦、ライ麦、砂糖は健康を害するとのことらしく、ニコライ家ではこれらのものを摂ることはない。小麦の代わりになる穀物はいくらでもあるし、砂糖の代わりは蜂蜜がいい。

僕が黒パンをボルシチに浸して齧り付いている横で、ニコライは黒パンに何やらどす黒い繊維質の漬物を乗せて食べている。

それは何かと聞けば、ギョウジャニンニクの塩漬けだと言う。

「山の方に行けばたくさん生えています。野生のニンニクみたいなもので、これを食べていれば病気になんてなりっこない。それに、刻んで塩漬けにしておけば長いこと腐らないから一年中食べられます」

ギョウジャニンニクはユリ科ネギ属の山菜で、日本では北海道で採れるものが知られている。北海道もシベリアも、澄み渡る水や空気に寒冷な気候、豊穣な大地は共通している。ここにないのは鮭やカニなど海の幸と、ジンギスカンにサッポロビールくらいなものだろうか。

ニコライを真似て黒パンにギョウジャニンニクの塩漬けを乗せて食べてみた。

強烈な香りが鼻を通って目に滲みる。火を通していないから、素材が持つ成分が存分にそのパワーを残している。生のニンニクを齧った時より激しい刺激で目鼻がやられてしまった。

一言も喋らず目の前の物を食い尽くした息子はそそくさと2階へ上がっていった。

夫婦がこの地に移り住んだのは20年前だったという。最初の4年間はペトロパブロフカに暮らしながら、太陽の街で自分たちが住む家の建設を始めた。友人に手伝ってもらい、4年目にしてこの立派な家が完成。以来16年間この街に暮らしている。

ニコライの仕事は教団のトラック運転手で、給料はもらっていない。ペトロパブロフカで暮らしていた時は大工の出稼ぎに出ることもあったが、最近はやっていないという。「生活するのにほとんどお金は必要ありません。ここに来る前からの貯蓄をたまに使うだけで十分です」と彼は言った。

ニコライはカザフスタン出身のロシア人で、妻のマリーナはロシア連邦モルドヴィア共和国の出身だ。モルドバ共和国と名前がそっくりだが縁もゆかりもない国である。

ふたりが初めて出会ったのは1982年。ニコライが兵役を終えた頃、馴染みの空手道場にマリーナが遊びに訪れたのだった。

この時ふたりはロシア正教の敬虔な信者だったという。

「私の祖母がロシア正教を深く信仰している人で、とても厳しく躾けられました」とマリーナは言う。この時はまだヴィッサリオン教自体が存在していなかった。

そして1991年、ソ連が崩壊した。

それまで決まった職にも就けず、質素な暮らしをしていたニコライの人生はこの時好転した。

「ソ連がなくなって、街はOPG（オーパーゲー。アジアをルーツに持つ犯罪集団）が仕切るようになっていました。私はこの時、不動産業や建築業などできることならなんでもやりました」

共産党の存在が後景に追いやられ、犯罪組織が目を光らせるようになったロシアには資本主義の萌芽があった。ニコライはその波に乗じるようにして富を得た。

彼は妻とふたりの娘を連れ、ペトロパブロフカから70キロメートルほど離れたクラスノダールに家を構えた。プール付きの邸宅で、大きな車庫にも入りきらない台数の車を所有した。家には笑顔が溢れていた。

しかし転機が訪れた。

「あれは1997年でした。親戚から一本のVHSを渡されたのです。そこにはヴィッサリオンの教えが収録されていました。それを見て、自分たちの今の暮らしにはエネルギーが欠けているということに気づいたのです。その翌年には家も車も全てを売り払って、ペトロパブロフカにやって来ました。当時娘は10歳と11歳でした」

そうするとその時の娘はもう30歳を超えている。

「その娘さんたちは今どちらに？」

「外の街で暮らしています。たまにここへ遊びに来ますよ」

貧しかった暮らしから一転、手に入れた豪邸での煌(きら)びやかな生活。にもかかわらず、教団のビデオを見た彼は「エネルギーが欠けている」と思い、全てをなげうって辺境の地に移り住んだ。

教団の何が彼の心をそこまで強く惹きつけたのだろうか。

「ヴィッサリオン教の何がそこまでいいんでしょうか」

あけすけな質問に、ニコライはひとつ呼吸を置いてからゆっくりと答えた。

「どこがいいかを説明するのはとても難しいですね。けれど、ここにいれば何も悩む必要がないというのは大きなことです。まず、自分の中で悩みを解決する方法を教えてもらいます。しかし自分で解決しきれないこともある。その時は隣人が助けてくれます。隣人でさえもその悩みを解決することができなければ、最後は教祖が解決してくださいます」

「それは例えばどういった悩みでしょうか」

「私たちはなんのために生まれたのか。神とは何者なのか。神はどれだけ私たちを愛してくれているのか。そういったことです。教祖はその答えをご存知ですが、我々のために頭を悩ませてくださる。教祖の役目は、私たちの頭から悩みを取り除くことなんです」

そうなると、その答えというやつを聞きたくなる。

「我々が生まれた理由っていうのはいったいなんなんですか？」

「教祖の近くで暮らしさえすればその答えを知ることができます。教祖に会う必要もない。そばで暮らして、彼の教えが耳に届くようにしていれば自ずとわかるのです」

やはりそう簡単には教えてもらえない。きっとそれは教えの根幹をなす事柄なのだろう。これで明確な答えが返ってくるようじゃ宗教が成立しない。

「私たちは完璧な人間になりたいんです」

マリーナが話を引き取った。暮らしは極めて自然主義的に見えるけれど、〝ありのままでいい〟という思想とは違うらしい。

「完璧な人間になるには、毎日を正しく生きなければなりません。完璧な母親であるためには、毎朝完璧に息子を愛さなければなりません。完璧な妻であるためには、毎晩完璧に夫を愛さなければならないのです」

なんだか息苦しい話になってきた。完璧を求めていいことなんてひとつもないのに、と僕は思った。ふたりは完璧な夫婦なのだろうかと思い「夫婦喧嘩することはないんですか？」と聞くと、ふたりは顔を見合わせてから「ありませんね」と言った。

　大事なことは、とニコライは続ける。

「大事なことは、相手をよき方に変えたいと思った時は、自分が変わらなければならないということです。自分が変われば相手も変わります。いきなり相手を変えようとしたって無理な話です」

　ニコライが話し終わるのを待って、「教団にはルールがあるんですよ」とマリーナが話し始める。最初は寡黙そうに見えたけれど、実は話したいことがたくさんあったようだ。

「太陽の街には100人程度の信者が住んでいます。そして、教祖もこの街に住んでいます。だから我々100人は、この街が少しでも暗くなるようなことをしてはならないのです。例えば人の悪口を言うなんてことは絶対にやってはなりません」

「言うのはもちろん、頭にそんな思いが浮かぶだけでもいけません。口に出すか出さないかは重要ではなく、誰かに対してそういう感情が生まれてしまってはいけないのです」

　とニコライが付け足した。

「だから、理性を失わせるような酒や麻薬は厳禁ですし、タバコも禁止です。依存は平静な精神を保てなくさせます」

　するとイゴールが「自分で育てたタバコなら許されますか?」と大胆なジョークを飛ばし、普通の人間だったら万死に値するスベりを食らっていたが、本人はまるで気づいていない。

「けれど、どうしてもうまくいかないときもあります」

　ニコライは心から残念そうに言った。

「教団には夫婦に関するルールがいくつかあります。例えば夫婦が喧嘩をしたら、24時間以内にそれそれがなぜ怒っているのか理由を明らかにし、不満を解消しなければなりません。24時間を超えて喧嘩を継続したら違反です。そうなれば太陽の街に暮らし続けることはできません。しかしその前に、悩みを集会で告白して、隣人たちに解決の方法を仰ぐことができます。そこでも解決できなければ、教祖に助けを求めます。ただし、そこまでいくことは極めて稀です」

「離婚する夫婦もいるんですか？」

「えぇ、います」今度はマリーナが答える。

「離婚は人生における大きな選択です。人と人とが添い遂げようとするのはそこまで簡単なことではありません。教団は正しく離婚する方法を教えます。全ての手続きは教団を通して進めることになります。そうすれば、離婚後に元の夫婦が敵対心を持つようなことは絶対にありません。別れた後もよき友として付き合っていくことができます」

離婚の手引きまでしてくれるとは至れり尽くせりの教団ではないか。とにかく、この教団には不和（ふわ）反目（はんもく）を絶対に認めないという強い意思があるようだ。

この土地の元の住人と教団との関係について聞くと「最近はとても円満にやっています」と彼は言った。

「最初はかなりの反発があって、人が殺されたとも聞きました。けれど、教祖は喧嘩を好みません。話し合って解決しようと努力しました。我々はどうしてもこの土地で暮らしたかったのです」

それは構わないのだっけ、と疑問に思った。自分たちの都合で誰かの心に憎しみが生まれる。その憎しみは人を殺すほどである。それを禁止するルールを彼らは持ち合わせていないのだろうか。全ては話し合いで解決できる――そういうことを言っているのだろうか。

さて、最後にイゴールが慌てる質問をしようではないか。

「ヴィッサリオン教がカルト教団だって言われていることに関してはどう思っているんですか？」僕が聞くと、イゴールはぐいっと美味い湧き水を飲み干してから通訳を始めた。相変わらず僕の質問の20倍ほどの単語量に膨れ上がっている。

肥大化した質問に対しニコライは「よく言われますよ」と端的に答えた。

「どのような形で神を信じるかは人それぞれです。ただし、神を信じるのにお金を払わせるのは罪でしょう？　それをやるのがカルトなんですよ」

確かに何かを信じたいだけなのに、どうして金を払う必要があるのだろう。

「我々はカルトではありません」ニコライは言い切った。

しかし、と彼は続けた。

「私はカルトが間違っていると言うつもりもありません。なぜなら、他人の正しさを私が判断するべきではないからです。あなたの正しさを私は判断すべきでないし、私の正しさをあなたが判断すべきでもない。それは大事なことなのです」

人の正しさをあなたが判断するべきではない——。

なんだか、予期せぬ角度から真理を打たれたような気がして、軽く目眩がした。

食事の最後に紅茶と乾燥ワラビが出された。

「このワラビは魚の味がするんですよ」と言われてひとつ食べてみると、ぽりぽりとした食感に旨味を凝縮した味わいが、日本のおやつで食べる乾燥小イワシとそっくりである。実に不思議な気がしたけれど、その理由を聞く気力はもう残されていなかった。この世には〝質問し疲れ〟が存在する。

礼を言って家を出ると、空を覆い尽くしていた雲がいっそう低く、重く垂れ込めていた。気づけば4時間近くも居座ってしまっていたらしい。

家の前の通りを3人組の女の子が歩いていた。ひとりはプラスチック製の橇（そり）に乗り、前を歩くふたりが引っ張っている。10歳前後だろう。僕の前を通り過ぎてからもチラチラとこちらを振り返る。「こんにちは！」と声をかけると3人も「こんにちは！」と大声で返してロシア語で何かを叫びながら恥ずかしそうに駆けていった。

3人はこの風変わりな村――彼女たちにとっては〝街〟だ――で生まれ育ったはずだ。その幼い目に見えている世界は、いったいどんな景色なのだろう。

信者・イーゴリの夕食

エンジンの排気音が甲高く響いた。僕たちが乗ってきた車はいつの間にか姿を消して、代わりにアレクセイがスノーモービルに跨っている。

「日が暮れる前に山の上をご案内します！」

エンジン音にかき消されまいとアレクセイが叫ぶ。どうやら教団のまるごとおまかせワクワク旅プランは休憩時間を勘定し忘れているようだった。

太陽の街は、東にあるこんもりとした山の頂上から西へ延びる裾野に広がっている。その西端に位置するニコライの家からスノーモービルで走り始めてすぐ、遠くの山頂に大きな建物があるのが見えた。それはこの街全体を見下ろすようにそこにあった。もしかしたらあの建物に教祖がいるのではないか——そう思わざるをえない条件が整って見えた。

山頂へ近づくにつれて傾斜はきつくなる。そのうえ人があまり踏み込んでいないから、降った雪は積もるがままで、スノーモービルは度々雪の斜面に突き刺さるように停止した。

到達した山頂には強い風が吹いていた。風を遮る樹木もない、開けっぴろげな山の頂上だ。小ぶりな風車が猛烈な勢いで回転している。

麓から見えた大きな建物は、入り口の閉ざされた木造の教会だった。

「去年火事で中が燃えてしまったんです。修繕がまだ進んでいません」とアレクセイが説明した。確かにこの強風だ。木をふんだんに使った建物など、火種さえあればいとも簡単に燃え上がるだろう。

「教祖が住んでいるわけじゃないんですね」とつい落胆まじりに呟くと、アレクセイは「えぇ、教祖は麓の一軒家に住んでいます」とごく普通に言った。

教会の裏手に回ると、西向きの崖の上に出る。そこから太陽の街を隅から隅まで見渡すことができた。そしてこの街が驚くべき構造をしていることに、ここで初めて気がついた。

朝の祈りをしていたサークルが街の中心となって、そこから波紋のように綺麗な同心円が広がりこれが道となっている。日本風に言えば〝環状線〟だ。さらにその円の中心、つまり例の天使のモニュメントからケーキを切り分けるような等角度で直線の道が放射状に延びている。そしてその内の一本は、僕たちが今いるこの山の麓まで定規で引いたような美しい直線で街を貫いているのだった。

「これが太陽の街の意味です」アレクセイが真っ白い街を見下ろしながら、風に負けじと大きな声で説明してくれる。

「太陽系に倣って街が作られています。道は太陽を中心とした大小の円で二本、中心から放射状に延びる道が十二本で合計十四本。それぞれの道に名前がつけられていて、目抜き通りは〝銀河通り〟、その隣が〝子どもの悦び通り〟、そしてあれは〝水晶の門〟です」

——話を聞けば聞くほど、この街の異様さが際立って感じられる。

それにしても、この違和感の源はいったいどこにあるのだろう。

思うところがひとつあった。この街が交通の便や住居の都合を度外視して、儀式の充実に寄与することを最優先に設計されていることが、僕の感覚に引っかかっているのではないか。

マンハッタンのように碁盤の目状に作られる街も、世界中の河や海岸沿いに形成されるスラム街も、どれもそこに住む人間たちの営みのために最適化された合理的帰結である。人々の心の安寧のために敷設される公園や、その中の噴水などは、街のごく一部に押しのけられて申し訳程度に存在している。

ここではそれが逆転しているのだ。

いや——。

眼下に広がる街を見て、ふと、もしかしたらと思った。

その街並みが、皇居を中心に作られた東京にそっくりであることに気がついたのだ。つまりこれこそが、街の起源のひとつの形なのではなかろうかと思い直したのである。

まずは象徴が建てられる。そこに生活に根ざした合理性は必要ない。しかし、その周辺に人々が集まり生活を始める。すると住人たちは快適な暮らしを求めて、ここで初めて強力な〝合理化〟のエンジンが駆動する。我々が暮らす街は、暴走する合理化が心休まる場所を駆逐した、その成れの果てではないか。

そこまで考えたところで、僕とアレクセイの背後から「うわっ!」と悲鳴が聞こえた。振り返ると、大きかったはずのイゴールが臍の上まで雪に埋もれて「なーんでこんなところに穴があるんですか!」と情けない声を上げている。

確かに、そこはどう考えても道の途中。しかし実際はそこに穴があったというよりも、我々がその上を歩いていた深雪がイゴールの体重を支えきれなくなっただけのようだった。

僕とアレクセイとでなんとかイゴールを引っ張り上げると、なぜだか笑いがこみ上げてきた。気づけば3人でゲラゲラと腹を抱えて笑っていた。

続いてアレクセイは我々を崖の北側へ連れていった。すぐそこにチベルクリ湖という名の湖が広がっている。

「湖畔にいくつか集落が見えますよね」とアレクセイが目を細めて言った。

確かに、ぽつぽつと建物が確認できるエリアがいくつか見える。

「あの集落では未だに旧約聖書が信じられています。ロシア正教の集落です」

「そうですか」

僕はどんな反応をしたらいいかわからず、右でも左でもないただの相槌を打った。彼の発言にはどんな意図があったのだろう。その集落を哀れんだのだろうか。それともただ別の世界が広がっていることを教えてくれたのか。いずれにしても、彼にとってどこか遠い世界の話をしているように感じられた。

今から12年前、アレクセイは16歳の時にフィンランドからここに来た。

ヴィッサリオン教に出会ったのは彼がまだ12歳の時。母親の友人が教祖について教えてくれたのだという。彼はどっぷりとその教えに傾倒した。その若さでそこまで強く何かに耽溺できるというのは、早熟か、それとも無垢と言うべきか。そして16歳になったアレクセイはどうにか母親を説得し、ペトロパブロフカへの移住を果たした。

「父親は今もひとりでフィンランドに暮らしています。メディアの評判を真に受けて、ヴィッサリオン教をカルトだと思っているんです。でも、いつかはここに移住してくると思います」

そう聞くと、僕は彼の父親のことを思わずにはいられない。

父親はヴィッサリオンを恨んでいるのではないか。また、アレクセイにヴィッサリオンの存在を教えたという母親の友人を恨んでいるのではないか。教祖の存在さえ知らされなければ、家族は今も全員揃ってフィンランドに暮らしていたかもしれない――。

人には家族をはじめ、親族や友人などの人的繋がりがある。誰かが何かを信じる時、信じる人間と信じない人間との間に断絶が生まれる。つつがなく布教することができれば、声の及ぶ範囲で同じ信仰を持たせることもできるだろう。しかし地球上の全員が同じ信仰を持つことがない以上、信仰の断絶は避けられない。それはアレクセイの家のように、小さな家庭を分断することさえある。「信じる」ことと「信じない」こととの間には、かろうじて「認める」という緩衝帯があるが、その緩衝帯には、この世で最も大きな落差を埋めるほどの力はないのだ。

西の外れの地平に、太陽が赤く燃えて沈もうとしていた。

「さぁ、次は麓の家に招待されています。急ぎましょう」

アレクセイはそう言って、スノーモービルのエンジンをふかした。

山の麓に下りてきた時にはもうすっかり日が沈んで、街灯ひとつない太陽の街は洞窟のように真っ暗だった。空には月も星もなく、〝真っ暗だった〟という表現が正しいのかどうかもわからなくなるほど、目の前の世界が消滅したのかと思うくらい、自分の存在がフワッと拠(よんどころ)なくなるくらい、暗かった。

◆

この日最後にやって来たのは、〝子どもの悦び通り〟沿いにある画家のイーゴリの家だった。玄関ドアをくぐると、今までにない真っ白な壁紙が眩しく目に飛び込んできた。この村に来てからというもの、訪れた部屋の内壁は全て黄色い木肌のままだったことに、この時気づいた。

高い天井でシーリングファンが回転する部屋には、一目で裕福だとわかる調度品が並んでいる。よく片付けられていて、かえって生活感に欠けて見えた。部屋の隅には懸垂運動をするためのパイプやダンベルが並んでいる。ここの信者は体を鍛えるのが好きなのだろうか。ふと、日本のとある薬物更生支援施設で見た光景を思い出す。薬物を断ち切ろうとするある街の施設の入所者の多くが、はち切れんばかりの筋肉を纏っていたのだ。その理由を「筋トレをしている間はクスリのことを考えずに済むから」だと話していた。筋肉に負荷をかけることで、ドーパミンやエンドルフィンなど〝脳内麻薬〟が分泌されるのだという。だからもしかしてここの住人たちも、邪な考えや他者への悪意が芽生えないように体を鍛えるのではないだろうか。

そういえば、我々を最初に太陽の街まで送ってくれた赤いバンのヴィルキスも、プロテインドリンクを携帯していた。

いよいよこの集落には心身を健やかに保つ知恵が満ちているように感じてくる。

この家に暮らしているのは58歳のイーゴリと38歳の妻ナタリア、幼い兄妹の4人家族だ。夫婦共に整った顔立ちをしており、ふたりの子どもはそれぞれロシア人形のように美しく、全体的に無機質な印象があった。

僕たちが家を訪ねた時にはもう食卓に夕飯が並べられていた。きっと長いこと待たせてしまったのだろう、子どもたちがぐずり始めている。

その食卓を見て驚いた。

これまで通りの彩り豊かな料理にまじって、皿にチキンナゲットが乗っているのだ。足の親指サイズのブロック状で、表面はツブツブとしている。ここへきてついに肉が供されたのかと興奮したが、無論そんなはずもなかった。

「それはテンペです。ご存知でしょう?」

イーゴリは鼻高々に言った。

チキンナゲットにそっくりなそれは、インドネシアの伝統食材・テンペだった。菌を用いて大豆を発酵させた食品である。まさかシベリアの奥地でインドネシアの食材にお目にかかれるとは思いもよらなかった。テンペを知る日本人は「インドネシアの納豆」などと呼ぶけれど、原料が同一であるだけで実際は味玉とオムレツくらい異なるものだ。テンペはブロック状に成型されており、フライパンで炒めたり油で揚げたりと、火を通して食す。糸を引くこともないし納豆ほどのにおいもない。これは使う菌の違いによるもので、納豆が納豆菌で作られるのに対し、テンペはテンペ菌というカビを使って発酵させる。

この家ではわざわざテンペ菌をインドネシアから取り寄せて再現しているというから、鼻高々にもなって然るべき、さすがの執念である。肉を用いないタンパク質摂取には努力と工夫を惜しまない。

それだけではなかった。パンの代わりに、ペースト状にしたキヌアを揚げ焼きにした料理が出されたのだ。キヌアと言えば南米原産の雑穀で、日本ではミネラル豊富なスーパーフードとしてもてはやされたこともある。これで必要なカロリーを賄っているのだろう。肉も小麦も使えない食卓というのはかくも面倒で、しかしかくも国際色豊かで楽しげになるものか。

祈りを捧げると、皆飛びつくようにスプーンを取り、食った。

カチカチ。ズルズル。ザクザク。カチカチ。フーフー。ペチャペチャ。

腹が減っていたのだ。

誰も何も話さず食い続ける。夫婦も兄妹もイゴールも僕も、夢中でスプーンを口に運んだ。食う音だけがしばらくその部屋を支配した。

寒い土地では腹が減る。そんな気がする。

けれどこの時僕の本心はひとつだった。

待たせておいて大変失礼ながら——とは言えこちらが無理を言って頼んだものでもないのだけれど——僕はもう聞くべきことは聞いて早く宿に戻りたかった。なにせ一日が長すぎる。

そういえば、そもそもこの教団はどうして肉食を禁止しているのだろう。

通例通りの直球で聞いた。

「どうしてベジタリアンなんですか?」

かぼちゃのポタージュにクルトン代わりの乾燥ワラビを追加で投入しようとしていたイーゴリが、僕の存在を思い出したように手を止めて答えた。

「前提として、肉なしでも人間は十分健康に生きられます。このふたりは生まれてから一度も肉を口にしたことがありません」息子と娘を指して、ほらこんなにすくすくと育っている、と言った。

そして彼はエネルギーの話をした。

肉を食うためには動物を殺さねばならない。動物は殺される瞬間に強いストレスを感じる。そのストレスは負のエネルギーとなって肉に留まる。その負のエネルギーは煮ても焼いても失われることなく、食えば肉とともに体に取り込まれてしまう。肉を食った瞬間は元気が出るかもしれないが、負のエネルギーは少しずつ体に蓄積されていき、いずれ大きな病となって現れる——それが彼の説明だった。


それからも僕の矢継ぎ早な質問に、彼は嫌な顔ひとつせず答えてくれた。

イーゴリは絵を売って収入を得ている。元々ロシアではなかなか高名な画家だったらしく、絵は最も小さいものでも千ドル以上の値がつくという。

点数が揃えばモスクワで個展を開いて作品を売る。売り上げの10%はしっかり教団に納めているとのことだ。「ちょろまかそうとしたって神様に見られていますから」と彼は笑う。

20歳下のナタリアはふたり目の妻で、ひとり目との間の子はもう成人している。「愛があれば年齢は関係ありません」と実に美しい宣言を聞かせてくれた。

「教祖っていうのは、本当にイエスの生まれ変わりなんでしょうか？」

そう聞くとイーゴリはうんとひとつ咳払いをして「逆に伺いたいのですが」と始めた。

「イエスはどうしてロシアなんかで復活したと思いますか？」

うーん、と考え込んでしまった。その理由について思いを巡らせたこともなかったし、それどころかヴィッサリオンがイエスの生まれ変わりであることを前提とした質問が返ってきたものだから、質疑応答としては破綻している。

今にも頭を抱え込みそうに唸っている僕を救済するかのように、彼は新キリスト論を打ち始めた。

「2000年前のイエスも〝神の子〟とは言いますが、実際に神から生まれたわけではありません。神の言葉を聞くことができたのです。そしてその言葉を人間たちに翻訳して伝えることができた。それがイエス・キリストです」

子どもたちは残っていた紅茶を一息に飲み干すと、席を立って隣の部屋へ消えてしまった。

「教祖ヴィッサリオンの元の名はセルゲイ・トロップと言います。彼は30歳まで街の交通安全を守る警察官でした。掃除夫だったこともあります。しかし、1989年に彼は雷に打たれるかのように悟りました。神の啓示を受けたのです」

1989年――それはまさにベルリンの壁が崩壊し、世界中の共産主義体制が音を立てて倒れていったその年である。

「共産主義の夢が崩れ去り、それまで国民が拠り所にしていた価値観が全てご破算となりました。国中が不安に包まれていた時に彼が天啓を得たのは、けっして偶然ではありません」

そして彼の高説は、いよいよイエスが〝なぜロシアで復活したか〟に及んだ。

「大事なのは言語と人口です。ご存知の通り、ロシアの人口は極めて多い。もちろん純粋な数で言えば中国には及びませんが、ソビエト連邦にはロシア以外に14の共和国が属していました。それら旧ソ連に属した国の民はロシア語を話すことができました。もちろん、中国は歴史的に全く異なる宗教に親しんでいますから、そこで復活するリスクが大きかったこともあるでしょう」

いかに至高の存在であろうと、言語の壁は恬然と立ちはだかるらしい。

「この太陽の街周辺に暮らす信者は三千人。全世界では一万人になります」

事前に調べた数字よりはだいぶ増えている。実際に増えたのか、それとも彼が嵩増し申告しているのかはわからない。

「しかし、あなたが教祖の教えを信じるか信じないか、それはどうだっていいのです」

もうカメラのバッテリーは切れていた。

彼と僕との間の緩衝材は失われ、彼は裸の僕に語りかける。

「私や私の家族は彼のことを深く深く敬愛している。そして幸せに暮らしている。なにより、これ以上絵を描くのに適した場所は他にないのですから」

この山深い集落こそが彼の象牙の塔であり、その一事が他者からのあらゆる容喙を退ける。

イーゴリは微笑んで、ナタリアに「あれはないの?」と何かを催促した。

彼女はキッチンから皿を持ってきた。

赤黒くてほんのり透き通った薄い生地をくるくると長細く丸めたものが盛られている。

「ラズベリーとスグリのジャムを伸ばして乾燥させたお菓子です」ナタリアが説明してくれた。

材料は全てこの近所で採れたものだというその菓子は酸味、甘み、香り、全てが極端に濃縮されている。ねっとりした歯ざわりは、熱い紅茶とぴったりだ。煮えたようになっていた脳に、たおやかな涼風が吹くようだった。

自らの手を動かして産んだ創作物を売って、家族と幸せな日々を送っている。仮に彼らが何者かに瞞着（まんちゃく）されていたとしても、彼らが今触れている幸せはこのジャムの甘みと変わらぬ真実である。タイガ繁る大地の遥か向こうから、嘲られ恐れられてもその声はここまで届かない。

なんだかもう、ここで暮らすのも幸せかもしれないなと思い始めていた。

夜の11時を回った頃、僕とイゴールは重い体を引きずってペトロパブロフカの民宿になだれ込んだ。太陽の街とペトロパブロフカとの長い移動にじわじわと体力が削られる。頑健なロシア男のイゴールもさすがに疲れが隠せないようで、2時間前からいつもの冗談ひとつも出なくなっていた。

夜遅くにもかかわらず民宿の奥さんが起きてきて、湯を沸かしてあるから風呂をどうぞと言ってくれた。まさかロケで温かい風呂にありつけるなんてと勢い勇んで風呂場へ行くものの、当然ながら日本人が想像するような湯船などはない。湯が張られた盥の横に簀（すのこ）が敷かれた、かけ湯スタイルであった。ほんの少しだけがっかりしたけれど、湯があるのとないのとでは天と地ほどの差があるので、ありがたく頭から湯を浴びた。疲れが洗い流されていくのがありありと感じられた。

この教団とこの村の輪郭を、朧（おぼろ）げながら掴みつつある気がした。

しかしながら、イゴールが豪快にイビキをかく横で粛々と機材の充電やデータのコピーをこなしながら、僕はすっかり困（こう）じ果（は）てていた。

なぜなら今日の撮れ高はゼロとは言わないまでも限りなく少なく、そして明日以降の撮れ高も期待できない状況に陥っていたからだ。それは偏に、僕の滞在時間を隙間なく埋めてくれる教団のおまかせツアーの所為であった。

今日の早朝この村に着いてから、僕が僕の意思で進路を取ったことはただの一度もなかった。次から次へ〝招待〟される家へお邪魔して美味い飯を食わせてもらった。我々が払った金はこの民宿の宿泊費6千円だけなのに、この待遇はどう考えても見合わない。飯を見ることを旨としている僕にとっては願ってもない状況だ。次から次へと信者の飯が出てくるのだから。しかし、その飯はどれもこれも代わり映えがしなかった。訪れた家は全て、非の打ち所なく充実した日々を送っていた。美しい家、満ち足りた家族、曇りなき信仰――。

間違いなく彼らは僕たちに、教団の綺麗なところだけを見せようとしている。

だからガイド役の信者がつきっきりで世話を焼いてくれる。移動の手段も全て周到だ。

それらは全て彼らの善意だと僕は思う。たとえば北朝鮮のように、来訪したジャーナリストがカメラを向ける先を逐一監視しているのとは話が違う。

けれど、結果は北朝鮮のそれと変わらないのだ。

確かに、彼らが多くの犠牲を払って築き上げたこの寂寞たる世界に余計な雑音を持ち込ませる必要はない。わざわざ汚いところを見せようとする方がどうかしている。観光ツアーとしてはそれでいい。けれど、僕の仕事はそうじゃない。手前勝手ではあるけれど、教団のPRビデオを撮りに来たのではないのだ。

真実らしきものを浮かび上がらせるためには、光だけでは足りない。その光が作り出す影の部分が見えないままでは、像はけっして結ばれない。この教団の影の飯はどこに隠れているのだろう。

機材の整理を終えベッドに横になると、頭に何か硬い物が当たった。

それは今日の帰り際、画家のイーゴリが僕たちに手土産としてくれたマグネットだった。四角い額縁を模した土台に、彼の描いた天使たちが舞っている。

彼らは善意の隠遁者(いんとんしゃ)だ。心優しく、誰も傷つけようとせず、ただ静かに幸せに暮らしている。

明日はどうやって、この善意のツアーから抜け出そうかと考えるうち、僕は静かな眠りに落ちていた。

窓から差し込む柔らかな光に目が覚めた。

吐く息が白く、自分の頬に触れるとひやりと冷たい。

隣のベッドからは、すーすーとノンシャランな寝息が聞こえる。

ベッドから起き出て、窓から外を眺める。

真っ赤な太陽が山の向こうから顔を覗かせていた。

僕はじっとしていられず、急いで分厚いウールの靴下を履き、ダウンジャケットを羽織って部屋を出た。


世界が真っ赤に染まっていた。

道や庭や、車や家の屋根に積もった白かった雪も今や真っ赤に焼けて、窓も壁も、山肌も木々も、風と戯れる細やかな雪の結晶さえ真っ赤に光って、自分が吐く息だって消え去る瞬間まで本当に真っ赤で、だから世界が全て真っ赤だった。

あてどなく、民宿の周りを彷徨く。玄関のちょうど裏側に回り込むと、日差しが遮られて違う世界に踏み込んだような気がした。陽光でぽかぽかと温(ぬく)かった顔を不意に冷気が刺す。

1階の窓から幼い女の子がこちらを見ていた。内側のカーテンをくぐって、窓にぴたりと顔を張り付けてこちらを見ている。真っ白い肌、白金色の髪の毛、丸く大きな瞳。瞬きひとつせずにこちらをじーっと見つめている。

目が合った。けれど、僕の方が反射的に目を逸らした。

時ならぬ視線につい目を逸らしてしまったのだ。

そのまま部屋へ戻ろうかとも思ったけれど、それもなんだか後味が悪くて再び窓を見た。少女は相変わらずこちらを見ている。

僕は凍え始めた頰を手でほぐしてから、過度なほどにニッコリと笑って手を振ってみた。少女は一瞬キョトンとしたかと思えば、すぐに満面の笑みでこちらに手を振った。手に持っていた何かのぬいぐるみの頭部がグネングネンと曲がりくねった。そして少女はカーテンの奥へ消えた。

僕はなんだかホッとした。彼女はきっと民宿の子だろう。彼女にとって、窓の外の朝日の中からぬるりと現れのそのそ歩く僕の姿はエイリアンそのものだったに違いない。得体が知れず、恐ろしかったはずだ。

けれど僕が笑顔で手を触れば、彼女と僕との間の溝は、少なくともひとつ消え失せたような気がした。

結局、そういうことなのかもしれないと思った。

「信者じゃない人に話は聞けそうですかね？」

民宿まで僕たちを迎えに来たアレクセイに聞いた。

彼は申し訳なさそうに顔をしかめて、難しそうだと答えた。予想した通りの答えだったけれど、かなり落胆した。

昨日の昼食を終え、夕食にも招待されているという報告を受けた時に、これはまずいと直感した。これでは案内されるがまま教団の表層だけをなぞって帰ることになってしまう。これが普通の街だったら勝手が違った。往来する人に適当に声をかけて、そこからゴリゴリと取材を進めることもできただろう。しかしここにその選択肢はない。そもそも人がほとんど出歩いていないからだ。信者の家と信者でない人間の家とを見分けることもできないし、そもそも信者でない人間がどれだけ住んでいるのかもわからない。さらにアレクセイの目が常時我々を捉えているし、うまく甘言を弄して彼から離れられても神が空から見ている可能性だってある。神の機嫌を損ねるのは得策ではない。

教団の広報担当者であるアレクセイに信者でない者への取材の協力を仰ぐなんて馬鹿げているとは思ったが、他に手がなかった。それで、ペトロパブロフカに残った元々の村人に話を聞けないかと彼に直談判したのだった。きっとその人たちは、信者と違う話をするだろうという確信があった。

しかしながら、願いは叶えられなかった。

「信者でない人がこの村のどの辺りに住んでいるかとか、どの家かとか、あるいは名前だけでもご存知ないですか？」

なおもアレクセイに詰め寄ったが、彼は申し訳なさそうに顔を歪めるだけだった。

彼は本当に知らないのかもしれないし、知っていても僕には教えられないのかもしれない。彼を困らせるのは気が引けた。

どうにもならなかったら、体調が悪いなどと適当に理屈をつけてツアーを中止してもらい、こっそり集落の家を一軒一軒訪ねればいい。神の目のごまかし方は後で考えよう。

我々は三度目の太陽の街へ向かった。

運転しているアレクセイに「僕たち、教祖には会えますかねぇ」とぼそりと聞いた。

「私にはなんとも言えませんが、会えると信じていなければ会うことはできません」とアレクセイは言う。

僕はことあるごとに教祖に会える可能性について聞いていた。けれど芳しい返事はこれまでのところ一度ももらえていなかった。太陽の街に暮らす選ばれし信者でさえ、年に一度か二度しか会えないのだから当然と言えば当然だ。けれど人の飯を見る番組で教団の村を訪れたのだから、教祖の飯を見なければ終われない。この時、僕はそう考えていた。

アレクセイは僕とイゴールを、相も変わらず誰かの家の肉も酒もない食卓へと送り届けようとしていた。僕は心底飽き飽きしていた。できることなら行きたくなかった。それでも約束がある以上は行かなければならなかった。断れないかと聞くと「せっかく準備をしてくれているので」と無下にできないことを言われるばかりだった。

しかし、往々にして期待が小さければ小さいほど収穫は大きくなるものだ。

僕たちは昼食時に訪れた家でいよいよ教団の本質に迫り始めたのだった。

信者・セルゲイの昼食

セルゲイの家は、太陽の街の山の中腹にあった。強風にもビクともしない、見るからにがっしりとした家だった。

47歳のセルゲイは御多分に漏れない厚い胸板に太い首と太い腕はもちろんのこと、この街では珍しく髪を短く刈り込んでおり、なかなか笑顔を見せない仏頂面も相まって、ひときわ軍人のような迫力を携えている。一方、セルゲイより幾分若く見える妻のリギーナはふっくらとした体型で終始ニコニコと笑顔を振りまいている。

ふたりはここへ移り住んでちょうど10年になる。ひとり息子が2階にいるというので階段を上がると、角部屋の隅に置かれた机に向かって男の子が座っていた。

「こんにちは」と後ろから呼びかけるが反応がない。

どうやら目の前に置かれたPCの画面に夢中のようだ。

近づいてもう一度語りかけるがやはり無反応。おかしいなと思っていると、リギーナが「マキシムです！　13歳になりました！」と割り込んで言った。「ほら、ご挨拶は？」と彼女が言うとようやく少年は体をこちらに向けて小さく会釈をした。彼の視線は終始床に向けられていた。

リギーナは、息子の件はもう終わりと言わんばかりにベランダへ出て「見てください！　ここからの景色がすごいんですよ！」と誘っている。しかし僕の興味はマキシムに一心に注がれていた。

彼はパソコンでゲームをしていた。右手でマウスを操作しながら、左手のスマートフォンで誰かとメッセージのやり取りをしている。器用なものだと感心して見ていたけれど、そのゲームの内容がいっそう興味深かった。

マキシムが操る分身(アバター)が、恐竜や動物を槍や刀で片端から殺していくのである。それを食うわけでもなく、通りすがりの恐竜たちを親の仇を討つが如くバッサバッサと叩き斬るのだ。

これは教義に真っ向から背いているのではないだろうか。

動物の殺生を認めず、他者への攻撃的な思考さえ禁じられているはずなのに、この少年はケータイ片手に通り魔の如き大立ち回りを演じている。

僕が背後からじっと見ているのに横目で気づいたマキシムは、はぁ…とひとつ大きなため息を聞かせてくれた。

彼の耳に入らないよう、小さな声でリギーナに尋ねた。

「あのゲームは、ヴィッサリオン教的にはOKなんですかね？」

するとリギーナは声をひそめる様子もなく、「そうなの。マキシムの前世がサムライだったんだと思うの」と言って、刀で人を斬る真似をした。「サムラーイ！　サムラーイ！」と何度も大きな声で言った。

遅れて上がってきたセルゲイに同じことを聞くと、「まぁゲームですから」と関心がなさそうに答えた。「もちろん私たちは細かくチェックしています。人の悪口を言うような音楽を聴かないようにとか」と彼は続けた。きっとヒップホップ界隈のビーフ（ラッパー同士が曲で罵り合いをすること）文化のことを言っているのだろう。僕からすれば、ゲームで殺戮をする方がよっぽど後ろ暗く感じてしまうがそれも人それぞれだ。

リギーナは変に子どもじみた調子で、次々に話題を変えようとする。

「この二段ベッド見てください！　マキシムが学校で作ったんですよ。将来お嫁さんができた時にそれぞれが眠れるようにですって！」

本当に少年がそんなことを考えて二段ベッドなんて作るだろうか。それも変だし、そうじゃなければこの親は息子と将来の嫁を段違いのベッドで寝かせようとしているということだろうか。

疑問に思う点は幾つかあった。

しかし悲しいかな、直後、僕はそんなことがどうでもよくなるくらい、彼女の料理に舌も心も撃ち抜かれてしまった。

食卓——マキシムは階下に下りてくることはなかったし、両親が彼に声をかけることさえなかった——には、次から次へとリギーナお手製のできたて料理が運ばれてきた。

何にも先んじて驚いたのはボルシチだ。なんとこの家のボルシチ、緑色をしているのだ。本来はビーツを使うことで鮮やかな赤色と独特な甘みを出すのがボルシチだが、セルゲイ家ではビーツを使わないのだという。その材料はジャガイモ、玉ねぎ、ネギ、人参、パセリ、ウイキョウで、普通は使うキャベツも入っていない。

「玉ねぎをしっかり炒めてスープにするから、甘みは十分」とリギーナが言う通り、ボルシチとしての体裁を申し分なく保っていたし、赤いボルシチのこっくりとした旨味に比しても劣らない爽やかな味わいを持っている。通例通りサワークリームを落としたうえで、セルゲイが取り出したのはなんと練りワサビだった。わざわざ都市までこのワサビを買いに行くほど彼は病みつきなのだという。試しに緑ボルシチにワサビを落とすと、これがまた問答無用に美味かった。高級ステーキに少々の塩とワサビを乗せて食べるような感覚。必要にして十分なアクセントだ。

続いて供されたのは焼きたてのキャベツのパイ。それがキャベツだとは言われなければ気がつかなかっただろう。しっとりとした生地にはキャベツが徹底的に練りこまれており、砂糖を使っていないのに十分甘い。生地は小麦を使っている（この辺は教団の中でも家庭ごとに基準が異なるのだろう）が、それでも低カロリーでありながら食物繊維やビタミンが摂れる。日本で流行ってもおかしくない、〝罪悪感のない〟スイーツである。

とにかく、セルゲイ家の食卓は驚きの連続で、リギーナの料理の腕は申し分なかった。人間というのは実に不思議なもので、つい先ほどまでは少々疑いの眼差しを向けていたのに、その人が作る飯に舌鼓ひとつポンと打ってしまえば嫌な気持ちはどこへやら。これが俗に〝胃袋を摑まれた〟とかいうやつだろうか。

この家でひとつ気になっていることがあった。

ダイニングの奥に磨り（す）ガラスの扉がある。そのガラスの向こうに、奇妙なピンク色の明かりが透けていた。我々日本男児は、そういった類の明かりを見ると直感的にそれが何かいかがわしいものであるに違いないと考察するようにできている。しかしこんな白昼堂々ピンクな何かがそこにあるとも思えないし、第一ここは神聖なる太陽の街だ。

「あの部屋見てもいいですか？」

と気のないふりをして聞いてみると、どうぞどうぞとなんてことない返事。はて、ではいったい何がそんなに桃色なのかと扉を開けて驚いた。

温室だったのだ。

４畳ほどのスペースにひしめき合うように植物が生い茂っている。よく見ればバナナにりんご、トマトにナスなど土地柄も季節も関係なしに果実がなっているではないか。そしてその植物を照らすように、赤紫色の明かりが灯されている。

「この色のライトを当てると植物が倍増するんです」とセルゲイは説明した。

　赤色か青色のライトが植物の成長を促進する。それは光合成に必要な光がこの二色の波長だからだという。ただし、青色のライトで育てた野菜類は苦味が強くなるから、赤が好ましいのだと彼は言った。

「この街の家は、ほとんどどこも同じようにしていますよ」

　僕が気づかなかっただけで、今まで招かれたどの家にもこのような設備があったということだろう。この街には電気が引かれていないから、一日中明かりをつけておくのはさぞ大変だろうと思ったが、それほどでもないという。

「LEDを使っているから消費電力は多くありません。それにソーラーパネルをたくさん設置しているから、電力は十分にあります。ヤナギランのお茶を売って稼いだお金で一枚ずつ増やしていったんです」

　夫婦が作るヤナギランの茶は集落の中はもちろん、首都モスクワでもよく売れるのだという。せっかくなのでと一杯いただくと、なんのことはない、民宿でさんざん飲ませてもらっていた〝紅茶〟がこれだった。最初は変わった味だなと思いながら飲んでいたけれど、紅茶だ紅茶だと言うものだからすっかりその味に慣れてしまっていた。あれはいわゆる紅茶ではなくヤナギランの茶だったのだ。

　ヤナギランとは、赤く小さな花が柳のような葉につくことから名付けられた植物で、日本では尾瀬などで群生して見られる。この葉と花を発酵させて作るのがヤナギランの茶で、ロシアでは「イワン・チャイ」と呼ばれ親しまれている。免疫力を上げたり、美肌に貢献したり、疲労を回復させたりといった効果を持つ万能薬としてロシアでは広く信じられているらしく、それはこの集落でも同様だった。

「毎日このお茶を飲んでいるから、この街では病人が出ないんですよ」とリギーナが言った。

夫婦は山に入ってヤナギランを摘み、発酵、乾燥させ茶葉として売っている。その売り上げは年間で20万円程度にしかならないが、それでも十分暮らしていけるという。

ヤナギランの茶作りがどれだけ大変なことかは想像もつかないが、それでも彼らの生活スタイルはとても合理的で幸せそうに見えた。稼ぎは少ないけれどそれ以上に支払う額が少ない。

加えて教団の仕事としてガーデニングもやっているという。雪かきをしたり、埋もれた草花を掘り返したり、もちろん家を建てることもある、と彼は言った。

暮らすのに金もかからず、病にも冒されず、毎日美味い飯が食える。冬の寒さと朝の朝礼さえ我慢すればいい。満員電車に苛立つことも、見知らぬ人と肩がぶつかり舌打ちされることもない。排気ガスに辟易することも、ビルに閉ざされた空に暗澹（あんたん）たる思いになることもない。

もしかしたら、ここここそが本当の桃源郷なのではないだろうか。

目の前のふたりと美味い飯を見ると、そんな気がしてくる。

「私はセルゲイと出会った時に、やっとヴィッサリオンのことを話せる人を見つけた！　って思ったの。だって私よりもよく教えについて知っていたんですもの。あの時は本当に感動しました」

リギーナが大きな身振りで言う。つまり、ふたりは出会う前からヴィッサリオンについて知っていた。セルゲイがヴィッサリオン教と出会ったのは、彼がトルコで仕事をしていた時のことだった。

「私は当時、トルコをはじめシリアやイエメンなど様々な国で医師として仕事をしていました」

彼はもともと医者だった。

「どの国の文化も素晴らしかったけれど、何かが欠けていました。もちろん、住みたいと思えるような場所はどこにもなかった。私は心の中にたくさんの疑問や悩みを抱えていました。当時なんの信仰もなかった私はシリアのモスクから聞こえてくるアザーンに心打たれ、イスラム教徒になろうと思ったこともありました」

そんな時、彼は知人の勧めで『最後の聖書』を手にした。

「私の疑問の答えが、全てその中に書かれていたのです。それは雷に打たれたような衝撃でした。そして何より私を舞い上がらせたのは、その著者、つまり教祖がまだこの同じ地球に生きているということでした。それまで私は数えきれないほどの哲学書を読んできました。中には膝を打つような気づきもありました。けれど、その著者はひとり残らずこの世にいなかったのです。だから私は、なるべく早く、この人に会いに行かなければならないと思うようになりました」

時を同じくして、妻のリギーナは友人によって教団の存在を知らされた。

「その時はまだマキシムが生まれて間もなくて、私の中にもたくさんの不安があったのです。それで、当時の夫と一緒にいてはいけないと思うようになりました」

ひとり息子のマキシムは、リギーナの連れ子だった。

そしてふたりは他の信者の手ほどきのもと出会い、この地へ移住することとなった。

「ここへ向かう車の窓から外を見ていて、文明がどんどん遠ざかっていくのを感じました。そして、私の心がそれを喜んでいるということにも気がつきました」

リギーナは回想する。

当時3歳だったマキシムはきっと何もわからずここへやって来たはずだ。13歳になった今、彼はどう思っているのだろうか。彼はここに生まれたわけではない。ごく一般的な街で生まれ、母親の一存でこの山深く特殊な集落へ移り住んできた。思春期を迎えた少年は、その境遇をどう感じているのか。

話を聞きたかったけれど、彼はきっと心を開かないだろう。

さて、ここで終えたら一知半解もいいところで、「教典に全ての答えが書かれていたから皆ここに移住するようになった」なんていう乱暴なまとめで終わってしまう。実際、その中に何が書かれていたのか。それが重要なのだ。

「セルゲイさんは、『最後の聖書』の中に疑問の答えが書かれていたとおっしゃいましたが、その疑問と答えっていうのは、例えばどういうことだったんですか？」

「世界とはなんなのか。自分はなぜ生まれてきたのか。そして神とはなんなのか。その疑問の答えがそこには書かれていました。これは誰もが知りたい疑問ですよね？　にもかかわらず、イスラム教徒ともユダヤ教徒ともプロテスタントの信者とも仏教徒とも、誰と話をしてもその疑問に答えられる人はいませんでした。しかし『最後の聖書』にはそれが書かれていたんです」

セルゲイは答える。だけど、それはもう何度も聞いてきた。

「そこまではみなさんお話しくださるのですが、その答えっていうのは結局なんだったんですか？」

なるべく丁寧に、そして笑顔で、相手の気分を害さないように質問をぶつけた。

「それはつまり、我々が住んでいる世界の仕組みのことです。他の宗教では、天国と地獄の二つの世界が存在するといいます。天国は仕事もしなくていい楽園で、地獄では鍋で熱した油で揚げられるだとか。罪を犯したら罰を。もう一度罪を犯したらもう一度罰をという、善い悪いの簡単な世界だとされています」

「なるほど。それで、教典に書かれている答えとはなんだったのでしょうか？」

「ヴィッサリオンはごく簡単な言葉でおっしゃっています。神は誰にも触れられないものであると。

そして、この街に住んでいる人たちは誰でも心の中に神の一部を持っているのだと」

質問を変えよう。

「インターネットで教団について調べたら、カルト教団だと書かれていたんですけれど、それは本当なんですか？」

さすがにイゴールも疲れたのだろう、僕のぞんざいな質問をそのまま通訳した。

それを聞いたふたりは肩を揺らせて笑った。

「また不勉強な人がそんなことを書いているんですね」

リギーナはセルゲイの肩に手を置き、説明してやって、と言わんばかりに促した。

「なぜ我々がカルトと呼ばれるかというと、国に認められているのがロシア正教だけだからです。ロシア正教は莫大な金を持っていますし、もちろん信者も多い。我々は小さな教団です。全く知られていないと言っても過言ではありません。だから、人は少しこの教団のことを聞いただけで恐ろしい存在だと思い込んで好きなことを書きます。あなたのように村や信者を直接見た人がいったいどれだけいるというのですか？」

蓋しメディアはこのように怪しげな少数者について、聞きかじったわずかな情報をたくましい想像力で膨らませ、ひどく現実離れした描写をしがちだ。そのうえ地理的にも隔絶されたこの集落にわざわざ来ようと思う者は少ないから、どんな嘘を書き連ねたってそれが露見する可能性は低い。

彼の話を聞いてわかったことはひとつ。

教団の教えの核心については、信者の誰もが口唇を縫い合わせたかのように黙り込んでしまうということだ。いや、黙り込むというより、関係のない話をもっともらしい口調で並べ立ててくる。そんな簡単に教えられるものではないということなのかもしれないし、そもそもそんなものは存在しないということかもしれない。聞いても埒があかないことは十分にわかったから、どこかでその教典を手に入れてイゴールと一緒に解読するしかないと腹を括った。

そう思った矢先、セルゲイがこれを見てくれと温室の前の書棚を示した。

モノを見て絶句した。まさしく神がいるとしか思えないタイミングだったが、示されているものこそ『最後の聖書』であった。

しかし、赤い別珍貼の表紙に金の箔が押された重厚な教典は、一冊が辞書くらい厚いうえに、数えたらなんと全16巻もあるではないか。ちょっと読ませてくださいなんて言えるような代物じゃない。イゴールと中身を解読する作戦はあっという間に消え失せた。

我々の帰り際、セルゲイは最後に付け加えるように言った。

「外の人たちは、我々がこんなに何もない場所で幸せになれるなんてことが信じられないのです。スーパーマーケットもない、金もない、それでどうやって幸せになれるのかと。だから彼らは疑います。実は金を掘っているんじゃないか？　ダイヤモンドを掘っているんじゃないか？　と。きっと嫉妬心がそう思わせるのでしょう。我々には何もありません。あることを証明するのは簡単ですが、何もないことを証明することなんてできないんです。ここにあるのは規則だけです。喧嘩はダメ、悪口はダメ、酒はダメ、タバコはダメ。だけど外の人々は、そんな規則ひとつとして欲しいなんて思いません。欲しくもないものに関しては、証明しろとも言いません。当たり前のことです」

確かにそうかもしれない。

この世界の多くの人がいつの間にか「幸せ」の在り方を押し付けられている。押し付けられていることに気づいたところで、そこから逃れることはできない。だから大きな流れから脱して自分たちの幸せを見つけた人たちに攻撃の矛先を向けることは、いかにも人間のしそうなことだ。人間は弱い。

けれど、この幸せいっぱいの夫婦と同じ屋根の下で、息子のマキシムはいったいどう感じているのだろうか。彼も幸せいっぱいなのだろうか。そんな疑問が残った。

人間はひとりじゃない。必ず何かの集団に属している。そしてその集団はアメーバのように形を変えながら、拡大したり縮小したりするものだ。それはつまり、集団と集団との境界線が揺れ動くことである。そしてその境界線で苦しむ人間はきっといる。

離脱

僕はもう、大きく動き出さなければならなかった。

現在、この集落に来て2日目の午後4時前。明日の夜にはここを出発して帰途につかなければ、日本での収録に間に合わない。

ここまでに撮影できたもので作ったＶＴＲが、放送に値するものだとは到底思えない。奇妙な白装束の集会、奇天烈な建物、不思議なルールについて話す信者に美味い飯。それは撮れている。従来の〝危険地帯潜入バラエティ〟だったら十分な撮れ高だ。

けれど、僕が撮りに来たのはそんなものではない。

ここで血路を見出せなければ、薄っぺらな教団紹介ＶＴＲに嘘の装飾を施して放送するしかない。そうなるくらいなら放送枠に穴を開けたほうがまだマシだ。

我々がこの集落に到着する頃には3日間の滞在スケジュールが決定されていた。その予定を崩そうにも、せっかく招待してくれているお宅に悪い、と一蹴されるばかり。自由な時間を捻出するのは難しかった。

アレクセイはまたしても次の家へ向かおうとしている。

だから僕は、乾坤一擲（けんこんいってき）の大勝負に出た。

「気分がすこぶる悪いから、一回民宿に戻って休みたい」そう懇願したのだ。

神に仕えるアレクセイ、体調不良を訴える者にさらなる行脚を強要するなんてことはできまい。

その目論見は見事なまでに実現された。

僕の訴えを聞いたアレクセイは本心から僕の体を案じてくれたのだ。彼は、その後の予定を全てキャンセルし、僕を車に乗せてペトロパブロフカまで飛ばしてくれた。

アレクセイには申し訳なかった。けれどあくまで嘘をついたわけではないのだ。撮れ高があまりに芳しくなかったから、少々吐き気をもよおしたりしていたのは本当だ。これは立派な体調不良だ。長引けば酷いことになったかもしれない。どこから見ているかわからない神への弁明として、そう心で何度も呟いた。

今日の予定を白紙に戻すことには成功した。

さて、これから何をどう進めていくか。時間は限られていた。

ペトロパブロフカまでの激しく揺れる車中で、僕はじーっと考えていた。

どこに行けば、取り繕われていない教団の顔に出会えるだろうか。自分たちは幸せだと、聞かれてもいないのに言い切る信者たちの陰に、そうでない信者が隠れているのか、いないのか。

どうしても突破口が思いつかないままだった。

民宿に着くと、管理人のユラと教員のウラジーミルがヤナギランの茶を飲んで談笑していた。突然現れた僕の姿に少しばかり驚いたようだった。

僕はすぐに2階の自室へ上がり、日本から持ってきたキューピーコーワゴールドα-プラスを一錠飲んだ。滋養強壮剤だがストレス緩和にも効果があると書いてあるからぴったりだ。どこから見ているかわからない千里眼の持ち主にも見えやすいように、少々大げさに、もったいぶって飲んで見せた。

僕はそういう不可知な力をわりと本気で信じるタイプだ。

アレクセイはペトロパブロフカにある母親の家で僕の回復を待つと言った。

僕はベッドにゴロンと横たわった。

頭にゆっくり温かな血が巡ってくるのがわかる。

1階のダイニングでふたりの信者と世間話に花を咲かせているイゴールの声が小さく聞こえる。

僕はぼーっと考えるともなく、考えていた。

そして、その枕元で神の啓示が与えられたのだ。

「そうだ、子どもから入ろう」僕はそう思いついた。

僕はニコライの家で殺戮に没頭するマキシムにこそ話を聞きたかった。けれどあの状態で彼は僕にけっして心を開かなかっただろう。それは僕が先に彼の両親と会話をしていたことと無関係ではない気がした。彼はその状況において、自立した人間としては存在していなかった。あくまでもあの両親の庇護のもとにある付属品だ。

しかし例えば、彼と道端でたまたま巡り合って話を聞いていたら状況は違っていたのではないか。そんな気がしてならなかった。

そういえば、階下で茶をしばいているウラジーミルは教師だ。彼にうまいこと話をつけて学校にさえ行かせてもらえれば、そこから先はこちらでどうにでもできる。

思い立ったらじっとしてはいられない。ウラジーミルのもとへすぐさま駆け下りた。

「ウラジーミルさん、今日僕を学校に連れていってもらうことはできませんか？」出し抜けに言った。

「どうしてですか？」

ウラジーミルは驚いた様子で聞いた。

「子どもたちにも話を聞きたくて」と言うと、彼は「あいにくですが、今日は土曜日です」と教えてくれた。

短兵急（たんぺいきゅう）にもほどがあった。

そうだ、今日は学校が休みに決まっていた。だからマキシムも家でゲームに熱中できていたのだ。

しかしウラジーミルから思いも寄らない助け舟が出された。

「職業訓練所になら子どもはいると思います」

信者は子どもの頃から大工仕事を始めとする職能を身につけるとは聞いていた。その訓練は学校ではなく職業訓練所で施されるのだ。そして幸運なことに、子どもたちは週末にも訓練所に通っているはずだという。

「今から行けませんか？」と尋ねると、「体調は大丈夫ですか？」と真っ当を通り越したような言葉が返ってきた。「薬を飲んで横になったら途端に回復しました」と、西洋薬の使用を禁止する教団の信者が全然聞きたくない報告をかまして、出発の準備を始めた。

裏側の夕食

民宿から車で10分ほどの所に職業訓練所はあった。

2階建ての長屋のような造りで、部屋ごとに教えられる技術が異なるという。

ウラジーミルが我々を招き入れたのは、1階の陶芸教室だった。

扉を開けると、10畳ほどの室内の奥、教祖の肖像画がかけられた壁の下にふたりの少年がいた。それぞれ電動ろくろを前に、熱心に作陶している最中だ。

目論見どおりだ、と思った。

ひとりだけだと取材を断られてそこで終了ということもある。ふたりいればだいぶ気が楽だ。けれど、入り口で壁が立ちはだかった。

先生だ。突然現れたカメラを構えるアジア人に明確な拒絶感を露わにして「こんにちは」と歩み寄ってきた。ウラジーミルが事情を説明すると彼の表情はじんわりと柔らかになって、僕は彼に話を聞くことができた。直ちに子どもたちに話を聞きたいのが本音だったが、ウラジーミルの説明からは〝子ども〟の概念がすっぽりと抜け落ちて「教団の教育について話を聞きたいそうだ」ということになっていた。

僕は逸(はや)る気持ちを抑えて先生に質問をした。

お名前は？　ご出身は？　いつこの集落へ？　教団との出会いは？　ここに来る前はどんなお仕事

を？　ここでのお仕事は？　ここでの暮らしはどうですか？

もう何回聞いたかわからない、寝ていても口から出てくるような質問群だ。

すると、一度部屋の外に出ていたウラジーミルが再び入ってきて言った。

「今夜はブルガリア出身の家族と、モルドバ出身の家族が夕食に招待してくれているので早めに切り上げてください」

まず驚いたのは、教員であるはずのウラジーミルがいつのまにかガイドを務めていたこと。次に驚いたのは、一晩で二軒の夕飯に招かれていて、しかもそれに応えようとしているということだ。

いったいなぜそんなことになったのかと聞くと、モルドバ出身の家族のところにはこの昼に伺う予定だったが、僕の体調不良で一度は取りやめることになった。しかしどうしても我々を招きたかったその家族が、夕食どきになればその日本人（僕のことだ）の体調もよくなるのではと待ち構えていたところ、驚きの早さで復活したものだから予定に組み込み直したのだ、とのことだった。

「えー？？？」と、僕は間の抜けたような驚きの声を上げてしまった。そんなパターンがあるだなんてゆめゆめ思いやしない。そもそもこの日は全ての予定がご破算になったはずだと思い込んでいた僕は、教団おまかせツアーの尋常ならざる執念を見て取った。

招きたいと言ってくれる家庭の気持ちは掬（きく）するべきだ。だけど、招かれている当の僕自身がそれを望んでいないのだ。当日直前に反故にするなんて許されることだとはけっして思わないけれど、事前にどれだけ伝えようとも通らなかった事実があった。だから当日手荒な真似に出ざるをえなかったのだ。

このまま流され、撮るべきものも撮れずに帰国することになれば、いったいなんのためにはるばるここまで来たのかわからない。というか、一晩で二軒の夕飯ってやっぱり常軌を逸している。ブルガリア出身のヴィッサリオナイト（信者のことだ）は初めてで面白いでしょうとでも言いたげだけれど、出身地によって変わった話が聞けるとも思えない。

僕は何がなんでも、目の前で黙々とろくろに乗った泥を弄る少年の飯についていこうと心に決めた。


ウラジーミルの催促に乗じてカメラを子どもに向けた。

「何を作ってるんですか？」

「コップを作りたいんだけど、うまくできないんだ」

奥のろくろを回している少年が答えた。確かにろくろの上でぐるぐる回る湯のみらしき物体は高さが足りず、分厚くて大きめのお猪口といった具合にとどまっている。

彼の名前はダニエル、16歳。大都市ノボシビルスクに生まれ、8年前にここへ来た。移住当時のことは幼かったからほとんど覚えていないし、直ぐにここに馴染んだと言った。

一方手前のろくろを回している少年の名はドミトリー、13歳。

殺戮ゲームのマキシムと同じ年齢だ。栗色に波打つ髪に真っ白い肌、なで肩で華奢な体つき、高い鼻に少し垂れた目尻。カメラを見ることはなく、自信なさげに俯いている。話す声はとても小さく、ろくろが回る音にさえかき消されてしまいそうだ。

そして時折見える瞳は鮮やかな茶色で、それはとても美しかった。

僕は妙に、この少年に心惹かれていた。


ドミトリーはこの村で生まれた、生来のヴィッサリオン教徒だ。

村を出たいと思ったことはないのかと聞いた。

ふたりは戸惑ったように「思うわけないじゃないですか」と声を合わせた。

「けれど、1年だけモスクワに住んだこともあります」いっこうに形の整わない泥の塊を手で撫でつけながらドミトリーが言った。

「なんで1年間だけ？」

そう聞くと、「えーっと…」と答えに窮してから、軽く決心したように口を開いた。

「両親が離婚して、しばらくはお母さんとこの村に住んだままだったんですけど、一度どうにもならなくなってしまったことがあって。お母さんは働きながら家事もやっていましたが、この村での暮らしはそんなに簡単ではありません。今なら僕がなんでも手伝えますけど、当時は僕もまだ小さくて、お母さんが雪かきから水汲みから料理から掃除まで全部やっていました。いよいよそれが難しくなって、モスクワに行ったんです」

「それなのに、1年で村に戻ってきたのはどうして？」

そう聞いたところで、僕の背後から先生が口を挟んだ。

「ロシアでは、人が多ければ酸素が少なく、人が少なければ酸素が多いと言うんです。だから、モスクワは息苦しかったんでしょう」

明確な誤謬(ごびゅう)であるとは言わないけれど、他愛もない戯言だ。

「街は汚いし、最低でした。なんだか蟻の巣に暮らしているみたいだった」

ドミトリーは自分の言葉で話した。大人の手助けなんて要らないとばかりに。

「もしも話してもらえるならでいいんだけど、モスクワでは具体的にどんなことが辛かった？」

僕は知りたかった。

この特殊な集落で生まれ育った少年の目は、大都市モスクワでいったい何を見たのか。そしてこの山深い極寒の集落は、自然の中で生き抜く力こそ涵養（かんよう）するにせよ、都市の人間の渦の中で生き抜く力を養う場になりうるのか。

「劣等感がどんどん大きくなりました」とドミトリーは言った。ろくろのスイッチはもう止めている。

「自分のことをなかなか理解してもらえませんでした。理解してもらえないと、人と話すのが怖くなりました。それが一番辛いことでした」

だけど、と彼は前のめりに続けた。

「この前教祖が僕にその解決方法を教えてくれたんです」

「え？　教祖に会ったの？」

「はい。この前の1月14日が教祖の降誕祭でした。山に雪や氷の彫刻がたくさん飾られるその日に、僕は教祖とお話をする機会をいただきました。そこで自分の抱えている悩みについて相談したんです」

ドミトリーはあからさまに目を輝かせて話を続ける。

「教祖はこう教えてくれました。『君たちはまだ若い。若者は恥に満ちている。それは当たり前のことです。でも安心しなさい。この村では、あなたの隣人はあなたのことを理解してくれます。ですから、あなたは自分の殻に閉じこもらず、恥ずかしい部分も全て隣人に見てもらいなさい。あなたがあなたの恥ずかしい部分を見せれば見せるほど、隣人はあなたのことをいっそう好いてくれるでしょう』」

さすがに5千人（あるいは1万人）もの信者を従えるだけのことはあって、もっともな説法である。ドミトリーがこの御言葉に心打たれてすばらしき人生を歩み出せるのであれば文句は言うまい。

けれど人間の恥とは、人に見せれば愛してもらえるなんていうほどさっぱりとしたものではない。愛してもらえる恥というのは、恥の中でも選りすぐられた「人に愛してもらえる恥」であって、恥の全てを白日の下に晒したら、誰もあなたを愛してなんかくれやしない。人間とはそういうものだと僕は思う。

けれど僕がそう言えば、この地では誰かがこう異議を申し立てるだろう。

「それがどんなに汚れた恥であっても、それすらも愛せるほど慈愛に溢れた隣人でこの集落は満ちているのだ」と。

しかし、そんな宇宙のように寛容で、慈しみ深い人しかいないのだとしたら、例えば離婚などという振る舞いをこんなにもいろいろな場所で目にするだろうか。離婚というその結果ひとつ取っても、教条主義の虜囚が迎える結末を認めることができるのではなかろうか。

「そろそろよろしいでしょうか」

先生が背後から声をかけてきた。

イゴールもさっきから「時間がないです、ヤバいですヤバいです」とデカい身体を震わせている。

しかし「学校も辛かった」とドミトリーは自ら話し始めた。

「先生は堅物で怒りっぽいし、授業の内容も一方的で面白くなかった。いつも学校には行きたくなかった。だけどこの村の学校では、先生と生徒がいつも話し合いながら授業の内容を決めていくし、理解し合える友達がいるから、学校がない日が物足りないくらいです」

そう聞いた先生の表情はわかりやすいほど和らいだ。

もちろんこれは、僕の背後で仏頂面を浮かべる先生の機嫌を憂慮した少年の語りだった。

ドミトリーは聡明だ。そして人の顔色を窺いがちである。

もうここで話を聞くのは限界だった。

「今日の夕飯は家で食べるんですか？」

「お母さんが遅くまで働いていて、何時に帰ってくるかわかりません。お母さんが帰ってきたらご飯を食べるから」

「お母さんが帰ってくるまで、家で待たせてもらうことはできませんか？」

「それは別に構わないけど」

「ありがとう。それじゃあ僕たちはそのコップができるまで外で待ってます」

そう言って、僕とイゴールは教室の外へ出た。

すると先生が我々を追うように扉を開けて、「これ、よかったら持っていってください」と、子象の足のような赤茶色のマグカップを差し出した。

手に持つとずっしりと重く、コロンとしていて妙に愛着が湧いた。

「ありがとうございます」と言ってポケットにねじ込み、表通りに出た。

去り際、みんな何かを手渡してくれる。

日は大きく傾いて、赤い太陽が西の山のわずか上に浮いている。

ウラジーミルは姿を消し、代わりにイゴールが「1時間以内にブルガリア人の家に行かなければいけません」と忌まわしいタイムキーパーを務めていた。

◆

太陽が山の頂上にさしかかる頃、ドミトリーとダニエルが通りに出てきた。ふざけ合っている様子は、どこにでもいる少年たちだ。当たり前だけれど。

ふたりと僕とイゴールは、太陽を背にしてドミトリーの家へ向かった。

ふたりの影と僕たちの影がオレンジ色に染まった道にまっすぐ伸びた。

道端に停まるトラクターに跨った男性が、通行人と世間話をしている。その車体には大きくＩＳＥＫＩと書かれていた。日本の農機具メーカーだ。そういえば、先ほどの職業訓練所でふたりが使っていた電動ろくろも京都のＳＨＩＭＰＯ製だった。限られた工業製品しか持ち込まれないこの集落で、こんなに頻繁に日本製品を目にするものかと純粋に驚く。

日本について知っていることはあるかとふたりに聞いた。

ダニエルは「うーん」と唸っただけだったが、ドミトリーは「東京は大都会だよね」と答えた。

「あとはハヤオ・ミヤザキ」と言うから驚いた。

「ラピュタでしょ、もののけ姫でしょ、あとはトトロ」

この集落で聞く〝ｍｏｎｏｎｏｋｅ〟や〝ｔｏｔｏｒｏ〟の響きは僕の琴線を刺激した。宮崎駿はこの村を見たらなんと言うだろう。空気は綺麗で土もたくさん、起伏に富んでいて食べ物は美味しいし、目の前では幼気な子どもたちが雪合戦に興じている。建物は個性的なデザインの木造で、古い車も走っているし驢馬（ろば）が橇を引いていたりもする。案外気に入るのではなかろうかと思ったけれど、タバコが禁止されていることを思い出し、やっぱりダメだと決論づけた。

ドミトリーにどうやって映画を観ているのかと聞くと、ＶＫ（ロシア版フェイスブックと言われる超巨大ＳＮＳ）を使っているとのことだった。違法アップロードなのは間違いないが、それでも観てくれていることが嬉しいのは否定できない。

「うわぁぁぁぁぁぁぁぁ!!」と、僕がトトロの欠伸を真似てみたけれどドミトリーには露ほども伝わらず、ただ大げさな欠伸をするおじさんだと思われて終わった。

「あれがバイオリンの先生の家で、あそこは文化会館」

ドミトリーは自分からすすんで話をするようになっていた。

「ここはアイスホッケーのコートで、僕たちもホッケーが大好き」

「チームはどうしてるの？」

「学校でチームを組んでるけど、あんまり強くないんだ。クラグノ地区のギョウジャニンニク村が一番強いよ」

あの滋養強壮の塊のようなギョウジャニンニクの名を冠した村があるらしい。スポーツが強いのも頷ける。

「あの山に登ってみたいんだよなぁ」そう言って、まっすぐの道のずっと先に聳える銀嶺を指差した。

「去年モスクワから登山家が来て、あれに登ったらしいんだ。僕も登ってみたいなぁ」

雪に覆われた山肌が淡いオレンジ色に光っている。ふと後ろを振り返ると、太陽はちょうど山の向こうに消えていて、置き去りにされた光だけが空一面を真っ赤に染めていた。

思わず立ち止まり、夕日をカメラに収める。

三脚がないから自分の呼吸に合わせてカメラがぶれる。脇をギュッと閉めると、かいた汗がひんやりと冷たかった。

夕焼けを撮り終え振り返ると、ダニエルとイゴールはもうだいぶ先を歩いていたのに、ドミトリーだけはすぐ先で僕のことを待っていてくれた。

オレンジ色だった集落がすっかり灰色に上塗りされた頃、我々はドミトリーの家に到着した。

「またね」と言ってダニエルは自分の家路に就く。

ドミトリーの家は、白い壁に青い屋根の小ぶりな2階建てだった。

遠目にはわからなかったけれど、近づくとその家が、僕がそれまで招かれていた家々とは異なることに気がついた。

壁板も窓枠も屋根も、どこもかしこも塗装がボロボロと剝がれ落ちて斑になっている。玄関までのアプローチに沿って立てられた木の柵は黒く腐って、所々釘が剝き出しだ。教団が客人を招待する家として認定しないであろうことは簡単に理解できた。

薄い戸板に断熱のためのキルトを貼り付けた扉を開くと、そこはいきなりダイニングとキッチンを兼ねた5畳ほどの部屋になっていた。右手にふたりがけのソファ、奥に50センチ四方の小さなテーブルがぴったり隙間を埋めるように置かれ、その横には隣の部屋へ通じる入り口が開いている。左手には白いレンガの小さなペチカと、最小限のキッチン、2階へ上がる階段が配されていた。

小さな壁には教祖が微笑みかけてくれる大きなカレンダーと肖像画が飾られている。

僕が初めて籠に入れられたハムスターのようにキョロキョロと家の中を見回していると、「15年前にお父さんが建てたんだよ」とドミトリーが言った。

奥の部屋は4畳ほどで、左手には二段ベッド、右手に小さなデスクが備えられ、座った時の目線の高さに教祖の写真が飾られている。ここはドミトリーの部屋だ。

「昔は兄さんが下の段、僕が上の段を使ってたんだけど、今は兄さんがいないから」

ベッドの下の段は荷物置きになっている。

「お兄さんはどこにいるの？」

「何年か前にお父さんとふたりで隣町に引っ越しちゃったんだ」

大工の父と専業主婦だった母は、ドミトリーが生まれた2年後に離婚した。しかし4人はそれからもしばらくこの家で共に暮らした。けれど、今から5年前に父と兄は隣町へ移り住み、この家は母とドミトリーのふたりに残された。

しかし母と幼い少年だけでこの村の冬を越すことは難しく、2年前にこの家を空けて、モスクワへ移り住んだ。そして半年ほど前に、ふたりはこの家に舞い戻ってきた。


2階に上がっていたドミトリーが手に何かを持って下りてきた。

「これ、お母さんに作った薔薇（ばら）。世界女性デーにプレゼントしたんだ」

それはビニール製の合皮で作られた薔薇のブローチだった。葉は黒色で、花は白色。なんともモードな薔薇だ。

突然、ブワッと部屋に冷気が流れ込んできた。

「あらやだ本当に日本のテレビが撮影してる夢みたい信じられないエレーナです！」

ドミトリーの母親が音もなく扉を開けて帰宅したのだった。我々が訪ねていることが伝わっていたらしい。それにしても一息で狂った量の単語をねじ込んでくる、独特な話し方をする人だ。

彼女は日本の平成初期に流行ったような逆三角形のスキーウエアを着て、白いニット帽の下にふくよかな顔を覗かせていた。強めに引かれた口紅が印象的だ。

「何を撮りにいらしたの？」

さんがいた気がする。

「食事を…」

「あら大変！　すぐ準備しなくちゃ！」

そう言いながらわさわさと上着を脱いだ。小学生の頃、友人の家へ遊びに行った時にもこんなお母さんがいた気がする。

エレーナはキッチンに立つと腕まくりをして手を洗い、「ふぅ」とひとつ呼吸を置いてから電気コンロのスイッチをカチッと押した。

コンロの電熱線の上には、小ぶりな白いホーローの鍋が置かれていた。茶色くくすんだ、淡い花の絵が描かれた鍋で、一昔前の日本でよく見られたものに似ている。

しばらくすると鍋から仄かに湯気が上がって、なんとも柔らかな旨味を感じさせる匂いが漂った。

エレーナが蓋を開けると、湯気の中には微かに白濁したスープがふつふつと沸いていた。

「今朝のものですが、豆乳と卵のスープです！」

彼女はなおも元気よく教えてくれた。

見た目は乳白色の中華風卵スープのようだ。油がキラキラと浮く下を、凝固した溶き卵や人参、ネギが浮き沈みしている。

椿の花が描かれた白いふたつのスープ皿に温まったスープを注ぎ、テーブルへ運ぶ。ドミトリーはキッチンの奥に無造作に置かれていた黒パンをむんずと掴んでテーブルに置き、包丁でガシガシと二枚にスライスした。

なんとリアルな食卓だろうか、と僕は半ば感動の面持ちでそれを眺めた。

僕がこの集落に来てから食いに食ってきたあらゆる食卓には、ほとんど過剰とも言える豪華さがあった。食べきれるわけないよと何度も思ったし、僕が席を立ってからはきっといつも、食べ残しをどうにか再度保存するための暗く苦しい時間が流れたに違いない。

けれど今僕の目の前にあるのは、このふたりがぴったり腹を満たすだけの飯だ。

よその人間に見せるつもりなんて毛頭なかったはずの、極端にリアルな飯。

ふたりがズルズルとスープを啜り、ガシガシと黒パンを噛みちぎり呑み下すところを、僕は撮り続けた。

撮り続けたと言っても、ものの5分でスープは空だ。すぐにドミトリーは自分の皿に二杯目のスープを注いだ。

「美味しい？」と聞くと、ドミトリーは「うん、美味しい」と答える。

母は隣で「お腹が空いてたからでしょう」と照れ隠しをした。

二杯目もあっという間に飲み終わり、皿に残ったスープを硬い黒パンで拭い取った。母が「もういいの？」と聞き、子は「うん」と言ってふたりは笑顔を交わした。

それはとてもいい景色だった。


「ここでの暮らしはどう？」

ドミトリーに聞いた。エレーナは空気を察して「あ、そうだそうだ」とわざとらしく言いながらキッチンに戻った。

「いいよ」ドミトリーは答えた。

「どういうところがいい？」

ドミトリーは「んー」としばらく考え込んでから、一息に話した。

「モスクワにはいろんなものがありすぎた。面白そうなものもあるし、面倒なものもある。家と学校を往復するだけで一日が終わっちゃった。なんだか、時間を無駄に過ごしちゃっているような気がしてた」

油断すると彼が13歳だということを忘れてしまいそうだ。

「ここでの暮らしはとっても楽しいよ。確かにいろんなルールはあるけど、ここには本物の自由がある。自然の中で、自分に必要なものは自分で作りながら暮らすのはとっても楽しいんだよ」

この一見不自由な集落で、少年は大きな自由を感じている。

「都会の子たちはロボットみたいな生活をして、自分じゃなんにもできないんだ」

弱気に聞こえたドミトリーの言葉が、今は熱を帯び始めている。

「きっと親に甘やかされているんだと思う。料理も掃除も、ゴミ出しだって自分じゃできないんだ。遊んでばかりでなんにもしない。僕は10歳の時にはもう料理も掃除もゴミ出しも、当たり前のことだった。さっきのダニエルだって、お母さんの体が悪いから畑も水汲みも全部ひとりでやってるんだ」

本当に君の言う通りだと思う。僕は何度も首を縦に振った。

そうなんだ。自由になるにはまず自分で生きていけるだけの力を手に入れないといけないんだ。

「だから、僕はここに生まれてよかったと思ってる」

彼の目は異論を許さない強さで、僕の目をじっと覗き込んだ。

バタン！　と今度は大きな音を立てて扉が開き、ウラジーミルが飛び込んできた。

「急がないと、また夕飯を待たせることになる！」

彼は叫んだ。

「もうあと5分で出ます！」

そう答えて、あとは彼を無視してドミトリーに向き直った。

「答えづらいかもしれないんだけど」僕は彼に聞いた。

「この教団が、カルト教団だって言われていることは知ってる？」

「んー、あんまりわからない。そんなことを言う人は、この村に来たことのない人だよ」

「ドミトリーは、今幸せ？」

「あぁ、幸せ。そう、ハッピーだよ」

彼は笑った。

「幸せっていう言葉にはたくさんの意味があってね、それは人それぞれに違うと思うんだ」

ドミトリーは話を続ける。

「僕たちは教祖が選んでくれた道を歩くだけ。だから誰かの人生と自分の人生を比べることはないよ。比べたいと思ったこともない。僕たちはみんなで調和しながら、みんなで幸せに生きていきたい。僕は人を手助けした時に幸せを感じる。この村でなら僕は隣人を助けることができる。都会ではできない。争いのない、理解し合える平和な世界でなければ、隣人に手を貸すことは難しいから」

彼が本当に、他人と自分とを比べることから逃れることができているのならば、それは心より素晴らしいことだと僕は思う。

「できましたよー！」とエレーナがクレープを皿に乗せて持ってきた。

クレープというのはまさにそのままクレープで、原宿みたいにホイップクリームやらチョコバナナやらを包んだりなんかしない、そのままのクレープ。つまり生地だけを食すクレープだ。

丸いクレープをパタパタと折りたたんで口に放り込む。

これが、美味かった。

濃い小麦の香り、後ろめたくなるような量の染み込んだバター、そして振りかけられたたっぷりの砂糖。それだけで申し分なく美味い。

ドミトリーもエレーナもイゴールもパタパタ折りたたんではひょいひょいと口に放り込む。このデザートの味を、きっと僕は忘れないだろうと思った。

扉に寄りかかりながら仏頂面を顔に貼り付けているウラジーミルにもエレーナは果敢に詰め寄る。

「せっかくたくさん作ったからほら！」

ウラジーミルは渋々クレープを一枚口に含むと、つられて少し笑った。

やはりこういう人、子どもの頃に友達の家でよく遭遇した。横溢するサービス精神の渦に、居合わせた者たちが巻き込まれていく。でもそんな人が世界をズンズンと変えていくのだ。

そんなお母さんと、静かに強い意志を持って生きる息子との組み合わせは、そう簡単には崩せないタフなタッグに見えた。

最大限の感謝を伝えて家を出た。

「また来てくださいね」とふたりは笑顔で手を振った。

見上げると、冗談みたいな星空が広がっていた。なんていうか、闇と星とが空を半分ずつ分け合っているような、そのくらいの星だった。

そして僕とイゴールは、少々機嫌を損ねたウラジーミルの車に揺られてブルガリア人の信者の家へ向かった。

そこでの話はもう書く必要もないだろう。

ボルシチと黒パンと人参のラペを食いまくり、目についたいろいろなものを褒めちぎり、教団にまつわる小話を聞き、教祖の素晴らしさについて教えを請うた。手土産をもらって民宿に戻った時には腹がはちきれるほどパンパンで、湯を浴びるのも諦めて布団に潜り込んだ。

ドミトリーは一度村を出たことで深く傷つき、それまで以上にこの囲われた小さな世界への帰属意識を強めた。彼が信じるその手触りのある幸せを、生涯大切に抱えて生きることができるのなら、それは申し分のない人生だ。けれどその幸せを囲繞（いじょう）する信仰の柵にどれほどの高さと強度があるのか、僕にはそれを知る手立てがなかった。

この日僕は幾らかの無理をして、何人かに迷惑をかけながらなんとか教団のおまかせツアーから離脱した。その結果、集落の虚飾のない姿を垣間見ることができた。それはひとつの成果だった。そしてこの翌日、村滞在最終日にして僕は全く予想もしなかった光景を目にしたのだった。

最後の審判

朝、いつものように艶やかなベジタリアン定食で腹を満たすと、すぐに太陽の街へ向かった。教祖に会えるとすれば今日しかない。僕たちは今、その可否を決する最後の審判を受けに向かっている。教祖と直接話ができる唯一の人間、副教祖に会いに行くのだ。面会が許されればそのまま教祖と飯を食って日本へ帰り、ダメなら手ぶらでの帰国となる。

アレクセイは昨夜から太陽の街にいるらしく、我々は初めて会う青年が運転する車に揺られていた。予想外のことが起こったのはその道中だった。

青年が水を買いたいと言うので、ペトロパブロフカを出てすぐの道沿いにある商店に立ち寄った。

僕は車で待っていればいいものを、何とはなしに彼について商店に入った。細長い店内の中心に長いカウンターが設けられ、その向こうでは店番の女性が退屈そうに立っている。カウンターのこちらには水やスナック菓子類、ガラス扉の冷蔵庫にはハムやソーセージが所狭しと並んでいた。

そう、ハムやソーセージが並んでいたのだ。肉類禁止の信者ばかりが暮らすこの場所で。

「あれ全部ウオッカです」

追いかけるように店に入ってきたイゴールが、カウンターの向こうの棚に並べられた瓶を顎で示して小声で言った。

「ほんとだ」

店番の女性の背後の棚に、酒が入った色とりどりの瓶が並んでいる。

このあたりで肉や酒を売るなんて、一体全体どういう了見なのだろう。

青年は会計を済ませ、店を出ていこうとしている。「ちょっと買い物してから行きます」と言うと、おとなしく車へ戻ってくれた。

さぁ、俄然気になる登場人物が現れた。

焦らずゆっくり、気を落ち着けて順番に話を聞こう。

「こちらのお店は、あなたのお店ですか?」

カウンターの女性に聞いた。

「そりゃそうでしょう」

女性は面倒臭そうに答えた。

「ヴィッサリオン教と関係はあるんですか？」

「ないない」

彼女は首を振る。そして「あなたたちね」と自ら話を始めた。

「あなたたちね、私はヴィッサリオンが来る前からここに住んでるの。もちろん私だけじゃなくて、昔からたくさん人が住んでた。この辺の人がみんなヴィッサリオン教の信者だと思われたら困っちゃうよ」

「申し訳ありません。その話、もっと聞かせてもらえませんか」

青年に店から出ていってもらって正解だった。

「突然変な教団の信者がぞろぞろやって来たから、元々の住民と信者でかなり揉めたよ。けど結局元の住民の方がほとんどみんな村から出ていっちゃった。子どもが信者になったら大変だ！　って言ってね」

確かにどの信者も、この村には元の住民がいて、移り住んだ当初は摩擦があったとは言っていた。けれど、元の住民側から聞く話は印象が大きく違って感じる。

「それでもここから出なかった人もいるんですね」

「少しだけだよ。私みたいに出たくても出ていけなかった人たちよ」

「どうして出ていけなかったんですか？」

「だってこの店があるもの！　この店を捨てて街へ出て、どうやって暮らせっていうの？」

彼女は怒っていた。

教団がこの地に移り住んだのは今からおよそ25年前。それからずっと、この女性は怒りを抱えながら暮らしているのか。それがどういう人生なのか、僕には到底想像できない。

自分たちは自分たちで、自活して幸せに暮らしているのであり、外の人間にカルトだなんだと言われるのは意に介す必要もない――それがこの教団のどの信者も共通して口にする言葉だった。

その言葉に、僕はつい同意してしまいそうになる。

カルトかどうかなんてどうだっていい定義の話で、主流派とは違う価値観を持った人たちが自分たちの幸せのために人里離れて暮らしている。そのことについて外の人間がとやかく言う必要なんてない。そう思ってしまいそうになる。

しかし、この地球の土地は有限である。

〝人間が住むことのできる土地〟は就中限られてくる。

〝普通〟の宗教というのはとりもなおさず〝多数派〟の宗教のことであって、現在は多数派の宗教だって時代を遡れば少数派として弾圧されていたのが常だろう。だからそれはほとんど「勝てば官軍」の世界で、本来的にどちらが正しいという性質の話ではない。互いに距離をとって生きればいいのだ。けれど、土地は限られる。

多数派の宗教と少数派の宗教とが互いに相容れない性質を持っていたとしたら。

その境界線に諍いが起きる。

人が住める場所にはもう人が住んでいる。だから、誰かがどこかへ移り住もうと思ったらそこには先住の者たちがいる。そんなことはコロンブスの時代からわかりきったことだ。

だからこうして、不幸が生まれてしまう。

ヴィッサリオン教はこの土地において、人畜無害な隠遁者ではなかった。勝者であり、簒奪者(さんだつしゃ)であったのだ。土地が有限である以上、〝非社会的な存在〟は、即座に〝反社会的存在〟に変換されてしまう。思いも寄らず、朝の道すがらに後頭部を殴られた気分だった。

僕は店を出て、待たせていた車に乗り込んだ。何も買わなかった代わりに、顔に陰鬱な表情を浮かべて戻ってきたからきっと信者の青年も訝しく思ったのだろう。途中車を停めて、美しい川が一望できる場所に案内してくれた。「幼い頃から、悲しい気分の時はこの川を見に来ていました」と彼は言った。

だけどこの川は、元々他の誰かが悲しい気分の時に見たかった川なのかもしれないのだ、と思った。そしてこの川も山も木々も、全て元々誰のものでもなかったのだ。

太陽の街の入り口でアレクセイと落ち合った。彼の顔を見るとなんだか気分が落ち着いた。

「今から副教祖の家に行きます」彼は言った。

「あなたたちが教祖に会えるかどうかは、彼だけが知っています」

アレクセイは僕とイゴールをスノーモービルに乗せ銀河通りを駆けた。

途中、雪の積もった屋根の上で転げ回る子どもたちを見た。あの幼い子どもたちは、この場所を教団に固有の土地だと思うだろう。

◆

街の中心のごく平凡な家に、副教祖は住んでいた。

玄関を入ると、白い服に身を包んだ長い白髪の副教祖が迎えてくれた。

「お待ちしていましたカミデさん。ワジームです」

握手をすると、か細い体つきのわりにゴツゴツとした手に驚いた。さらに驚いたのは、僕が手に持っていたカメラを彼がおもむろに摑もうとしたことである。

バレたか……と思った。

僕は誰かと会う時は常に、カメラを録画状態にしている。接触の瞬間だけは絶対に撮り直しがきかないし、その瞬間がないとその先の出来事が全て仕込まれたもの、準備されたものに見えやすくなるからだ。けれどこの方法には絶対に解決できない問題がある。お気づきの通り、撮影の許諾を取る前にカメラを回し始めていることに他ならないのだ。やはり副教祖ともなるとなんでもお見通しか——そう思った。

僕はおとなしくカメラを渡した。

すると副教祖はカメラを受け取ったまま、こちらをじっと見つめて微笑んでいる。僕があっけにとられて硬直していると、副教祖は「それ、脱がないんですか？」と言って僕のモコモコのダウンジャケットをツンツンとつついた。

彼は僕がジャケットを脱ぎやすいように、カメラを預かってくれていたのだった。

恥ずかしさを押し隠しながら「撮影してもいいですか？」と聞くと「もちろん、さぁ中へどうぞ」と我々を招き入れてくれた。

外も普通だったが、中も普通の家だった。東京の郊外に立つ建売一軒家にそっくりだ。

清潔感のある白い壁紙に、無機質でテカテカと光る木目のフローリング。均整のとれた窓からは柔らかい陽の光が差し込んで、できたばかりのモデルハウスのよう。この街にあっては、むしろ異様な家にも感じられる。

部屋に教祖の写真はなく、代わりにいくつかの静物画が飾られていた。

それは教祖が描いた油絵だという。


部屋の中心に置かれたテーブルにつくと、副教祖がヤナギランの茶を淹れてくれた。4人分のカップにそれを注ぐと、小さな深皿に赤いジャムをたっぷり盛って差し出した。

「これは温室のイチゴと野生のイチゴを合わせたジャム。ミキサーにかけてから少し煮詰めただけで、砂糖も入れていませんよ」

どうぞお茶と合わせて食べてください、とスプーンを配った。

僕たちは副教祖の茶を啜りながら、大地の甘みを煮詰めたように滋味深いジャムを舐めた。

「村には様々な食材があります。料理の腕さえよければ、どんなご馳走でも作ることができます」副教祖は胸を張るような仕草で戯けて見せた。

「パパー!!　猫ちゃん入れていい??」

少女が副教祖に駆け寄った。

「ダメだよ。猫ちゃんとはお外で遊びなさい」

副教祖は優しく、壊れやすいものに手を添えるように言った。

「わかった!」

少女は元気よく外へ駆けていった。僕はその光景を微笑ましく見ていたが、ふと違和感が脳をかすめた。

するとと副教祖は、僕の違和感を察したかのように話し出した。

「今私は60歳ですがね、娘が5人おりまして、さっきの子は5歳くらいで、一番下がまだ2ヶ月です」

娘の年齢が定かでないのも驚きだが、それより生後2ヶ月の娘がいるというのは驚愕である。

「私は魂が若いんです。それに村の人口が足りていないので、みんな頑張らないといけません」

副教祖がアレクセイの顔を悪戯っぽく睨めると、アレクセイは芝居の下手な役者のように茶を啜った。彼は結婚していたけれど、まだ子どもがいなかった。

副教祖はこれまでに出会ったどの信者よりも親しみやすかった。

それは多分彼に気負うところがなかったからだろう。これまでの信者の発言には、疑いを持って聞かざるをえないところが少なくなかった。彼らが積極的に嘘をついているとは思わない。しかし自分自身に嘘を重ねて、その捏造された心情を内面化し、自己欺瞞に陥っているように見えることもあった。

けれども副教祖は違って見えた。

皆が茶を啜り、深く息をついたところで当たり障りのない質問を始めた。

「副教祖は普段何をされているんですか?」

「男たちが山から切り出してくる木を、チェーンソーで切って丸太にするのが私の仕事です。今ちょうど皆が山に入って木を切っています。男総出でやらないと、冬を越せませんから」

あまりにも副教祖らしくないから「それが副教祖の仕事ですか?」と聞くと、「丸太作りも大切な仕事ですが、同様に聖書を書いてもいます」と言う。

聖書を書く？　それこそ教祖の仕事ではないのか。僕の疑問を悟ったように、彼は説明を続けた。

「書いていると言うよりは、編んでいると言った方が正確かもしれません。私は教祖がお話しになったことを全て書き留め、それをまとめて『最後の聖書』を作っているのです。現在は17冊目の編纂をしています」

なるほど、副教祖は教祖と話ができるただひとりの信者であると聞いた。だから彼だけが教祖の話を記録し、教典として編纂することができる。

教祖の実際の話と編纂された教典の文章とにどれほど違いがあるかは知る由もない。しかし信者を増やし、彼らが心の平穏を手にできていることには、相当程度この副教祖の手腕に依るべきところがあるに違いない。

「昔はよく記憶違いをして教祖に指摘されたものです。ですから最近はボイスレコーダーのお世話になっています」

副教祖は丸まったようなかすれ声でふぉっふぉっふぉと笑った。

鷹揚でありながら尊大でない。

自分の弱さを巧みに晒す人間は人に信頼される。

これまでに話をしたほとんどの信者は、自分から自分の弱さについて話すことがなかった。年端のいかないドミトリーは、外界に揉まれた葛藤の中で教祖から恥ずべき自分を開示せよとの教えを賜った。だから幾分、彼の言葉は信用に値した。けれど他の成熟した信者たちは一様に、自分たちの無謬性と独立性について語るばかりだった。その語り口調はどれも形式張って、のらりくらりと僕の目を核心から遠ざけようとしているように感じられた。

一方、今僕の目の前でゆっくりとジャムを舐める副教祖は、実に信頼に足る人間であるように思えた。嘘がなく、優しく、力が抜けている。白い装束に白い頭髪が、日差しの中で白い壁紙と溶け合い輪郭を失っている。窓の外からは少女たちが喜び駆け回る声が聞こえてくる。

「カメラを回すのもいいけれど、ジャムもお食べなさい」

彼は僕を気遣ってジャムの皿を差し出す。ジャムを舐め、茶を飲む。相変わらず非の打ちどころのない甘酸っぱさと香ばしさが気持ちを穏やかにしてくれる。

全てがあらまほしい流れのうちに収まっていくような気がしてくる。

「あなたはまだ若い」

僕の目をじっと見つめて副教祖が言う。

「あなたみたいななんでも知りたがる若者が好きです。そういう人には強い生命力が宿っている」

僕の目から視線を外さない。

「ここにはまだ日本人がいません。よく考えてみてください」

「はい?」

「よく考えてみてください」

「?」

「あなたは〝カミデ一世〟になれるのです。決めるのはあなたです」

「……」

笑って済ませようかと思ったが、副教祖の目にはごまかしなんて受け付けないという意思が明確に表示されていた。

僕が黙っていると、隣で「早く決めてください」とイゴールが急かした。

いや、ちょっと待ってくれ。

そんな決断をさせられるなんて聞いていないし、今までは「我々は無理な勧誘はしないからカルトじゃない」なんて言っていたじゃないか。話が違う。これはもしかして、入信すると告げれば教祖と会うことができるという卑劣な交渉なのだろうか。ちらっとアレクセイを見ると、先ほどまで楽しそうにジャムを舐めていたはずなのに今は真摯まっしぐらという顔でこちらを見ている。イゴールはイゴールで、作り物のように完全な無表情を顔に貼り付けている。

ここで手詰まり。最後の最後でしっかりとした隘路（あいろ）に追い込まれていた。

正直に答えようとしたその時、こちらを射るように見ていた副教祖の目が揺らいだかと思うと、くくくっくくくっと震えてからガッハッハ！　と笑い出した。

アレクセイもイゴールも笑っている。

「冗談に決まってるじゃないですか」と言って3人がまた笑った。

僕は全然笑えなかったが、とにかくほっと胸をなでおろした。

「時間ももったいないので、本題について話をしましょう」

副教祖が椅子に座り直す仕草をして、茶を飲み干した。

「実は、あなたが会って話をした者たち全員から聞き取りをしました」

彼はアレクセイの方を見ると、アレクセイはゆっくりと頷いた。そうか、アレクセイはそのために僕の近くを離れることができなかったのだ。

「あなたたちの評判を隈なく聞きました。そしてそれは、大変によい評判でした。あなた方が今までこの村にやって来たどんな取材者よりも丁寧で親切であったことは、誰に聞いても明らかでした」

何人もの信者たちの顔が目に浮かんでは消える。ひとりひとりに感謝したい気分だ。

「教祖もあなたたちふたりがこの街に来てくれたことに深く感謝しているとおっしゃっています」

ありがたい限りだ。その言葉を是非本人から直接聞きたい。

「ですから、次にいらしたときは是非お会いしたい。とのことでした」

「……」

「カミデさんとお会いして、共に食事をすることも構わないとおっしゃっています。しかし、今ではない。と」

そう聞いた瞬間から、僕は怒濤の説得を始めた。

僕には自負があった。これまであらゆる国々で、不可能と思われた要求をしつこすぎるほどの交渉によって可能にしてきたのだ。ここで引き下がるわけにはいかない。

副教祖に今の日本社会の置かれた状況について話した。画一化された幸せ、マイノリティの苦悩、進む分断、不寛容な隣人たち…。だから、この集落のことを日本人に知らせたい。そのためには教祖に出てきてもらわなければならない——。

気がつけば1時間も経っていた。淹れてくれた茶はとっくになくなり、舌はカラカラに渇いていた。

けれど、僕の願いは叶わなかった。

教祖はここ数日、家から一歩も出られないほどに繁用なのだという。

「けれど、私からも言えることがあります」

副教祖は言った。

「世界がそのようになってしまえば、もう治療することはできません。だから私たちは、ここに小さい新たな世界を作ったのです。この世界が少しずつ大きくなって、ひとりでも多くの人が平穏な心を手に入れる。それ以外にできることはもうありません」

そう言われて、僕は教祖と会うことを諦めた。

自分の思いを滔々と話して気が済んでしまったのかもしれないし、こんな深夜番組ひとつで日本が変わるわけもないし、そもそも変えるべきかもわからない。

そのうえ「日本のために教祖の出演が必要だ」なんてお為ごかしに言ったけれど、全然そんなことはないし、「クライマックスは教祖の登場以外にないだろう」という独善的なテレビマンとしての思いがあったから、嘘を言って説得しようとしていたに等しい。そんな僕の心の中なんて、教祖は言うまでもなく副教祖だってお見通しなのだ。特殊な力がなくたって、しっかりと目を見て話をすればわかってしまうことがある。

僕の話を静かに頷きながら聞いてくれた副教祖に感謝の気持ちが湧いてくる。

彼も僕が話し始めてから茶を飲むのをやめていた。本当に優しい人なのだと思った。

「ひとつ、特別にお渡しできるものがあります」

副教祖が言った。

「これまでどこのメディアにも出していない映像をお渡しします。それは教祖が姿を現す儀式の映像です。部外者の立ち入りは許されていないので、信者のカメラが撮影したものしか存在していません。それをお渡しします。食事のシーンはありませんが、どうかご自由にお使いください」

「ありがとうございます」

人から借りた映像を使うかどうかは悩ましいが、その気持ちがとても嬉しかった。

「教団のカメラマンは、クラグノ地区のギョウジャニンニクという村に住んでいます。連絡をしておくので帰りに寄っていってください」

まさか二度もその名を聞くとは思わなかったギョウジャニンニク村。ドミトリーたちが恐れるアイスホッケーの強豪村だ。

「本当にありがとうございました」

我々がこの村に入るのを許可してくれたこと、そしてすべての取り計らいをしてくれたことに目いっぱいの感謝を伝え、我々は副教祖の家を後にした。

去り際、副教祖は「是非また来てくださいね」と言って僕を抱きしめた。今度はプライベートで来たいなと思った。撮れ高について気にせずに過ごせたら、ここは最高の集落である。

家を出ようとすると、ちょっと待ってくれと副教祖が僕を呼び止めた。

「言うべきかどうか迷ったんですが…」

最後だから、全て言ってほしいと僕は伝えた。

「その上着の中に着ている黒い服、次いらっしゃる時はそれを着てこない方がいいでしょう。その方が教祖に会える可能性が高いと思いますよ」

教祖の家を後にした僕は、自分が着ている黒色のフリースを何度も眺めた。昔アイスランドで買ったものだったが、いったいどこが副教祖の好みに合わなかったのだろう。好みも何も、黒一色でなんの柄も装飾もないフリースなのだ。するとアレクセイがその理由について教えてくれた。

「そのフリースの胸に〝66〟と書かれていますね。キリスト教では〝666〟は獣の数字として最も忌み嫌われています。6がひとつ足りませんが、それでも十分そのフリースは不吉です」

ゾッとした。

僕はこのロケの間中、毎日欠かさずこのフリースを着ていた。胸に書いてある66の数字はそのままこのフリースのブランド名で、北極圏が北緯66度以北であることにちなんで名付けられている。アイスランドの代表的なアウトドアブランドで、当地では愛されて100年になる。信頼と実績の〝66〟だ。しかしそんな御託はこの集落では何ひとつ意味がなかった。

ただ〝66〟という数字が不吉なのだ。ヴィッサリオンは〝イエスの生まれ変わり〟であるわけだから、キリスト教の禁忌と無関係なはずがなかった。

そんなことにも気づかず着続けていた自分の鈍感さと、その不運に背筋が凍ったのだった。どの信者も帰り際に手土産を持たせてくれたが、副教祖の手土産が最も心にズシンと重く響いた。

こんな気持ちになるのだったら言わないでほしかった。

何もない道の真ん中でスノーモービルが止まった。

アレクセイが20メートルほど先を指差して何か言っている。「凱旋門ですって」とイゴールが教えてくれた。アレクセイが自慢げなので、沈んだ心を奮い立たせその門の近くまで歩いていった。

それは高さ5メートルほどの木製の門だった。どこかに続く道にあるわけでもなく、ただ空き地にポツンと建てられた手作りの凱旋門。

その上部にロシア語が書かれているのを、イゴールが読んでくれた。

この街に立ち入る者は皆　望みを叶え
大いなる幸福を手にしてくれたまえ

僕は何とも名状しがたい思いを抱えて、太陽の街を後にした。

もうここに来ることはないんだろうなと、不思議にはっきり感じた。

◆

街（太陽の街ではなくて、電気もガスも水道もある本当の街）に向かう車の中で、僕はいつものようにその数日間で目にしたことを振り返っていた。

旧ソ連の国々で漂うように生きていたデラシネ（根無し草）たちが寄り集まり、皆で霞を食って生きているのがこの集落だ。

鴨長明は『方丈記』にこう書いている。


　また、勢いあるものは、貪欲深く、ひとり身なる者は、人に軽めらる。財あれば恐れ多く、貧しければ恨み切なり。人を頼めば、身、他の有なり。人をはぐくめば、心、恩愛に使はる。世にしたがへば、身苦し。したがはねば、狂せるに似たり。

　いづれの所を占めて、いかなるわざをしてか、しばしもこの身を宿し、たまゆらも心を休むべき。


雑な現代語訳をするとすれば次の通りだ――

権力を持つ者は欲深く、後ろ盾もない孤独な者は軽んじられる。財産があると警戒心が募るし、貧しいのも恨めしい。人を頼ることは自分を明け渡すことに等しく、人の面倒を見てあげれば自分の心は愛に満たされる。世間に従うのはただ苦しいけれど、従わなければ狂っていると思われる。どこへ行き、何をすれば、しばらくの間であってもゆっくりと心を休めることができるだろうか。

——間違いもあるだろうがお許し願いたい。だいたいの言わんとしていることに相違はないはずだ。山奥に小さな庵を構え蟄居した鴨長明も、完全な孤独を求めたわけではない。近くに暮らす少年とは歳の離れた友として付き合った。それは彼の日々を豊かにするよき隣人であった。

鴨長明は、手という召使いと足という乗り物で我が身は自由であると言った。誰にも従わず、誰も従えず、たまに都に出ると恥ずかしくなることもあるけれど、一丈四方の庵に帰ってくれば俗世間の煩いごとに拘う人々のことを気の毒に思った。

僕はこの集落を訪れたはじめの頃、その住人たちはロシアの鴨長明だと思った。しかし、似ているけれど、違った。

この教団にとって〝場〟は何にも増して重要であった。それは〝教祖との距離〟が信心深さの象徴であり、〝信仰を同じくする隣人〟の存在が不可欠であるからだ。そうして、彼らはひとところに寄り集まった。その精神性を養うのに〝集まる場〟が必要であるということこそが、この教団にひとつの暗い影を落としている。

結局、宗教とはなんなのだろう。

それがわかれば世界の仕組みが明らかになってしまうかもしれないような大きな問いだ。僕なんかに答えられるわけはない。

ただわかったのは、この集落にやって来る人たちは皆、疑問の答えを求めていたということだ。

なぜ自分は生まれてきたのか、なぜ生きていくのか、そして神とはなんなのか。

誰に話を聞いても、教祖はその答えを知っていると言う。しかしその答えが僕に教えられることはついぞなかった。

だから僕はある時から、彼らは未だに誰もその答えを知らないのではないだろうかと思うようになっていた。教祖でさえその答えには至っていないのだと。

人がなぜ生まれてきたかなんて、わかりっこない。

人間はわからないことを恐れる。どうしても理由が必要だ。

だから誰かがその理由を高らかに宣言する。するとその理由を求めていた人々が群がり教えを請う。

答えの存在しない疑問に、仮初の答えを与えることが宗教なのか。

しかし同時に、厳しい自然の中で生きるヴィッサリオン教の信者たちを思う。

彼らはコントロールできない自然と向き合っている。なぜ今日は雨が降って明日は降らないのか。なぜ昨年の野イチゴは甘く、今年の野イチゴは酸っぱいのか。なぜ昨日は生きていた山羊が、今日は死んでいるのか。

自然は説明不可能なことで溢れている。科学的な知見が参考程度の答えを用意してはくれるが、それは現象のほんの一部の話に過ぎない。

自然と向き合い翻弄されながら暮らせば、理由を求めることの滑稽さに気づかざるをえない。

もしかして、ヴィッサリオン教の集落はそのための場所なんじゃないだろうか。

八紘一宇を掲げることもなく、自分たちの手の届く範囲で、自分たちの不明なものを、不明なままで受け入れるための場所。

教祖が知っているのは人が生きる理由ではなく、理由のわからないものをわからないままにして、その〝不明〟と共に生きていくその方法。あるいは、全知全能の神に疑問を付託することで、自分たちはその〝不明〟に囚われずに生きること。

どこかで誰かが「教祖が代わりに悩んでくれる」と言っていた。

それがこの教団の本質なのではないだろうか——。

そこまで考えたところで脳みそのエネルギーが果て、激しく揺れる座席に沈むように腰掛けて目を閉じた。


大都市クラスノヤルスクに着いた頃にはすっかり夜の帳が下りていた。

もう一度教団について、宗教について考えようと思ったが諦めた。

僕の頭じゃわかんないや、と思った。

わからないまま、受け入れよう。

ケニア　ゴミ山スカベンジャー飯

「貧すれば鈍する」と誰かが言った。

日々の経済的な貧しさが、人から知恵を奪い去るという意味だ。

しかし僕が見たものは違った。

僕がゴミ山の奥深くで出会った青年は、深甚な貧しさを経験しながらなお気高く、聡明であった。

孤高の青年は天地あべこべ世界の山の天辺から、煙雲を貫いてこの下界の宿痾（しゅくあ）を看破した。

僕にはどちらの世界が美しいのか、わからなくなった。

屍肉を食むもの

人生で初めて病院に通っている。

もう半年以上、咳が止まらないからだ。

特に苦しいのは夜。床に就いてしばらくすると咳が出る。水を飲み、気管を濡らせばほんのひととき治まるけれど、30分後には同じことの繰り返し。マスクをつけようが加湿器を導入しようが変わらない。浅い眠りを繰り返しながら朝を待つ。だから、もう半年間目覚ましを使っていない。それより前には目が覚めているからだ。

真っ当な睡眠がとれないと、真っ当な暮らしは送れない。

しばらくは市販の咳止めや喉飴でどうにか凌いできたけれど、限界だった。ようやく訪れた病院で、医師は「化学物質の吸引を原因とする喘息」だと診断した。以来、僕は毎日シュー、シュー、と吸入薬を吸って生きている。妻は「『グーニーズ』のマイキーみたいで悪くない」と言ってくれるがこちらとしてはなかなか大変である。

僕がマイキーになった原因は明らかだった。

ケニアのゴミ山で「スカベンジャー」と時間を共にしたからだ。


アフリカ東部に位置するケニア共和国は、人口約5千万の大国だ。

その首都ナイロビはアフリカを代表する経済都市ではあるが、観光客がこの街に長逗留（ながとうりゅう）することはあまりない。ケニア観光の目的は大概、どこまでも続くサバンナを駆けるシマウマやキリンにサイ。あるいは大地を揺らして川を越えるヌーの大群。ライオンやヒョウなどの肉食獣は夜行性だからそう簡単には出会えない。サファリシャツで着飾った西洋人やアジア人は、深い緑のサファリカラーを纏ったトヨタ・ランドクルーザーに乗ってナイロビを通り過ぎていく。この車をチャーターするだけで1日6万円はくだらない。残念ながら、自然保護区や国立公園では基本的に車から降りることができないので、高機能なサファリシャツは観光客の気持ちを高揚させる以外の意味を持たない。


そんな観光客たちを尻目に、僕はしばらくナイロビにとどまるつもりだった。

僕が会いたいのはサバンナのキリンでもなければヌーでもなく、ましてやライオンでもない。

僕はナイロビ東部に聳えるケニア最大のゴミ山「ダンドラ・ゴミ集積場」に暮らす「スカベンジャー」に会いに来たのだ。


スカベンジャーとは腐肉食動物のことである。

読んで字の如く、死屍を、腐った肉を食う動物。例えばハイエナやハゲワシ。それはサファリツアーで観光客が積極的にカメラに収めようとする存在ではない。ライオンが襲ったシマウマの残骸を狙うものたちだ。そしてここアフリカには、もう一種のスカベンジャーが存在する。

ゴミを漁って生活の糧を得る人々――。

ナイロビでスカベンジャーと言えば彼らのことを指す。

そして一般的にその呼び名には、蔑みの視線が含まれている。

僕はそんな彼らの飯を見に来たのだ。


日本から飛行機を乗り継ぎ24時間。相変わらずひとりで降り立ったアフリカの地は、リベリア以来実に2年ぶりだった。

ナイロビの国際空港から市街へ向かう車中、「ゴミ山では殺人事件が起こります」と隣の席の男が言った。胸に「安川電機」と書かれた青いナイロンブルゾンを着たこの男の名はディボゴ。今回のガイドを引き受けてくれた還暦間近のケニア人男性だ。僕のロケに同行してくれる現地人は多くない。普通は見て見ぬふりをして避けて通る世界に、わざわざ踏み込んでいくのが僕の取材だ。けれどディボゴは知ってか知らずかロケの同行を快諾してくれた。言葉選びに時間はかかるが、丁寧な日本語を操る誠実な男だ。

「ゴミ山の利権を巡ってギャング同士が争ってるんです。人が殺されても犯人が捕まることはありません――」

僕たちが目指すのは、ナイロビ中のゴミが一挙に押し寄せる「ダンドラ・ゴミ集積場」だ。

犯罪都市として悪名高いナイロビの中でも、とりわけ危険と言われるエリアが三つある。ひとつは銃の密輸入と転売で荒稼ぎするソマリア人居住区の「イースリーエリア」。もうひとつは〝パンガニ6〟なるギャングが権勢を振るう「パンガニエリア」。そして最後がこのゴミ集積場を擁する「ダンドラエリア」である。アフリカ屈指の危険都市ナイロビにあって、その地を踏むのがどれほど危険かは推して知るべしというところか。

一方、日本のメディアで取り上げられるナイロビの〝ヤバい場所〟と言えば「キベラスラム」一択だ。〝アフリカ最大のスラム〟の称号を恣にするキベラは、確かに奥深き危険に満ちている。しかしキベラで意味のある撮影をすることは困難だ。なぜなら、外部の人間を迎えることに慣れた住人たちはさながら人気観光地のガイドのように、定型化されたルートを案内し、芝居じみた言葉でエピソードを話す。キベラはいわば〝ダークツーリズムの人気ナンバー1観光地〟なのだ。ここで〝用意されたキベラスラム〟をくぐり抜け、何層も下で揺曳するキベラの危うい姿態に触れるには、1ヶ月住み込んでも足りないだろう。もちろん観光客が物見遊山に立ち寄ることは控えるべきであることは言うまでもないが。

その点、ダンドラは違った。

この名が海外のメディアに登場することはほとんどない。僕がインターネットで目にした現地新聞の記事は次のように伝えていた。

〝バトル・フィールド（戦場）〟と呼ばれるナイロビ東部のダンドラ・ゴミ集積場でギャングの抗争が発生、数人が死亡した。

被害者は若い男で、銃で撃たれた後、山刀で切りつけられ、火をつけられて殺されていた。両ギャングは銃、弓矢、山刀で武装している。抗争の原因は長く続くゴミ集積場の利権トラブルによると思われる。

(*NairobiNews : October16.2013*)

ナイロビのテレビ局は何度かこの地での取材を試みていた。完全武装の護衛に囲まれゴミ山に踏み入る現地人ジャーナリストの姿は実に仰々しく、「ここは〝NO GO ZONE(立ち入ってはいけない場所)〟である」と勇猛そうな表情でカメラに語りかけた。

そして彼らの報告の端々に、ゴミ山で暮らす人々の存在が見て取れた。ハイエナやハゲワシに准(なぞら)えスカベンジャーと呼ばれる人々の存在を知った。そこにはいったいどんな暮らしがあるのだろうと思った。

銃密輸地区

ガイドのディボゴと僕を乗せたボロボロのトヨタ・カムリは、ソマリア人居住地区・イースリーに向かっていた。ナイロビの中でも近年急速に治安が悪化していると言われる場所だ。ケニア東部に国境を接するソマリアから重火器が密輸され——この国境の取締官はさぞ儲かっているだろうとディボゴは言った——それを求める国中のギャング、密猟者が群がっている。銃取引の要衝となったこの地で犯罪発生数が激増するのに比例して、一帯が悪徳警官による汚職の温床になったのは当然の帰結だ。

イースリーは僕の本来の撮影目的地ではなかった。しかし無理を言ってディボゴに連れてきてもらったのだ。それは僕の鈍りきった肩を慣らすためだった。

ロケはスポーツだ。瞬間の判断の積み重ねがVTRを紡いでいく。カメラのモニターは見ずとも思った画が撮れなければ単独のロケは難しい。僕がこの日カメラを持つのは実に1年ぶりだった。そのブランクは大きい。それで僕は本丸のゴミ山に行く前の肩慣らしとして、銃取引の中心地へと向かったのだ。

車がイースリーに近づいていることは、窓の外を一目見て明らかだった。

道行く女たちは顔以外を覆い隠したヘジャブを纏い、男たちは脛まで届くワンピース型のイスラム装束を着ている。国民の70％がキリスト教徒であるケニアにあって、その光景はここが特異であることを感じさせるのに十分だった。平日の朝だというのに、あらゆる露店がせり出した道は買い物客でごった返し、これぞアフリカと思わせる熱気に満ちている。

「ここに売っていないものは、ケニアのどこを探しても売っていないものです」

ディボゴは車窓の外を過ぎていく服屋や家具屋や肉屋を眺めて言う。このエリアにはなんでも売っている。日用品から多様な武器まで。

驚いたのは、このエリアに入った途端に4階建てから高いもので10階建てにまでなる建物が現れ始めたことだった。それらの多くは商業施設のように見える。

「ソマリア人は商売上手。5年前はバラックしかないスラムだったのに、あっという間にショッピングセンターだらけです」

言われてみれば、日本でイースリーについて調べた時には、〝ナイロビでも治安が悪いスラム街のひとつ〟と書かれているのをよく見かけた。しかし今僕が見ているイースリーは決して〝スラム〟と呼べるような類のものではない。

　我々は大通りで車を降り、エリアの端から歩いて回ることにした。

　エリアに踏み入ってまず驚かされたのは、どこも未舗装の泥道で、歩くのに躊躇するほど泥濘んでいることだった。大きな水溜まりを避けて歩く人々で道は所々渋滞してさえいる。ソマリア人たちがどれだけ稼いでも道路は国の管轄だから埒外なのだろう。足元はれっきとしたスラムの様相を保っていた。


　カメラを回してしばらく歩く。雑貨店で偽物の日本製品を物色する。SONNYやPENSONICが人気のようだ。道端で貯金箱を売っている男と話をする。目の前でトウモロコシ粉の2リットルスチール缶をザクザクと解体し、ハンマーで叩いて延ばし、四角い貯金箱を組み立ててくれた。ひとつ150シリング（約150円）だというので土産に買ったら、角の始末が粗くて指を切った。ブルーシートを広げて何かの草を売っている男たちがいる。物珍しそうに眺めていると「食ってみろ食ってみろ」と一束押しつけてくる。むしゃりと齧り付いて咀嚼すると、強い渋みと軽い痺れを感じた。彼らはその草を「ミラ」だと言う。ケニアとソマリア双方でたいへんポピュラーな、覚醒作用のある植物だった。肩慣らしに来ているのにいきなり気持ちよくなるわけにもいかないので、申し訳ないと思いつつこっそり吐き出した。

　アフリカの空気に体は馴染みつつあった。けれど、面白くはなかった。

　あわよくば血の沸き立つ何かを見つけられないだろうかと思ってやって来たイースリーだったが、

そんなに簡単ではなかった。

端的に言えば、〝大きすぎた〟のだ。

街が大きく、人が多すぎて誰かの〝顔〟までが遠かった。

「ソマリア人居住区・イースリー」では大きすぎる。仮にここを取材の最終目的地とするならば、夜の街を流して怪しげな人間に声をかけ、地元のギャングから武器商人まで数珠繋ぎに射程範囲を狭めていく。あるいはこの地区を管轄する警察官に賄賂を渡して云々…と、いずれにしても面倒極まりない作業が必要になるだろう。けれど今回時間を割くべきはここではないのだ。


しかしながら、イースリーに来たのは無駄ではなかった。なぜなら僕はここで〝史上最高のスープ〟に出会えたのだから。


そのスープに遭遇したのは、イースリーを出るためのタクシーを探している時だった。路上に出されたコンロの上で焼かれる牛の頭と目が合ったのだ。近づいてみると、鉄板と鉄網で作られた大ぶりな炭火コンロの上で、舌をダラリと垂らした牛の頭が焼かれている。赤い野球帽を被った男が柄のないナイフで、その牛の髭を剃るように焦げた毛をそぎ落としていた。

「牛？」と聞くと、「牛」と男は答えた。

するとコンロの向こうからもう一回り小ぶりな頭を取り出して「山羊」と言う。

どうやって食うのかと聞くと、この二種の頭でスープを作るというから、出来上がるまで見せてもらうことにした。

30分ほど炭火で焼いた牛の頭の脳天に、大きく振りかぶってどでかい中華包丁を打ち込む。カーン！

カーン！　と甲高い音が響く。カーン！　カーン！　カーン！　カ！　と、たまに包丁がめり込む。正確に同じ箇所に打ち込んで、少しずつ少しずつ刃を入れていく。およそ五十発目でようやく頭頂部の頭蓋骨をわずかに貫通した。日本では間違いなくチェーンソーを使うところだが、彼らは包丁一本で牛の頭をまっぷたつに割ろうとしている。もう何発打ち込んだかわからない。しかし確実に頭蓋骨は割られていった。頭頂部が割られ、目と目の間が割られ、鼻の中心が割られ、口が割られた。几帳面なほど綺麗に中心を割られている。

骨を断ち切ると今度は黒い野球帽を被った男が現れた。ふたりはコンロのこちら側とあちら側に立ち、頭蓋骨の割れ目に両側から指を差し入れ一気に引っ張る。ギュッ！　ギュッ！　という独特な音とともに、頭は少しずつ左右に分かれていく。露わになる頭の内部はまだ淡いピンク色だ。頭がすっかりふたつに離れると、それぞれの鼻の穴に指を引っ掛け、ドラム缶を加工した寸胴鍋で沸騰する湯に放り込んだ。同様に４頭分の山羊の頭をひとつひとつまっぷたつに割り――こちらは中華包丁五振りほどで簡単に割れた――同じ鍋に投じた。この時点で調味料は使われていない。牛と山羊の頭の水煮である。

このまま30分ほど火にかける。火の番をしている男は、どこかから拾ってきたような木の篳篥をバリバリと壊しながら、その木材を鍋の下の焚き火に焼べて火力を保っている。一方、先ほど中華包丁を振るっていた男が、テーブルに乗せたウォータージャグの水で何かを洗っている。牛の腸だ。地べたに置いた盥の中でとぐろを巻く腸の内側と外側をゴシゴシと丁寧に洗っている。草食動物の腸は長い。全て洗うのは気の遠くなる作業だ。隣を見ると、火の番をしていた男がもうひとつ別の大鍋を火にかけている。中を覗くと目の細かい挽肉が大量に炒められていた。20キログラムはくだらない。男が木の篦で挽肉をかき混ぜながら「ソーセージの中身だよ」と教えてくれた。

「牛と山羊の合挽で、玉ねぎ、人参、唐辛子が入ってる」

よく見ると、脂肪を含んだピンク色の挽肉の間に赤や緑や橙の細かな野菜の粒が混ざっている。大鍋を覆うほどの大きな炎でガンガン炒める。みるみる肉に火が入り、とめどなく立ち上る湯気が香ばしくなってきた。すると男が火の通り始めた挽肉を、箆を使って鍋の縁にグイグイと押しやり、すり鉢状にし始めた。同時に、その中央の窪みに濃いオレンジ色の肉汁が染み出して溜まってくる。何をしているのかと思ったら、男はその肉汁をマグカップで掬い取り、頭を煮込んでいる大鍋に注ぎ込んだ。

「アフリカン・ソーセージはドライな方が美味いから、肉汁はスープに使うんだ」

そう言うと再び箆で肉をかき混ぜ、すり鉢状に成型し、中央に溜まった肉汁を掬ってスープの鍋に移す。これを何度か繰り返し、汁が出なくなったところでソーセージのタネは完成。ペットボトルの頭の部分を切り取って作った漏斗（ろうと）を腸に差し込み、できたてのタネをどんどん詰めていく。何メートルあるかしれない腸詰ができたところで、渦巻きのままコンロに乗せて炭火で炙る。先にタネに火を通しておいて、最後に炙るソーセージなんて見たことがない。

「スープができたよ！」

なんと美しい手順だろう。

彼らの一糸乱れぬ完全な連携、無駄のない動作、そして空間を着々と包み込んでいく芳醇な香りに僕はもううっとりしていた。

気づけば鍋の周りに何人かの客が立っている。これが毎朝のルーティンなのだろう、顔見知りの客同士が世間話に花を咲かせている。

いよいよ炊き上がった頭スープの蓋を開ける。ブワッと白い湯気が上がった先に、黄金色に輝く液体がグツグツと煮え立っている。途中何度も男がマグカップを差し入れていたが、どうやらアクを取っていたらしい。豪快でありながら驚くほど繊細だ。黄金色に澄んだスープの上を、透き通った油がキラキラと漂っている。

これで完成かと思ったらそうじゃなかった。マグカップで一杯分のスープを掬い、取っ手のついた白いペットボトルに注ぎ込んで塩を一匙加える。ボトルのラベルを見ると「SUPER　STANDARD　THINNER 5L」と書かれている。つまりシンナーの5リットル入りボトルだ。

「中身は入ってないよ」と、ボトルに興味津々の僕に男は言った。

「ちょっと離れて」

食い入るようにそれを見ていた僕に男は告げる。彼はキャップを固く閉めたそのボトルを頭上高く上げたかと思うと、ストン！　と地面すれすれまで振り下ろして止めた。高く上げてストン！　高く上げてストン！　どうやらスープを攪拌しているようだ。

十回ほど攪拌の動作を繰り返して、再びこれをマグカップに注ぎ戻す。

注がれるスープに僕は目をひん剝いて喫驚（きっきょう）した。

澄んだ黄金色だったはずのスープが、黄色がかった白い液体に変わっているではないか。しかも最後にマグカップの上はこんもりとした泡で閉ざされ、さながらカプチーノのようである。シンナーのボトルにスープを入れて振り落とすあの作業は、スープを乳化させるためのものだったのだ。

客がすでにその一杯目を美味そうに啜っている。

「味はどうですか？」逸る気持ちを抑えて聞くと、客は何も言わずに親指を立てた。

100シリングを支払い自分にも一杯作ってもらう。

鍋から汲み上げ、シンナーの容器で攪拌し、僕のためのマグカップに注がれる。

マグカップにそっと口をつける。

泡を押しのけて、旨味の洪水がどっと口に流れ込んでくる。

荒々しく、むしろ強すぎる旨味が、まさしく乳化によって刹那まろやかに感じる。しかしそれはあくまでデギゼ（仮装）に過ぎない。

爆発である。暴れまわる旨味は制御不能で、脳髄にまで容赦なく浸潤してくる。臭みに類するものは見事に消され、代わりに炭火の香ばしさだけが鼻に抜ける。

「一番美味い！」僕はあまりのことに、自分のわずかな経験を引っ張り出して、安直にも一番の称号を与えてしまった。しかし、それで構わないと思った。自分が今後、これに比肩するスープに出会えるなどとは全くもって思えない。

作り方の荒々しさを思えば日本で再現することは不可能だろう。これはアフリカの大地が生み出した神の恵みとしか言いようがない。

驚いたことに、このスープをマグカップ一杯飲むだけで体がポカポカと温まり、エネルギーが充溢（じゅういつ）してくるのを感じる。朝の一杯にこれを求める気持ちがよくわかる。

あっという間にスープを飲み終えてしまうと、今度は焼き上がったソーセージを勧められた。完璧なタイミングで全てが進んでいく。コンロに乗せたまま、必要な分だけナイフで切り分けてくれる。

太く分厚いソーセージの輪切りを口に放る。ひとたび噛めば、中の挽肉がほろほろと崩れる。ふたたび噛めば、うんとドライな肉の一粒一粒から野趣溢れる味わいがじわじわと舌に広がる。

要するに完璧であった。

隣で同じようにソーセージを頬張っていたディボゴが、「ここのご飯は一番美味しい」とぽつり独り言ちる。「正直言いまして、ケニア人よりソマリア人の方が料理はよっぽど上手です。この店の男たちはケニア人ですが、ソマリア人の舌を満足させられるように鍛えられてます」

わざわざ危険なイースリーに飯を食いに来るケニア人はほとんどいないから、この味を知る人は少ないはず、と彼は得意げだ。路肩のコンロで肉を焼くのはケニアのスタイル。そこにじっくりと手間をかけて旨味を凝縮していく手順を与えたのはソマリアの文化である。実に意外な形で、至上の一杯に出会うことができたのだった。

シンナーチルドレン

ロケ劈頭(へきとう)から予想外の幸運に巡り会えた。

肩慣らしは胃袋をもって済まされた。これで満を持してゴミ山を目指せる。

「スープは辛かったでしょう?」とディボゴが聞く。確かに唐辛子の辛さはあったがさほどでもない。とにかく美味かった。そう答えると、彼は意味深長な笑みを浮かべて「日本人は不思議です」と言った。

「日本人は〝辛くて美味しい〟って言いますね」

無類の辛味愛好家である僕は、唐辛子、胡椒、山椒と辛味に目がない。

「ケニア人はそう感じません。辛いのは辛い。それは美味しいではない」

「じゃあなんで唐辛子をよく食べるんですか?」

「お腹にいいから。うんちがよく出るから」

もちろん代謝は上がるし便通もよくなる気がする。しかし、僕は辛いものを確かに美味いと感じているのだ。ディボゴはさらに続ける。

「だけど、〝甘い〟は〝美味しい〟です。〝辛い〟は〝辛い〟。〝酸っぱい〟は〝酸っぱい〟。でも〝甘い〟は〝美味しい〟です」

とても面白い話だと思った。たんに言語の違いと言うなかれ、言語の違いは概念の違いだ。「甘味」だけを「美味さ」と感じるという話は、動物的な、プリミティブな響きを伴っている。辛味も酸味も、人間の生存を支えるものではない。しかし甘味とは舌が糖質や脂質などのエネルギーに感応することだ。命の実感を持って飯を食う人たちにとって、甘味のプライオリティが最上位に来るのは当然のことである。

長閑(のどか)な話に花咲かせながらイースリーを離れた僕たちは、ほどなくして再び道を逸れることになる。

「窓、窓上げて」とディボゴが唐突に言った。僕は扉についたハンドルをグリグリと回して窓を閉める。

「カメラ盗られちゃうから」

ディボゴは僕が手に持っているカメラを掴むふりをして言った。

ナイロビで頻発する盗みの手口を警戒したのだ。世界有数と言われるナイロビの渋滞は、物盗りたちにとっては格好の猟場だ。車がのろのろと走っているところに忍び足で近づき、開いた窓から金品を奪って走り去る。閉められた窓を打ち破って物を奪う「スマッシュ＆グラブ」なる手法も頻発しているが、それでも窓を閉めておくに越したことはない。

しかしなぜディボゴは突然そんなことを言い出したのか。道の渋滞は今に始まったことではない。窓の外に目を向けて、すぐその理由に思い至った。

車のすぐそばを、ペットボトルを咥えた少年たちが過ぎていく。ひとりやふたりじゃない。10メートル進むごとにひとり、またひとりと、大切そうにペットボトルを口に咥えこんだ少年が現れる。車の中からでもはっきりとわかる。彼らの目は蕩けたように虚ろで、足取りはふらふらと危うげだ。

「シンナー。あれみんなシンナー吸ってるの」ディボゴは言った。

——小一時間遅くなるとてゴミ山が消えてなくなることはないだろう。渋るディボゴに因果を含め、僕たちはもう一度泥濘んだ道に降り立った。

そこはイーストリーから少し離れた貧困街で、スラムとは言えないまでも中流以上のケニア人が足を踏み入れるような場所ではない。相変わらず水捌け(みずは)の悪い道には大きな水溜まりがいくつも連なり、得体の知れないゴミが無数に浮いている。その年季の入った浮遊物は、この水溜まりが一日二日でできたものではないことを雄弁に物語っている。

早速、虚ろな目の少年が正面からこちらに向かって歩いてくる。遠目にはペットボトルの存在はわからない。Tシャツの中に隠し込み、ペットボトルの口だけを襟元から覗かせているからだ。間近に見ると15から17歳くらいの青年だと思われた。ズボンの裾が引きちぎれ、元が何色だったかもわからないほど黒く汚れ果てた服を着ている。路上で暮らしていることは間違いないだろう。

ズルズルと足を引きずりこちらに近づいてくる。率爾(そつじ)ながら「ジャンボ！（こんにちは）」と声をかけるも反応がない。続いてディボゴが「ジャンボ！　ハバリ！（調子は？）」と話しかけるもなしのつぶて。青年はそのままのっそりと歩いて僕たちの横を通り過ぎていった。

「ああなったらもう厳しいです」とディボゴが言う。

「厳しいって？」と聞くと、ディボゴは何も言わずに首を横に振った。

青年はふらふらと小さな食堂に入り、平然とテーブルについた。店員の女性は彼を一瞥したが、すぐに記憶のゴミ箱に押しやってしまったようだ。彼は大きく仰け反って天井を見つめている。それからは店員も客も、彼のことが見えていないようだった。

僕は心にモヤモヤとした薄暗さを抱えて、再び泥道を歩き始めた。

彼らはどのようにして路上に身を落とすのだろう。そしてどのようにしてシンナーに身も心も明け渡してしまうのだろう。今の青年は話ができる状態ではなかった。ああなってしまう前の少年たちがどこかにいるはずだ。

しばらく歩くと橋が現れた。下を流れる川面はゴミで覆われ、淀みには押し寄せるゴミで小さな山ができている。

川の片側に土が剝き出しになった土手がある。そこに子どもたちの姿があった。疎らに立った木々の下で、数十人の子どもたちが座り、寝転び、彷徨いている。僕たちは橋の袂(たもと)に建つ物売り小屋の脇を通り抜け、土手に入った。踏み入ってすぐに、そこの土が硬く乾燥していることを感知した。大勢が行き交う泥濘んだ道よりも土手は水捌けがいいのだろう。それは少年たちがここに集まる理由のひとつに違いない。

一本の大きな樹の下に少年たちが集まっていた。

彼らをめがけて、僕はズンズンと進んだ。

このズンズンと進むということが重要なのだ。6年ほど前、同じようなストリートの子どもたちを撮ろうとして失敗したことがある。気づかれていないだろうと、遠くから少年たちを撮影していた。するといつの間にか、僕は他の場所にいた彼らの仲間に背後を取られ、激しい投石を浴びせられたのだった。"こそこそバレないように"というのが最も危険で、しかも最も卑しい。だからとにかく、恐れずズンズンと進むのだ。

その大木へ向かう短い間にも、シンナーで正体をなくした青年たちの横を通り過ぎた。ボロボロの服。意思を失った焦点の定まらない目。周囲の生体にわずかな反応は見せるけれど、すぐに興味を失ってしまう。こんな言い方はしたくないけれど、彼らは映画の中で街を彷徨うゾンビのようだ。見たところ違う点はただひとつ、彼らがみな口元にペットボトルをぶら下げていることだけ。そうでない者はと言えば、土手の土を食うように地面に顔面を突っ込んで眠る者、今にも川に落ちそうな岸の縁で異様な形に足を組んで倒れている者——彼らが息をしているのかどうか確かめる勇気が僕にはない——そして、木の上からだらりと足を垂らし脱力する者。つまり彼らは目が覚めている間中、シンナーを吸っている。

グイグイと集団に近づきながら「ジャンボ！」と大きな声で話しかける。彼らが僕の存在に気づいた時、僕はもう手を差し出して握手の体勢に入っている。

少年たちは一瞬驚いた顔をするも、目の前に差し出された手を反射的に握り返す。すると座っていた少年たちはわらわらと立ち上がり、緩慢な動作で次々と僕に握手を求めた。彼らが心を武装する前に距離を詰めきってしまうことが何より肝要なのである。

彼らのほとんどがまだ若く、中学生にもならないような年齢だと思われた。

「100シリング」「100シリング」何人かがゆさゆさと僕の服を引いて金をねだる。しかしここで金を渡したら話を聞くことはできなくなる。浅学ながらもう散々経験してきたことだ。

幾人かは金の無心もせず、僕の出現をただ面白がった。

「ジャッキー・チェンだ！」

彼らの中に日本人のイメージはない。僕が「ホワチャー！」とカンフーの真似事をすると、少年たちが思い思いのカンフーで「ホワチャー！」「ホワチャー！」と始める。大胆な者は僕に突きを食らわせてくるから、僕も大人げなくやり返す。アフリカの少年とはこれでだいたい打ち解けられる。ジャッキー・チェンは偉大だ。物心つく頃からジャッキー・チェンの身ごなしを練習していたことがここで奏功した。

「僕はメイウェザー（アメリカのボクサー）になりたい！」とボクシングスタイルで戦いを挑んできた少年は身長130センチにも満たない。

「何歳？」と聞くと、本人がぼーっと考え込んでいる間に「エルヴィス！　お前12歳だろ！」と周りの子らが教えてくれた。

「そう、12歳」

エルヴィスと聞けば、勇ましいもみあげのエルヴィス・プレスリーが浮かんでしまうが、ここのエルヴィスはその対極。まんまるい顔にくりっとした目、ニコッと笑ったかと思うと直後に寂しげな顔をする、表情の変化が過剰に豊かで幼気な男の子だ。彼も透明なペットボトルの底にオレンジ色の液体を入れ、大切そうにスースーと吸い込んでいる。

「それは何？」

彼が答える前に、周囲の少年たちがペットボトルを高々と掲げて「グルー！（糊！）」「グルー！（糊！）」と宣言する。

「グルー（糊）だよ！」エルヴィスは数歩遅れて答えてくれた。

彼らは糊から揮発する有機溶剤、つまりシンナーを吸っている。シンナーを吸引すれば、酒に酔ったような気持ちよさに浸ることができる。しかし意外だったのは、彼らの歯が真っ白くピカピカでいかにも丈夫そうであることだ。昭和の日本で〝シンナー遊び〟に溺れた不良少年たちは〝歯が溶ける〟というのが通説だった。どうやら吸っているモノが違うらしい。日本のシンナー遊びで若者たちが吸っていたのはトルエンだった。トルエンは歯を溶かし、脳を萎縮させ、意識障害や臓器障害を招いた。一方、ケニアの少年たちが吸っているのはトルエンではなくベンゼンなのではと思われた。ベンゼンはトルエンと同様にシンナー（元々シンナーとは〝thinner〟つまり〝薄め液〟という意味の言葉であって物質名ではない）として塗料などを薄めるのに用いられる物質だ。ベンゼンに歯を溶かす作用は少ない。ただし、決定的な発ガン性と造血器の障害を招くことが確認されている。つまり慢性的にベンゼンを吸うようになれば高確率で白血病を発症する。歯が溶けていないから安心、なんていうことは無論ない。

シンナーで夢見心地の少年は、僕の長い顎髭をさわさわと優しく摑んでは次の少年に譲り、次の少年がさわさわと髭を撫でてはまた次の少年に譲った。

「それはどこで買うの？」とペットボトルの底に溜まった液を指して聞くと、集団の奥から「マダリ・スラムで買ってくるんだ」と言う野太い声が響いた。

声の主は鋭い目をした大人の男だった。大柄とは言わないが、少年たちとは明らかに違う体軀（たいく）をしている。そして頭には500ミリリットル入りのタンブラーを逆さまにしたような珍妙な形の麦藁帽を乗せていた。少し傾けたらずり落ちてしまいそうなものが、なかなかどうして頭にピタリとひっついて動かない。

僕とディボゴににわかな緊張が走る。

小さな少年の集団を相手にするのと、大人がひとり加わった集団を相手にするのとではわけが違う。

「この量で15シリングだ」と男の低い声が続けて言った。

「これは靴を修理するためのゴム糊だ。マダリ・スラムの靴の修理屋が俺たちに売ってくれるんだ」

「あなたは？」

「俺はここのチェアマン（長）だ」

彼は名をジョンと言った。僕が名乗ると、「いい名前だ」と言ってその手を差し出した。握手をしただけで、少年たちと彼との歴然たる力の差を感じる。その人間の持てる力は手のひらが代弁してくれる。彼の手は分厚く、節くれ、しかし柔軟だった。

「そのカメラで俺たちを撮ってくれ。全員を撮ってくれ」

こちらが撮ると言う前から土手に散らばっていた20人ほどの少年を集め、集合写真のポーズを決めた。

「俺たちは家族。俺たちはサバイバーだ」

僕はその姿をカメラに収めた。ダウンのコートを着ている者もあればタンクトップ一枚の者もいる。季節感がちぐはぐになるのは、家のない彼らが大切なものを守るには常に身につけておく他に手がないからだ。

ジョンの目も微かに虚ろではあるが、はっきりと会話ができた。彼は現在29歳。路上で暮らすようになってもう12年だという。

少年たちは皆物乞いだった。昼間は街の中心に出て金を乞う。日が暮れたらこの土手に戻り、シンナーを吸って皆で眠る。

「俺がいなければこいつらの稼ぎは簡単に奪われる。そこら中が敵だらけだ」

シンナーによって判断力も体力も衰えた少年たちの身を守るため、ジョンは彼らと共に暮らしている。もちろんそれは経済的にも精神的にも、ジョンの身を守ることであるとも言えるだろう。

ディボゴが鬼気迫る表情で「人が集まりすぎてます。早く移動した方がいい」と僕を急かした。僕もしばらく前から気がついてはいた。僕とディボゴ、ジョンを中心として、すでに40人近くの路上生活者たちが集まっている。その中には大人の男もちらほらと見えた。ジョンたちとは異なるグループが混じってきているのだろう。収拾がつかなくなる前に、僕はジョンに聞いた。

「皆さんが普段食べているものを見せてほしいんです」

するとジョンは「ＯＫ。ちょっと待ってくれ」と少年を3人選び出し、「じゃあ行こう」と歩き出した。選ばれた少年と選ばれなかった少年との間で諍いが生じた――どころか殴る蹴る首を絞めるなどほとんど乱闘騒ぎだ――が、ジョンは構わず選んだ3人を団子から引っ張り出して土手を離れた。

◆

彼らの普段の飯とはいったいなんだろうか。思いを巡らせながら歩いていると、選抜メンバーに選ばれたエルヴィスが歩く僕の靴を踏もうとしている。相手にしないでいると、諦めるどころか彼はいよいよ僕の足を止めようと必死だ。観念した僕は歩みを止めると、エルヴィスは僕のブーツを何やら弄ってから「足を上げて」と言った。するとそこには、足型に抜かれた見事な糞が置き去りにされていた。

「うんこじゃん！　俺うんこ踏んでたんじゃん！」

エルヴィスは僕の靴にへばりついていた糞を取り除いてくれようとしていたのだ。「ありがとう！」呆けたように叫ぶと、彼は僕の顔を見上げて軽く微笑んだ。なんでこんな子が路上で暮らさなければならないんだろう。本当に単純に、そんな疑問が湧いてくる。

先を歩いていたジョンたちが立ち止まっている。

「ここが俺たちのよく来る店だよ」

それは、あばら屋の食堂でもなければ屋台でもなく、ことのほか真っ当なファストフード店だった。

「え、ここ？」

僕はこの時、自分がある重要なことを看過していたことに思い至った。

少年たちは物乞いで飯を食っている。そんな彼らに「飯を見せて」と言うのは、すなわち「奢らせてもらうのでなんでも好きなものを食べてください」と言うのと全く同義だったのだ。

もう後戻りはできない。彼らはすでに店内で席に着いている。いつの間にか人数は増え、7人の少年たちがワクワクを隠し切れないといった顔でこちらを見ているのだ。もちろんそれは各人が口に添えているペットボトルのおかげでもあるのだが。

驚いたのは、店員の女性が彼らの来訪に驚いた様子も嫌がる態度も見せなかったことだ。

「彼らはよく来るんですか？」と、ジョンたちの耳に届かぬよう女性に小声で尋ねると「しょっちゅうですよ」と笑顔で答えた。

「その人は俺たちの姉さんなんだ！」

僕が女性と話しているのを見たジョンが大きな声で言った。彼女も俺たちのファミリーなのだ、と。

女性は恥じらうように「やめなさいよ」と言って、一番近くに座っていた少年の脇腹を小突いた。

少年はケラケラと笑ってやり返す。本当に姉弟のように仲睦まじい。

「はい、じゃあみんなシンナーしまって」

女性が言うと、少年たちは口に咥えていたペットボトルをポケットやズボンの中にしまい込んだ。

店内でのシンナー吸引は認めていないらしい。

彼らはメニューを眺めることもなく、全員がフライドチキンとフレンチフライのセットを注文した。それはこの店でもっとも安いメニューでさえない。一皿240円もするのだ。

「仕事が上手くいくと、ひとり1日800～1000シリングは稼ぐ。その時は決まってこのチキンプレートを食べるんだ」とジョンは言った。

けれどももちろん、常にはかばかしい成功を収められるわけではない。

「稼げないときでもここに来れば、姉さんがその日の余りを分けてくれる。いつも余りがあるわけじゃないけど。ここにはいつも通ってる」

それで辻褄が合った。彼らが実際にしょっちゅうこのファストフード店に通っていること。そして店員の女性のことを彼らが心から慕っていること。その理由は彼女の施しにあったのだ。

料理ができるのを待つ間、少年たちは当たり前のようにペットボトルを取り出し口にあてがった。どれだけ恩を受けた人にダメだと言われても、それとこれとは別らしい。ジョンだけは相変わらず吸っていない——と思っていたのだが、先ほどからやけに頻繁に左手の拳を鼻に当てている。

「それ、手に何か持ってます?」

と聞くと、ジョンはパッと手を開いて「キクユ語でムシー。英語ではジェットって呼ぶんだ」と言った。

握られていたのは、くしゃくしゃに丸められた布切れだった。「嗅いでみろ」と突き出された布切れに鼻を近づけると石油臭い。それはベンジンだと思われた。少年たちが吸っているゴム糊に含まれるベンゼンとは異なる物質で、航空機のジェット燃料やガソリン、ライター用のオイルなどがそれにあたる。吸引すれば強力な多幸感をもたらす、依存性の高い物質だ。

「これを吸うとハイになって、心の問題は全部解決できる」

すると彼は「もっといいのがある」と、ポケットから小さなパケ（ビニールの小袋）を取り出した。パケの中には、細かく挽いた山椒のような茶色い粉が入っている。「これはチャビス。ドラッグの中ではこれが一番いい」彼はその粉を一つまみ、自らの下唇と下前歯の間に詰め込んで、視線を宙に泳がせた。「これは脳に来るんだ、脳に。天国に連れていってくれるような感じなんだ」ジョンは両手のひらを天に押し上げて、その幸福感を表現した。少年たちはその様子を羨ましそうに眺めている。

チャビスは嗅ぎタバコ、噛みタバコと言われる無煙タバコの一種だが、我々が一般的に想起するものとはわけが違う。「ムンギキ」と呼ばれるキクユ人の暴力組織が嗜好品として珍重しているもので、高濃度のニコチンを含むタバコの粉に砂糖を加えた粉末を基礎とし、そこにコカインやバングー（大麻の葉と花をすり潰したもの）などを混ぜて効果を高めている。口腔内の粘膜から血中に入り、猛烈なスピードで脳に作用するうえ、強い依存性がある。

「体に影響は？」と聞くと、ジョンは「Very bad. Very bad.（すごく悪い、すごく悪い）」と繰り返した。

「俺たちは六つのドラッグを使ってる。グルー（ベンゼン）、ジェット（ベンジン）、チャビス（タバコ・大麻・その他化合物）、バングー（大麻）、シガー（タバコ）、酒（アルコール）。ひとつの体で六つも使うとおかしくなる」

法の枠組みの外で生きる彼らにとっては、シンナーもタバコもマリファナも酒も、全てひっくるめてドラッグだ。気分と入手状況によって使い分けるものに過ぎない。

「なかでも一番好きなのはチャビス。俺はこいつを愛してる」彼は心から愛おしそうに小袋をポケットにしまった。

テーブルに運ばれてきた「フライドチキン&フレンチフライ」はその名の通りのプレートで、皿いっぱいに敷き詰められた揚げポテトの上に大ぶりな鶏腿肉のフライがどんと乗っている。店員の手から皿が離れる前から、少年たちはそのチキンを摑みあげて齧りついた。片方の手でチキンを齧り、もう片方の手でポテトを頰張る。ジョンはその様子を横目に見ながら自分は静かに鶏を解体し、口に運んだ。

しかし5分と経たぬうちに、口の周りをチリソースで真っ赤に染めたエルヴィスが椅子に沈んで動きを止めた。

「シンナーのせいだよ」とジョンが言う。

「シンナーを吸うと空腹を感じなくなる。食う気力もなくなる。だからみんな体がデカくならない」

子どもたちがシンナーに溺れていく原因はそこにあった。シンナーは食べ物よりも安く空腹感を消し去ってくれる。おまけに恍惚感まで与えてくれるのだ。

テーブルの上を見渡せば、ほとんどの皿がまだポテトとチキンで埋め尽くされたままだった。少年たちはもう食後のデザートを嗜むように、スースーとボトルのシンナーを吸っている。

その様子を見ながら、ジョンはこの路上の家族について話してくれた。

彼らはいくつかの理由で路上に出てきた。エイズなどの疫病や、ドラッグやアルコールの中毒で親が亡くなりひとりになった者。亡くなってはいなくても、親が薬物に依存しその家に居られなくなった者。そしてジョンは、自分の家族が〝あまりにも貧しくて〟自分がストリートに出てきたと言う。

「ケニアにはまだ、子どもが多ければ多いほどいいっていう昔の考え方が残ってる。だから俺の親も次から次に子供を産んだ。俺には弟と妹が9人いる。だけど、そんなにたくさんの子どもを養えるわけがないだろう」

10人兄弟のうち、上の5人は路上に出た。それは自分より幼い弟妹を守るためだった。途上国では多産多死が当たり前だ。乳幼児の死亡リスクが高い環境下では、その死亡率に応じた高い出生率を維持しなければ人口が減り、その共同体の存続が脅かされるからである。しかし経済発展著しいケニアにおいて、乳幼児の死亡率は相応に減少している。しかしながら〝多産〟と家庭の貧しさだけが維持されて、子が溢れたのがこの状況だ。

最後にひとつ聞かせてほしい、とジョンに尋ねた。

「ジョン、この路上での暮らしはどう?」

「厳しい。本当に厳しい」彼は答えた。

「仕事がないから物乞いをしなきゃならない。誰も恵んでくれなければ奪うしかない。窓の開いた車があれば中から物を奪って走る。携帯電話で話をしながら歩いている奴がいれば奪い取って走る。酔っ払った奴を見つければ、後ろから頭を殴ってぶっ倒して金目の物を奪って逃げる」

「罪悪感を覚えることは?」

「ない。俺たちは腹が減ってるんだ。神はそんな俺たちを咎めはしない」

ジョンは語気を荒らげて言い放った。全ては〝そうせざるをえない〟のだと。

「あんたは飯を恵んでくれたから嘘をつきたくない。これは全て本当のことだ」

それが彼の真実だった。

ジョンばかりに気を取られているうちに、少年たちがなにやら紙の包みを手にしている。それは何かと聞けば「土手で待ってる奴らに持って帰る」のだと言った。

「あんたはこれからどこへ行く?」珍しくジョンがこちらに聞いた。

「ダンドラ・ゴミ集積場に行こうと思ってる。ダンドラは知ってますか?」

「ダンドラ?」ジョンは今まで一番大きな声を上げた。「知ってるも何も、俺はそこに住んでたよ」

なんとジョンは我々が目指す場所にかつて住んでいた。

「ダンドラはどんな所?」

「ダンドラは…ダンドラはすごく厳しい場所。いろいろな意味で厳しい場所」ジョンは言葉を選びながら話す。

「あそこに暮らすのは難しい。俺は何週間か住んでから音を上げて逃げ出した。だけど、今もあそこにはサバイバーが暮らしてると思う」

彼は厳しい状況で生き抜く者のことをサバイバーと呼ぶ。自分たちも含めて。

「だけど、あそこには俺たちよりもっと攻撃的な奴らがいる。いい奴もいるけど、悪い奴らの方がずっと多い。いいか? 生きていくのが難しい場所には、その分激しい奴らが住んでいる。ここよりも厳しい場所には、ここより激しい奴らがいるんだ。それを忘れない方がいい」

ゴミ山の向かいにダンドラ警察署がある。そこで警察官を何人か雇って護衛につけた方がいい。銃やナイフが怖ければ——とジョンは言った。

地獄の門番

「そろそろ着くはずです」

ディボゴが二世代ほど前のｉＰｈｏｎｅを片手に窓の外をキョロキョロと見やりながら言った。僕のポケットには道中で買ったスタンガン（ケニアでは歩き売りの男から買うのが普通だ）が入っている。これが必要になるようなことはないだろうが、あるのとないのとでは心の余裕が違う。お守りみたいなものだ。

僕も車の外を見回すけれど、ゴミ集積所らしきものは見当たらない。ディボゴはケニアに生まれてもう60年経つが、ゴミ集積場に近づいたことはなかったという。

「ダンドラエリアを通りかかることはありましたが、ゴミ山は避けてました」

このままゴミ山が見つからなければいいのに…。ディボゴはそう思っていたことだろう。

しかしほどなくして、そこはかとなく車内に臭気が漂った。

もしかしてと、試しに窓を少し開ける。直後、暴悪な刺激が目鼻を突いた。目を開けてはならぬ、息をしてはいけない、五感がそう訴えかけてくる。それはあまりにも凶猛で、実際僕にはそのにおいの色が見えた。うっすらと黄土色をしたにおいの粒子がわずかに開けた窓の隙間からするりと入り込んで充満したのだ。

それほど、これまでの人生で経験したことがないほど、臭いのだ。

臭気で満たされた車は速度を落としてなお進む。運転手も正確な場所を知らないらしい。標識も案内板も存在しない。ディボゴも鼻口を押さえ、涙ぐんでいる。においは強まる。しかしゴミらしきものは見当たらない。

近づきたくない、と強く思った。思わぬ要害が行く手を阻む。

通りをのろのろ走っていると、道の左手にゴミが散乱しているのが見えた。

「ここだ」とディボゴの声が聞こえて視線を上げると、左手に延びる道に大型のダンプカーが幾台も停まっている。この奥に、危ういゴミの山があるのだ。

カメラの録画ボタンを押して、車を降りる。

全身が臭気に包まれる。顔の毛穴から、耳の穴から、全ての穴からにおいが体に入り込んでくる。このにおいはしばらく取れないだろうな、と思った。着替えを持ってきていないから、ケニアにいる間中このにおいとともに生きなければならないと思うと黯然とする。このままじゃ飛行機にも乗れないだろう。緊張が募ると呑気な悩みに思考を飛ばすのはいつもの癖だ。

一歩進めば一歩進んだ分だけにおいが強くなっていく。他のメディアでここの情報を見かけなかったのは、この臭気の所為だったのではとさえ思わせる。涙が出る。尋常じゃない。

油で玉虫色に光る水溜まりを踏み越え、列をなすダンプカーの脇を抜けた先に広がっていたのは、黒々とした煙を吐き、色とりどりのゴミに覆い尽くされた、途轍もなく大きな山だった。

ダンドラ・ゴミ集積場はケニア最大の廃棄物最終処分場だ。25ヘクタールにも及ぶ広大な敷地に、一日850トンものゴミがナイロビ中から運び込まれる。言うまでもないが、10トントラックが一日に85台やってくるということだ。

ゴミは金になる。そのゴミを求めて集まってくる人間は一日3千人以上と言われ、ゴミ集積場の周囲にはトタンの家が密集するスラムが形成されている。ここは世界で二番目に巨大な高密度スラムだ。

地図を見ると、スラムに囲まれたゴミ山の敷地は幅500メートル、奥行き1・3キロメートルのいびつな矩形をしている。

そのゴミ山の奥まで続く一本道の入り口に、僕は立っていた。

足下も、左右に切り立つおよそ垂直の壁も、その上に続く稜線も、全てがゴミでできている。〝朽葉色〟という色があるのだから、〝腐敗色〟という色があってもいいだろう。この山こそが腐敗色の母である。遠目には緑がかった茶色に見える。しかし近づいて見ると、そのぬめりを含んだ茶緑色のベールの裏に、七色の細やかなモザイクが隠れていることがわかる。街の人々の暮らしに用いられている色の全てがここで不作為に集められ混ぜ合わされているのだ。ゴミの崖からゴミの氷麗が垂れ下がり、ゴミの壁から地面から火炎が噴き出している。山全体から上がる煙は灰色ではなく漆黒だ。

大勢の人間が見える。山にへばりつき、腰を曲げてゴミを弄っている。トラックがやって来るたび、人間たちはそこに群がり我勝ちにゴミを漁る。

そして人間以上に、巨大な鳥がこのゴミ山を埋め尽くしていた。大きな嘴の下にだらりと赤い袋を垂らした、中学生くらいの大きさの鳥が僕の目の前1メートルを悠然と歩いている。感情の宿らない魚のような目、ゴツゴツとした赤黒い顔はあまりにも禍々しく、目を合わせてはいけないような気さえする。一枚適当に写真を撮ればその中に千羽は写り込む。空を見上げれば何万もの巨鳥が舞っている。

「コウノトリです」とディボゴが言う。

「嘴の下の袋には酸が入ってる。あの鳥は腐ったものしか食べない。腐ったものを、袋の酸で溶かしながら食べる」

それは我々が子宝を運ぶ幸福の象徴として崇めているコウノトリの仲間で、アフリカハゲコウという。「ハゲ」と名付けられる通り、首から上には羽毛がない。それはハゲワシと同様、動物の死骸に首を突っ込みやすくするためだ。屍肉、腐敗した有機物、糞便を食す。こいつもまたスカベンジャーなのである。体内に多数の寄生虫を宿し、あまつさえ気性が荒く人間の子どもを殺すことさえあるというからおぞましい。

噴き出す業火、目鼻を刺す煙と臭気、屍肉を食らう動物、ゴミを漁る人間――。

地獄を描けと言われたら、この目の前の光景を写しとればそれでいい。これはこの世の地獄である。


ゴミ山に踏み込む幾らか手前で、鈍く銀色に光る自動小銃を下げた男たちが我々を待ち受けていた。武装した警察と落ち合ったのだ。

それがここを取材する際のルールだとディボゴは言った。踏み入る前に隣接する警察署に申請し、話を通しておくこと。それ自体には大いに賛成だ。いざという時の助けがあるのは心強い。問題だったのは、彼らが我々の護衛について回ると言って聞かないことだった。警察官に言わせれば、今まで護衛なしでこのゴミ山に踏み入ったメディアは存在していないのだからその通例に従えということだ。

至極真っ当な話である。しかし僕はそれを断じて撥ね除けなければならなかった。仮にこのゴミ山の先でよき出会いがあったとする。その僕の後ろに四丁も五丁も自動小銃が構えられている中で、僕はどうしてその者と話ができようか。その人は僕に飯を一口恵んでくれるだろうか。くれたとしても、それはほとんど恐喝ではないか。そんな権柄(けんぺい)ずくでは何も撮れない。

だから僕は彼らの同行を断るために、情理を尽くして説得をした。

この入り口で待っていてくれれば十分である。何か問題が起こったときにはすぐに電話をするから、そのときは駆けつけてきてほしい。そうして構えていただければ大変心強い――。説明を終え、彼らに1日分の報酬を前払いしたところで、彼らはすごすごと警察署へと帰っていった。

そう、帰ってしまったのだ。

一応話としては、この入り口で緊急時に備えて待機してもらうということで収まったと思ったのだが、違ったようだ。報酬も受け取ったし、本人も大丈夫だと言っているし、今日はこれでお暇（いとま）しよう、というような心情だったのかもしれない。

不安は募るが、ひとつ目の関門は突破した。

これでゴミ山をじっくり味わうことができるのだ。

ゴミ山に踏み入ってすぐの所で意外な光景を目にした。

西洋人の集団がいたのだ。十人ほどが揃いの制服を着て、足元のゴミを示しながら現地のケニア人たちに何かを話している。数人がクリップボードを持っている姿はいかにも慈善団体か研究者といった風情だ。何より違和感を漂わせているのは、彼ら全員がつけている白くて巨大なマスクだった。我々が花粉症の時期にこぞって使うようなぺらぺらのマスクではない。プラスチックの覆いがつき、立体的で何層にもなったあのマスクだ。その清潔過ぎる青白さが、ここでは威圧的にさえ見える。彼らを横目に通り過ぎようとすると、白いマスクが一斉にこちらを向いた。アジア人が現地人とふたりきりでいるのがよほど珍しいのだろう。

そんな視線を意にも介さない様子のディボゴは、水溜まりを避けながらゴミ山の奥へと進んだ。

「あれ、料理してます」

西洋人の集団を通り過ぎて10メートルもしない所でディボゴが言った。

左手のブロック塀の向こうを指差しているが僕には見えない。

「どこですか？」

「あそこ、ほらあそこ。塀の向こうの、真ん中、煙が立ってる」

そこまで言われてようやくわかった。

塀の向こうの空き地の地べたで火が焚かれ、真っ黒に煤けた缶から湯気が濛々と上がっている。言われてみれば、それが料理でなかったらなんであろうか。

「わ！　ほんとだ！　ディボゴさんすごい！」

僕はもう料理と聞いたら極度の興奮状態に陥る体になっている。

ゴミをかき分け空き地の入り口を探すと、一本道を少し進んだ所に塀の途切れる箇所がある。そこを抜けると、こちらに背を向け屈み込む小柄な人物がいた。

「ジャンボ！」と声をかけると、「うぉ！」と五十路を越えた男が振り向いた。

「あの煙、お父さんのですか？」

「あぁ、あれは俺のランチだよ」

ディボゴの大手柄である。見せてもらえないかと聞くと、男は笑顔でもちろんと答えた。僕たちを焚き火まで先導してくれる彼は、左足を重そうに引きずっていた。

そこはゴミ山に入ってすぐの道の脇に広がる、塀に囲まれた10畳ほどのスペースだった。

その中心に焚き火はあった。

並べた石を五徳にして、黒い缶を火にかけている。缶の中身より先に、その下で燃えているものが気になった。薪が燃えているわけでも、炭が燃えているわけでもない。並べた石の中心が、なぜか燃えているのだ。石には白いペンキのようなものがべったりついている。

「プラスチックを燃やしてるんだ」と男は足元に転がるプラスチック製のミキサーのカバーを指して言った。どうりで薪が見えないわけだ。ペンキに見えたのは溶けたプラスチックだろう。

真っ黒になった缶は、今朝イースリーで見た貯金箱の材料と同じトウモロコシ粉の缶だった。2リットル大のスチール缶は、確かに料理にぴったりだ。缶切りで開封された蓋が、胴体部分から完全には切り離されずに残っている。幅3センチの残された接合部が、金属疲労による寿命を宿命づけられたヒンジとして機能していた。その蓋の隙間から、白い湯気がシューシューと噴き出している。

「中を見せてもらうことはできませんか？」と聞くと、熱い蓋に指を引っ掛けてぐいっと開いて見せてくれた。

湯気の向こうに缶の中身が現れた。

「なんだこれ！」僕の第一声であった。

まず目に入ったのは、牛の足。つまり、牛が逆さに溺れているように、水面に蹄が突き出ているのだ。わずかに見えるくるぶし部分には、毛がしっかりとついたままだ。

「肉だよ！」と彼は言った。

それを聞きながら、僕は缶の中にもうひとつの物体を発見していた。シワシワの白子のようなそれは、当然白子であるはずもない。

「脳みそ!?」

「そう！　脳みそ！」

こちらのメニューは我々日本人が呼ぶ〝くず肉〟の概念を覆す「牛足牛脳缶煮込み」だったのである。今朝、精肉屋の屑(くず)を売る者から合計100シリングで買ってきたという。

日本のホルモンにあたる牛の胃袋や腸や肝臓は、ここでは最高級の肉である。彼がこれから食おうとしているのは、足先と脳だ。とはいえ沖縄で親しまれる豚足に比して、牛足というのは馴染みが薄いが、韓国料理屋では豚足と並んで人気だと聞いたことがある。また脳というのも大概は旨味の塊で、地域によっては贅沢品として珍重されることもある。そこまで考えたところで、嫌なことに思い至ってしまった。

牛の脳を日本で見たことは一度もない。

当然だ。牛の脳は狂牛病を媒介するリスクを持った「特定危険部位」に指定されているため、日本の流通にはけっして乗らないのである。その〝指定〟の存在は、脳を食することによる狂牛病の経口感染がありうることを示している。果たして煮込むことでその原因物質（プリオン）を不活化できるのか。ここでおもむろにiPhoneをWi-Fiに繋ぎ「狂牛病　不活化　何度?」などと検索できるはずもない（その後調べたところによると、「BSEプリオンは湿潤状態では155℃以上で20分間の蒸製熱処理で不活化する（出典：農研機構）」とのことであった。つまり、いくら煮込んでも100度を超えない以上原因物質は生きながらえてしまう）。ここで唯一自分を安心させられる要素は、「目の前の彼が普段から食べている」という実に頼りない一事のみである。

さはさりながら、こちら成田に我が身可愛さは置いてきている——などと見得も切りたいところだが、いかんせん狂牛病は恐ろしい。どうにかこれが安全であると確認する術はなかろうか。プラスチックの焚き火とトウモロコシ粉の缶を用いた実にクリエイティブな牛足牛脳煮込み。いただけるのであれば是非いただきたい。

しかし展開は僕の想像といささか異なった。

「俺は歯がないから、もう1時間は煮込まないと食えないんだ」そう言って笑う口の中には、確かに歯が合計六本ほどしかないようだった。

彼の名はピーター、65歳。ここに暮らして25年になるという。

夜はどこで眠っているのかと聞けば、塀に沿うようにゴミの積み上がったところを指して「あそこ」と言う。言われてみれば、ゴミでできたベッドのように見えなくもない。塀には黒いスプレーで「PETER BASE（ピーター基地）」と書き付けられていた。その塀の上には、不揃いの靴下やTシャツがいくつかぶら下がっている。確かに彼はここで暮らしているのだ。

胸に大きくADIDASと書かれた赤いTシャツは、穴があいたり擦り切れたりはしているものの、念入りに洗濯されているようで清潔に見える。半袖のTシャツに対して、被っている帽子はモコモコの耳あてがついた野球帽…ではなく、モコモコのニット帽を被った上に大ぶりな野球帽を乗せているのだった。左右で異なる黒い革のブーツに、ぼってりと膨らんだ木綿のファティーグパンツ。よく笑う彼の表情と相まって、その装いは彼をポップなキャラクターに見せていた。

鍋が煮上がるまでの1時間をどう過ごそうかと思案していると、ピーターがゴミ山の案内役を買って出てくれた。その口ぶりは、案内できるのは自分以外にいないのだと言わんばかりだった。

◆

ピーターに連れられ煙たいゴミ山を奥へと進む。

切り立ったゴミの壁からボウッと音を立てて炎が噴き出す様は、やはり地獄と呼ぶにふさわしい。そこかしこから火が出るのはゴミ山の宿命だ。山と積み上げられ、踏み固められたゴミには大きな圧力がかかる。加えて、有機物を多分に含んだゴミはその圧力の中で腐敗、発酵し、熱と可燃性ガスを発生させる。駄目押しにあらゆるゴミ山は灼熱の太陽の下に剝き出しであるから、日光の熱を蓄積する。ひとたび発火点を超えると、燎原（りょうげん）の火の如く広がる炎にもう誰も手出しができなくなってしまう。

それがゴミ山の自然発火である。

歩き始めてすぐ、右手に薄汚いトタンの掘っ立て小屋を見つけた。見渡す限り唯一の建造物だ。よく見ればあり合わせのゴミで建てられたものに違いなかった。屋根は瓦を葺くように、色もサイズもまちまちなトタンを継ぎ接ぎにしており、骨組みには製材される前の皮付きの木が使われているかと思えば、壁には妙に重厚なビル用の建材が使われていてちぐはぐだ。その壁板には黒いペンキでドクロマークが描かれた上に「ESCAPING FROM HELL 2 HEAVEN（地獄から天国への逃走）」と綴られている。そしてあろうことか、店の看板らしき立て板には「COOL BASE HOTEL（クールな基地のホテル）」と書かれているのだ。

いったい誰がなんの用で（僕のような人間を除いて）こんなところに宿泊しようと思うのかとディボゴに聞くと「ケニアではレストランのことをホテルって言うんですよ」と教えてくれた。それではケニアで宿のことはなんと呼ぶのかと聞けば、それもホテルだというのだった。

さらに奥へ進むと、背後から「私のことも撮ってよ！」と声が聞こえた。すれ違ったばかりの女性が、ファッションモデルのように次々とポーズを変えて僕に撮られるのを待っている。しばらく彼女にカメラを向けてから「アサンテ！（ありがとう！）」と叫ぶと、ぐっと親指を突き立て何も言わずに去っていく。なんだかなあと思って二、三歩進むと今度はゴミの上に座り込んだ女性たちに呼び止められた。

「どこから来たの？」

「日本から来ました」

「日本のどこ?」

「東京です」

そういうと女性たちは「ふー!」と言ってひとしきり盛り上がったのち、「結婚は？」と聞いてくる。

「既婚です」と言うと「日本では奥さん何人まで持っていいの？」と来た。

ピーターはその光景を、腹をよじって笑って見ている。

「なんか、全然危険な雰囲気じゃないや」と心の声を漏らすと、「えー…騙されてますね」とディボゴがすかさず窘めた。

「表向きはいい人に見えますが、裏には本音が隠れています。彼らは突然暴れます」

ストリートで暮らすジョンも、このゴミ山には気をつけろと言った。善き者もいる。しかし悪しき者の方が多いと。そしてここの悪しき者たちは、路上で強奪をして暮らすジョンよりも危険であると。

「気を抜かないでいきましょう」とディボゴは重ねて忠告したうえで、「まぁ、日本人の本音と建前ほど難しくはありません。こちらの裏と表は慣れればすぐにわかります」と皮肉を添えた。


地鳴りのような音を響かせて、ゴミをバラバラとこぼしながらダンプカーが山の奥へと走り抜ける。車がすれ違うたび、荷台に乗った者同士が今にも摑みかからんばかりの剣幕で口論を繰り広げている。この一本道が、ぎりぎりトラック二台分の幅になっているから仕方がないのだ。

道の途中で、小さなゴミの山に人が群がっていた。

「これはさっきトラックが運んできたばかりのゴミ」とピーターが教えてくれる。

女性も男性も関係なしに、大勢が腰を曲げてゴミを弄っている。鉄の鍵棒を使っている者もあれば、素手の者もある。

「人によって集めている物が違う。あの女はプラスチックで、あの男は金属」

ピーターは足元に転がっていた飲料用紙パックをひとつ手にとり、プラスチックのスクリューキャップを外して見せた。「こうやって、プラスチックだけ取って集めるんだ。俺の専門もプラスチックだから」そう言ってそのキャップをポケットにしまった。

ここで働く者たちはいくつかある業者と曖昧な契約を交わしており、その業者の求めに応じてゴミを集めているのだという。「最近はインド人の会社が多い」とピーターは言った。

「ゴミを集めてる人たちはどこに住んでるんですか？」

「だいたいはゴミ山の周りのスラムに住んでる。もっと遠くの街から通ってる人もいるよ」

「ゴミ山の中に住んでる人は？」

「知らないな。俺の知っている限りでは俺だけだ」

「え？　ピーターさんだけ？」

「ああ。でも奥の方はわからない。俺も奥まで行くことはないから」

直線にして奥行き1キロ以上あるこのゴミ山の最奥部は、ここに25年間住んでいるピーターでさえ知らないという。

「君たち、今朝入り口で警察の連中と話をしてただろう？」

ピーターが唐突に言った。彼はその時の光景を見ていたようだ。

「あれはここのギャングも見てた。だから当分は君たちを襲ったりはしないと思う。けど奥は違う。奥には違うギャングの縄張りもあるし、あそこで何かが起こっても誰にも伝わらない。だから俺たちも奥へは行かない」

そういうことだったのか、と膝を打った。やはり警察官と話をしておいて正解だった。それも警察署で話をするのではなく、ゴミ山まで来て話をしたことが幸運だった。ゴミ山を仕切るギャングがいることは、抗争のニュースを見て予想していた。それにしても危険なにおいを感じないなと思ったのは、我々が警察とやりとりをしているところを彼らが目撃していたからだったのだ。しかしピーターも〝当分〟と言った通り、その魔法にも制限時間があるはずだ。だらだらとここに居座っていたら、いつか取って食われてもおかしくない。

引き続きゴミ山の踏査を続けた。

遠くにもぞもぞと無数の生き物が蠢いているのが見える。カメラを構えて一気にズームインすると、それは牛や山羊などの家畜であった。

狭い範囲で数十頭の家畜がムシャムシャと何かを食んでいる。まじまじ見ると、牛も山羊も鼻先でゴミを掘り返し、中に紛れた有機物を探して食べているのだ。無論〝腐敗した〟有機物だ。腐敗して、元がなんであったかは判然としないがそれが有機物であることだけはわかる、そういうものを食っている。あるいはその中でもまだ鮮度の高いものを探して食っているのかもしれない。

牛を鞭で打つ男がいる。つまり、彼が家畜をここに連れてきている牛飼いだ。

「なんでこんなところに牛を放しているんですか？」

我ながら至極まっすぐな質問だ。それに対する彼の答えはこうだった。

「ゴミ山は養分が豊富なんだ。ここでしっかり栄養をつけるから、乳がたくさんとれる——」

日本でダンドラについて調べている時、一編の調査報告書を見つけた。

その調査によれば、ダンドラに放たれた家畜は深刻に汚染されているとのことだった。ここの牛は、人間が取り込めば腎機能に障害をもたらすカドミウムを体内に蓄積しており、豚に関してはその他の地域の豚に比べて血中の鉛濃度が実に35倍だという。人が鉛を摂取すれば脳を損傷する。それだけでなく腎臓、肝臓、消化器にも障害を及ぼす。そしてなにより、成長過程の神経に甚大な影響を与えるため、子どもは鉛から厳に遠ざけなければならない。にもかかわらず、このダンドラエリア（つまりゴミ山の周辺に形成されたスラムエリア）に暮らす子どもたちの半数はＷＨＯが定めた基準値を超える血中鉛濃度であると報告されている。

鉛は電化製品のハンダや電線ケーブルなどに広く用いられており、言うまでもなくそれらはこのゴミ山のそこかしこに放られている。酸性の雨が降れば鉛成分は容易に溶け出し、ゴミにも土壌にも浸潤していく。目の前でムシャムシャと生ゴミを食うこの牛たちは、今まさに鉛やカドミウムを取り込んでいる。

この牛から得られた乳を継続的に飲むことは、非常に危険だ。

歩き始めてだいたい30分が経ったところで、牛脳牛足煮込みが煮えすぎるのを恐れた我々は一本道を引き返した。その道中、ピーターがおもむろにゴミの壁を駆け上がった。彼に続いてえんやこらと登坂すると、そこに目を疑う光景が広がっていた。

小学校があったのだ。

僕たちが立つゴミの壁を高い塀がガシッと押さえつけ、その足下から校庭が広がり奥には校舎が見える。この塀一枚を隔てて全くの別世界が広がっている。

制服を着た女の子たちが僕とピーターの存在に気づくとわーっとこちらに駆け寄り、それぞれに逆立ちをして見せたり、腰を振って見せたりと楽しませてくれる。「ジャンボ！」と叫ぶと「ポア！（どうも！）」と返してくれた。

隣のピーターを見やると、嬉しいのか悲しいのかわからない、えもいわれぬ表情をして女の子たちを見つめていた。

そしてこの直後、大事件が起こったのである。

我々は充実した1時間を過ごし、意気揚々とピーターの空き地に戻った。

ゴミ山の入り口近くで一本道を逸れ、塀の切れ目から空き地に入ると、前を歩いていたピーターがぴたりと足を止め「なくなってる」と言った。

僕は彼がなんのことを言っているのかわからなかった。

確かに1時間前にはメラメラと燃えていた火が消えている。

――いや、そうじゃなかった。肉を煮ていた缶ごと消えてなくなっているのだ。

「嘘だろ！」僕は心底驚き叫んだ。

ピーターは缶が元あった場所に立ち尽くし、焼けた石をじっと見つめた。

「盗まれた」と言って、ピーターは笑った。

笑いごとではないだろうと思った。いったい誰がこんな非道を働くのか。

「どっかの子どもたちが持っていったんだと思う」

ピーターは諦めたように言った。諦めたように言いはしたものの、彼の空腹は諦めてどうにかなるものではない。彼はさわさわと自分の腹を摩(さす)って、「ハハ、ハハハハハ」と歯のない口で力なく笑った。

細く煙が立ち上る焼けた石を、腹を摩りながらただ名残り惜しそうに見つめている。

「お金はないんですか？」と聞くと「ないよ」と答えた。

ここで僕が言うべきことは、ひとつしかなかった。

「さっきのＨＯＴＥＬ（食堂）、あそこに行ってみたかったんですけど、連れていっていただけませんか？」

「ん？　あぁ、あそこか。わかった。行こう」

ピーターは不本意そうな物言いをしたけれど、その目はしっかり輝いていた。

飯を差し出すのは気が引けた。しかも、今朝のストリートから二回連続である。しかし今回も避けがたかった。何よりも、彼は我々を案内してくれている間に飯を盗られたのだ。その責任を感じていた。


心なしか足取りの軽くなったピーターに連れられて「ＣＯＯＬ　ＢＡＳＥ　ＨＯＴＥＬ」の暖簾をくぐった。相変わらず中は真っ暗で目が慣れるまでは何も見えない。入店するやいなやピーターは店員に何やら注文し、席に着いた。

10人入ればいっぱいの店内に、今は４人の客がいた。それぞれが黙々と自分の目の前の飯と向き合っている。

待たされることなくピーターの料理が供された。

薄いプラスチック製の桶に入れられたどろりとした豆のスープが、ニンニクの香りを含んだ湯気を上げている。それは、玉ねぎ、ニンニク、トマトをバターでよく炒めたところに茹でた緑豆を加えて煮込んだケニアの伝統料理「ンデング」だった。テーブルには輪切りにされた生の鷹の爪が用意され、好みに応じて辛味を加えて食すのだという。ピーターが桶にかぶりつくように煮込みを食べ始めると同時に、焼きたてのチャパティが運ばれてきた。小麦とバターの香りが胃袋に訴えかけてくる。このセットで１００シリング。盗まれた牛の余り肉と同じ値段だ。僕にとってはこちらの方がよほど魅力的に感じられるけれど、ケニア人にとっては肉が何よりの贅沢品なのだとディボゴは言った。

　ピーターは器用にチャパティを折りたたみ、歯の少なくなった口に放り込む。

　スプーンでンデングをかきこみ、またチャパティを放り込む。顎を大きく動かして、残された歯の機能を最大限に引き出し咀嚼し飲み込んだ。

「おいしいですか？」と聞くと、口をンデングでいっぱいにしながら深く頷いて満足していることを伝えてくれた。つい数分前に缶の消滅した焼け石の前で見せたものとは、全く違う笑顔を浮かべている。

「キャハハハ！　美味しそうに食べるじゃない！」

　ピーターの対面に座って同じくンデングを頬張っていた女性がおかしくって仕方ないといった様子で言うと、ピーターも椅子から転げ落ちるのではないかと心配になるほど、ケラケラと全身で笑った。ピーターはよく笑う。

　我慢できずに、僕も同じセットを注文した。注文したにもかかわらず、ピーターが歯のない口で啜っているそのンデングがあまりにも美味そうだったから「一口もらえませんかね？」とつい聞いてしまった。するとピーターは自分のスプーンで一掬い、「あーん」と僕の口元に差し出した。さすがにそこまでしてもらうわけにはいかないので、スプーンを受け取って一口いただいた。

　案の定、美味かった。

　香りからして間違いのない組み合わせだろうと思ってはいたが、案の定シンプルにして贅沢な味わい。玉ねぎとニンニクをバターで炒めて生み出される深いコクを、トマトのみずみずしい酸味が際立たせる。緑豆のサクサクとした食感は癖になる楽しさだ。食べて気づいたが、味の奥底に生姜を感じる。店主の女性に聞くと、一番はじめに玉ねぎを炒める時、ほんの一片生姜を加えているという。食っても食っても止まらないのは、偏に生姜の所為である。運ばれてきた僕の分のンデングをピーターに差し出すと、一口食べてもう腹がいっぱいだと言った。

「ピーターさんは25年前、どうしてここへやって来たんですか？」

僕は聞いた。数秒の逡巡の後、ピーターは答えた。

「ミシンを取られたんだ」

「ミシンって、裁縫のミシン？」

「そう。俺はもともと靴の修理屋だった。道端に店を出して、壊れた靴を直して飯を食っていた。けど、ミシンはオーナーからの借りものだった。それをオーナーが急場の用立てに売っちゃったんだ」

そうして当時40歳だったピーターは仕事を失った。貧国ではよく耳にする話だ。ある機械がひとつあれば店を出して食っていける。翻って、その機械ひとつが壊れるなり奪われるなりすれば、その日からもう飯が食えなくなってしまう。

「子どもはふたりいる。だけど俺がここで暮らすようになってからは親戚の家に預かってもらったきりだ。子どもはここでは暮らしていけない。雨が降れば濡れるし夜は冷える。そんなところで子どもが生きていくことはできない」

気づけば、ピーターの目には薄っすら涙が溜まっている。

ここでの暮らしはどうか、と尋ねた。

「生活の苦しさなんてどうってこともない。だけど、俺は家族に会いたい。家族と一緒に過ごす時間だけが俺の幸せだったんだ。自分がこの先どうなるかなんてわからない。だから、とにかく家族と暮らしたい」

ピーターの子を預かった親族は、彼が十分な金を持ってその家を訪れたときにだけその子に会わせてくれたという。金銭的な負担をかけているのだから、養育費を払えということだ。ほどなくしてピーターにはその余裕がなくなった。以来、彼は家族とほとんど会えていない。今から数年前、子が孫を産んだとの報せが届いた。しかしその孫の顔を、彼はまだ見ていない。

汚染豚

僕とディボゴはゴミ山を出て、その敷地の外周に沿って車を走らせた。

ピーターが言っていた「いくつかのギャングのいくつかの縄張り」が気にかかっていたのだ。地図には正面の入り口ひとつしか記されていない。しかし、いくつかの縄張りに対して入り口がひとつというのは考え難い。それにこれほど広大なゴミ山である。どんな山でも登山口はいくつか用意されているものだ。もしかしたらどこかに、ゴミ山の奥へと続く近道があるかもしれない。そう思ったのだ。

一度ゴミ山から離れた道はほどなくして再び近づき、予想した通りゴミ山に通じる別の入り口を見つけた。正面入り口の半分にも満たない幅のこちらにトラックはやって来ない。行き来しているのはわずかな歩行者とバイクだけで、まさに〝裏口〟といったところだ。

この先にまた別の住人がいるかもしれない。そんな期待に胸を膨らませ、僕たちは車を降りて今度はその裏口からゴミ山へ歩み入った。

歩み入った途端、物騒な連中に囲まれた。それはあっという間の出来事だった。

敷地に入る直前に、目つきの悪い〝いかにも〟なギャング風情が、入り口脇に座り込んで与太話に耽っているのは確認していた。そして僕たちがゴミ山の敷居をまたいだ途端、その男がすっくと立ち上がりこちらに寄ってきたかと思うと、どこからともなく現れた彼の仲間に瞬く間に囲まれたのだ。

「お前、カメラ持ってるってことは何か撮るんだよな？」

「自分が何しようとしてるのかわかってるのか？」

「ここがどこだか知って来てるのか？」

まさしく四面楚歌。四方から怒濤の如く、問いの形をとった警告を浴びせかけられる。彼らがこの近辺を仕切るギャングだろう。

しかしこちらは警察ときっちり話をつけてから来ているのだ。毅然とした態度で対応しよう。

「我々は警察と話をし…」

「関係ない」

彼らはこちらが話すことさえ許してくれない。

「いくら払うんだ？」「もう撮ってただろう？　テープ出せよ」「タダで撮れるとでも思ったか？」

体が触れるような距離から矢継ぎ早に来られると、対抗しようという意欲が失せてくる。

「わかりました。ではもういいです。帰ります」

引き返そうとするも、僕を取り囲む男たちは1ミリたりとも動かない。

「もう撮ったんだろ？」

「撮ってません」

「撮ったんだろ？」

「撮ってません」

「テープ見せろ」

「見せません」

「なんだと⁉」

押し問答が始まってしまった。確かに、車を降りた瞬間から僕はカメラを回していた。データを見られれば一発アウトだ。加速度的に彼らの熱気が上昇していく。走って逃げるか、話をつけるかどちらかしかなかった。

「いくらですか？」僕はついに立入料を聞いた。

「1万シリング」と彼らは声を合わせた。

馬鹿を言っちゃ困る。こっちは一泊2千円の、湯も出ないくせにどでかい虫が出るボロ宿に泊まりながらロケをしているのだ。そこへ来ていきなり1万円払えとは笑止千万。払いたくても払えないというものだ。

しかし、こちらがそう言ったところで彼らは引かない。押し問答が続き、漸次彼らの興奮の度合いも上がっていく。つられるようにして、僕とディボゴの心理も健全とは言えない状態になっていった。

「豚を見たいだけなんだ！」

突如として叫んだのは、僕である。

1秒前まで上気して声を荒らげたギャングが一瞬にしてキョトンと静まり返る。

「豚を撮るだけだから、5千にしてくれ！」

——ギャングは僕の願いを聞き入れた。

豚を撮るだけなら半額でいいと思ったのか、それとも異様な目をして叫ぶアジア人に恐怖したのかわからない。いずれにしても、我々は大きな出費をしながらも、裏口からゴミ山に入ることに成功した。

騒々しかった正面の入り口と打って変わって、こちらはひっそりとしていた。トラックが行き交っていないことも大きいだろう。先ほどは聞こえなかった鳥たちの鳴き声がギャーギャーと疎らに聞こえる。ダンプカーがやって来ないから、新規のゴミもほとんどない。当然、集まってくる人間もいない。

それにしても、どうして「豚を見たいだけなんだ」なんてことを言ったのだろう。そこまで豚に執着していたわけでもなかったが、見たくなかったわけでもない。なぜか咄嗟に口をついて出たのが「豚を見せてくれ」だったのだ。

そして小さな丘を越えると、図ったように、まさしく豚の群れがいたのである。

片手で数えられるだけの牛の足下で、30頭ほどの豚がブヒブヒとゴミに鼻を突っ込んでいる。僕がどれだけ近づいても全くこちらに気づかぬようで、僕の足下のゴミさえ探りに来る始末。牛の後ろ足に踏みつけられた豚はブヒン！　と一鳴きしてゴミの丘を駆け下り、傷口を冷やすように真っ黒な水溜まりに身を浸した。

この豚の血液が、鉛に侵されているのだ。

食ってみたい——。

鉛に侵された豚の味を確かめてみたい。

周囲を見渡すと、豚の群れの先に呆けた顔で壁にもたれる男がいた。

話を聞くと、その男こそこの豚たちをここへ放している豚飼いだった。昼間はここへ連れてきて、夜になると街の豚舎へ連れて帰るという。

この豚はどこで食べられるのかと聞くと、「太っちょムノノの店で食えるよ」と教えてくれたのは、その豚飼いではなく、近くで屯していた別の男だった。「案内してやる」と言う彼について、僕たちはゴミ山を出た。

男はバイクタクシーの運転手だった。今日は客が少なくて暇を持て余していたのだという。太っちょのムノノという男の店はゴミ山から歩いて15分ほどの路地にある、とりたてて変わった様子もない精肉店だった。路地に面した窓を通して客に肉を売る形式で、店内には豚の半身が一頭分吊り下げられているだけだ。

「この肉はダンドラのゴミ山から来た豚ですか？」

カウンターの中に立っている若い男に聞いた。オーナーのムノノは今ちょうど出先にいるとのことで、雇われの彼が華奢な体ひとつで店を回しているらしかった。

「あぁ、ゴミ山の豚だよ」

彼はひとつの後ろ暗さもなく答える。

「汚染は大丈夫なんですか？」

そう聞くと、彼が答える前から、早くも集まってきた野次馬たちが「本物の豚だよ、本物の豚！」と声を上げた。僕が知りたいのは汚染されているかどうかであって、この豚が本物かどうかは聞いていない。それより、偽物の豚とはいったいなんなのだ。

気を取り直して、僕は３００グラムのゴミ山豚を注文した。それだけ食えば、鉛の風味も十分味わえるというものだ。

彼は吊られた塊から肉を切り出し秤に乗せ、３００グラムに合わせていく。

それにしても、この肉をどのようにすべきか悩ましい。どこかのレストランで調理してもらうのが望ましいが、これから協力してくれそうな店を探すのも面倒だ。ホテルに持って帰ったところで調理器具もない。となると、ディボゴの家の台所を拝借するのが最も簡単なのではなかろうか…そこまで考えたところで、自分の考えが果てしなく見当違いだったことを思い知った。

ぴったりの重さ（アバウトだろうと思ったが、微調整を繰り返しぴったり３００グラムになっていた）になったところで、彼は肉をザクザクと切り始めた。はて、わざわざ切ってくれなくても――と思ったら、カウンターの背後に隠すように置かれた小さなカセットコンロにステンレスのボウルを置いて火をつけた。そう、彼はここで調理を始めたのだ。それはキッチンと呼ぶのは憚られる、ただカセットコンロがひとつあるだけのスペース。彼は火にかけたボウルに少し黒ずんだラードを注ぎ、十分に温まったところで切った豚を放り込んだ。

ジュワーッという音と共に、脂の香ばしい匂いが立ち上る。

実にいい。

精肉屋のカウンター裏の小さなコンロで繰り広げられる光景としてはこの上なく贅沢である。ほどよく豚に火が通ったところで一度ボウルの中の油を元のラードの容器に戻すと、今度は壁に吊るした布袋をまさぐり、小ぶりな赤玉ねぎと中サイズのトマトをひとつずつ取り出した。トマトを削ぐようにしてボウルの中に切り落とす。続いて赤玉ねぎを細かく刻み、これも豚のボウルに放る。ボウルの中の水分はあっという間に蒸発する。〝火加減〟なんて概念の持ち合わせがないようで、火をつけた瞬間からずっとコンロのつまみは〝最強〟の位置にあるのだ。

ここで塩を加え、木箆でボウルの中身をひっくり返すようにかき混ぜると「完成だよ」彼はニコリとして言った。

完成した瞬間にもうボウルから皿に開けられる。湯気迸る「ゴミ山豚のトマト炒め」は、誰が見たって出色の出来である。これが１６０円だというから恐れ入った。ただ、僕の感覚としてはゴミ山裏口入場代の5千円がそこに乗るので5160円である。

男は皿を手に取ると、店を飛び出し路地の向かいにある建物に入っていった。ここが精肉店のイートイン・スペースになっているようだ。店の壁にはなぜか「TSUNAMI　BUTCHERY（津波精肉店）」と書かれている。オーナーでない彼はその由来を知らなかった。

高鳴る鼓動を押し殺して、早速豚を口に運ぶ。

高温のラードで一気に揚げたからか、べたっとしたところがまるでない。サクッとした歯ざわりの脂身にまろやかな甘さが生きている。歯ごたえのある肉質は、噛むほどに癖のない滋味が溢れ出る。実に美味い豚だ。トマトと玉ねぎはあくまで脇役としてこの肉の旨味を最大限に引き立てている。特段腹が減っていたわけでもないのに豚を摑む手が止まらない。瞬く間に食べ切ってしまいそうだ。ふと店の入り口を見ると、野次馬の中でバイクタクシーの男がこちらを羨ましそうに凝視している。

「食べますか⁉」と聞くと、驚くべきことに周りの野次馬たちまでわっと押し寄せて皿の肉を一瞬のうちに食べ尽くしてしまった。

男は案内をした分のチップを僕に求めることもなく、ゴミ山へ戻っていった。豚を食って満足したのだろう。

「TSUNAMI　BUTCHERY」を出ると日はすっかり落ちていた。

夕闇に縁取られたゴミ山の頂上で、朧月（おぼろづき）が鬼火のように揺蕩っている。

今日はここまでにして、明日の朝にまた来よう。

力を蓄えて、明日はゴミ山の最深部を目指すのだ。

洞窟(ケイヴ)の青年

ナイロビの朝は寒い。

もう5月の終わりだというのに、吐く息が白い。

「ナイロビは海抜が1600メートルありますから。山の気候と一緒です」

ディボゴが手を擦り合わせた。

青と橙を合わせたような払暁(ふつぎょう)の光の中、ゴミ山沿いの大通りを、綺麗にアイロンがけされた制服の子どもたちが寝ぼけ眼で歩いている。こちらの小学校では7時前には席に着いていなければならないらしい。毎朝アイロンをかけるのは、シラミを焼き殺すためだと聞いた。朝からやることが多い。

今日僕たちは、早朝の正面突破でゴミ山の最奥部を目指すことにした。そこで何が待っているかはわからない。辿り着くこともできないかもしれないし、辿り着いた先に何もないかもしれない。しかし僕とディボゴはその奥に暮らす人間の存在を信じて、行けるところまで行くことに決めたのだ。

大通りを外れ、正面からゴミ山に入る。夜が明けたばかりのゴミ山は、昼とはまるきり違う世界に見えた。朝靄(あさもや)と煙が合わさって、山全体が霞の中にあるように淡い。車のエンジン音も人々の喧騒もない。聞こえるのは山の至る所で発火するゴミのパチパチと爆ぜる音と、無数の小鳥の鳴き声だけ。チュンチュンチュンという鳥の声が何万もの層に重なって、できたてのアンビエント・ミュージックを奏でている。人間もトラックもない一本道を巨大なハゲコウが一歩一歩、悠然と歩く。どうしてこの鳥は人間を恐れないのだろう。手を伸ばせば簡単にその首根っこを捕まえられそうだ。昨日は人と人が立ち話をしているその間を通ろうとすることさえあった。顔が可愛ければ愛されもしようが、怒り狂った鬼のような目鼻をしたうえに酸の入った袋をぶら下げているのだから愛着も湧かない。この悠揚ぶりを見れば、人間がこの鳥の肉を食っていないのだということがわかる。そもそもこいつを食えるのならばわざわざ牛や豚を飼うこともなく、無限に生ゴミを漁りに来るこいつを取って食えばいい。

よほど不味いのか、あるいはここの住人でさえ恐れる毒があるのか。

もしくはその存在が有用であるとき、〝食えるが食わない〟ということもある。

スカベンジャーは掃除屋だ。他の何者も興味を示さない生ゴミや屍肉を一心に求める。スカベンジャーがいなければ、世界は即刻腐乱の海と化すだろう。彼らは円環するエコシステムに不可欠なメンバーだ。

それではここでプラスチックを集めて方便(たずき)を立てる人々の存在は、人間世界でいったいどんな意味を持つのだろう。

ピーターの寝床を覗いたが姿がなかった。もうどこかへゴミを集めに行ったのだろうか。「PETER　BASE」と書かれた空き地はひとたび人間を失うと、そこに誰かの暮らしがあるなんてとても思えなかった。こんなところに人間が住めるはずがない、そう思ってしまう。

まだ人の集まらないゴミ山を歩いていると、稜線の上に人影を見つけた。こちらに背を向けタバコの煙を吐いている。

「ジャンボ！」

崖の下から声をかけると、男は煙を吐きながらゆっくりと——本当にゆっくりとこちらを振り返った。

「そこで何してるんですか！」

男は朝から叫ぶ必要もないだろうとでも言うように「仕事」と静かに答えた。確かに、叫ばなくたって耳を澄ませば聞こえるものだ。

「お話聞いていいですか⁉」僕は相変わらず叫ぶ。

「そっちから回って上がってきな」と言って、彼は僕が歩くべき道筋を指差した。

彼の指示通りに歩いていくと、崖の一部が少しなだらかになっている場所があった。ブーツのつま先をゴミの中に打ち込むようにして坂を登る。煙の上がっている所は驚くほど高温になっているので避けなければ靴が溶ける。稜線に出ると、緑のつなぎを着た男が向こうを向いて立っていた。

「あそこでゴミを集めている女が見えるか？」

男はこちらを振り向くこともせずに静かな口ぶりで言った。

「見えます」

彼の視線の先には、確かに女性がひとりゴミを集めている。大きなゴミ袋を逆さまにして、ポンチョのように首と両腕を通す穴を開けて被っている。きっと幾らか寒さを凌げるのだろう。

「金（かね）を探してるんだ」

「金を？　ゴミじゃなくて？」

「あぁ、金を探してる」

彼はそう言う。きっと、金になるものを探しているという意味だろう。早朝のこのゴミ山に、硬貨や紙幣が落ちているはずはない。３千人が目を皿にしてゴミを漁ったあとなのだ。

彼はゴミを集める女の姿を見たまま、いっこうにこちらを振り向くでもなく、無視をするでもなくいた。

彼のタバコの煙が風に乗って僕に届く。しかしその香りはタバコのものではなかった。

「それ、何吸ってるんですか？」

そう聞くと、彼はやっとこちらを見て「葉っぱ。マリファナだよ」と笑顔で言った。彼のゆったりした挙動はその所為だった。彼はその薬効で穏やかな幸福感に包まれていたのだ。

「どこで買ったんですか？」

「買う？　葉っぱを？」

彼は親指と人差し指で挟んだジョイント（紙巻のマリファナ）を見やった。

「そこら中に生えてるよ」

彼は僕の足元に生えていた草を引きちぎり、ほら、と掲げた。

「あそこにも、あそこにも生えてる。勝手に生えてくるんだ」

引きちぎった大麻の枝を指揮棒のように振って示した。確かに、一度気づくとそこかしこに生えていることがわかる。

「お兄さんはここに住んでいるんですか？」

「いや。バラカエリア（隣町の居住区）から通ってる。ここでプラスチックを集めて売るんだ」

タバコよりも幾分粘度の高い煙を吐き出すと、吸うには短くなってしまったジョイントを名残惜しそうに見つめてから、指でピンと弾いて捨てた。

このゴミ山に暮らす人を知らないかと聞くと、彼もピーター以外には知らなかった。

「一日に3千人が出入りしているし、誰も他人に構っちゃいられない」

入り口からここまでしか自分は知らない。その範囲にはピーターしか暮らしてはいない。ここより奥には、もしかしたら誰かが住んでいるかもしれないし、誰も住んでいないかもしれない。そう彼は言った。

感謝を伝えて、稜線を後にした。

急な坂をズルズルと滑るように下りる。尻が地面に触れると、ゴミのぬちゃっとした感触がズボンを通して伝わってくる。

すぐ先で一本道が終わっていた。袋小路がスプーンの先のように膨らんで、トラックが切り返せるだけのスペースが空いている。そこは〝泥濘(ぬかるみ)〟の範疇を逸脱するほど水が溜まって、忘れられた沼のように静かにゴミ山の中に残されていた。ここから先には進めない。

そう思った時、背後から「おーい」と声が聞こえた。

振り向くと、マリファナの彼がこれまたズルズルと滑るように崖を下りてこちらへ向かってくる。だいたいこういうところでは、僕のような異邦人の足取りはおぼつかなくとも、現地で暮らす人間は足取り軽くあるものだが、彼は僕らと同様にズルズルとしている。

ビチャビチャと足音を響かせて、彼はこちらへ駆けてきた。

「道を知らないんだろう?」

彼は少しだけ息を切らせて言った。

「あの裏から上がれるはずだ」

彼が指差したのは、沼の奥の入り江のようになった場所で、こちらからはちょうど対岸の陰になって見えない。しかし、確かにその入り江の先に何かがありそうな気配が漂っている。明瞭な踏み跡はないが、人間が通った痕跡は目に見えずとも残されているものだ。

「ありがとう、行ってみます」僕がそう言うと、彼は親指を立ててにこりと微笑み、元居た尾根の上へ帰っていった。

「やっぱりいい人がいるものですね」と言うと、「アフリカにはこんな諺（ことわざ）があります」とディボゴが返す。

「〝汚い暮らしをしている者も、心は綺麗だ〟」

――諺の微妙なニュアンスを、彼の日本語ではなんとも摑めない。汚い暮らしをしている人物に限って心が綺麗である、ということなのか、汚い暮らしをしている人物にも心の綺麗な人がいるものだ、ということなのか。

「まあ、マリファナを吸っていますしね」とディボゴは彼の優しさに水を差した。

問題だったのは、その入り江までの道のりだった。距離にしてわずか15メートル。その道はしかし、深さの知れない腐敗した沼なのだ。汚物をふんだんに含んだ下水と、丁寧に腐敗させた生ゴミをしっかりと混ぜ合わせて出来上がったものを、さらに凝縮して沼状にしたもの。そこに僕たちは今から足を突っ込もうとしているのである。

引き返すわけにはいかない。足に傷はあっただろうかと思いを巡らせる。傷があったら諦めた方がいいだろう。冷静に考えて、この汚濁のローションを傷口に塗ってただで済むわけがないのだ。いや、それどころじゃない。『スタンド・バイ・ミー』で四人がヒルまみれになったあの池のように、浅そうに見えて胸まで浸かるものだって存在するのだ。足以外にも傷はなかっただろうか。これに比べればガンジスの水だって可愛く見える。この沼の水が体内に入ったら、何はなくとも病院に直行してありとあらゆる抗生物質を打ち込み、すぐに帰国する他ない。

しかし決然たる一歩を踏み出す。

なるべく体重をかけないように——そう思って慎重に足を運ぶが、かかる体重はどうやったって変わらない。じゅぶじゅぶっという感触とともに靴底が沈み、くるぶしが沈み、ふくらはぎが沈んだ。その時点で僕のブーツの防水性は意味を失い、履き口から靴下に少しずつ汚水が染み込んでくるのがわかる。もうどうにもならない。足掻いたって無駄だった。これからできることといえば、浸潤する時間を最小限に抑えることだ。僕は狂ったようにじゃぶじゃぶと腐った沼を進んだ。視界の端のディボゴは膝下まである長靴が奏功して、うまく沼を制している。しかしその水位はギリギリで、足の運びを間違えれば即座に長靴の中が汚水で満たされるという状況だから、とにかく一歩一歩が遅いのだ。僕が沈鬱な気分で対岸に上陸している時、ディボゴはまだ沼の中程で水中のワニを獲る狩人のように沼を睨みつけながら歩いていた。

　入り江の先は峻険な崖だった。微かに人が踏んだ形跡があるのは、急な滑り台をもう少し急にした程度の斜面で、よじ登ろうとすれば膝を擦る角度である。両手を使って上がろうにも、割れたガラスだらけで触れられない。ここで指のひとつでも切れば、それもまたすぐにここを出て病院に行くべきだろう。

　相変わらず階段を掘るようにブーツのつま先を蹴り込みながら、一歩一歩坂を直登した。這々(ほうほう)の体(てい)で小さな峠まで登り切る。犠牲は払ったが地獄から生還したような気分だ。そして、そこで僕たちを待ち受けていたのは、野犬の群れであった。

　満身創痍なのに、である。

　精根尽き果てた我々を、犬の群れがウーウーと低い唸り声を漏らしながら待っていてくれたのである。客を飽きさせないロールプレイングゲームのように、次々に登場人物が情報をくれたり、行く手を阻んだりして目まぐるしい。けれど沼へ退くわけにはいかない。何がなんでも進むのだ。

群れの中心にボロボロのソファが置かれている。ゴミ山ではなかなか目にしない大物。日本の山林に不法投棄された粗大ゴミを思わせる。ソファは大きな茣蓙（ござ）に覆われて、その上にも犬が一頭伏して寝息を立てている。茣蓙の隙間から、人間の足が一本突き出ていた。

思わず声を上げると、犬たちが一斉にびくんとこちらに反応し、思い出したように臨戦態勢を整える。後れて上がってきたディボゴもこの光景を見て「おーーう」と驚きと落胆の入り混じった声を上げた。

足の主が生きているのか死んでいるのか、まずはそれを確かめたい。

「ジャンボ！」意を決し呼びかけるやいなや、犬が一斉に吠え立てる。足がすっと茣蓙の中に引っ込んだ。ひとまず生きていることがわかって胸を撫でおろす。吠え続ける犬。ぬるりと茣蓙がめくれ上がって、耳あて付きの帽子をかぶった男が姿を現した。

「俺が何か悪いことしたか？」

それが彼の第一声だった。僕が悪事を暴くアジア人ジャーナリストにでも見えたのだろうか。

「全くそんなことは思っていません。起こしてしまってすいません」

眠りを邪魔したことを詫びた。

「朝まで働いてたから寝てたんだ」

男が話し始めると犬は吠えるのをやめ、甘えるように彼に寄り添った。聞けば全て彼の飼い犬だという。そして残念ながら彼もまた、ここに暮らしているわけではなかった。「昨日たまたまいいのを見つけたんだ」と言ってボロボロのソファをぽんと叩いた。

そして犬飼の男は、まさしくダンジョンの登場人物が少しずつ情報を差し出してくれるかのように、僕に幾つかのことを教えてくれた。

「もうすぐ食べ物を積んだトラックが来る」

「食べ物っていうのは、犬のですか？」

「いや、俺たちの食べ物だよ。どこの団体か知らないけど、ここで働く人たちのために無料で食べ物を運んできてくれる。来るのはだいたい0時から3時の間。そのトラックが来ると大勢集まって取り合いになる。早い者勝ちなんだ」

彼はこの峠のソファでトラックの到着を待っていた。それにしても、今はまだ朝の7時を過ぎたところ。これから5時間も待つということだろうか。その疑問には意外な答えがディボゴからもたらされた。

「こちらの時間の数え方。スワヒリ時間」

「0時というのは6時です。3時というのは9時です」

脳に効く煙でも吸ったのかと思ったらそうではなかった。

なんと、ケニアにはスワヒリ時間なる時間の数え方があるというのだ。我々の夜7時がスワヒリ時間では一日の始まりで「夜1時」。我々の朝の7時は彼らの「朝1時」だから、食料を積んだトラックが来るのは我々で言う朝の6時から9時ということになる。こんな些細なことで、自分の住む世界の当たり前が、いかに当たり前じゃないかを痛感する。朝の7時が1時だなんて〝おかしい〟と思う。けれど、よく考えたら皆が寝ている深夜に一日が始まる方が変じゃないか。そう思ったらなかなかどうして、スワヒリ時間の方がしっくりくる気がしてくるのだ。さらに言えば、同様にスワヒリ時間を使っているケニアのお隣エチオピアでは、暦にしても独自のエチオピア暦で、一年間はなんと13ヶ月あるし、西暦よりだいたい7、8年遅れているので、我々が東京オリンピックだと騒いでいる２０２0年にエチオピアはまだ２０１２年である。

——それより今重要なのは、いかにしてゴミ山の住人を探し出せるかということだった。この山に暮らしている人を知らないかと聞いた。

「入り口からここまでの間に住んでいる人はピーターしか知らない。ここから先はわからないが」と、返ってきたのは誰もが口を揃えて言う台詞。たかだか奥行き1キロの山に、いったいどれだけ未知の空間が存在しているというのだろう。

「食糧のトラックが来る頃には、山はまたごった返す。そうなったら誰が山に住んでいて誰が外から通っているかなんてわからない。見つけるなら今のうちだよ」彼はいよいよ童話の登場人物のような口ぶりで僕たちを急かすのだった。

僕たちはがむしゃらに山のさらに奥を目指した。

僕は靴の中が汚水の沼だし、ディボゴは体の水分が全て出てしまうのではと心配になるほど汗をかいている。この奥に住む人などいないのではないか——僕とディボゴの頭には明確にそんな疑念が生じていたけれど、互いにそれを口に出すことはなかった。ここまで来たら進むも地獄退くも地獄。つまるところもう進むしかない。

切り立った峰を巻き、尾根に沿って歩みを進めた。峠を二つ越えたところで、広い鞍部に出た。

いや、正しく言えばそこはゴミ山の火口だった。

山の中心であり、頂きでありながら一段窪んだ平地になっている。そして本来の火口とあべこべに、この窪んだ一帯からだけは煙が上がっていなかった。その火のない火口に溜まったゴミに紛れるようにして、人影が見えた。

adidas

「あれ、人ですよね」と言うと、「その手前に屋根みたいなの、家みたいなの見えます」とディボゴが返した。僕には微かな人影しか見えていない。屋根なんていったいどこにあるのだろう。

「こんにちは！」振り絞るように腹の底から声を出した。

「こんにちは！　調子はどう？」とディボゴも珍しく大声を上げる。

「やあ」と手を上げて返してくれた人影――それこそ僕が追い求めたゴミ山最深部に暮らす人物、青年ジョセフだった。

◆

砂漠にオアシスを見つけた旅人のように、僕たちはゴミを蹴上げて走り出した。僕はディボゴが発した「家」の響きに、ディボゴは自身のアフリカ的視力で捉えた屋根らしき物に興奮を隠せなかった。そして近寄れば近寄るほどに、それは紛れもなく屋根であり家なのだった。

ゴミの地面を掘ったところに波板で屋根を渡して、ビニールシートが被せられている。2畳ほどの面積の半地下の小屋。小屋と言うより、穴を掘ってその場にあるもので屋根や壁を拵えるのだから雪山の雪洞に近い気もするが、この構造体にはまだ名が与えられていないはずだ。いずれにしても、これはピーターと入った食堂以来、久方ぶりに目にした建造物である。

そこにはふたりの青年がいた。

ひとりはゴミの地面に寝転がり、手に持った細長い草を食んでいる。

もうひとりは今まさにTシャツを脱ぎ、マッチ棒のように細い体を露わにパンツ一丁で立っている。

「こんにちは、日本から来ました」

そう言うと、立っていた青年が真っ黒に汚れた黄色いポロシャツに袖を通しながら「うんうん」と首肯した。

不機嫌そうだ。

朝からいきなりカメラを持った外国人に声をかけられて上機嫌な方がおかしい。

「今何をしてるんですか？」

「着替えてる」

真っ当な返答だ。いつも同じことを聞く癖がついてしまっている。着替えの最中にカメラが入ってきたのだから、不機嫌なのもなおのこと当然だ。けれど、タイミングを図ることなんてできなかった。

彼はポロシャツの上に、涎掛けとベストの間のようなものをすっぽりと被った。これはポロシャツよりももっと汚れて、元の青色は申し訳程度に顔を覗かせるだけだった。

「この家にはふたりで住んでいるんですか？」

と聞くと、彼は大きく首を横に振って「僕だけ」と答えた。

そう聞いた僕が心の中で快哉（かいさい）を叫んだのは言うまでもない。彼はやはりここに住んでいた。

彼の名はジョセフ。不機嫌なジョセフ。この物語の最後の主人公だ。

14歳でこのゴミ山に暮らすようになってもう4年。今年で18歳になる。

「お名前はなんですか？」ともうひとりに聞くと、顔を突っ伏して黙ってしまった。

「彼は人と話すのが苦手なんだ」

ジョセフがそう言うと、シャイな彼は立ち上がってどこかへ去っていった。

「彼もこの辺りに住んでるんですか？」

「いや、山の外に住んでる。今日はたまたま遊びに来てたんだ」

ジョセフは相変わらずの仏頂面でズボンに足をねじ込んでいる。今にもどこかへ行ってしまいそうだ。早く大事なことを聞かねばならない。

「今日の飯、見せてもらえませんか？」

彼はキョトンとした顔を浮かべてから、「サワサワ（いいよ）」と言った。

でも、と彼は続けた。

「このあと食べ物のトラックが来たらそれを食べる。来なかったら自分で手に入れないといけない」

「トラックが来ないこともあるの？」

「ある」

「今日は来そうですか？」

「わからない。それは神様しか知らない」

ジョセフはとてもゆっくりと、小さな低い声で喋る。ひとつひとつの所作もゆったりとしている。

彼は靴を履こうとしていた。左右で異なる黒い革のブーツ。いや、かつては黒かったはずだけれどそれはもう黒ではない。腐った有機物に共通する、滑った茶と青と白が混ざった色。なぜか右足だけを緑色の不織布でできた買い物袋に突っ込んで、それから靴を履こうとしている。

「靴下代わり。右の靴が壊れてて、ガラスが入ってくるから」

言われてみると、右のブーツだけ靴底が剝がれかけている。

彼の仕事はゴミの中からプラスチックと金属を拾って売ること。しかしその方法が、ゴミ山で働く他の者たちと違った。

「僕は街でゴミを集めるトラックに乗るんだ。そうすれば他の人たちより先にいいゴミを拾える」

ジョセフは大きな頭陀袋を手に「行くよ」と歩き出した。乗り込むゴミ収集のトラックが来るまで、この近辺でゴミを拾うのだ。

足元をじっと睨みながらゆっくりと歩く。あわせてこちらもゆっくりと歩く。ゆっくり歩くと、呼吸が穏やかになって、足裏の感覚も冴えてくる。慣れてきたはずのゴミ山の臭気が改めて鼻を刺す。

ジョセフは一歩一歩進む。ビールの瓶を拾って砕く。ボトルの首にはめられている金属のラベルが欲しいのだ。歯磨き粉のチューブを拾う。チューブはアルミだし、キャップはプラスチックだ。潰れたヨーグルトの容器を拾い、ひっくり返して中の土をよく落とし頭陀袋に入れる。しばらくすると顔を上げ、首を伸ばして周りを見回し、「あっち」と僕に手で示した。僕はひょこひょこと彼の後についていく。

僕は自分の足元にもヨーグルトの容器が転がっているのを見つけた。拾い上げて「ジョセフ！　あったよ！」と見せると、「それはダメなんだ」と言われてしまった。

「それは薄っぺらくて金にならない。もっと強いやつ。重いやつがいい。重さに応じて買い取り額が決まるから、軽くてかさばるやつは拾わない」

なるほど理屈はわかった。それにしても、こんなモザイク柄のような屑の中からよくも見事に〝いいゴミ〟を見つけられる。僕は地面を舐めるように探してもなかなかこれというものが見つけられない。

しかし遂に、地面からにょきりと突き出た針金を見つけた。

「ジョセフ！　針金があった！」そう言って引き抜こうと思ったがビクともしない。相当深く埋まっているようだ。ジョセフはこちらに引き返してくると、全身の力を漲らせて針金を引っ張った。ズルズルズルと長い地下茎の自然薯(じねんじょ)でも引きずり出すように、3メートル近い針金が姿を現した。手でしごいて泥を落とし、綺麗にまとめて袋に入れる。

なんだか久しぶりに新しい仕事を教えられているようで、場違いな楽しさを感じていた。続いて拾い上げた針金は、錆びついていたから頭陀袋入りの誉は受けられなかった。

それにしても、彼はいったいなぜこの山の最奥部でゴミを拾っているのだろう。

もちろんここまでトラックは入り込めない。つまり、ここに新しいゴミがやって来ることはない。遥か昔に漁り尽くされたゴミの残骸。何度も湯に浸された出涸らしの茶葉のように、もうここから搾り出せるものはほとんどない。干からび、土かぶり、目に見えるのは割れたガラス瓶ばかり。ガラスは金にならない。だからそればかりが残されている。ここには煙もない。ゴミ山が生まれた当初は勢いよく黒煙を噴き上げていただろう。しかし今は燃えるものさえ残されていないのだ。道中にも、空にも、あんなにたくさんのハゲコウがいるのに、ここには一羽たりとも姿がない。もちろん、ジョセフの他にゴミを拾う者もない。他の者たちはみな山の麓で、新入りのゴミをかき分けている。

「ジョセフはどうして麓まで下りてゴミを集めないの？　ゴミ収集のトラックもあそこに来るんでしょう？」

彼は拾った靴の底をくねくねと折り曲げ劣化具合を確認しながら、こう言った。

「あそこに行ったら早い者勝ちになる。いいものを見つけたって大人に横取りされることもある。ここなら好きなものを自由に拾える」

そして靴を遠くへ放り投げ、「それに僕は人混みが嫌いだから」と呟いた。

ジョセフは火口内の平地を出て、山のさらに奥へと歩いていく。

いくらか坂を下ったところで突如、山が引き裂かれたように切れ落ちた。

「川だよ」とジョセフが言う。

「え⁉　これが川なの⁉」

僕が目を剝いて仰天すると、ジョセフの顔にほんの少しだけ得意げな表情が浮かんで見えた。

それにしたってこんな川、見たことがない。

茶色がかったモザイク柄の山を貫くように、やはりモザイク柄の川べりがあり、モザイク柄の水面がある。全てゴミ。全てが同じ色彩を纏っていて、立体感がない。しかし確かに、水の見えないその川面だけは限りなく水平で、そこに水の存在を予感させる。ジョセフは川幅が狭まっている場所を選んで飛び越えた。僕も倣って飛び越えた時、その足下にほんの僅かに水が流れているのが見えた。いったいどういう理屈でそこに川があるのか理解できなかった。ここはゴミ山のど真ん中である。ここをゴミの最終処分場にすると決める前からこの川は流れていたに違いない。それにもかかわらず、政府はここにゴミを投棄していったということなのだろうか。


川を越えると、ゴミ山はその表情を大きく変容させた。

あたり一帯から煙がもくもくと立ち上り、顔が火照るほどの熱を感じる。ジョセフは平気でその煙幕をくぐり抜けていくが、僕はそこに踏み入った瞬間に涙がとめどなく溢れて前が見えない。俯き、自分の足先だけを見ながら一歩ずつ進む。真っ黒く禍々しいキノコが群生しているのが見える。この暖かさがこいつらには好都合なのだろう。そして自然発火が好都合なのはジョセフにとっても同様だった。

「勝手に燃えてくれれば、電線の金属を覆ってるビニールが溶ける。そうするとそれを外す手間が省けていいんだ」

分厚い煙幕を抜けると、ピンク色のビニールで覆われたテントが現れた。

「これも僕が造った家だよ」ジョセフはその入り口を開けて、僕を手招きしている。少しずつ、心を開き始めてくれているのだろうか。

テントの中にはマットレスのスポンジが剝き出しで置かれ、びっしりカビに覆われている。その他ガラクタがいくつか転がっていた。「ここは今倉庫として使ってるんだ」と彼は言った。確かに、わざわざここまでガラクタを盗みに来る者もいまい。

崖の突端に立つジョセフが、遠くの街を見下ろしている。建物の隙間を人々が働き蟻のように忙しなく行き交っている。彼には街の人々が見えている。街の人々には彼が見えているだろうか。

「ジョセフはどうしてここに来ることになったの？」そう聞くと、

「食べ物のため」と彼は答えた。

両親は貧しくて彼を養う財力がなかった。だから彼は家を出た。食べるものを探して、ここに辿り着いた。やはり、家を出るきっかけはストリートのジョンと変わらなかった。

彼は山の麓に視線を移して「あそこが水場になってるんだ」と言った。

「鳥がたくさん集まってるところ。あそこで水道管が少しだけ破れていて、水が漏れてる。飲める水じゃないけど、体を洗ったり洗濯をするのはあそこでやってる」

確かにそこにはやたらと巨大なハゲコウが集まっている。あんな恐ろしい鳥に囲まれながら水を浴びるなんて。

「今何時？」とジョセフが腕時計を叩く仕草をする。携帯電話はもちろんのこと、彼は時計など持っていない。時計を持つ人間に尋ねる以外、このゴミ山で時間を知る術はない。「9時前だよ」と言うと「もうトラックが来る。急ごう」とその場を後にした。

驚くべきことに、あの沼が消えていた。ゴミと人間で覆い尽くされていたのだ。

僕とディボゴがそこを通過してから、何台ものトラックがそこにゴミを投棄していったのだろう。加えて、気温の上昇とともに水分が蒸発したこともあるかもしれない。とにかく、沼はなくなっていた。

今まさに荷台からゴミを放っているトラックの一台を指差して「あれは政府のトラックだから、街に出て住宅街のゴミを集める。あれに乗るよ」とジョセフが言った。工場などの産廃を集めるトラックに乗っても意味がない。千枚布の端切れが手に入ったって、千枚紙切れが手に入ったって金にならない。家庭ゴミを集めて回る収集車に乗り込むのが最も高効率なのだ。

トラックがゴミを下ろすのを待っていると、見覚えのある男が現れた。

「ピーター!」

「おー日本人! 今日は何してるの?」

朝は姿が見当たらなかったピーターだった。なんだか心が和む気がした。

「今日はジョセフに仕事を見せてもらってるんです」

ピーターはジョセフを軽く見やったが、面識はなさそうだ。

「ピーターは何をしてるんですか?」

「今日はゴミを集めてるよ」そう言ってまだ全く満たされていない頭陀袋を見せてくれた。

ピーターが去ったところで、ジョセフに彼を知っているかと聞くと、当然だと答えた。30年近くここに住み続けているのは彼だけだと言う。

「昔はいい人だったんだ」とジョセフは言った。僕にはなんのことだかわからなかった。僕から見たらピーターは今もとても〝いい人〟だ。

ジョセフが言うのはこういうことだった。

もともとピーターは、ゴミ山に暮らしながら近所の教会が所有する車の運転手を務めていた。その頃は誰かが怪我をしたり病に倒れたりするたび、救急車のように病院まで送っていた。他にも移動が必要なときにはピーターに頼むのが通例になっていた。しかし、ピーターは交通事故を起こした。車は大破し、本人は足を激しく損傷した。以来、運転手の仕事はなくなり、彼は足を引きずりながらゴミを集めることになった。救急車の代わりを務めることができなくなった彼は〝いい人〟ではなくなった。

それがジョセフの説明だった。

◆

通りかかった男がジョセフに絡んだ。

「お前アジア人とつるんで何やってんだ?」

「今日はこの日本人にプラスチックを買い取ってもらおうと思ってるんだ」とジョセフは返した。

僕たちは空になったトラックの荷台に転がり込んだ。ゴミはないのに凄まじいにおいだ。天面のない荷台だったが、まるでゴミと一緒にサウナに放り込まれたみたいに、噎せ返るような腐敗臭が残っている。荷台の壁面に手を触れてゾッとした。一面にびっしりと白い蛆虫(うじむし)が蠢いているのだ。まるで壁が動いているよう。まさかと思って足元を見ると、僕はすでに数百匹の蛆虫を踏み殺していた。足を動かせばその足のサイズに収まるだけの蛆虫がプチプチと潰れるのだ。あまりの光景に天を仰ぐと、嘘みたいに真っ青な空が広がっていた。

トラックの荷台には、僕たちの他に男が5人乗っていた。彼らはジョセフのように頭陀袋を持っていないから、目的が違うらしい。

トラックが勢いよく走り出す。運転席の屋根を埋め尽くしていた蠅が驚いて一斉に飛び立ち、しかし気を取り直して再び屋根にピタッと張り付いた。ゴミ山の一本道を走る道中で、男たちが次々に梯子を伝って飛び乗ってくる。日本人には信じられない身体能力だ。

僕たちが空のトラックに乗ってゴミ山を出たのは朝の9時。この日、食料を積んだトラックはやって来なかった。

大通りに出ると、トラックは凄まじいエンジン音を轟かせて速度を上げた。ジョセフと僕は運転席のすぐ後ろで前を向いて立っている。僕は飛びそうな帽子を手で押さえ、風に涙を流しているけれど、ジョセフは穏やかな顔で行く手をじっと見つめていた。

気持ちがよかった。荷台のにおいも、体にまとわりついていたにおいも、肺に溜まっていたにおいも、全部風で後ろに洗い流してくれるようだった。ゴミ山に何時間か滞在しただけでこんなに新鮮な風を求めてしまう。あそこで眠るというのはいったいどういう意味を持つのだろう。

トラックはスラムの横を通り過ぎ、住宅街を抜け、ナイロビの中心部を走った。

高層ビル、高層マンション、大きな街頭モニターには電化製品の広告が映されている。自分の乗っている汚ないトラックがあまりに場違いに感じられて、つい街行く人の視線を意識してしまう。こんな場所こそあっという間に過ぎてしまえばいいのに、道が混み合い牛歩遅々としてやきもきする。のろのろと進む車の間を、車道も歩道もお構いなしに通行人がすり抜けていく。その様子をじっと荷台の上から見下ろしていたジョセフが僕に言った。

「見て、お金持ちがたくさんいる」

　彼の眼下を歩く人たちはひとりとして、薄汚れたポロシャツなんて着ていない。ましてや靴下の代わりに袋に足を突っ込んで、底の剝がれかけた靴を履いている人間なんてひとりだっているはずがない。僕は言葉に詰まった。けれど聞きたいことがあった。

「ジョセフはお金持ちのことをどう思う？」

　彼は行き交う人を見たまま反応を示さない。答えたくないのかな、と思うとこちらをくるりと振り向いて言った。

「嫌いだけど、好き」

「どういうこと？」

「お金持ちは貧しい人を助けないといけないのに助けてくれない。でも、お金持ちにならないと貧しい人は助けられない」

「そうか、そうだね」

「神様がそうしたんだ」

　ジョセフは大型モニターに映されたサッカー選手を見て、「僕もサッカーやってたんだよ」と言った。昔は地域のチームでミッドフィルダーとして活躍したのだと誇らしげに彼は言う。

　道中、エンジンの調子が悪いというのでトラックは空き地に停まった。ジョセフは「お腹が空いた。食べ物を買ってくる」と荷台を飛び降りた。「お金はあるの？」と聞くと、ポケットから硬貨を取り出して見せた。「30シリング」。それが今の全財産だ。

彼は小さな商店に入ったものの、何も買わずに店を出てきた。一番安い菓子パンが40シリングだったらしい。「お金が足りなかった」と、少し大きな声で言った。

トラックに戻ったジョセフは、荷台の隅に頭陀袋を置きその上に座り込んだ。膝を抱えて、チリチリに丸まった短い髪の毛を指先で弄っている。

「お金があったら、心が楽になるのに」ボソッと独り言ちた。

トラックはナイロビの中心街を抜け、郊外の住宅地に停まった。エンジンを修理した時間を差し引いても、ゴミ山を出て実に2時間近い道のりだ。ダンドラにナイロビ中のゴミが集まっているというのは嘘ではなかった。

街角のゴミ捨て場も、日本のそれとはかなり様子が異なった。袋に入れられたゴミが並んでいるなんて行儀のいいことは望むべくもない。各家庭のゴミ箱がここで思い思いにぶちまけられて、それが2週間繰り返された後もう2週間放置されたような艶かしさ(なまめかしさ)である。つまりはダンドラの百万分の一スケールのミニ・ゴミ山と言ったところだ。こうして腐敗したゴミ山を見ると、人間の出すゴミの大半が生ゴミであることが見てとれる。

ミニ・ゴミ山の脇にトラックを停めると、男たちが飛び降りて荷台にゴミを積んでいく。重いゴミを3メートル以上も投げ上げなければならないから、大変な肉体労働だ。頭陀袋に入っているものはふたりがかりで勢いをつけて放り投げる。問題は袋にも入っていないバラバラどろどろのゴミである。この放り方が秀逸で驚いた。まずはナイロンの頭陀袋を半分に割いて広げ、畳一枚大の風呂敷を拵える。これを地面に敷いて、スコップでゴミをザバザバと載せる。いっぱいになったところで男ふたりが四隅を掴み、わさっと持ち上げてトラックに対して平行に並ぶ。匠の技はここからだ。ふたりは大縄跳びの縄を回し始める要領で、息を合わせて風呂敷を左右に揺らす。風呂敷の振り子がトラックと逆に振り切れた瞬間、ふたりは同時に上側の手だけを離す。そうすると風呂敷に包まれていたゴミはポーンと綺麗な放物線を描いて荷台に吸い込まれていくのである。一度や二度やっただけでは真似できない、まさに熟練の技だ。

　その光景の中にジョセフの姿はない。彼はひとり、荷台の上に居たままだ。

　ジョセフは荷台に放り込まれたゴミを均しながら、金になるプラスチックと金属を自前の頭陀袋に入れていく。袋に入ったままのゴミが着弾すると、手近なガラス瓶を荷台の壁面で叩き割り、即席のナイフを作って袋を裂いた。パンパンにゴミが詰められた袋は中身が押し固められ、切開したところでつるりと出てくるわけではない。ジョセフはその裂け目に素手を突っ込んでゴミをかき出し、希望のゴミを選り分ける。その間も地上からは容赦なくゴミが放られ、ジョセフはそれを頭から被った。

　正直に言って、それは正視に堪えない光景だった。

　彼が頭からゴミを浴びるたび、その屈辱感を僕は痛いほど感じた。涙が出そうだった。

　僕は取材をするときに、誰かを哀れむようなことだけはすまいと思っていた。実際、これまでのどんな取材でも、それは一度としてなかった。僕が僕自身と交わした牢固たる取り決めだった。しかしこの瞬間、僕は自分の中に憐憫の感情が湧き上がるのを抑えられなかった。そこにはいくらか悔しさも混じっていたかもしれない。今日出会った18歳の青年が、つい何年か前まで地元のサッカークラブでいきいきとプレーしていた青年が、今は頭から降り注ぐゴミを浴びながらガラスのナイフで頭陀袋を割いている。そのあまりの光景に、僕はカメラを向けることさえできなくなってしまった。

　僕のその視線を、ジョセフは敏感に感じ取ったに違いない。

「これが僕の仕事だよ！」いつになく大きな声で言った。

「そっか！」僕もこの気持ちを振り払おうと大きな声で返す。

「こうやってプラスチックと金属を集めて、ダンドラへ戻ったら売りに行くんだ」

他の男たちは政府に雇われてゴミ収集の作業自体で報酬を得ているが、ジョセフだけは違う。ジョセフは荷台のゴミを均す代わりに、めぼしいゴミを拾わせてもらう。そういう交換が行われているのだ。トラックに乗ればたくさんの売り物が手に入る。ゴミ山に居たままでは少ししか手に入らない。量が全然違うんだ、とジョセフは言う。

「どうしてジョセフだけがこの方法でやってるの？」

「他の誰もこんなこと思いつかないから。僕は学校に通ってた。だから他の人たちよりも賢くなれたんだ」

14歳まで学校に通えたことは、彼が誇るべき歴史のひとつだった。

「ほら見て、こんなにたくさん」

両手にいっぱいのプラスチックゴミを掲げて彼は言った。


トラックは街のゴミ捨て場を回り、荷台は少しずつ満たされていった。

犬の遺骸がゴミの中に紛れ込んでいた。ひとりの男がその犬の足をむんずと摑んで引きずり出す。僕は、彼がそれをどこかへ放って捨てるのだと思って見ていた（ゴミの山からいったいどこに放り捨てられる場所があるだろうか）。しかし、彼はそうしなかった。犬を路肩に横たえると、スコップを持った別の男がやって来てザクザクと手際よく穴を掘り、その遺骸を土に埋めた。犬を見つけてからの一連の動きに、迷いや戸惑いが差し挟まる余地はこれっぽっちもなかった。もう何十回も、何百回もそうしてきたようだった。彼らのその命の扱い方が、なぜだか僕の目には少し意外に映る。ゴミ置場に犬の亡骸を放った街の住人と、それをゴミから引きずり出して土に埋めるゴミ山の男たち。

ゴホッゴホッとジョセフが始終くぐもった咳をしている。そういえばゴミ山にいる時からずっとだ。体を折って、胸に巣食う何かを吐き出すように咳込む姿はとても苦しそうだった。ひとしきり咳を終えると胸に手をあてて、「ここを病んでる」と言った。

「ゴミ山では悪い煙を吸ってるし、夜はすごく寒いから」

作業は4時間休みなく続けられた。

荷台がゴミでいっぱいになると、トラックはようやくダンドラへの帰路に就いた。男たちは荷台に山と積まれたゴミの上に腰掛け、その日の成果を寿いでいる。ジョセフはその輪に入ることもなく、役割を終えたガラス瓶のナイフを手で弄(もてあそ)んでいた。

夕まずめ。トラックはゴミ山の手前で道路工事の通行止めに行く手を阻まれた。見れば、その先の道が真っ黒いアスファルトで綺麗に舗装されている。驚いた。我々がゴミ山を発った時には粉塵舞うガタガタ道だったのに、このわずかな時間で生まれ変わっている。こんな短時間でできるのならどうしてこの混み合う時間帯に工事をするのだろうという疑問も含めて、驚いた。

運転手はそこを通せと詰め寄るけれど、立ちはだかる男は頑として譲らない。まだ乾いていないアスファルトにこんな超重量級のトラックが乗り入れたら台無しだ、と男は言った。

ジョセフはゴミでパンパンに充溢した頭陀袋を荷台からドスンと投げ落とし、自らも車を降りると袋を担いで歩き出した。他の男たちは人跡未踏のアスファルトを汚そうと、懲りずに口さがない言葉を掛け合っている。僕がそちらを気にかけていると、ジョセフはこちらを振り返り「気にしないで」と言った。

「たくさん集めたね」

重そうな袋を背負ったジョセフに声をかけると「これは少ない方だよ」と言う。

「運がいいときはこの袋が三つにも四つにもなるんだ」とジョセフは口惜しそうに言った。

ゆっくり歩くジョセフに、彼よりふた回りほど歳をとったひとりの男が絡んできた。虚ろな目をした大男が、フラフラとした足取りでジョセフの耳元でブツブツ囁く。ジョセフがいなすと、再び寄ってきて囁く。と次の瞬間、ジョセフはくるりと踵を返すと、体重にして倍はあろうかというその大男の頬を激しく殴りつけたのだった。バゴッという鈍い音が響くと、男は目を丸くして立ち尽くし、素知らぬふりをしていた傍観者たちは大きな歓声を上げた。僕は突然のことでわけがわからず、「え?」「あれ?」などと意味のない音を発するばかりだった。

ジョセフに駆け寄り何があったのかと聞くと、「あなたも僕もからかわれた」と静かに言った。

ゴミの買い取り所は、ゴミ山の入り口を一本脇に入った場所にあった。錆びてボロボロになったトタンで囲われた一角に、ペットボトルやプラスチックなどのゴミが分別して置かれている。ジョセフについて入っていくと「撮るなら金払え!」といきなり怒号が飛んだ。「金金金金!」と男たちが迫ってくる。僕は「申し訳ないんですが、あなたたちではなくてジョセフを撮っているだけなので勘弁してくれませんか?」と言うと、案外簡単に納得してくれた。

恰幅のいい女性がジョセフの袋を受け取り、吊り下げ式の秤にぶら下げる。

その重さは6・5キログラムだった。

女性はポケットから裸の小銭をジャラジャラと引っ張り出し、手のひらで何枚か数えてジョセフに渡す。ジョセフは無表情で礼を言ってそこを出た。

彼が手にした金は、90シリングだった。

朝の8時からゴミを拾い始めて、帰ってきたのは17時近く。長い移動はあったけれど、休む間もなく一日中働いて100円にもならないのだ。

ジョセフが用を足しにどこかへ行っている間に、ぽつぽつと雨が降り始めた。

それは瞬く間にバケツをひっくり返したようなスコールに変わり、ゴミ山の風景を一変させた。空と山との境界は曖昧に溶け合い、しかしその輪郭を点描で補うように、ハゲコウが稜線上に等間隔で立っている。人々は散り散りに身を隠し、一本道は大きな泥の河と化した。

「ナイロビは山の天気と一緒。いきなり雨が降って、いきなり止む」

ディボゴが言った通り、雨は嬰児（みどりご）の涙のようにどっと降ってはスゥーっと引いた。

激しかった雨音がスピーカーのつまみを回したように消えていくと、取って代わってガヤガヤとした喧騒がその場を満たした。どこかに隠れていた人々がわっと飛び出し、ゴミ山の入り口へ一斉に駆け出している。何か事件が起こったらしい。ひとりの男が僕の存在に気づき、走る足を止めずに叫んだ。「車が落ちた！　撮りに来い！」

野次馬たちが取り囲む輪の中で、確かにトラックが落ちていた。

河となった一本道を走行しようとしたトラックが見事に脱輪し、深い側溝の中でひっくり返っている。それにしても、ワイワイキャーキャーとお祭り騒ぎで誰もが心の底から楽しそうにしている。こぼれたゴミを投げ合ったりしている様子など、初雪に戯れる小学生と相違ない。どこにもケーブルの繋がっていないヘッドフォンをした男が僕にすり寄ってきて「あいつを撮ってくれ」と指差した。「あの赤い帽子の、電話してる男」

僕がその赤帽子にカメラを向けると、男はそれに気づいてこちらに中指を突き立てた。

「あいつが運転手なんだ」と、ヘッドフォンの男は痙攣（けいれん）するように笑いながら言った。この瞬間にこの空間で、あの運転手だけは内臓が凍てつくような思いをしているのだろう。日本でこんな事故が起きれば、野次馬も内心はどうであろうと表情くらいは神妙に努める。しかし建前のないこの国では素直な人間が丸出しだ。少し、嫌な気分になった。

喧騒の渦を離れつくねんと歩いていると、制服を着た幼い兄妹が道の濁流を前に立ち往生しているのに気がついた。兄は一寸逡巡したかと思うと、妹をえいやと持ち上げ見事に流れを渡りきった。兄は泥で汚れてしまった自分の靴を一瞥して、妹の手を引き歩いていった。とても誇らかな顔をしていた。

その光景に、トラックの荷台でジョセフと話をしたことを思い出す。

街のゴミ捨て場から次のゴミ捨て場まで移動する間、手持ち無沙汰な僕たちはなんとはなしに話をしていた。ふとしたきっかけで、僕は彼に家族のことを聞いた。兄弟はいるのか、と。

「いるよ」と彼は答えた。

「何人いるの？」

「妹がふたり。弟が３人」

「みんなはどこに暮らしてるの？」

「すごく遠く。ナイロビの外。とても遠く」

ジョセフは本当に遠くを見て言った。その目は本当に遠かったのだ。

ジョセフは長男だった。そして、自分以外の妹弟は皆両親と共に暮らしているはずだという。もちろん、それはとても貧しい暮らしに違いない。

そういえば、しばらくジョセフの姿を見ていない。ディボゴに聞いても彼がどこへ行ったか見ていなかった。我々がトラックの横転騒動に現を抜かしている間に、姿を消してしまっていた。手落ちだった。まだ飯も見せてもらっていないし、お別れだって言えていない。こんな尻切れ蜻蛉で終わるわけにはいかないのだ。目についた人にジョセフを見たかと訪ねたところで、誰も彼もが横転したトラックに夢中だったからけんもほろろ。

僕たちが何より恐れていたのは、ジョセフとすれ違うことだった。彼も僕たちを探し、僕たちも彼を探し、そうして会えないまま夜を迎えて時間切れ。それだけは避けたかった。ゴミ山にいることが許されるのは日があるうちだけ。それが警察との約束だった。夜のゴミ山は完全な治外法権。サバンナを歩くより危ない、と銃を担いだ警察官は言った。

僕たちは意を決し、ゴミ山の奥へ行くことにした。仮にジョセフが大通りまで僕らを探しに出ていたとしても、いないとわかれば塒に戻るだろう。それが日没前であるかどうかは神のみぞ知る。

ディボゴと僕は、決定的に泥濘んだ一本道を奥へと進んだ。ブーツの汚れもズボンの汚れも気にしている場合ではなかった。僕はもう一度ジョセフに会うのだ。

あれほど重い雨が降ったのに、ゴミの壁からはもう炎がシューシューと息を吹き返している。道の左右両側に聳える稜線には、巨大な羽を目いっぱい広げたハゲコウがずらりと並んでいる。それは度を越して恐ろしい光景だ。何百羽もの巨大な鳥が、３メートル近い大羽を広げてじっとこちらを見下ろしているのだ。しかしそれは示威のポーズでもなんでもなく、ただ濡れた羽を乾かしているだけだとディボゴが教えてくれた。それを知って僕は気持ちが楽になった。本当に気が滅入るくらい恐ろしかったのだ。

沼となった道をザブザブと進み、人を恐れぬ鳥たちをバサバサとかき分け、雨に打たれて余計に露出したガラスだらけの坂をザクザクと上がった。

ジョセフの小屋に、彼の姿はなかった。

川を越え、窪地に隠れるようにして立つピンクのテントを覗きに行く。

そこにも、彼の姿はなかった。

僕とディボゴは激しく落胆した。ディボゴはなぜか「ジョセフはどこにもいません！」と自分で念を押すように大声を出した。

と、その時だった。

「ジャパニーズ！」遠くから声が聞こえる。

「ディボーゴー！」また聞こえる。

声の方をよく見ると、遥か遠くで人影がこちらに手を振っている。

ジョセフだった。さっきまでは着ていなかった赤いジャンパーを羽織り、丘をこちらへ上がってくる。その顔には笑みが浮かんでいた。

「ジョセフ！　探したよ！」出来すぎたタイミングで現れるものだからおかしくなった。

「あなたたちがいなくなっちゃったんだよ！」とジョセフは言った。

やはりそうだったのだ。僕たちがトラックに吸い寄せられている間にジョセフは用を足し終え、僕たちの姿がなくなっていることに気がついた。そして彼は疑いもせずに、僕たちがジョセフの家に向かったのだと思って来てみるとその姿がない。それで、ジョセフもこの周辺をうろうろと探して回っていたのだった。僕は平身低頭陳謝した。

「その赤い上着いいね」

「体が濡れて冷えちゃったから」

ジョセフはそう言いながら、なぜかその赤い上着を脱ぎ、ゴミの川にばさっと放って捨てた。「適当に拾って着てただけだから」と彼は言った。

赤飯

「火を焚こう」

体を温めないといけないからと、ジョセフは小屋の近くにあらかじめ集めてあった枯れた薊（あざみ）を何本か手折（たお）って、黒く煤けた火床に置いた。

「僕の〝ケイヴ（洞窟）〟見たい？」と言って、小屋の入り口のビニールをめくった。

彼はこの家を洞窟と呼んだ。

それはこの塒の呼び名にぴったりだと思った。少し居心地が悪くたって仕方ない。洞窟の冒険が快適じゃつまらない。そんなふうに思える。このとき僕は、母国を離れて西欧を目指す中東の若き難民言った。

たちのことを思い出した。彼らは追い返されると知りながら、万にひとつの可能性に賭けて国境突破を試みる。皆がその挑戦を〝ゲーム〟と呼んだ。ゲームだと思わなきゃやっていられない、と彼らは言った。

言うまでもなく、その洞窟の中は快適さとは程遠いものだった。何よりもまず蠅の数が強烈だ。まさしく洞窟を埋め尽くす蝙蝠（こうもり）の大群のように、覗き込んだ僕の顔めがけて次々に突っ込んでくる。洞窟の中にはボロボロのマットレスが敷かれていた。ここで眠れと言われて眠ることができる人間は、街で探しても見つからないだろう。ジョセフは這うようにして中に潜り込み、オフィスチェアの座面部分を引っ張り出すと、生地を引き裂き中のスポンジをむしり取った。大きなパンの塊から、食べたい分だけ引きちぎるみたいに。「これが一番よく燃えるんだ」と言って、それを火床に組んだ薊の下に滑り込ませた。

続いてジョセフはスレート色の波板が積まれた中から、スケッチブック大のものを一枚取り上げた。それはアスベストの板だった。

屋根にはこれが一番いいんだと言って小屋を示した。見ると確かに、小屋の屋根はこれと同様のアスベストの波板が並べられてできている。アスベストは肺を冒す。肺癌をはじめ、中皮腫や塵肺を引き起こすことが明らかになって、日本ではとっくの昔に使用が禁止された建材だ。今も目の前でゴホゴホと咳いているジョセフは、自分の寝床をそのアスベストで覆っているのだ。「その板は肺に悪いかもしれないよ」と彼に伝えると、「雨に打たれて風邪をひくのも大変だよ」と答えた。彼は目の前の限られた選択肢の中で、最善のものを選び取っているに過ぎなかった。

「火を取りに行こう」ジョセフはそう言って、アスベストの波板を抱えて歩き出した。ゴミの川を越え、どこよりも濛々と煙が上がるゴミの壁を選んで板を突き立てる。アスベストの板をスコップのように使ってザクザクと掘る。立ち上る煙が倍増する。彼は真っ黒く炭化したゴミを板で掬い取り、軽く息を吹きかけると、「よし」と急ぎ足で洞窟へ向かった。

「この板は熱を通さないから、こうやって火種を運べるんだ」と彼は言う。まさしく、アスベストは断熱材として建築に使われていた素材だ。彼はその性質を実体験として知っている。驚くべき知恵だ。インターネットや本で読み知った知識と、暮らしの中で手足を使って発見した知恵とは意味が異なる。

彼は自然発火によって得られた火種を、薊とスポンジに優しく振りかける。地面に跪き静かに息を送り込む。火種からスポンジに引火し、さらにそれが薊に伝わり、すぐに大きな焚き火になった。見事だ。ここでの暮らしにゴミの自然発火はなくてはならないものなのだ。

僕たち3人はしばらく黙って炎を見つめ、濡れた体を乾かした。

山肌から噴き出す火を見て安らぐことはなかったけれど、焚き火は僕の心を落ちつかせた。

ジョセフは自分の背後の空を振り返って言った。

「虹が出てる」

そこには、くっきりと大きな、今にも手が届きそうな虹が出ていた。しかもなんと二重(ふたえ)の虹だ。

あべこべじゃないか——。

だってここは、この国でもっとも汚い、いや、もしかしたらこの世界でもっとも汚れた場所なのに。それなのに、こんなにきれいな虹が架かるなんて。

腐った山から生えた光の帯が、青くなり始めた空に鮮やかな線を引いて、再び山に落ちていく。七色とも、十色とも、百色とも言えるその虹に囲われて、青年がゴミの火を焚いている。ゴミ山の天辺で火を焚く青年を、二重の虹が囲っているのだ。

「僕は虹が好きだな」

彼は呟いた。

ジョセフはしばしば「神様」と口にした。寄る辺ないこの塵芥（じんかい）の世界で、彼は神を信じた。「神様にしかわからない」「神様がそうした」と何度も言った。確かに神がいるのなら、神は彼を今祝福している。そんな気がした。


「今日は何を食べるの？」と聞くと、「米だよ」とジョセフ。

「米はどこにあるの？」

「今から店で買ってくる。店ではカメラが嫌がられるだろうから、ここで待っててくれない？　火が消えないように見ててよ」

ジョセフはゴミ山の入り口とは逆の方へ山を下っていった。同時に、再び雨が降り始めた。

彼の言いつけを守らねばと、僕は慌てて火を覆える物を探した。あたりに散らばるあらゆるゴミが小さすぎ、燃えやすすぎた。ただひとつその役割を担えるのは、アスベストの波板だけだった。大きくて、硬くて、とりわけ熱に強い。僕はこれを何枚か摑み上げ、焚き火を覆うように立てかけた。アスベストを、アスベストと知って触れるのは初めてだった。しかしこれでジョセフの火は大丈夫だろう。

叩きつけるようだった先ほどの雨と違い、今度は霧のように柔らかかった。ゴミ山の炎によって生じる上昇気流で舞い上がった有毒な塵が、こうして雨粒に包まれて山に帰ってくる。雨水はゴミに含まれる重金属を溶かして土壌を満遍なく汚染し、バクテリアを潤し、人々の心と体を冷やし蝕む。

洞窟の周りの平たい場所を、ディボゴがぐるぐる歩き回っている。落としたピアスでも探しているように、地面をじーっと見つめて歩いている。

「カミデさん！　すごい！　いっぱい生えてる！」

駆けつけると確かに彼の足元に、いや、僕たちの足元のそこかしこに緑の植物が顔を覗かせている。

「これはスイカ」ディボゴは指を差す。

「え！　これ⁉　ほんとだ⁉」僕も小学生のころ、夏休みによく育てたものだから葉の形を覚えている。間違いなくスイカの茎葉（けいよう）がゴミの間からひょっこりと頭を突き出し、気持ちよさそうに雨を浴びている。

「これはかぼちゃ」「これはトマト」

こうなるともう、畑である。

山菜が自生しているのではない。我々が畑で育てる野菜たちが、ゴミ山の中心で芽吹いているのだ。堆積した有機物のゴミは長い時間をかけて分解され、養分を含んだ土となった。そこに運び込まれる生ゴミの中に、野菜の種が混ざり込む。そしてその種は、恵みの雨に見事に賦活（ふかつ）され、積み上がるゴミを押しのけこの山頂に顔を出すのだ。

なんと豊穣な山だろう。

人間の生活の残滓（ざんし）が蓄えられたようなこの場所が、別の人間に生活の糧をもたらし、そして野菜が育つ土壌となっている。まるでそこに新たな世界が始まっているかのようだ。

ジョセフが姿を現すと、図ったように雨は引いた。

水の入った大きなタンクを担ぐジョセフは、雨の飛沫がふわふわと舞う中で西日に照らされぼんやりと輝いている。

アスベストの下で生きながらえた火の脇にドカッとボトルを置くと、口に咥えていた小ぶりなビニール袋を地面に放った。

「マドゥンドと米だよ」ジョセフは言う。

マドゥンドは赤い豆を塩で煮たものだ。

「水は20リットルで10シリング、マドゥンドとライスで70シリング」

今日の稼ぎは90シリング。余りはたった10シリングだ。

ジョセフは川向こうのテントから、ピーターが使っていたのと同じ真っ黒に煤けた2リットル缶を持ってきた。ついこの前までは三つも持っていたのに、ここ数日で立て続けにふたつ盗まれたのだという。なんと奇っ怪な世界だろう。この缶がいかにこの場所で重要なものなのかがよくわかった。

続いて洞窟から大きな柄のわりに刃の小さな包丁を取り出し、周辺を散策し始めた。すると地面から飛び出た青いネットを摑み上げ、キャベツでも収穫するかのようにその根本から包丁で切り取った。

それは鍋を洗う束子（たわし）だった。

ジョセフは買ってきた水で缶を濡らすと、その内側を青いネットでゴシゴシと擦った。汚れはあっという間に剝がれ落ちて、缶は綺麗な鍋に再生した。

焚き火を囲うように石で五徳を組み、缶を置いて綺麗な水を注いだ。

僕たちは湯が沸くのを待った。鳥がいないこの場所は、とても静かだ。

スポンジを抜かれた事務椅子の座面に腰を下ろしていたディボゴに、ジョセフが聞いた。

「ディボゴ、日本語はどうやって勉強したの？」

ほんの一瞬の間の後、ディボゴは「学校。学校で勉強したんだ」と答えた。

「日本語勉強したいの？」と聞くと、ジョセフは「したいよ」と言う。

「どうして？」

「だって、日本人と話したいもん」

するとジョセフは突然顔をパッと明るくして「そうだ。僕のロッカー見たい？」と言った。彼は立ち上がるとゴミ川に躙り寄り、切り立った岸をズルズルと滑り下りた。岸の中程で留まり、何やらごそごそしたかと思うと、ずるりと大きなポリ袋を引っ張り出した。土手の上からでは見えないが、岸に掘った横穴にそれは隠されていたようだった。

ジョセフはその袋の中身をひとつひとつ出して見せてくれた。

休憩用のビーチサンダルに木綿のズボン。暖かそうなジャンパーに、綺麗なオレンジのトランクス。全て、ジョセフが今着ている仕事用の衣服のように汚れてはいない。ジョセフはその綺麗な服のひとつひとつを、大切そうにゴミの地面の上に並べていった。サンダルは左右を綺麗に揃えてトントンと指先で触り、ズボンは皺を慰するように優しく撫でた。

秘密のロッカーを見せてくれたことは、本人にとってはただの思いつきかもしれないし、湯が沸くまでの暇つぶしだったかもしれない。けれど、僕は彼のその行動に小さからぬ意味を感じていた。そしてそれは、僕の心を麗らかな日差しのように温めた。

「ジョセフすごいよ。そこなら絶対盗まれないね」

僕はそんなことを言った。

激しく沸騰する湯に米を入れて10分ほど経ったところで、今度は煮豆のマドゥンドを入れる。「色が変わるよ」とジョセフが言った通り、白かった米は穏やかな臙脂色に染まった。

「これ、お赤飯じゃない⁉」と僕はつい声を上げた。

なにせそれは全くもって赤飯だったのだ。小豆そっくりの赤い豆が、赤く色付いた米の中でふつふつと踊っている。

ジョセフは転がっていた大きなペットボトルを拾い上げると、おもむろに包丁を突き立てギュッギュッと耳障りな音を響かせながらまっぷたつの輪切りにした。

飯を盛るための丼を拵えたのだ。彼は必要なものの一切をこのゴミの山から調達する。家も、服も、火も、束子も丼も、そしてもちろん食い物と飲み物を手に入れるための稼ぎも、彼は魔法使いが魔法の杖を振るうように、或いは極北の遊牧民がトナカイから衣食住の全てを得るように、腐敗した山からひょいと拾い上げるのだ。


飯が、できた。


ジョセフは焚き火から缶を取り上げ、中身をペットボトルの丼に開けた。豪快に立ち上る湯気は、素朴で、豊かで、懐かしさを感じる甘い香りがした。それは昨日から嗅ぎ続けたゴミの燃えるにおいとは遥かに隔たれた、別世界に漂う霞。

ジョセフは抱えるように丼を持ち、何度使ったかわからない使い捨てのスプーンで、米を頬張った。できたての熱を帯びたままの飯をかき込み、真っ白な湯気を口から吐いた。

顎に付いた米粒は、本人に気づかれることもないまま、しばらく経つとまた丼の中に音もなく落ちた。真っ黒に汚れた仕事用の前掛けで、滲んだ額の汗を拭いた。

僕はその様子をとにかく撮った。

ジョセフはその飯をとにかく食った。

その間中、言葉を発しようとする者はいなかった。

虹はもう消えていた。


ジョセフは「ふぅ」と大きく一息ついて、丼を持つ手を下げた。

「たくさん動くから、たくさん食べなきゃいけないんだ」と言う。

「おいしい？」と聞くと、彼は丼をこちらに差し出し「食べてみて」と言った。

「おいしいから、食べてみて」と彼は畳み掛けるように言う。

「いいの？」

「あぁ。もうお腹パンパンだよ」ジョセフは自分の腹を叩いて見せた。

「ありがとう」と僕は言った。そしてジョセフに、このカメラで僕のことを撮ってくれないかと頼んだ。どうしてそんなことを言い出したのか、その時は僕自身もわからなかった。取材相手に自分のことを撮らせるなんて正気の沙汰じゃない。けれど、僕はそれがとても自然なことのように思えた。

僕はカメラをジョセフに渡し、ジョセフは僕に丼を渡した。

「僕映ってる？」ジョセフに聞く。

「あぁ、ちゃんと映ってる」とジョセフは答える。

僕は使い捨てのスプーンで、まだ湯気の上がる米を口に運び込む。

朝から何も口にしていなかった僕の舌は、米と豆の甘みを細大漏らさず受け取った。ドライに炊かれた赤飯だ。米は噛むほどに甘みを増し、豆はぷちりと皮が弾けてほろほろと香ばしい。豆を煮る時の塩がほんのりと効いているのが肝要で、全体をしっかり完成されたひとつの料理に仕上げている。

「美味い！」

僕は叫んだ。

するとジョセフはカメラの向こうで「そうでしょう！」と言って笑った。

思いっきり、笑った。

「もうちょっとお金があればもっといいものを作ってあげられたんだけど」とジョセフは言った。

僕が丼を返そうとすると、「まだ撮ってるから、もう一口食べて」と言うのだった。

太陽は街の外れに落ちようとしていた。僕たち3人は、青く柔らかな光に包まれていた。どうしてこんなに青いのだろう。二重に架かる虹といい、落陽に青く燃立つこの空といい、山が発するガスが光を変質させているのだろうか。

そして僕はジョセフに最後の質問を始めた。

「ジョセフ、ここでの暮らしはどう？」

――彼は答えに詰まった。首を左右に何度も傾げ、うつむいたり、遠くを見たりしてから、ぼつりと言った。

「出ていきたい。本当はね」

「そうか、出ていきたいんだね」

ジョセフはうんうんと大きく首を縦に振った。

「だけどほら、こんな格好じゃ表の世界じゃ暮らせない」黒く汚れた前掛けを摑んでひらひらと揺らした。

「両親の住む家で暮らしたい？」

「あぁ。お金があれば両親を探して、会いに行ける」

彼はもう家族の居場所さえわからない。

「将来やりたいことは何かある？」

少し考えると、「奥さんと子どもが欲しい」とはっきりと答えた。

「そうしたらプレイステーション屋をやって、それでお金を稼ぎたいんだ」

ピーターがミシンで身を立てていたのと同様に、ここではプレイステーションが一台あれば客からプレイ料金を取って生活ができる。

さぁ、これで本当に最後の質問だ。

「ジョセフは今、幸せ？」

ジョセフはニコッと笑うと顎を上げてこちらを示して言った。

「あなたに会えたから幸せだよ——」

「ありがとう」と言って握手を交わした。その手はまだ子どもみたいに小さくか弱かった。思えば、彼と出会った時は珍しく握手をしていなかった。

「気をつけてね」

「うん。気をつけるよ」

気温が下がっていた。ジョセフは休憩用の温かい服に着替えている。

「ヤバいです」ディボゴが唐突に言った。

「どうしました？」

「暗くなると、安全、では、ありません」ディボゴは言葉をぶつ切りにしてそのヤバさを表現した。

「ヤバいです。本当に」と彼は繰り返した。

確かに、太陽はすでに街に沈み、あたりの光がどこかに吸い込まれるように失われていく。一分前には見えていた自分の足下が途端に見えなくなっていて驚いた。

すると、「あなたたちだけじゃ危ないから、出口まで送るよ」と着替えながらジョセフが言った。

どこからか、イスラム教徒たちのアザーンが聞こえてきた。キリスト教の国でも、彼らは毎日礼拝を呼びかける。その呼び声は深く健やかな合唱のようで、千年変わらず美しい。


刻一刻と闇が濃さを増すゴミ山を、サンダル履きで駆け下りるジョセフに必死でついていく。僕は足下が見えないから、ぐねぐねと何度も足を挫く。闇が深くなるほどに、噴き出す火焔がおどろおどろしく浮かび上がる。まるで現世のソドム。神がこの山を焼き払おうとしているかのようだ。心が折れそうになる。無二無三に走る。怖い。この世の淵で置いていかれたら、取って食われておしまいだ。

側溝に落ちたトラックが倒れたままになっている。今や誰の関心も集めなくなったそれは、そのまま打ち捨てられて大きなゴミになってしまいそうだ。

そしてこの横転したトラックの横を抜ければ、そこはもうゴミ山の外だった。普段は目障りでしかなかった、ひっきりなしに行き交う車やバイクが今は僕の心を落ち着かせてくれる。

「ジョセフ、ありがとう」僕は手を差し出す。

「こちらこそ、ありがとう」と彼は手を握った。

「クワヘリ！」と言って彼は歩き出す。

「クワヘリって⁉」僕は引き止めるように聞く。

「またねって意味！　クワヘリ！」

「クワヘリ！」

ジョセフは高く手を振って、小走りでゴミ山の闇の中へ消えていった。

◆

相変わらず、成田から都心部へ向かうバスの中で考えていた。

ナイロビから東京までの26時間もずっと考えていた。成田空港の過剰に清潔なフロアを歩き、バスの車窓から長閑な町を眺め、それでもまだ考えていた。

誰ひとり、望んで路上に出る者なんていない。

ストリートのジョンも、ゴミ山のジョセフも、親に捨てられ路上に出てきた。ひとりはシンナーに溺れる子どもたちを率い、物乞いや強盗を生業として生きている。ひとりは乞うことも奪うこともせず、溶剤ではなくただ有害な煙を吸って肺を病み、蝿だらけの薄汚い〝洞窟〟で今夜も眠っている。

「同じ条件の青年がふたり。一方は収奪と淫蕩(いんとう)に走り、もう一方は貧しくも気高い生き方を選んだ」

——誰かはそんなふうにまとめようとするだろう。それは事実かもしれないけれど、結論じゃない。これをそういう物語として矮小化するのは容易くて危険だ。どちらが正しいかなんてわからない。わからないし、比べる必要もない。シベリアの村で誰かが言った通り、僕たちは〝他人の正しさを判断するべきではない〟。軽やかなジョンは新たな家族を得て、狷介不羈のジョセフはひとりを選んだ。けれどジョセフが欲する未来は、なんでもない家族を持つことだった。

彼らはただ彼らとしてそれぞれ固有に生きている。所与の条件をそれぞれに受け入れて、今日も生きている。

ヴー、とiPhoneがメッセージの受信を知らせた。ディボゴからだった。

「撮影の数日後にダンドラで連続強盗事件が起きました。ジョセフも刺されました」

電話をかけるとディボゴはすぐに応答した。

ゴミ山の裏手でジョセフはふたり組の男に腹と背を刺され、わずかな小銭を奪われた。ブーツに血が溜まるほどひどく出血したらしい。たまたま心あるバイクタクシーの運転手に発見され、病院に運び込まれた。同じ夜に刺された被害者が数人いた。そしてジョセフは手術を受けてすぐにゴミ山へ帰ったという。

死ななくてよかった——そう思った。なんとか生き抜いてほしいと思った。無責任だけど、そう思う以外に僕に何ができるというのだろう。

さいごに

2019年12月19日午前2時50分。僕は下北沢の小さな病院でひとりの男の最期を看取った。名前をイノマーという。享年53。

彼はバンドのフロントマンだった。ステージ4の口腔底癌が発覚した時、バンドのスタッフから僕に声がかかった。彼の死ぬまでを撮ってほしいと。

1年半の長くて短い闘病生活の末、彼は旅立った。ドラマみたいに心電図がぴーっと直線を引き、医師がやって来て「ご臨終です」と言った。僕はその全てを撮った。とにかく撮った。撮らせてもらった。

彼に会いに行く僕の足取りは、最後まで重いままだった。

撮影を始めた当初、彼はカメラを向けられることに戸惑っていた。普段はビシッと決めてステージに立っている男が、舌を摘出された口から涎を垂らし、息も絶え絶えに蹲(うずくま)るところを撮られるのだ。気持ちのいいことなんてひとつもない。僕はずっと逃げ出したかった。その撮影は辛すぎた。

2019年10月。危篤に陥った。「もう目を覚まさないでしょう」と医師は言った。大勢が病室を訪れた。意識のない彼に、ほとんど別れの言葉を投げかけるような人もいた。親族は通夜や葬式の話を始めなければならなかった。

しかし、丸一日経ってぱちりと目が開いた。ぼんやりと意識が戻り始めた。もう一日で頭はすっかりクリアになった。僕は病院の受付のソファで仮眠をとりながら、相変わらずその様子を撮り続けた。けれどその頃から、僕はカメラを持たずに病室にいることが増えた。一度など、着替えを取りに家に帰るとカメラをそこに置き去りにして病院まで戻ったこともある。その時は、もうそれで構わないと思っていた。撮らなくていいや、と。

それは、イノマーと僕との関係が、被写体と撮影者の関係ではなくなり始めていたからだった。僕は執念深く彼の病床に居座っていた。必然的に、僕は喉が渇いたと言われれば飲み物を用意し、尿意を催せば尿瓶を当て、苦しくなれば看護師を呼ぶようになった。僕が病院を離れると「今日の看護師さんは優しい」「今日は怖い」と携帯電話にメッセージが届き、退院が決まった時は「明日退院！」と報せがあった。

いつの間にか、僕は彼の病室に居場所を求めていた。

会社との折り合いがうまくいっていないこともあって、僕は彼に頼られることを求めていた。あまりに長く病室に居るものだから、彼がホワイトボードに「会社と揉めてるの？」と書いて見せたこともあった。舌がないからコミュニケーションはホワイトボードだ。

イノマーが最も好んだのは、コンビニで売られている『アイスの実』だった。

栄養は点滴で補給していたし、舌がないから味はほとんどわからない。そのうえ口に含んだものが気管に流れてしまうから、食べるたびに呼吸困難に陥りナースコールだ。けれど、彼は食べた。

マスカット味とみかん味と、一番好きだったカフェオレ味を、とにかく食べた。小さな紙コップに『アイスの実』を二粒出し、スプーンで潰して彼に渡す。彼は震える手でなんとかスプーンを口に差し入れると、険しかった表情が途端に和らぎ、こわばっていた体がいくらか弛緩するのだった。

しかしそれからも彼の病室を訪ねる足は重いままだった。それは、日を追うごとに痩せ、体力が失われていくのがありありと見て取れたからだった。命の炎がもう取り返しのつかないところまで小さくなってしまっていた。今日行ったら、もうそれが最期かもしれない。そう思うとなかなか足は病院に向かず、無駄な寄り道をしたりもした。彼は次第にアイスも求めなくなっていった。

再び危篤に陥った時、僕はカメラを持った。

そして彼はカメラの前で、つまり僕の前で息を引き取った。


僕が言いたいのは、〝そういうことがある〟ということだ。


僕はカメラを通して人と出会う。その人生を覗き見るために。

けれどそのカメラという装置はたんなる媒介に過ぎず、関係が始まれば間もなく用を失って、それからは剝き出しの人間同士が向かい合うことになる。

ドキュメンタリストのテクニックだとか、ルポライターの道理だとか、そういうものは全てどうだっていいことだ。僕と相手とふたりきりの世界に、メディアの義務やテレビの役割なんて概念が首を突っ込んでくる余地なんて、1ミリたりとも存在していない。

彼は癌に殺されたのではなく、自ら死んだ。それは自死を選んだというわけではない。彼は生きたかった。生きたくて生きたくて仕方なかったけれど、それが無理だと悟った時、その死を自分で摑んだ。その場にいた誰もがそう感じた。死を摑み取ったその姿は、涙が出るほど美しかった。だから皆、涙を流したのだ。

そこに部外者の僕が参加していた。

取材は暴力である。
その前提を忘れてはいけない。
カメラは銃であり、ペンはナイフである。
幼稚に振り回せば簡単に人を傷つける。

カメラは万引きの瞬間を撮ることができるし、ペンは権力の不正を暴くことができる。
それがジャーナリズムの使命だと誰もが言うだろう。それはそうだ。

けれど、万引き犯も、権力者も、人間である。
僕らと同じ、人間である。

取材活動がどれだけ社会正義に即していようと、それが誰かの人生をねじ曲げるのであれば、それは暴力だと僕は思っている。どれだけの人を救おうが、その正しさは取材活動の免罪符にはなるけれど、暴力であることから逃がしてはくれない。

僕はリベリアの墓地に突っ込んだ。
そこに住む者たちは激昂し、カメラを奪い取り、僕のポケットに手を差し入れた。
そして僕はその一部始終を撮っていた。
そこには深甚なモラルの問題が横たわっている。

僕は彼らの生活領域に土足で侵入し、カメラを向け、怒り狂う彼らでエンターテインメントを担保する。そこで僕がいかに正義を振りかざそうと、彼らを畏れ讃えようと、その暴力が暴力でなくなることはない。

けれどひとつだけ、僕の行いが許された気持ちになる瞬間がある。

「また来てね」
「あなたに会えてよかった」

別れ際、そう言ってくれる人たちがいる。

僕たちには聞きたい言葉がある。
彼らには話したい言葉がある。

ドキュメントを撮るとは、そういうことなのだと僕は思う。

謝辞

僕はこの本も番組も、万人に受け入れてもらえるものにしようとは思いませんでした。だってそんなの難しすぎる。僕には「万人」の気持ちなんてわかりません。

だけど、少なからず命を懸けて作りました。

だから万人には届かなくても、この本を手に取ってくれたあなた一人の心に深く届いていたらいいなと心から思います。

僕はいつも、この旅に誰かを連れていけたらいいのにと思っていました。どれも本当に素晴らしい旅だったから。

それがこの本で少しでも叶えられていたら嬉しいです。

だから、ありがとうございます。手に取ってくれて。

感謝したい人はたくさんいます。

番組を見て、真っ先に執筆の依頼をしてくれた編集者の穴井さん。最初にお声がけいただいてから、書く書く詐欺を丸三年続けてしまいました。ごめんなさい。売れなかったらもっとごめんなさい。

超多忙な中、無茶なスケジュールで装丁を請け負ってくれた畳谷さん。僕とスナックで出会ってしまったのが運の尽きでした。番組のロゴも彼の作品です。最高です。ありがとうございます。

そして、コメントしづらいＶＴＲを懲りずに見てくれた小籔さん、足りない人数でも歯を食いしばってくれた番組スタッフ、そもそも番組を作らせてくれたテレビ東京、育ててくれた両親、世界中の国々で危険なロケに付き合ってくれたガイドのみんな、僕に飯を恵んでくれた本当は全然ヤバくない彼女と彼に、心から感謝しています。

あと、自信を失った時にいつも勇気づけてくれた妻。僕はあなたと旅に出たくて、この本を書きました。いつもありがとう。

2020年2月

上出遼平

［取材年月日］

リベリア共和国――――２０１７年９月

台湾――――２０１７年９月

ロシア連邦――――２０１８年３月

ケニア共和国――――２０１９年５月

※本書記載の事項はすべて取材当時のものです。

「ハイパーハードボイルドグルメリポート」(テレビ東京)

構成	廿楽大輔
音響効果	吉田塁　千本洋
タイトル	畳谷哲也
番宣	小板橋朋子
編成	田中英樹
調査	コマツ隆太
	吉田聡
	田中裕作
	森下剛士
	工藤渉
ST技術	港家
デスク	出家李紅
D	木下大揮
	中村元紀
	渡邊永人
AP	神山亜弓
P	酒井英樹　今村奈津紀
CP	村上徹夫　末永剛章

上出遼平（かみで　りょうへい）

テレビディレクター・プロデューサー。1989年東京生まれ。早稲田大学を卒業後、2011年株式会社テレビ東京に入社。『ハイパーハードボイルドグルメリポート』シリーズの企画、演出、撮影、編集まで番組制作の全過程を担う。空いた時間は山歩き。

ハイパーハードボイルドグルメリポート

2020年３月30日　第１刷発行
2020年９月30日　第７刷発行

著　者　上出遼平
発行者　三宮博信
編　集　穴井亮多
カバーデザイン　畳谷哲也（HOTZIPANG）
発行所　朝日新聞出版
〒104-8011　東京都中央区築地5-3-2
電話　03-5541-8832（編集）
03-5540-7793（販売）
印刷所　共同印刷株式会社

Published in Japan by Asahi Shimbun Publications Inc.
ISBN978-4-02-251674-9